'바른 경제'를 꿈꾼 한 기업인 이야기

모소 대나무처럼

'바른 경제'를 꿈꾼 한 기업인 이야기

모소 대나무처럼

최노석 지음

도서출판 북인

"기업인이 개인적 사리(私利)를 추구하지 않고
사회에 긍정적 영향을 미치면
세상을 바꿀 수 있다고 나는 믿는다."

박종규 초상 / 일러스트 임동은

차 례

제5부 이익공유제로 가는 길

제6부 임직원 이익공유제도와 투명경영의 완성

제7부 제2의 삶, 개혁가 박종규

프롤로그

모소 대나무를 닮은 기업인

소설 <연금술사>의 작가 파울로 코엘료의 '알프레' 중에 이런 구절이 있다.

어느 중국 대나무는/ 씨를 뿌리고 나서 거의 4년 동안은/ 아주 작은 순 말고는 아무것도 보이지 않는다/ 모든 성장은 땅 밑에서 이루어진다/ 복잡한 구조의 뿌리가 땅 밑에서 종으로 횡으로 뻗어나가면서 형성된다/ 그러다가 다섯 번째 해가 끝나갈 무렵, 갑자기 25미터 높이로 성장한다

그가 말한 '어느 중국 대나무'는 중국 동부지역에 널리 분포한 '모소 대나무'이다. 씨를 뿌리고 나면 겨우 3센티미터 정도의 새싹을 틔운다. 2년이 지나고 3년, 그리고 4년이 되어도 그 키는 30센티미터를 넘지 못한다. 그러다가 코엘료의 말대로 다섯 번째 해가 되면 갑자기 키를 키운다. 깜짝 놀란다. 모소 대나무의 생장점이 크게 활성화되면서 하루 1미터씩 자라는 것이다. 그렇게 키가 25미터에 이른다. 이는 소나무가 30년을 자란 키와 맞먹는다. 콘크리트보다 더 많은 무게를

견딜 수 있으며, 철보다도 강한 강도를 지닌 모소 대나무는 이렇게 커간다.

사람들은 그 모습을 보고 '퀀텀 리프(Quantum Leap)'라는 말을 만들어냈다. '폭발적 성장'이란 뜻이다. 박종규가 세워 50년을 땅 밑에서 키워낸 KSS해운과 그의 사회개혁 활동이 내게는 이 모소 대나무 같은 느낌을 주었다. 그는 50년의 세월 동안 땅 밑에서 남의 눈에 보이지 않게 바른 기업을 키워냈다. 그리고는 드디어 몇 년 전부터 퀀텀 리프를 만들어내고 있다. '모소 대나무' 박종규를 만난 것은 그래서 내게 너무 신나는 일이었다. 특히 여러 대기업집단 총수들이 정경유착과 비자금 조성으로 법정에 서거나 불명예스럽게 퇴진하는 21세기 초반의 한국 기업계를 바라볼 때 더욱 그러하다. 나는 이 책에서 그 신나는 이야기를 풀어나갈 것이다.

이 이야기부터 시작해 보자. 박종규라는 한 기업인이 이 땅에 존재함으로써 만날 수 있는 통쾌한 세 가지 일 말이다.

한 가지는 비자금이나 리베이트 없이 깨끗하게 기업을 경영해도 지속가능한 반듯한 기업체를 이룰 수 있다는 사실을 보여주는 것. 거기에다 세습경영을 배격하고 '전문경영인' 제도를 실천하고 있기도 하다. 감히 말하지만, 이 간단해 보이는 일은 유한양행 유일한 박사 이후 최초라는 사실이다. 이것을 박종규는 '투명경영'이라고 이름 붙였다.

그리고 또 한 가지는 회사가 만든 이익을 종업원과 나누고 나누어도 모자라기는커녕 점점 더 많아진다는 점을 세상에 천명한 일이다. '네 떡을 물 위에 던져라. 여러 날 후에 도로 찾으리라'는 유다 땅 솔로

몬 왕의 전도서(11: 1)가 거짓이 아님을 증명했다. 이것을 그는 '이익공유제'라고 불렀다. 지금 기업계에서 한참 화두가 되고 있는 'ESG경영'의 원조 격이다. 그리고 이를 통해 기업체 안에서는 뜨거운 '노사분규'를 남의 집 불구경하듯 만들었다. 또 기업체 바깥에서는 기업인에 대한 세상의 불신을 불식시켰다. '탐욕'이라 이름 붙여진 현대의 신자유주의 경제로 인해 추락된 기업가의 위상을 홀로 힘으로 지탱해 왔다.

그리고 마지막. 그는 자신의 기업경영 경험을 우리 사회로 확장시켜 사회개혁을 이끌고 있다는 점이다. 이 일은 현재진행형이기도 하다. '바른경제동인회'. 그는 이 경제단체 활동을 통해 기업인에서 사회개혁가로 모습을 바꾼다.

그렇다고 반세기에 걸친 그의 기업 활동이 모두 선했다거나 어떤 불의도 자행하지 않았다고 말할 수는 없다. 그도 리베이트를 준 적 있었고, 무려 7년 동안 분식회계를 하기도 했다. 당연히 이 일을 통해 그의 기업철학인 '바른 경영'에 심각한 오류를 남긴 것도 사실이다. 그러나 그 안을 들여다보면, 그 일조차도 세상의 기업인들처럼 의도를 가지고 불의를 자행한 것이 아님을 확인할 수 있다. 오히려 '투명경영'이라는 그의 기업관을 목숨 걸고 실천하려는 과정에서 어쩔 수 없이 일어난 일들일 뿐이었다. 오히려 이런 일을 통해 그는 더욱 자신의 신념을 위해 피나는 투쟁을 벌여 끝내 그 오명조차 씻어낼 수 있었다. 그는 완벽하지는 않았지만, 끝끝내 우리의 영웅으로 되돌아왔다.

그럼에도 세상은 그의 이런 공과에 거의 관심 갖지 않는다. 심지어 언론은 그를 '괴짜'라고 폄하하며 한쪽으로 밀쳐버린 형국이다. 도대체 박종규나 그가 세운 KSS해운을 아는 사람이 있기나 할까 싶을 정도이다. 어찌 남만 탓할까? 사실 이 점에서 필자인 나도 부끄럽기 짝이 없다.

5년여 전, 그가 세운 바른경제동인회에서 그를 처음 만났을 때, 나도 그를 평범한 기업인 정도로 알았다. 더구나 병색이 짙은 그를 본 순간, 측은한 느낌이 들기도 했다. 서귀포에서 서울로 올라온 촌로. 그랬다. 그는 그 이상도 이하도 아니었다. 이런 평가에는 무엇보다 그와 그가 세운 KSS해운을 몰랐다는 점이 크게 작용했다. 중앙언론사 기자로 평생을 살아온 필자로서는 사실 한국을 이끄는 대부분의 인물들을 아는 편이다. 직접 만나지 못했더라도 언론보도나 아니면 한두 다리 건너 그에 대한 평판을 들어 알 수 있다. 그러나 그는 전혀 일면식도 없었고, 간접적으로도 그의 평판을 듣지 못했다.

나만 그런 것이 아니었다. 궁금해서 한 포털사이트에서 그에 대한 검색을 해보았다가 '역시 그렇구나' 하며 고개를 끄떡였다. '박종규'를 쳤을 때, 가장 먼저 나타난 인물은 '피스톨 박'. 박정희 대통령 시절 서슬이 시퍼렇던 경호실장이었다. 그 뒤에도 같은 이름의 다양한 직업군의 인물이 등장한 뒤, 일곱 번째에야 겨우 '기업인 박종규'가 보였다. 그저 그렇고 그런 기업인 정도로 평가되고 있었다.

그러나 그 뒤, 그를 알아가면서부터 나의 편견이 얼마나 잘못되었는지를 절감했다. 그는 그렇게 내팽개쳐두어도 좋을 인물이 결코 아니었다. 투철한 기업가정신으로 무장한 존경받을 기업인이자 시대를 앞서간 선각자, 더 나아가 세상을 걱정하는 개혁가임을 확인했다. 박종규를 바로 알리고 싶었다. 이것이 이 책을 쓴 이유이다.

그는 지금도 한국의 땅끝 서귀포에서 그림자처럼 지내고 있다. 올해 88세. 벌써 두 번의 암 수술을 받았고, 지금도 심장박동기를 몸에 지닌 채 은거 중이다. 그러면서도 바른경제동인회를 통해 자신이 창안한 '이익공유제'에 대한 강의를 쉬지 않고 있다. 그를 만나 당신에 대한 책을 쓰고 싶다고 하자, 그는 손사래를 쳤다. 정 쓰고 싶다면 자신이 죽은 뒤에나 쓰라고 했다. 그럼에도 나는 그의 말을 어겼다. 그래야 한다고 생각했기 때문이다. 내 판단이지만, 그는 우리 사회가 바르게 평가해 주어야 할 보석 같은 사표적인 경영인이기 때문이다. 가능하다면 그에 대한 참 평가가 이루어져 자라나는 우리의 아이들까지도 그를 알았으면 한다.

국세청에서 세무조사가 나왔을 때의 일이다. 말 그대로 그의 주변을 완전히 탈탈 털었다. 조사팀은 집에까지 몰려와 구석구석을 뒤졌다. 그러다가 편지 한 통을 찾아낸다. 그것은 미국에 유학 중인 아들로부터 온 것이었다. 아들은 그 편지에서 아버지에게 매달 150달러씩만 보조해 줄 것을 간청하고 있었다. 자신이 아르바이트로 매달 600달러밖에 벌지 못하는데, 학비와 생활비를 합치면 최소 매달 750달러가 필요하다며 부족한 150달러를 요청하는 내용이었다. 그 편지를 읽은 조사팀장은 바로 철수했다. 큰 기업의 자녀가 외국에 유학하게 되면 충분한 학비를 보내던 당시의 풍토와 전혀 달랐기 때문이다.

또 이런 일도 있었다. '잃어버린 7년' 동안 몇 달째 인건비가 밀리자 결국 선원노조에서 파업을 결의하고, 노조위원장을 서울 본사로 보내 사장을 압박하도록 했다. 부산에 떨어져 있는 선원들로서는 회사 사장이 돈을 숨겨놓고 일부러 어렵다며 엄살 부린다고 생각했다. 노조

위원장과 마주앉은 그는 속을 뒤집어 보일 수도 없는 판이어서 결국 협상은 결렬 수순으로 넘어갔다. 내일이면 파업이 확실하니 자기 집에 가서 양주나 한 잔 하자고 밤늦은 시간에 위원장을 집으로 데려갔다. 마침 집에는 아무도 없었다. 호화로울 줄 지레짐작한 위원장은 사장의 집안을 샅샅이 둘러보았다. 그러더니 마시던 술잔을 탁자에 놓으면서 부산으로 내려간다며 자리에서 일어섰다. 그때 방문을 나서면서 그가 한 말, "잘 사는 줄 알았더니 우리 선장 집보다 못하네!" 그 후 파업은 일어나지 않았다.

그런 것을 찾자면 이 지면이 모자란다. 그러나 이 일만은 그냥 넘어갈 수 없다. 그는 월급 외에 어떤 돈도 집에 가져다주지 않았다. 애초부터 비자금을 만들지 않았고, 리베이트를 주지도 받지도 않았으므로 급여 외에 집에 더 가져다줄 돈이 없었던 탓이다. 그러나 예나 지금이나 마찬가지지만, 큰 회사 사장쯤 되면 씀씀이가 만만찮기 마련이다. 아무리 자기는 절약한다 해도 경조사나 친척들로부터 이런저런 돈 부탁을 받을 때가 많이 있다. 그가 가져다주는 급여만으로는 도저히 그런 요구를 감당할 수 없었던 그의 부인이 할 수 없어 직접 사업전선에 뛰어든다. 사업체를 만든 것이다. 이것이 뒤에 그에게는 두통거리가 되기도 했다. 아무런 사업경험이 없는 아녀자가 돈 벌겠다고 덜컥 사업체를 만들었으니 결과는 뻔할 수밖에.

이외에도 창업 25년 후 그가 사장 자리에서 회장으로 물러나고, 전문경영인을 자신의 자리에 앉혔던 때의 일도 빼놓을 수 없다. 그는 회장인 자신의 급여를 사장보다 적게 책정하도록 회사에 지시했다. 권력은 돈을 기준으로 모이게 마련. 만일 자신이 사장보다 더 많은 급여를 받는다면, 임직원들은 회장으로 물러난 일을 '쇼'로 여길 것이 분명했다. 신규 사장을 제치고 자기에게로 다시 결재판을 들고 올 판이었다. 그는 자신의 살을 깎았다. 월급을 적게 책정하고 나니 자연스럽게 '바지저고리'가 되었다. 그런 일이 몇 년 계속되자 회사 엘리베이터에서 만난 직원이 그에게 인사도 하지 않았다. 그 직원은 그가 회장으로 물러난 이후 새 사장이 뽑았으니 창업주 얼굴조차 몰랐던 것이다.

더 있다. 그가 '미스터 후유후쿠(ふゆふく)'로 불린 내력이다. '후유후쿠'란 일본어로 '겨울옷(冬服)'이란 뜻이다. 창업 초기, 당시 은행융자의 관행이던 리베이트를 거부한 탓에 한국에서 배를 살 자금을 마련하지 못해 일본으로 건너갔을 때의 일화이다. 금방 돌아오리라 생각하고 입은 옷에 달랑 100달러를 품에 넣고 일본으로 건너갔다. 그때가 1월. 그러나 아무런 담보도 없는 외국인에게 거금 1억 엔이나 되는 돈을 빌려줄 어리석은(?) 금융회사는 없었다. 다행히 연구해 간 '케미컬화학 수송시장 분석' 자료가 있어 그것만 믿고 막무가내로 돌진했다. 그런 끝에 한 종합상사로부터 '겐또시마스(検討けんとうする)'라는 한 마디를 듣는다. 이 말은 '검토하겠다'는 뜻. 그리고 '검토'라는 말을 수락한 것으로 오해한 그는 매일 아침 그 회사로 출근하다시피 하며 결과를 기다렸다. 하루, 이틀, 그리고 한 달, 두 달….

그러나 겨울이 가고 여름이 왔지만 기대했던 자금은 나오지 않았다. 가져간 돈은 다 떨어져 여름 양복 한 벌 살 형편이 안 되었다. 그 회사에서는 한여름에 겨울옷을 입고 사무실 한쪽 귀퉁이에 쪼그리고 앉은 그를 향해 '후유후쿠상'이라고 불렀다. 미친 사람이라고 수군대기도 했다. 그러나 그의 인내는 결국 그 상사로 하여금 두 손 들게 하고,

요구한 자금을 내주도록 했다. 있을 수 없는 일이 일어난 것이다. 그렇게 애 터지게 마련한 돈으로 KSS해운 1호 선박인 제1케미캐리호를 부산항으로 인수해 오는 데 성공한다.

이런 일들로 인해 한국 해운업계 최대 해운사인 한진도 몰락하고, 그밖에 많은 해운대기업들이 구조조정으로 간판을 바꿔달았지만, 그의 회사 KSS해운은 매년 매출액을 갱신하며 성장을 거듭하고 있다. 2020년 말, KSS해운은 LPG 등 석유화학제품 해상운송 분야 세계 5위를 달성했다. 이어 '세계 최초'라는 수식어를 단 업적을 이루어내기 시작했다. 2021년에는 기업계에서 화두가 되고 있는 'ESG경영' 부분 대상을 휩쓸며 최고등급 'AA'를 획득했다. 매출액 겨우 3,000억 원 정도인 작은 기업이 기라성 같은 대기업군을 제치고 세상이 놀라는 일들을 계속 작성 중이다. 모소 대나무를 닮은 의지로 땅속에서 50년을 키우고, 이제 땅 위로 나와 매년 쑥쑥 키를 키우고 있는 것이다.

하루 몇 미터씩 자랄지는 이 책을 읽는 여러분들이 상상할 몫이다. 다만 나는 이제부터 땅속 반세기의 KSS해운을 만나러 2021년 1월 초, 서울웨스틴조선호텔에서 열린 'KSS해운 창립 50주년' 기념행사장으로 여러분을 안내하는 일부터 시작하려 한다. 거기에는 KSS해운이 땅속을 이리저리 파고들며 키워온 모습이 있다. 모소 대나무보다 더 지독한 의지로 기업과 세상을 바꾸고 있는 기업인, 박종규가 그곳에서 팔을 벌리고 여러분을 맞아줄 것이다.

제1부

'작지만 깨끗한 회사', KSS해운

제1장
'50'에서 '300'으로

떠들썩하다. 행사장 분위기가 후끈 달아있다. 'KSS해운 창립 50주년' 기념식장. 1969년 섣달그믐날, 허름한 빌딩의 10여 평 사무실을 얻어 초라하게 시작한 KSS해운이 50년이 지난 지금 임직원 500명, 35척의 선박을 운항하며 연 매출 3,200억 원, 영업이익 600억 원을 올리는 탄탄한 강소기업으로 성장하고, 정부의 제도까지도 개혁해 온 족적을 여과 없이 보여주는 현장이다. 글로벌 경영 시대에 매출규모가 작아 보일 수 있겠지만, 세계 석유화학제품 해상수송 분야의 시장 규모를 이해하고 나면 대단한 실적임을 곧 알게 될 것이다.

한 기업의 역사 50년. 이것 역시 별것 아니라고 말할 사람도 있을지 모른다. 그러나 한국 기업(상장사)의 평균 나이 32.9세(대한상공회의소 발표/2019년)를 감안한다면, 이 역시 대단한 기록이다. 특히 우리나라 해운회사들의 끊임없는 부침을 아는 사람이라면, 이 짧아 보이는 역사 속에 얼마나 많은 역경들이 들어있을지 이해하는 일은 어렵지 않다. 그래서 이날 밤 젊은 보컬그룹이 부른 팝송, 프랭크 시나트라의 <마이웨이(My Way)>가 유달리 관심을 끌었다.

KSS해운 역사 묻어난 '마이웨이'

나이 지긋한 독자들이라면 프랭크 시나트라의 히트곡 <마이웨이>를 모르지 않을 것이다. 공전의 인기를 끌었던 곡인 탓이다. 특히 가사 중에서 'I did it my way'가 그렇다. 내 식으로 했다는 것이다. 창업주 박종규와, 그의 신념대로 경영한 KSS해운의 걸음이 다른 오너들이나 기업들과는 다른 길을 걸어왔다는 점을 상징적으로 보여준 노래인 셈이다. 우리나라 기업들이 하지 못했거나 하기 싫은 일들을 박종규와 KSS해운은 기꺼이 해냈다. 그것도 50년이란 세월 동안 초심(初心)을 잃지 않은 채, 끊임없이.

이날 상영된 'KSS해운 50년' 영상은 이런 사실을 참석자들에게 잘 보여주었다. '비자금'이나 '리베이트' 없는 '깨끗한 회사'를 만들기 위한 창업 초기의 결단부터, 이로 인해 회사가 부도위기에 몰린 7년 세월을 먼저 알렸다. 특히, 석유화학제품 해상수송 분야란 한 분야 고수 원칙을 어기고 조선업에 뛰어들었다가, 마침 터진 제2차 오일쇼크로 인한 고난의 역사를 고백이라도 하듯 어려웠던 시절을 영상 속에 배열했다. 1979년부터 1985년에 이르는 기름값 상승으로 수송해야 할 석유화학제품 물자가 하루아침에 사라짐으로써, 보유한 선박을 처분하고 사채를 빌려 아슬아슬한 줄타기를 하던 부끄러운 시절을 숨기지 않았다. 당시 물동량이 얼마나 줄었는지는 KSS해운이 보유한 선박 27

척 중 겨우 11척만 운항하고, 나머지 16척이 놀고 있었던 사실이 증명한다. 있는 대로 선박을 팔고, 임직원들이 저축통장을 깨며 친지들로부터 사채까지 빌려와 메꿈으로써 가까스로 위기를 이겨낸다. 흥하면 같이 흥하고, 망하면 같이 망하겠다는 모든 종사자들의 똘똘 뭉친 애사심으로 창업주 혼자 어깨에 멘 무거운 짐을 벗겨주는 이야기이다.

그리고 석유화학 및 가스 운송 선사로 거듭난 부흥기. 어떻게 그 부흥기를 맞았는지는 선장 정효민 씨의 입을 통해 들을 수 있었다.

"KSS만의 차별화된 조직문화와, 해상 직원과 본사 직원 간의 가족 같은 분위기를 통한 화합으로 세계 최고 수준의 에너지 전문 운송사가 될 수 있었다."

매우 정제된 언어이다. 누군가 옆에서 코치를 했을 수도 있었겠다는 생각이 드는 것도 사실이다. 그러나 표현은 다를 수 있겠지만, 그의 말속에 흐르고 있는 맥은 다를 리가 없다. 차별화된 조직문화, 임직원 간 가족 같은 분위기를 통한 화합, 그는 이 둘을 세계 5위의 LPG 해상수송 전문회사로 우뚝 서게 한 요인이라고 설명했다. 앞으로 이 책의 이야기도 그 방향으로 향할 것이다.

그러나 아직 창립 50주년에서 할 말이 많이 남아있다. 창업주 박종규의 말을 들어보아야 이런 성장의 비밀을 조금이나마 더 자세하게 이해할 수 있기 때문이다. 그는 KSS해운의 50년 성장 속에는 오직 석유화학 해상수송 분야라는 전문성 하나를 고집스럽게 지켜온 점, 창업 때부터 '깨끗한 회사'를 만들고자 하는 소망, 그리고 기업의 혁신에 앞장선 것이 들어있다고 꼽았다. 무엇보다도 종업원과 같이 동업한다는 '동업자 정신'을 가장 중요하게 강조했다.

종업원과 창업주가 동업하려고 하니 회사의 회계가 투명해야 하는 것이 선결조건이었다. 그래야 서로 신뢰가 쌓인다. 회사경영을 투명하게 공개하고 나니 이익이 많이 날 때는 상여금을 많이 주어야 했다. 종업원들의 노력 덕분이었기 때문이다. 그렇게 종업원들에게 이익배당을 한 것이 뒤에 임직원 이익배당제도인 '이익공유제'의 초석이 되었다. 그가 이 제도를 통해 기업뿐 아니라 세상을 살릴 수 있다고 단언할 만큼 KSS해운의 역사적인 고안품이며, 그만의 창작품이라고 해야 옳다.

이런 일로 인해 KSS해운에서는 '다함께'는 단어가 유독 많이 등장한다. 이야기가 잠시 옆으로 벗어나지만, 혹시 시간이 되는 분들은 KSS해운 홈페이지에 들어가 보시기 바란다. 거기에 떠 있는 여러 동영상을 자세히 살펴보시라. 어느 영상물에서든 '다함께'가 보일 것이다.

퇴임 기념 영상 중에 박공길 조리장의 영상이 있다. 조리장이다. 그런데 회사의 가장 중요한 인물 중 하나인 윤장희 회장의 퇴임 영상과 어깨를 나란히 한다. 최남수 기관장 퇴임 영상도 마찬가지이다. 그도 역시 '하늘같은' 회사 회장님과 함께 자리를 차지했다. 이에 그치지 않는다. '김 선장의 하루'라는 영상은 안전품질팀장인 한 선장의 하루를 정리한 것으로, 회사의 e-system을 소개한 영상이다. 그런데 등장인물이 본사 기획실 직원이 아니다. 해운회사에서는 흔히 만나는 '선장'이다. KSS해운은 이런 직원들을 귀하게 여겨 회사 홈페이지에 등장시키고 있다. '다함께'라는 회사문화가 아니면 어림 반 푼도 없을 것이다.

이런 문화 때문에 회사가 부도위기에 몰릴 때 창업주와 함께 온 임직원이 자기 일처럼 뛰어 부도를 막았다. 이 일은 나중에 '직원이 주인이 되는 회사'로 모든 종업원에게 되돌아왔지만. 또, 선박이 불길에 휩싸일 때 단신으로 불길 속으로 들어가 가스가 새는 밸브를 잠그고 혼절할 수도 있었을 것이다. 바로 대한민국 최장수 승선 선원, 37년의 자부심을 보여준 김용만 씨의 살신성인의 모습이다. 이런 '다함께'들에 대해 회사는 국내 여러 곳에 휴양시설을 지어 그들에게 보답하고 있다. 목포에도, 제주에도, 그리고 부산, 여수, 속초에 사원 휴양시설이 널려있다. 어느 곳에서든 마음 편히 쉴 수 있다. '다함께' 일도 하고, '다함께' 쉬기도 하라는 회사의 배려 속에.

평생을 간직한 수치심

박종규 고문(그는 1995년 사장 퇴임 이후 회장을 거쳐 현재는 그가 설립한 바른경제동인회 고문직을 맡고 있다)이 50년을 이어온 KSS해운의 '바른 경영'을 설명하는 순간, 기념식장에는 비장감마저 감돌았다. 깨끗한 경영을 목숨 걸고 고수하게 만든 그의 아주 오래된 기억, '수치심' 때문이다. 그는 1968년 봄 일본 도쿄 지하철에서 받았던 민족적 모멸감을 평생 가슴에 간직하며 KSS해운을 경영해 왔다. 얼마나 가슴에 사무쳤으면, KSS해운을 창업하기도 전의 기억을 50년이 지난 '창립 50주년 기념식장'에서 끄집어냈을까?

당시 그는 난생 처음 일본 도쿄로 해외출장을 갔다. 첫 직장인 대한해운공사 시절이었다. 들뜬 기분으로 도쿄 지하철을 탔는데 만원이었다. 함께 간 공사의 동기와 전철 손잡이를 잡고 서 있었다. 그때 그의 앞에 앉은 일본인 두 사람이 소곤거리는 말을 듣게 된다. 한 사람은 한국 근무를 마치고 막 일본으로 돌아온 사람이었고, 다른 사람은 곧 한국 지사로 떠날 사람이었다. 두 사람은 이런 대화를 나누었다.

"과장급은 얼마 주면 되지요?"

그들 중 젊은 사람이 물었다.

"한 50만 원."

조금 나이든 사람이 대답했다. 아마도 그가 한국 지사에서 귀임한 것 같았다.

다시 묻는다.

"그럼, 부장급은요?"

"100만 원이면 되지."

그들은 한국 사람들이 자기 앞에 서 있는 줄 몰랐을 것이다. 둘의 이야기는 한국을 향해 있었다. 그 정도에서 이야기가 끝났으면 박 고문도 별로 관심을 두지 않았을지 모른다. 문제는 그 다음 말이었다.

"조선놈 별수 없어(朝鮮人 仕方ない)!"

박 고문은 자신의 귀를 씻고 싶었다고 말했다. 어느 회사인지는 몰라도 거래처에 뇌물을 주는 이야기였다. 민족적 수치감. 그는 호텔로 돌아와 밤새 잠을 이루지 못한다. 한국 기업이 이렇게까지 타락했으니 어느 기업인이 존경을 받을 수 있을까? 만일 그가 회사를 차린다면 절대로 비자금이나 리베이트를 받지 않는 회사를 만들고 싶었다. 큰 회사는 얼마든지 있다. 그러나 깨끗한 회사는 드물다. 작지만 깨끗한 회사, 바르게 경영해 세상으로부터 존경받는 회사를 반드시 만들고야 말 것이다! 그는 민족적 수치감에 몸을 떨면서 자신에게 다짐했다. 그 초심을 KSS해운 창업 후 50년 동안 지켜왔다. 그리고 지금도 그의 후배들에 의해 지켜지고 있다. 자신이 은퇴한 지 25년이 지났지만 후배들에 의해 오히려 더 윤리성이 강한 회사가 되고 있다. 이것이 KSS해운의 자랑스러운 브랜드이다.

'깨끗한 회사', '바른 경영'.

다음에 이어지는 이야기는 박 고문이 그날 기념식에서 한 것은 아니다. 단지 KSS해운의 '바른 경영'과 '깨끗한 회사'에 대한 발언이 나왔던 만큼, 그에 이어서 이와 관계된 일들을 조금 더 곁들이고자 할 뿐이다.

먼저 자녀에게 기업을 상속하지 않고 '전문경영인' 제도를 도입한 이야기이다. 뒤에서 더욱 자세히 밝힐 것이므로 대강만 설명하면 이렇다. 깨끗한 회사를 세우려다 보니 창업자 주변부터 깨끗해야 했다. 그래야 임직원들에게 깨끗하라고 떳떳하게 말할 수 있다. 그래서 그는 자신의 세 아들 모두에게 회사 부근에 얼른거리지 못하게 했다. 그리고 1995년 업무에서 은퇴하면서 자신과 호흡을 맞췄던 장두찬 부사장에게 사장직을 넘긴다.

사실 우리나라 기업의 대부분 부정부패가 자녀에게 기업을 상속하려는 데서 발생하고 있다는 사실은 공개된 비밀이다. 자녀를 억지로 대주주로 만들어 회사를 맡기려다보니 계열사 주식을 싼값에 사들이거나 분식회계를 통해 비자금을 모아 로비 자금으로 사용한다. 정계의 입도 막아야 한다. 그러니 그들의 요청을 거부하지 못한다. 그런 상황에서 당연히 노조와의 갈등이 발생한다. 노조가 창업주나 그 가족의 불법행동을 공개하라고 요청하기 때문이다. 노조도 달래야 한다. 기업의 재투자에 들어갈 자금이 이런저런 엉뚱한 곳으로 사라지게 된다. 인사문제도 생긴다. 결국 총체적 불신이 회사 내외에 걸쳐 일어난다.

이와 반대되는 기업도 있다. 박 고문이 창업할 때 닮고 싶은 모델로 삼았던 제약회사 유한양행. 이 회사는 한국 기업 최초의 전문경영인 제를 실시한 것으로 유명하다. 자녀에게 회사를 상속하는 대신, 자기 회사에서 자란 직원을 전문경영인으로 키워 기업을 맡겼다. 그 어떤 노사분규도 없다. 오히려 사회와 임직원으로부터 존경을 받는다. 이로 인해 기업가치가 올라간다. 선순환이다.

그래서 박 고문도 아들을 배제하고 자신의 회사에서 키운 전문경영인에게 사장직을 넘겼다. 그리고 그 사장직을 정의롭고 공평하게 행사할 수 있도록 사장추천위원회 등을 철저하게 활용했다. 또 그 추천위원회를 제대로 운영하기 위해 사외이사 제도를 손질했다. 상법이 규정하고 있는 수를 훨씬 초과해 사외이사를 두었다. 이 모든 것은 경영권을 전문경영인에게 승계시키기 위한 방법들이었다. 그리고 그 바탕에는 '바른 경영, 깨끗한 회사'라는 박 고문의 신념이 자리했다. 이것이 지금 일컬어지는 'ESG' 중 'G'에 해당하는 'Governance'이다.

'50주년'에서 돌아본 다섯 은인

이날 기념식의 하이라이트는 KSS해운의 오늘이 있게 한 '다섯 은인'을 창업주가 일일이 이름을 부르며 박수를 받게 해준 일이다. 창립 50주년을 흥분 속에서 맞게 해준 엄선되고 엄선된 인물, 다섯. 그들의 헌신이 있었기에 지금의 KSS해운이 건재할 수 있었던 그 다섯을 회사는 일일이 찾아 기념식에 초대했다. 모두 은퇴자들이다. 그날 그 자리에는 일본인 다카시마(高島) 씨를 제외하고 모두 참석했다. 다카시마 씨는 노환으로 요양소에 있는데 병원의 허가를 얻지 못해 초청에 응할 수 없다는 연락이 왔다고 했다.

먼저 박 고문의 뒤를 이어 사장으로 회사를 지휘한 두 명의 사장이 호명되었다. 2대 장두찬, 3대 윤장희 사장이다. 그가 자신의 뒤를 이어 '바른 경영'뿐 아니라 회사경영도 너무 잘했다고 침이 마르게 칭찬한 인물들이다. 그는 이 두 사장을 가리켜 자신이 은퇴한 뒤 성장의 기초를 닦은 사람으로 소개했다. 그가 은퇴하던 1995년까지만 해도 회사가 적자 상태였고, 매출액도 450억 원에 불과했다. 그러나 서로 바통은 주고받으면서 3대 윤 사장이 회사를 떠날 때는 1,170억 원에 이를 만큼 탄탄한 흑자를 연속적으로 이어나갔다고 밝혔다. 더구나 그의 뒤를 받칠 만큼 윤리에도 강해 해외출장을 다녀오면 남은 출장비를 회사 경리에게 반납하기도 했다며 일화를 공개하기도 했다.

또 다른 사람. '잃어버린 7년'의 한가운데에서 경리과에 근무한 여직원 박영래 씨. 당시 20대 초반의 미스였지만, 이제는 50줄이 넘어 자녀들을 둔 어머니가 되어 기념식장에서 박수를 받았다. 그녀는 사채를 쓰며 회사가 부도 직전에서 흔들릴 때, 주거래은행에 찾아가 자리를 틀고 앉아 회사 간부들이 꼭 돈을 마련해 올 테니 마감시간을 넘기더라도 기다려달라며 떼를 쓰곤 했다. 어린 여직원이 끝까지 버티니까 은행에서도 어쩔 수 없이 입금 마감시간을 넘겨가며 기다리기를 수없이 했다고. 나중에 행장까지 한 당시 상업은행 서소문지점장은 그때 박 고문에게 "당신이 와서 기다려달라고 했으면 바로 부도 처리했을 텐데, 어린 경리과 여직원이 은행 의자에 버티고 앉아 호소하는

데 부도를 내게 할 수 없었다"고 말하던 일화를 소개했다.

그런 다음 박 고문은 잠시 화제를 바꾸어 친구들의 말을 떠올렸다. 그의 친구들은 이렇게 물었다.

"딴 해운회사들은 적자가 나는데, 왜 KSS해운은 성공했어?"

"요령을 알고 싶어?"

그는 친구들을 바라보며 되물었다.

"말하지, 내가 경영을 안 하니까 흑자가 난 거야. 우리 회사 흑자는 내가 회사를 그만둔 후 후배들이 만든 거야!"

물론 이 말은 사실일 수도 있고, 그렇지 않을 수도 있다. 그러나 임직원들에게 대한 창업주의 신뢰가 이 정도 깊다는 뜻은 그의 말에서 충분히 읽어낼 수 있다.

뒤이어 그는 또 다른 나머지 두 명의 이름을 불렀다. 먼저 갑판장 김용만 씨. 바로 앞에서 가스밸브가 새어 선박에 불이 붙었을 때 앞뒤 가리지 않고 불 속으로 들어가 밸브를 잠근 뒤 혼절한 인물이다. 그때 얼마나 깊은 화상을 입었던지, 수십 년이 지난 지금도 그의 얼굴에는 흉터가 남아있었다. 만일 불로 인한 큰 사고가 났더라면, 당시 작은 회사로서는 감내하기 어려운 손실이 불가피했을 것이다. 불 속으로 몸을 던진 그의 용기로 인해 하마터면 생명이 끝날 뻔한 KSS해운이 정상 운항을 할 수 있었다.

그리고 마지막, 일본인 다카시마 씨. 일본 도쿄은행 자회사인 도긴리스(東銀) 부장이다. 그는 박 고문이 1987년 일본에서 중소형 압력식 가스탱커인 선밀리온호를 도입할 때, 그를 크게 도와준 인물이다. 앞부분에서 요양원에 입원해 있어 50주년 기념식에 오지 못했다고 한 그 사람이다.

그 한 해 전인 1986년 여름까지도 세계 가스 시장은 대단한 불황이었다. 그러나 그는 곧 시황이 회복되리라는 전망을 했다. 그래서 중소형 압력식 가스탱커를 물색했다. 그리고 일본에서 운항 중인 선밀리온호를 점찍었다. 선가는 205만 달러. 그러나 국내 금융은 불가능했고, 해외 신용도 장담할 수 없었다. 해결책을 찾지 못하던 그는 1971년 제1LP호 도입과정 때부터 인연을 맺어온 다카시마 씨를 찾았다. 그가 일본에 갈 적마다 만나곤 했기에 이미 돈독한 사이였다.

점심을 함께했다. 그 자리에서 그는 지나가는 말로 "한 200만 달러만 있으면 배 한 척을 살 수 있을 텐데…"라며 운을 떼었다. 큰 기대는 갖지 않았다. 그리고는 물색한 선박과 시장전망을 설명하려고 했다. 그러나 다카시마 씨는 그의 말을 가로막으며, "알았어. 빌려줄게"라고 그 자리에서 승낙했다. 그러나 그의 말을 믿기가 어려웠다. 아무리 부장이라 해도 도긴리스라는 큰 회사에서 즉석으로 그런 결정을 할 힘이 그에게 있을지 반신반의했다. 그런데 그는 정말로 돈을 빌려준다. "서울로 돌아가지 말고 기다리라"고 하더니, 불과 1주일 만에 금융 문제를 확정해 주었다. 그 조건도 가히 파격적이었다. 착수금도 없이 205만 달러 전액을 빌려주었다. 더욱 더 놀라운 일은 그 돈을 KSS해운이 아니라 박종규 개인에게 빌려준 것이었다.

다카시마 씨의 이런 호의는 1986년에 더 놀라운 일로 발전했다. 그의 호의가 KSS해운에 예상하지 못한 큰 이익을 안겨준 효자가 되었기 때문이다. 박 고문의 전망대로 그해 겨울부터 가스마켓이 살아나면서 운임과 선가가 크게 오르기 시작했다. 불과 1년 3개월을 운항하고, 그 이듬해 12월에 이 배를 355만 달러에 매각했다. 1년간 운항수입과 매각이익을 합하면 무려 200만 달러의 순익을 가져다주었다. 그리고 이 돈은 1988년에 이르러 KSS해운이 야심차게 시작한 대형 가스선 도입의 종잣돈이 되었다. 일본 도쿄에서 선가 2,000만 달러에 이르는 대형 LPG선을 도입할 때, 선밀리온호를 매각한 대금에다 조금 더 보탠 400만 달러로 착수금 20%를 지급했다. 착수금이 마련되니, 나머지 1,600만 달러 조달도 어렵지 않게 산업은행에서 차입할 수 있었다. 선밀리온호로부터 시작된 KSS해운의 LPG 수송사업은 오늘날 KSS해운을 LPG 해양수송 분야 세계 강자로 만든 원동력이다. 이렇게 도긴리스의 다카시마 씨는 KSS해운으로서는 결코 잊을 수 없는 인물이 되었다.

새로운 자본주의를 제창하며

이제 창립 50주년 기념식은 마지막을 향해 달려가고 있다. 과거를 짚어봤으니, 이제는 미래이다. 그 미래를 준비하기 위해 박종규는 다시 단상 위에 올랐다. 그리고는 87세의 노구에도 카랑카랑한 목소리로 '새로운 자본주의 제창'을 선언했다. 그리고 이 새 자본주의 실천으로 긴 미래의 시간까지도 KSS해운의 지속적인 번영을 내보였다. 기념식장에 내걸렸던 '50에서 300'이란 암호 같은 숫자 중 '300'은 지속가능한 KSS해운의 300년 미래를 제시한 것이다. 미래의 시간이다. 물론 '50'은 창립 50주년의 그 '50'이다. 과거의 시간이다.

'새로운 자본주의'는 매우 중요한 주제여서 이 책의 뒤에서 자세하게 다룰 것이다. 그러나 이날 강연이 이루어졌던 만큼, 그 핵심만 뽑아 여기에서 잠시 살펴보고 넘어가고자 한다. 그가 제창한 '새로운 자본주의'란, 요약하면 KSS해운이 지난 2014년부터 시행해 온 임직원 배당제인 '이익공유제' 자본주의를 일컫는다. 이날 저녁 그는 '이익공유제'에 대해 이런 말로 강연을 시작했다.

"인간의 생명은 한계가 있습니다. 어느 조직에 들어가 일하는 것은 인생 투자입니다. 하나밖에 없는 아까운 인생을 그 조직을 위해 헌신하는 것입니다. 돈 있는 사람은 돈으로 투자하고, 돈 없는 사람은 노동으로 투자합니다. 그러니 노동을 투자한 종업원도 돈을 투자한 주주와 같은 대우를 받아 마땅하다고 봅니다. 노동을 비용으로만 보지 말고 투자로 보자는 것입니다."

그런 다음 그는 지금의 '주주자본주의'에 대한 통렬한 반성을 촉구하는 말로 이어갔다.

"칼 마르크스는 '자본가는 노동자에게 먹고살 만큼만 임금을 주고, 노동자가 일한 만큼은 주지 않는다. 그 차액을 자본가가 착취한다. 이를 시정하기 위한 계급투쟁으로 노동자 독재는 허용되어야 한다'라고 했습니다. 물론 지금이야 AI의 등장으로 자본의 공헌도가 산업혁명 초기에 비해 커질 수 있지만, 자본과 노동이 결합해야 이익 창출이 가능해집니다. 자본가의 이익 착취분 일부를 노동자 측에 제공한다면 마르크스의 계급투쟁의 근거가 없어질 것입니다. 이익을 나눔으로써 자본주의의 위기를 극복해야 합니다. 그렇지 않으면 자본가도 노동자도 설 땅이 없다는 사실을 직시해야지요."

수구적 주주자본주의 입장에서 보면 박종규의 논리는 위험해 보일 수도 있을 것이다. 그러나 그는 KSS해운에서 이 문제를 다각도로 연구하며 실천해 본 인물이다. 그리고 '임직원 이익배당제'가 가져다준 결과를 숫자로 이미 확인했다. 세계적인 경영의 그루였던 피터 드러커도 숫자로 기록될 수 있는 것만 진리라고 했다. 그러므로 그에게는 이론가가 지닐 수 없는 확신이 있었다. 그는 이 '이익공유제'를 통해 KSS해운을 질이 좋은 회사로 만들 수 있었다며, 이를 전 기업에 확산할 것을 거듭 주장했다.

"질이 좋은 회사를 만들면 자연히 큰 회사가 됩니다. 그러면 외부 고객들이 먼저 알아주지요. 그걸 억지로 선전하고 일부러 끌어들이려고 하면 기초가 약해져 무너집니다. 이 새로운 자본주의를 실천해 앞으로 우리 후배들이 번영할 수 있도록 우리가 그 기초를 만들어주어야 합니다. 그런 정신으로 일을 하면 회사는 300년이 아니라 500년까지 계속 갈 수 있을 것입니다."

미래는 이렇게 만들 수 있다며, 그는 강단을 내려왔다. '창립 50주년 기념식'은 이 강연으로 막을 내렸다.

짧은 시간 동안, 여러분은 모소 대나무가 땅 밑에서 이리저리 헤치며 뿌리를 키웠듯이 박종규와 KSS해운의 성공과 좌절, 그리고 여기에 굴하지 않고 다시 일어서 지속가능경영을 이루어간 모습을 살폈을 것이다. 또 간략하지만, 아주 특출한 사회개혁에 대해서도 다소간의 지식을 가졌을 것이다. 그러므로 이제부터 그 구체적인 모습을 살펴, 이 땅에 그와 KSS해운이 존재함으로써 행복할 수 있는 일들을 찾아 나서고자 한다. 내가 만났던 신나는 이야기를 독자 여러분도 함께 향유하시기를 기대하며.

제2장
Pre-KSS해운

제목이 좀 기이해 보일지 모르겠다. 멋을 좀 부린 것을 이해해 주셨으면 한다. KSS해운이 잉태되기 이전의 이야기를 하려고 하기 때문이다. 어머니의 자궁처럼 KSS해운을 품었던 토양을 살펴볼 것이다. 그러기 위해 이 이야기의 시작은 박종규의 첫 직장인 대한해운공사 시절로 돌아가야 한다. 거기에 그도 미처 의식하지 못했던 KSS해운이 미숙아 형태로 대한해운공사의 자궁 속에 웅크리고 있다.

바다가 등 떠밀어

박종규와 '바다'는 운명 같다. 나는 그렇게 느낀다. 그리고 그를 만날수록 그 확신은 더욱 굳어졌다. 그가 사회생활 첫발을 뗀 그 순간부터 바다는 그를 향해 손짓하고 있었다. 단지 그런 사실을 그도 깨닫지 못했을 뿐이다. 박종규의 해운업 진출 초기 과정을 살펴보면 더욱 그렇다. 운명이 아니고는 이런 일이 일어날 수 있을까 싶을 정도이다. 왜 가고 싶지도 않았고, 자격도 되지 않는 대한해운공사 입사를 그렇게 고집했을까? 아무리 원인을 찾아보려 해도 알 수 없었다. 흔히 말하듯이, 뭔가 씌지 않으면 일어날 수 없는 운명적인 어떤 것이 그의 등을 바다로 향해 밀어냈다. 대한해운공사의 모집광고가 그 출발점이었다.

그 광고는 서울대학교 법학대학 게시판에서 붙어있었다. 문리대 정치학과에 다니던 박종규가 상법 공부를 하려고 담을 넘어 법학대로 가지 않았더라면 결코 만날 수 없었을 것이었다. 당시 대한해운공사 입사자격이 상대와 법대 출신뿐이었던 탓이다. 그러므로 그는 애초부터 입사 지원대상이 아니었다. 졸업 후 한국은행에 입사하고자 했던 그는 상법 공부가 필요했다. 그러나 정치학과에서는 상법을 가르치지 않았다. 하는 수 없어 문리대에서 담 하나만 넘으면 도둑 강의를 들을 수 있는 법대 쪽으로 자주 드나들다 그 광고를 보게 되었다. 법대에는 당시 서동각 교수가 상법 강의를 개설해 놓고 있었다.

문제는 왠지 그 광고가 그의 눈에 자꾸만 밟혔다는 점이다. 그는 대한해운공사에는 전혀 관심이 없었다. 당시 정치학과 출신에게 인기 있던 곳은 한국은행이나 신문사 정도였다. 그런데도 한번 응시라도 해보고 싶은 생각이 자꾸만 그를 사로잡았다. 한국은행 시험을 치기 전에 한 번 실력을 테스트해 볼 기회라고 누군가 속삭이는 것 같았다. 나쁘지 않아 보였다.

"그 회사에 들어가지 못하더라도 합격할 수 있는 실력이 되는지 확인이라도 해보지, 뭐."*

* '나의 회고록(6)', 한국해운신문(2018.10.17)

그는 바로 행동에 돌입한다. 입사원서를 받기 위해 그는 남대문 근처에 있던 대한해운공사로 찾아간다. 그리고는 총무과로 가서 시험을 보고 싶으니 입사원서를 달라고 했다. 여지없이 거절당한 것은 뻔한 사실. 아무리 서울대학교 정치학과에 다니고 있다 해도 자격도 없는 주제에 원서를 달라고 했으니 담당자는 귀찮았을 것이다. 그렇다고 그냥 물러설 위인이 아니었다. 끈질기게 요구했다.

여기에서부터 '박종규 라벨'이라고 부를 수 있는 '끈질긴 의지'를 발견한다. 이 의지는 점점 더 굳어져 창업의 첫 과제인 한국 최초의 케미컬 수송선을 취득하는 과정에 이르면 가히 '초인적 의지'로 탈바꿈한다. 국외자가 보기에는 너무도 쉽게 일과 목숨을 바꾸려 덤벼들곤 할 정도였다. 배 한 척을 구하기 위해 일본 생명보험회사에 가입하고 자살하려 했다. 정 대출을 받지 못한다면 보험금으로 배를 사 그의 후배들이 회사를 경영할 수 있으면 된다고 생각했다. 이런 초인적 의지는 사업을 하는 25년 동안 너무나 자주, 그리고 너무나 강력하게 드러나곤 했다.

안 된다고 했지만 시험을 치를 기회나 달라고 담당자에게 매달렸다. 하도 귀찮게 구니까, 그렇다면 문리대 학장 추천서를 가져오라 했다. 순진하게도 그는 그 말을 듣고 학장실로 찾아갔다. 그러나 당시 학장도 부정적이었다. 대한해운공사에서 문리대로 의뢰서가 온 것이 없다는 이유를 댔다. 그제야 회사와 대학이 서로 책임을 지지 않기 위해 핑퐁을 친다는 사실을 깨달았다.

보통 사람이라면 창피해서라도 이 선에서 포기할 것이다. 그러나 애초부터 박종규 생애에는 포기란 없었다. 그랬더라면 벌써 6·25전쟁 통에 죽었을 것이다. 피난열차도 타지 못했을 것이고, 순식간에 천하고아로 전락한 피난지 부산에서 굶어죽었을지도 몰랐다. 그의 어린 시절은 삶을 포기하지 않기 위해 미군부대에서 도둑질까지 하며 목숨을 지탱한 시간이었다. 그에게는 이미 그때부터 포기를 거부하는 피가 흐르고 있었다.

'포기'를 거부하자 '오기'가 발동했다. 반드시 이 회사에 시험을 볼 것이다. 그리고 합격해 다닐 것이다! 그는 다시 해운공사 담당자를 찾아가 의뢰서가 없더라도 어떻든 시험만이라도 보게 해달라고 매달렸다. 그리고 결국 마지막으로 들은 말, 국회의원 추천서를 받아오라는 것이었다. 학생 주제에 어떻게 국회의원 추천서를 받아올 수 있을까. 아마도 담당자는 괴롭히는 그를 떨쳐내 버리고자 툭 내뱉은 말이었을 것이다. 이때 또 한 번의 우연이 그에게 손짓을 한다. 그는 당시 참의원인 김용주 국회의원을 알고 있었다. 김 의원은 6·25전란 중 납북된 부친의 진주사범학교 동창이었던 것이다. 부친은 교사를 그만두고 6·25 직전까지 보수계의 거물 정치인인 조병옥 박사 선거캠프에서 일을 보고 계셨다.

김용주 의원은 친구의 아들이 써달라는 추천서 대신 자신의 명함 뒷면에 '추천함'이라고 적고는 도장을 꾹 눌러 그에게 주었다. 그 길로 그는 한달음에 대한해운공사 총무과로 달려간다. 입사할 생각도 없는 회사를 위해 벌써 두 번의 우연이 박종규에게 찾아온 것이다. 그러나 우연은 이에 그치지 않았다. 간절한 소원대로 10대 1의 경쟁을 뚫고 합격한 뒤에도, 그 우연이 박종규의 팔을 붙들어 주었다. 합격하고 보니 10명을 뽑는데 맨 꼴지. 그것도 3명이 함께 꼴지에 이름을 올리고 있었던 것이었다.

최종 합격사정 자리에 나온 당시 석두옥 대한해운공사 사장은 그에게 명함에다 도장을 눌러준 김용주 의원이 대한해운공사 초대 사장을 할 때, 그 밑에서 임원을 하고 있던 분이었다. 이미 총무과에서 그 이야기를 들었을 석 사장은 어떻든 김 의원의 안면을 무시할 수 없었을 것이다. 그러나 합격사정위원 중 누구라도 박종규가 입사자격이 없는 정치학과 출신이라는 사실을 알면 그냥 떨어질 판국이었다. 그래서 석 사장은 꾀를 낸다. 입사원서에 ‘박종규’ 이름 옆의 ‘정치학과’라는 비고란 표시를 다른 사람들이 보지 못하도록 그의 엄지손가락으로 가린 채, 마지막 합격자 세 명이 점수가 꼭 같으니 12명 모두 합격시키자고 해 그대로 통과되었다. 박종규는 이런 사실을 석 사장 퇴임 후에 듣게 된다. 인사하러 간 자리에서 “자네는 내 엄지손가락 때문에 합격한 사람이야”라는 말을 석 사장이 실토했다. ‘바다’와의 인연은 이렇게 박종규를 찾아왔다. 누가 봐도 운명이었다.

이쯤에서 여담 한 번 하고 지나가 보자. 학창시절 그가 유독 드뷔시의 교향시 <라 메르>를 좋아했다는 점에 대해서다.

박종규가 대학을 다니던 시절은 국가적으로도 극도의 혼란기였다. 일본의 지배를 벗어나 민주주의라는 국가체제를 세웠지만, 국가지도자 중에서 이 제도에 대해 깊이 고민한 사람은 손에 꼽을 정도에 불과했다. 더구나 6·25를 거치면서 한 번 시작된 혼란을 극복하는 데 많은 어려움을 겪었다. 당연히 나라는 불안했고, 사회적인 소요는 그치지 않았다. 급기야 4·19를 맞아 대학생활은 시위로 날이 새고 날이 지던 시절이었다. 그런 와중에도 그는 책읽기를 좋아했고, 특히 클래식 음

악에 심취했다. 다행히 부자 누님이 있어 돈에는 친구들에 비해 상대적으로 궁하지 않은 편이었다. 그중에서도 그가 가장 즐겨들었던 음악은 프랑스 작곡가 드뷔시의 교향시 <라 메르>였다.

'라 메르(la mer)'는 '바다'라는 뜻의 프랑스어이다. 당시 박종규가 다니던 서울대학교 문리대 학생들은 프랑스 문화를 흠모해 대학 부근의 여러 곳을 프랑스의 시나 지명을 따서 이름 붙이곤 했다. 문리대 앞을 흐르는 작은 개천을 프랑스 파리를 관통하는 '센 강'으로 불렀다. 또, 그 개천에 걸쳐진 너무나도 초라한 시멘트 다리를 센 강의 '미라보 다리'라고 부르는 식이었다. 서울대 문리대생들은 지식인의 냄새를 피우며, "미라보 다리 아래로 센 강은 흐르고…"라는 둥 거드름을 떨었다. 아마도 그런 대학의 분위기가 박종규에게도 미쳤을 법했다. 아무튼 그는 겨우 25분도 채 되지 않는 교향시 <라 메르>를 들으며 미래의 꿈을 꾸었다. 당시에는 그것이 자신의 운명인 '바다'와 관련되리라는 생각은 꿈에도 하지 않은 채.

이 <라 메르>는 바다를 넘어 일본과의 만남의 길도 준비하고 있었다. 사실 교향시 <라 메르>를 작곡한 드뷔시는 그의 생애 바다를 한 번도 보지 못한 채 세상을 뜬 작곡가이다. 그런 그가 바다를 소재로 후대에 길이 남는 교향시를 썼다는 사실이 믿기어지지 않는다. 그는 일본에서 건너온 가쓰시카 호쿠사이의 <가나가와의 파도>라는 유명한 그림을 보자, 영감을 받고 바로 작곡에 들어갔다. 그러므로 그 교향시를 듣고 있으면 파도가 치는 광경과 그 속에 몸이 빠져드는 느낌, 그리고 후반부에 이르면 곡 전체에서 일본풍의 기이한 느낌에 소름까지 돋을 정도이다. 박종규 역시 프랑스 작곡가를 통해 일본인의 정취에 빠져들 수 있었을 것으로 추측된다.

사실이 그랬다. 창업 후 박종규의 사업 대부분이 일본에서 이루어진다. 일본의 중고선을 매입하거나, 일본에서 새로운 선박을 건조했다. 그리고 그 모든 자금의 대부분이 일본에서 만들어졌다. 이는 자연스럽게 일본인과의 강한 연대를 형성했고, 그 자신 스스로 일본인의 강단을 배웠을 것 같다. 거기에다 박종규는 대한해운공사 시절, 선박도입 업무를 도맡으면서 국내에 없는 여러 제도나 선박들에 대한 도입 시스템을 일본의 경험에서 차용했다. 당연히 일본어를 배워야 했고, 이것은 뒤에 일본인을 상대로 사업을 하는 데 큰 도움이 된다.

사주조합 결성에서 '100주 사기 운동'까지

박종규는 이렇게 운명적인 손에 이끌려 바다와 인연을 맺게 된다. 1960년 10월, 그는 당시 유일한 국영기업인 대한해운공사에 입사한다. 겨우 꼴찌로. 그러나 그는 거의 9년이 지난 1969년 2월 사직할 때까지 다른 사람들과 달리 늘 문제의식을 갖고 직장생활을 했다. 아마도 그것은 그의 전공인 정치학에서 영향을 받은 것이 클 듯했다. 아무래도 대학에서 다른 전공에 비해 비판의식을 강하게 훈련받기 때문일 것이다. 그의 문제의식은 사주조합 결성에서 잘 드러난다.

사주조합 결성 문제에 관심을 가진 것은 국영기업인 대한해운공사가 민간인에게 불하되리라는 소문이 막 흘러나오던 1966년. 그 이듬해에 치러질 대통령 선거에서 누군가 선거자금을 댄다면, 그 대가로 민간에게 국영기업들을 넘길 수 있다는 추측들이 난무하기 시작하던 때였다. 소문에 오른 국영기업은 대한해운공사 외에도 대한통운, 대한

조선공사, 수산개발공사 등이 거론되었다. 이때 박종규의 문제의식이 발동한다. 국영기업을 지켜야 한다. 그러려면, 먼저 사원들이 주식을 소유하고 있어야 한다. 사주조합을 만들자!

공사에 입사해 그곳의 물을 먹은 지도 5년이 넘었다. 가장 팔팔하게 공사 안을 헤집고 다닐 연차였다. 너무 세상과 타협할 나이도 아니었고, 또 업무에서 너무 초짜도 아니었다. 사내 사람들도 대부분 알고 있고, 일을 벌일만한 경험도 축적되어 있었다. 그해 연말, 마침 조선과장으로 승진이 되자 승진 턱을 내는 술자리에서 선배 과장들에게 재벌기업으로 민영화되는 것을 막기 위해 '우리사주조합'이 필요하다고 역설했다. 그렇게 해서 의견을 낸 지 불과 두 달 만인 1967년 3월, 당시 이맹기 사장의 묵시적인 동의를 얻어 대한해운공사 사주조합을 결성했다. 사원이 회사의 주인이 되는 종업원지주제였다.

회장은 선장 출신 한 분을 세웠고, 박종규는 사무국장이 되어 조합의 일을 도맡았다. 이맹기 사장은 그 후 박종규가 창업할 때 주식의 3분의 1을 사고, 그와 함께 최대주주로 참여한 인물이다. 그리고 과장들에게 사주조합 결성을 역설할 때, 과장이 아닌 한 사람도 그 자리에 있다가 찬동하게 된다. 그가 박종규보다 한 해 늦게 공사에 입사한 강병연 계장이었다. 그도 박종규의 창업 때 그와 함께 공사를 나와 합류한 인물이다. 합류를 넘어 초대 상무를 맡아 사실상 새 회사의 골격을 세운 사람이기도 하다.

사주조합의 첫 일은 대한해운공사 주식 구매 사업이었다. 직원들이 공사의 주식을 많이 보유하고 있으면, 정부도 함부로 민간 불하를 할 수 없을 것이라는 판단에 근거했다. '대한해운공사 주식 100주 사기 운동'이 그것이다. 사주조합은 또 사내 임직원뿐 아니라, 사회 각계 각층으로 주식구매 대상을 확대하기로 했다. 공사 사내외의 많은 사람들이 공사의 주식을 광범위하게 갖고 있게 되면, 정부도 함부로 공사를 불하하기 어려울 것으로 생각했다.

이 과정에서 박종규의 놀라운 추진력이 나타난다. 아마도 박종규도 자신 속에 그런 능력이 숨어있는 줄 몰랐을 것이다. 사주조합이 벌인 '주식 100주 사기 운동'이 급기야 청와대까지 전달되어 박정희 대통령과 이후락 비서실장이 명부에 서명하고 대금을 납부하는 데까지 이르렀다.

국영기업체의 일개 과장이 어떻게 대통령과 비서실장을 면담하고 주식을 사도록까지 할 수 있었을까? 더구나 당시 박 대통령이나 이 비서실장의 권세가 얼마나 대단했는지는 독자 중에 나이가 좀 든 분들은 모르지 않을 것이다. 그런 대통령이 일개 과장의 설득에 넘어가 '주식 사기 운동'에 동참했을까? 거기에는 공개되지 않은 비밀이 있다. 이맹기 대한해운공사 사장과 손발이 척척 맞았던 게 함께 청와대를 방문해 대통령을 면담할 길을 만든 것이었다. 박 과장이 주식 이야기를 꺼내자, 박 대통령으로부터 종업원들이 좋은 일을 한다면서 칭찬까지 들어가며 주식구입 자금을 받아오게 된다.

그 이전에 이맹기 사장이 해군참모총장을 끝내고 대한해운공사 사장으로 부임했을 때, 박종규는 선박도입 업무 실무책임자였다. 대한해운공사에서 선박도입 업무는 핵심 중의 핵심이다. 회사의 운명을 좌우할 정도로 중차대한 일이었다. 바로 그 무렵은 일본으로부터 한일협력자금이 들어올 때였고, 그중에 선박건조 자금도 포함되어 있었다.

이 자금을 따기 위해 이 사장과 그가 콤비가 되어 수시로 재무부와 경제기획원을 들락거렸다. 그는 실무자들에게 로비를 하고, 이 사장은 높은 사람들을 접촉해 일을 성사시켜 나갔다. 그 과정에서 그는 경제기획원 등 정부 부처 공무원들에게 인심을 잃지 않아 많은 협조를 얻어냈다. 그로 인해 정부의 지원자금도 많이 따내었다.

이런 일로 인해 박종규는 이 사장의 눈에 확실하게 들었다. 그가 신설된 조선과장으로 승진한 것도 이런 이유 때문이었다. 입사 6년 만에 선박도입의 실무책임자가 된 것이다. 그리고 사주조합의 '주식 사기 운동'에도 이 사장의 묵시적인 도움을 받게 되었고, 함께 청와대까지 방문해 준 것도 이맹기 사장이었다. 이런 활동은 그가 창업 후 리베이트 없이도 필요한 로비를 할 수 있게 된 훈련과정이 되었다. 그는 대한해운공사 시절 처리한 업무를 통해 해운선사에 대한 경영 노하우를 이미 철저하게 학습하고 있었던 것이다.

그렇게 대통령과 비서실장까지 서명을 받아냄으로써 '100주 주식 사기' 운동은 날개를 달았다. 몇 개월 만에 주식대금이 무려 2,000만 원이나 걷혔다. 이 액수는 박종규의 창업자금이 300만 원인 것과 비교해 보면 얼마나 큰 금액인지 파악할 수 있을 것이다. 그가 창업한 회사와 같은 규모의 회사 7개를 세울 수 있는 액수였다. 그는 이 돈으로 재무부를 찾아가 사주조합에서 대한해운공사 주식을 사겠다고 제안한다.

그러나 3만 주까지 확보했던 우리사주조합 주식은 소문대로 1968년 11월 대한해운공사가 한양대학교 재단으로 불하됨으로써 쓸모없는 휴지조각으로 변한다. 사주조합도 해산절차를 밟았다. 해방 이후

유한양행을 제외하면 거의 최초라고 할 수 있는 사주조합운동은 이렇게 결국 물거품이 되고 만다.

그렇다고 이 일로 잃은 것뿐이었을까? 대한해운공사에서 이루지 못한 꿈이었던 사주조합 운동은 박종규가 회사를 창업하면서 KSS해운에서 화려하게 부활한다. 그는 창업 초기부터 사원조합을 결성토록 하고, 자신의 소유 주식을 분양한다. 그 일은 뒤에서 더 자세하게 들여다볼 것이다. 이미 이런 일들을 통해 박종규의 회사, KSS해운이 누구의 눈에도 띄지 않으면서 미숙아 형태로 자라나고 있었다.

책상 위에서 만든 밀수근절책

대한해운공사라는 어머니의 자궁 안에서 생명을 키우고 있던 미숙아인 KSS해운에게는 이 외에도 두 가지 일이 더 남아있었다. 그중 한 가지가 '밀수'와 관련된 일이다. 박종규는 상사의 지시에 따라 전혀 관심 밖이었던 '밀수' 문제를 정밀하게 들여다볼 수 있는 기회를 얻게 된 것이다.

대한해운공사에 입사한 지 6개월여 만에 5·16이 터져 육군 출신 새 사장이 부임했다. 이 과정에서 많은 고참 직원들이 강제퇴직을 당했다. 그도 그 바람에 휩쓸려 부산지점 관리실로 발령을 받았다. 처음으로 선원들을 만나고, 실제로 배도 구경하게 된 것이다. 그동안은 해운 관련 정부 공기업에 근무했지만 서울 본사에 있어 막상 공사의 핵심인 선원들이나 선박을 만나거나 볼 기회가 없었다. 그에게는 큰 경험이었다.

그런데, 부산 발령 직전에 그에게 사장 특명이 떨어졌다. '밀수근절책'을 만들어 보고하라는 것이었다. 부임 전에 해운회사에 밀수가 많다는 소문을 들었던 것 같았다. 특명을 받은 그는 책상에 앉아 머리를 짜낸다. 그리고는 한 가지 안을 만들었다. 군대처럼 단체기합을 주는 안이었다. 선박 내의 조직은 갑판부, 기관부, 통신부 등 세 부서로 나누어져 있는데, 한 사람이라도 밀수를 하면 그 선원이 소속된 부서 전원이 벌을 받는 단체징계안을 만들어 사장께 보고를 올렸다. 대학 재학 시절, 공군 근무를 했던 경험을 나름대로 살린 것이었다. 그랬는데 아주 좋은 착안이라며 칭찬을 받았다.

그러나 막상 부산에 부임해 밀수현장 사정을 안 후에는 책상 앞에서 만든 근절대책이 얼마나 현실과 동떨어진 것인지 깨닫고 자신의 머리를 쥐어박았다. 그가 부산으로 부임하기 전, 자신이 만든 '밀수근절책'이 선원들에게 하달되었던 모양이다. 그와 함께 술자리를 한 선원들이 대놓고 그 근절책을 비웃고 있었다.

"밀수를 혼자 하는 줄 아는 모양이지. 본사 놈들은 아무것도 몰라"라며 자기들끼리 키득거리는 것이었다. 그들은 바로 자기들 앞에 앉아있는 박종규가 그 대책을 만든 장본인인 줄 알 리가 없었다. 그는 얼굴이 달아오르며 안절부절 못했다. 선원들의 말을 들어보니 밀수는 혼자 하는 것이 아니었다. 승선한 선원 전체가 공동으로 한다고 했다. 그래야 내부고발자가 없어 안심하고 할 수 있다는 것이다. 그가 만든 '밀수근절책'은 오히려 '밀수장려책'이 되고 있었다. 현장을 모르고 책상 위에서 만든 것의 허구를 그는 크게 깨닫게 된다.

박종규는 즉시 회사로 전화를 걸어 자초지종을 설명하고, 그 근절책을 취소해 달라고 요청했다. 그러나 회사는 아직 입사 1년도 채 되지 않는 그의 말 대신 현장 선장들에게 확인하는 절차를 밟았다.

결과가 어떻게 되었을까? 그가 틀렸다는 것이었다. 어느 선장이 본사의 이런 확인전화를 받고 공동밀수 사실을 이실직고할 수 있을까? 결국 그 일은 어떤 결말도 맺지 못한 채 흐지부지 사라졌다. 그러나 이 일 역시 그때의 부끄러움이 창업 후 그의 회사의 '밀수금지정책'으로 되살아난다. 그는 KSS해운의 첫 배인 제1케미캐리호가 일본으로 첫 출항하던 날 부산까지 내려가, 그 배에 승선해 모든 선원들의 소지품을 검사하며 밀수 근절에 대한 창업주로서의 확실한 소신을 밝힌다. 해운회사로서는 밀수야말로 박종규의 경영철학인 '바른 경영', '투명 경영'을 가로막는 최대의 걸림돌이기 때문이다. 그는 대한해운공사에서 '밀수'에 대한 현장실습을 한 셈이었다.

선박 매매·건조 전문가 훈련

미숙아의 마지막 모습, 그것은 선박 매매와 건조의 전문가 훈련을 받았다는 것이다. 그것도 교습비를 내는 대신 월급을 받으며 훈련을 했으니 참으로 운이 좋았다.

앞에서 이야기했던 대로 그는 대한해운공사의 초대 조선과장이었다. 조선과 업무는 선박을 새로 도입하거나 매각하는 일로, 막대한 자금이 오가는 중요한 것이다. 그러나 박종규는 1966년 조선과가 독립되기 전인 1962년부터 본사 기획실 선박도입반 계장으로 발령받아 같은 일을 수행해 왔다. 그러므로 이 업무에 대한 경험이 그의 대한해운공사 업무의 전부라고 해도 과언이 아닐 정도이다. 그 긴 시간 동안 이 업무만 집중적으로 관여해 왔다. 특히 중요하게 했던 일은 5~10년 후

시장전망을 분석하고, 이에 따른 필요 선박의 사양과 금융조달 방안을 수립하는 것이었다.

해운 초창기였던 1960년대 국내 해운업계는 아직 선박도입 절차나 방법에 대한 실무적인 경험도 없었고, 그를 가르칠 선배도 없는 때였다. 그래서 세계시장 동향은 어떻게 파악하며, 도입절차는 어떤 것인지, 또 오퍼(offer)의 양식 등에 대해 일일이 익혀야 했다. 또 금융조달을 위해 관계당국을 이해시키는 일도 매우 중요했다. 대부분이 우리나라에는 없는 것들이므로, 미국이나 일본 등 해양선진국들의 경험을 차용해야 했다. 해운업에 관계된 영어 잡지도 읽어야 했고, 일본어도 깨쳐야 했다. 회사에서 이런 막중한 일을 박종규에게 맡긴 것은 아마도 그가 정치학과 출신이라는 점이 크게 작용했을 것이다.

박종규는 해운공사 시절, 모두 14척에 이르는 선박의 도입에 관여했다. 민간 해운업체가 뿌리내리기 전이었으므로, 그가 작성한 도입선박 목록이 곧 한국 해운업의 역사라고 해도 과언이 아닐 정도였다. 사실 당시 대한해운공사가 해운업계에서 차지한 비중은 매우 컸다. 1966년 통계가 이를 잘 증명한다.

한국선주협회 회원사의 보유 선박이 총 72척일 때, 대한해운공사가 보유한 배가 23척이었다. 선복량도 총 223,524톤 중 102,595톤을 차지하고 있었다. 이러한 상황은 해운공사가 민영화된 1968년부터 달라지기 시작해 70년대에 들어서면 민간기업이 성장함에 따라 해운업의 주도권이 정부에서 민간으로 옮겨진다.

그가 특히 선박의 매매와 건조 등에 대한 전문가로 훈련받은 것은 선박과장이 된 1966년, 상부로부터 선박의 도입과 관련된 장기 마스터플랜을 보고하라는 지시를 받은 일이 정점을 찍는다. 그때 그는 기획실에서부터 몇 주 동안 밤을 새며 보고서 내용대로 '마스터'한 계획을 완성한다. 우리나라에는 자료가 없어 미국과 일본의 최신 자료를 구해 머리를 싸맸다.

이맹기 사장과 중역들 앞에서 연구한 네 가지 핵심 계획을 건의했다. 조사를 해본 결과 머잖은 시간 안에 미주지역에 컨테이너 시장이 본격적으로 형성될 것을 예측했다. 여기에 먼저 뛰어들어야만 한국 해운업의 선두 위치를 이어갈 수 있다고 보고했다.

두 번째는 우리의 경제개발 5개년계획에 따라 석유사용량의 증가가 눈에 들어왔다. 이를 수송하려면 비용절감 차원에서 초대형 유조선이 필요함을 절감했다. 적어도 20만 톤급은 되어야 했다. 미국 등 유럽 유조선과 경쟁하려면 그런 대담한 투자가 필수적이라고 보고했다. 또 다른 것은 원광석 운반선 도입이었다. 당시 포항제철에서 원광석을 많이 필요로 하고 있는 것을 파악한 데 따른 것이었다. 우리 국적선으로 그것을 수송할 수 있도록 건의했다. 이 세 가지를 실행하자면 막대한 자금이 들어가게 될 것도 예견했다.

그리고 마지막, 박종규는 당시 울산석유화학단지가 한창 건설되고 있는 것을 눈여겨보았다. 아직은 규모가 크지 않지만, 앞으로 석유화학 수요가 크게 늘어 날 것이 예상되었다. 유망사업이 될 것이 확실했다. 시장이 형성되고 있으니까 여기에 뛰어들면 회사에 크게 도움이 될 것으로 확신했다. 아직 시장규모가 작기 때문에 초기에는 500톤급 선박으로 한·일간에 왕복 운항할 수 있다는 아주 구체적인 전략까지 제시했다. 특히 이 케미컬 수송 운반선은 상당한 기술력을 필요로 하는 것인 만큼 점차 고부가가치 산업이 되리라고 확신을 가지고 설명했다.

그러나 회사에서는 브리핑 내용 중 컨테이너, 초대형 유조선, 원광석 운반선 도입은 채택했지만 케미컬 운반선은 부결되었다. 시장규모가 너무 작다는 이유에서였다. 대한해운공사와 같은 큰 회사에서 굳이 노릴 필요가 없다는 것이 상부의 판단이었다.

돌이켜보면, 이런 결정이야말로 하늘이 박종규에게 준 절호의 기회였다. 만일 대한해운공사에서 그 건의조차 채택해 사업을 시작했더라면, 그가 해운회사를 창업했더라도 자신 있게 도전할 분야가 사라져버렸을 것이다. 적은 자본금으로 할 수 있는 미래의 유망 분야를 잃어버릴 뻔했다.

박종규는 그 후 대한해운공사가 민영화되면서 많은 사람들이 회사를 떠날 때 함께 회사를 나온다. 그리고 브리핑에서 부결된 '케미컬 운반 사업안'을 쏙 빼내어 가져왔다. 해운수송 분야에서 새 사업의 아이템으로서는 이보다 더 확실한 사업 아이템을 어디에서도 찾아볼 수 없었다. 더구나 이 분야에 대한 전 세계 해운사를 대상으로 한 조사연구가 이미 이때에 다 수행되어 있었다. 실행만 하면 되도록.

이제 대한해운공사에 미숙아로 생명을 키웠던 KSS해운이 드디어 어머니의 자궁을 벗어나 세상 밖으로 태어난다. 이 미숙아는 어머니의 뱃속에서 이미 해운사업에 대한 태교를 철저하게 익힌 튼튼한 아이였다.

제2부

'바른 경영'의 돛을 올리다

제1장

지도에 없는 길을 걷다

한국 산업계에 43년의 시차를 두고 유한양행 유일한 박사의 키즈(Kids)가 나타난다. 여자 골프계의 박세리를 닮고 싶은 키즈들처럼. 바로 1969년 12월 창립한 '코리아케미칼캐리어스(KSS해운 전신)'란 긴 이름의 회사이다.

유 박사의 기업가 정신을 계승하고 싶었던 34세의 박종규가 대한해운공사 시절 동료들을 중심으로 창업한 회사이다. 당시 한국에서는 생소한 케미컬(석유화학제품) 화물수송업에 뛰어든 것이다. 자본금은 달랑 300만 원. 외국에 드나드는 외항선원 한 명이 밀수를 하려고 가방 속에 숨긴 돈 정도였다. 맨손이나 다름없었다. 서울 무교동 지하식당에서 창립총회를 가진 코리아케미칼캐리어스는 그 부근 광일빌딩 501호, 10평 남짓한 사무실에 둥지를 튼다.

'유한양행 키즈'의 탄생

누가 보더라도 작고 초라한 출발이다. 그러나 기상만큼은 드높았다. 유일한 박사의 기업가 정신을 이어받아 세상으로부터 존경받는 회사를 세우자는 당찬 꿈을 꾸었다. '회사다운 회사' 하나 만들어보자! 창업 멤버 7인은 이날부터 지도에 없는 길을 개척하며 바른 기업의 역사를 하나씩 써 내려가기 시작한다.

코리아케미칼캐리어스가 창립된 1960년대 후반에서 1970년대 중반의 한국 기업계. 이때는 정부가 추진한 제2·3차 경제개발 5개년계획이 중심부를 지나면서 꿈을 꾸는 젊은이들의 창업이 봇물을 이루었다. 용기와 패기만 있다면 누구나 새로운 세상을 향해 도전할 여건이 충족되어 있던 때였다. 정부뿐 아니라 청년들 사이에서도 사업을 개척하고자 하는 욕망이 크게 꿈틀거렸다.

김우중이란 청년이 1967년 3월 대우실업을 창업했다. 박종규의 선배 격이다. 1975년에는 청년 신선호가 20대에 불과한 친구 몇을 모아 율산실업을 만들며 신화적인 인물로 급부상했다. 후배 격이다. 박종규는 그 중간쯤에 자리했다. 그러나 이 두 회사는 한때 재계 순위를 쥐락펴락할 정도로 성장했지만 지금은 모두 사라졌다. 그 가운데 박종규의 코리아케미칼캐리어스만 'KSS해운'이란 이름으로 지금까지 남아 나날이 더욱 성장하고 있다. 그가 롤 모델로 삼았던 유한양행처럼 벌써 반세기를 넘는 역사를 지나가는 중이다. 유한양행과 같은 뜻을 추구했기 때문이다.

비록 회사의 성장은 처음부터 더딜 수밖에 없는 운명이었지만 박종규는 서두르지 않았다. 유한양행을 닮고 싶었지만 막대한 자금으로 설립된 유한양행에 비하면 그에게는 맨몸뿐이었다. 거기에다 유한양행을 뒤따라가려니 깨끗해야 했다. 리베이트도 밀수도 용납하지 않고 회사를 키워나가야 했다. 그렇게 해서 나온 목표가 큰 회사 대신 '작지만 깨끗한 회사'였다. 강소기업. 한 가지 더 욕심을 부렸다면. 그로 인해 세상이 조금 더 낫게 바뀌는 꿈 정도였다.

그러나 청년 박종규는 자신 있었다. 자금은 없었지만 기술은 있었다. 그저 회사부터 세운 다른 사람들과 달리 그는 대한해운공사라는 전 직장에서 튼튼한 아기를 낳아 품에 안고 왔다. 그가 창업 아이템으로 삼았던 케미컬 해상운송 분야는 당시 한국 최초였다. 전인미답. 경쟁자가 없는 미래 유망사업이었다. 거기에다 선박의 도입과 매각, 세계시장 동향, 오퍼(offer)의 양식 등 모든 것을 이미 손에 쥐고 있었다. 이제 이 계획을 실행할 배 한 척만 있으면 창업은 순조롭게 출발할 수 있을 터였다. 그가 대한해운공사 조선과장으로 재직하던 지난 1966년 회사에 보고하기 위해 마련한 선박도입 등에 관한 '마스터플랜' 중 너무 작은 아이템이라며 공사에서 채택하지 않았던 케미컬 수송운반선 분야만 달랑 떼어내 창업한 회사로 가져다놓았다. 창업에 이보다 더 완벽한 준비는 없을 것이다.

더구나 그가 조선과장 시절 연구 조사했던 향후 3년간의 케미컬 화물운송 물동량 예측이 정확히 맞아떨어짐으로써 자신감에 넘쳐 있었다. 그가 창업한 1969년 12월은 예측을 시작한 1966년에서 3년이 지난 시점이다. 그러니 아무리 막 창업한 신생회사라 하더라도 앞으로의 사업 전개를 훤히 내다보고 있었던 셈이다. 그러므로 그가 할 일은 일본 도쿄 전철 안에서 받았던 민족적 모멸감을 극복하기 위한 리베이트 없는 깨끗한 회사라는 목표에 충실하는 것뿐이었다. 그렇게 한다면, 그의 롤 모델인 유한양행처럼 사업에 성공을 거두면서도 사회적으로 존경받는 기업으로 설 수 있으리라 확신했다.

창업 초기부터 '투명경영'에 대한 각오를 실천할 수 있었던 배경에는 유한양행만이 아니었다. 창업 6개월 전, 대한해운공사를 나와 잠시 동신화학이라는 회사에 몸담았을 때 사장이 회사자금을 마치 개인 돈처럼 빼가는 '한국기업병'을 목격한 것도 크게 작용했다. 유한양행의 윤리경영은 신문을 통해 알고 있었을 뿐이지만, 동신화학에서는 직접 체험한 일이기에 더욱 가슴 깊이 새기게 되었다.

이 회사의 주 생산품은 자동차 타이어와 군화로, 월남에 파병된 한국군 군납용이었다. 군납인 만큼 대금을 떼이는 일도 없었고, 영업도 꾸준했기 때문에 경영만 제대로 하면 회사가 어려울 리 없었다. 그러나 어찌 된 일인지 늘 자금부족에 허덕였다.

박종규는 대한해운공사에서 기획실 근무를 한 경험이 있는 엘리트였기에 그 회사에 입사하면서부터 기획실 업무뿐 아니라 회사업무 전반을 도맡다시피 했다. 자주 밤을 샜고, 어떤 때는 과중한 업무로 링거주사를 맞으면서까지 일하기도 했다. 회사 발전에 일조하겠다는 의욕으로 충만했다. 그러나 그런 결심이 곧 무너지고 만다.

어느 날, 거금의 군납대금이 입금되었기에 그는 종업원 임금과 거래처 대금 등 밀렸던 항목을 집행할 계획이었다. 경리과장에게 말을 했지만 돌아온 대답은 뜻밖이었다. 돈이 없다고 했다. 그는 어제 돈이 입금되었다는 사실을 알고 있었다. 그런데 돈이 없다니. 경리과장에게 따졌더니 어젯밤 회장이 돈을 다 가져갔다는 것이었다. 가수금 반환

명목을 댔다는 것이다. 아무리 가수금이 있다 하더라도 거래처와 종업원들이 모두 목을 빼고 기다리고 있었는데 이래도 될까 싶었다. 게다가 한마디 언질도 없었다. 허탈했다. 회장은 회삿돈을 개인 돈처럼 사용하고 있었던 것이다.

그날 받은 충격으로 박종규는 바로 사표를 썼다. 이건 리베이트 문제보다 더 심각한 일이다. 그러나 불행하게도 당시 한국 기업계에는 그런 일이 비일비재했다. 그러면서도 오너는 양심의 가책도 느끼지 않는다. 당연한 일로까지 여긴다. 한국기업병. 그는 여기에서 다시 이를 악문다. 만일 그가 회사를 세운다면 결단코 그런 기업병을 몰아낼 것이다! 그런 일을 태연히 자행하면서 종업원들에게 애사심을 기대할 수는 없다. 마찬가지로 거래처와의 정상적인 신뢰관계를 쌓아갈 수도 없다. 그렇게 되면 당연히 기업은 망할 것이다.

그렇게 청년 박종규는 창업 시작부터 '투명경영'에 대한 의지를 불태운다. 그에게 있어 '바른 경영'은 선택이 아니었다. 필수였다. 사업의 첫걸음을 뗄 때부터.

아, 배 한 척!

'혹시나'는 '역시나'였다. 한국에서는 리베이트 없이 어느 금융기관에서도 대출을 받을 수가 없었다. 1970년대, 은행의 고정 리베이트률은 기업 대출금의 3%였다. 그 단단한 관례를 피해나갈 배짱 큰 기업은 없었다. 더구나 금융거래로 신용이라고는 쌓은 것이 없는 창업회사에 리베이트 없는 대출을 해주는 곳이란 한국 어디에도 있을 수 없었다. 아무리 신규 사업에 대한 단단한 계획서를 제시하더라도 대출받을 공산은 접어야 했다. 그것은 말 그대로 꿈이었다. 케미컬 제품을 수송할 수 있는 배 한 척을 사려고 박종규는 은행 문턱을 수없이 들락거렸지만 모두 뒤로 돌아앉을 뿐이었다. 리베이트를 거부했기 때문이었다.

안면으로라도 금융을 뚫어보고자 아는 대학동창이 있는 은행을 찾았지만 마찬가지였다. 관례를 무시하고 금융 제공을 결정하기에는 대학동창의 직급이 너무 낮았다. 수소문해서 대한해운공사와 거래하던 은행을 찾아 인사하고 도움을 요청했지만 거부만 당했다. 철벽이었다.

결국 리베이트를 요구하지 않는 국제금융으로 눈을 돌릴 수밖에 없었다. 케미컬 해상수송이란 독특한 사업 아이템을 믿어줄 수 있는 곳. 그곳은 한국보다 앞선 금융 선진국뿐이었다. 더구나 그는 '국적취득 조건부 나용선(裸傭船)' 방식이란 금융조달 방법을 알고 있었다. 해외금융을 리스 방식으로 조달해 선가를 몇 년간 분할 상환한 후 국적선으로 구입하는 방식이다. 당시 국내에서는 생소한 방법이지만 이미 선진국에서는 항공기 도입의 보편적인 방안으로 자리 잡고 있었다. 단지 아직까지 선박구입 용도로는 한 번도 사용한 적이 없어 정부조차도 잘 모르기는 했지만. 그가 대한해운공사에서 선박의 도입과 매입을 연구할 때 이미 자세하게 파악해 두었던 것이기도 했다. 그러니 자신만만했다. 가자, 해외로. 그 길뿐이다!

그때 박종규의 머리에 일본이 떠올랐다. 일본은 한국을 포함해 아시아 지역의 케미컬 해운수송을 전담하고 있었다. 그러니, 중고선 한 척 정도는 얼마든지 일본에서 도입할 수 있을 것 같은 생각이 들었다. 그가 구상한 케미컬 해운수송 사업계획은 아래와 같았다.

가. 선박 : 500톤급

나. 항로 : 한-일간(한국과 일본 왕복)

다. 금융조달 : 국적취득 조건부 나용선 방식

기타 : 3년간에 갚을 수 있는 사업계획서

독자들께서는 이 사업계획서를 한번 자세히 살펴보시기 바란다. 어디선가 본 듯한 기억이 날 것이다. 맞다. 바로 박종규가 밤을 새워가며 만들어 이맹기 사장 등 중역들에게 보고한 '선박 도입과 관련된 장기 마스터플랜'에서 채택되지 못한 케미컬 수송 전략임을 알아차릴 것이다. 그때 당시 울산석유화학단지가 한창 건설되고 있었으므로 향후 석유화학 수요가 크게 늘게 되어 유망사업이라고 보고했었다. 그러면서 지금 당장은 수요가 많지 않아 '500톤급' 배로 '한-일간 항로'에 투입하자고 건의했었다. 그때만 해도 일본 선박이 해상운송을 다 싹쓸이하고 있었다. 확실하게 국적선이 필요한 분야였다.

그대로이지 않은가. 이처럼 박종규의 초기 사업계획은 이미 대한해운공사 시절 다 만들어져 있었다. 그는 이제 코리아케미칼캐리어스에서 그 계획을 그대로 실행만 하면 되는 것이었다. 로버트 폴검의 <내가 알아야 할 모든 것은 유치원에서 배웠다>*를 읽는 기분이 든다. 폴검이 유치원에서 이미 모든 것을 배웠듯이 박종규의 사업계획은 대한해운공사 시절 그 안에서 다 준비되어 있었다.

지금부터의 길은 일본 리스회사를 설득하는 일이었다. 한국인으로서 일본어로 일본 사람을 설득해 배 도입자금을 빌리는 일이었다. 그

---

* 알에이치코리아(2009)

러나 그것조차도 그에게는 전혀 문제가 되지 않을 것 같았다. 그는 이미 대한해운공사 '100주 사기 운동' 때 천하의 박정희 대통령을 설득해 주식을 사도록 한 장본인이 아닌가. 우리의 박종규는 가방 속에 '케미컬 해외운송 향후 3년 보고서'를 잘 챙겨 넣고 보무도 당당하게 일본행 비행기에 오른다. 그때가 창업한 지 불과 한 달여가 지난 1970년 1월 말이었다.

시작은 좋았다. 처음 접촉한 도쿄무역의 야마모토(山本) 씨는 그의 회사자금력이 거의 없다는 데 난색을 표했지만, 제시한 사업구상과 시장예측을 보고는 타당성이 있다며 적당한 배부터 물색해 보겠다고 했다. 그만큼 그가 연구한 시장예측은 누가 보더라도 군침이 돌 정도로 완벽했다.

하늘이 도우는 것 같았다. 바로 원하던 배가 수배되었다. 300톤급 제3교쿠호마루. 계획보다 규모가 좀 작긴 했지만, 대신 선령이 1년 반 정도의 비교적 새 선박이었다. 만족스러웠다. 선가도 7,000만 엔으로 1억 엔가량 예상했던 것에 비해 저렴했다. 물론 배가 작아서 그랬을 것이다.

그러나 그만 마(魔)가 끼고 말았다. 박종규가 일본에 도착해 불과 한 달 후인 2월 말 오퍼를 수락하고, 다시 한 달 후인 3월 말 계약금을 지불하려는데 뜻밖에도 선주가 리베이트를 요구했던 것이다. 일본은 선진국인 만큼 리베이트가 없는 줄 알았던 박종규는 소스라치게 놀란다. 리베이트가 웬 말인가. 그것을 요구하는 한국을 피해 일본까지 날아왔는데. 뭘 피하려다 오히려 호랑이를 만난 격이었다. 일본은 리베이트를 '우라가네(裏金)'라 했다. 우리말로는 '뒷돈'이다. 선주가 요구한 리베이트를 주려면, 결국 선가가 올라가는 꼴이었다. 하도 기가 막혀 눈만 멀뚱멀뚱 뜨고 있는 박종규를 대신해 옆자리에 있던 도쿄무역의 야마모토 씨가 고함을 크게 질렀다.

"계약을 해놓고 선가를 올리다니! 이건 국제관례에도 말도 안 되는 소리요. 게다가 외국인 앞에서 우라가네를 운운하다니, 부끄럽지도 않소!"*

박종규는 일본의 '우라가네'를 단호히 거부했다. 배를 구입하지 않으면 않았지 '우라가네'를 주고 싶은 생각은 추호도 없었다. 야마모토 씨의 고함에 머쓱했던지 그 선주는 슬그머니 자리를 떴고, 이후 계속된 담판에서 그 배 대신 제7교쿠호마루로 바뀌었다. 선령 4개월에 불과한 신형 선박이었고, 톤수도 첫 예상과 꼭 맞아떨어지는 499총톤이었다. 다만, 선가가 비쌌다. 9,300만 엔이었다. 일단 매매의향서를 교환했다. 아직 선가에 대한 대한보증보험의 보증 문제가 해결되지 않고 있었기 때문이었다. 보증이 없다면 일본 리스회사가 돈을 내어줄 수 없다. 이제 다음 단계는 보증을 얻는 일이었다.

역시 한국에서는 안 되는 모양이다. 일본을 떠나기 전에 선가에 대한 보증을 약속했던 대한보증보험은 재무부가 대외보증업무를 자신들에게 인가해 주지 않아 불가능하다는 통보를 해왔다고 서울 본사에서 연락이 왔다. 당시 한국의 보증업무도 초창기여서 대외보증업무 소관도 아직 명확하지 않던 때였다. 이 업무 역시 일본에서 찾아야 하는가? 박종규는 온몸에 힘이 빠졌다.

잠시지만 절망 가운데 있던 그 순간, 구원의 손길이 나타났다. 대한

---

* 박종규 <직원이 주인인 회사>(홍성사, 2019) p.46

해운공사 시절 사장으로 모셔 찰떡궁합을 과시했던 이맹기 사장이 마침 일본에 들른다는 연락을 받은 것이었다. 이 사장은 박종규가 창업한 회사의 최대주주이기도 했다. 대한해운공사 시절, 일본 선박을 도입할 때부터 알고 있던 도쇼쿠(東食)상사에 신용으로 기대볼 생각이 들었다. 그는 이 사장과 함께 도쇼쿠의 야스다 전무를 찾았다. 그리고는 신용으로 1억 엔을 빌려달라고 했다.

야스다 전무 역시 야마모토 씨처럼 사업계획에는 큰 관심을 보였다. 그러나 자본금 300만 원밖에 없는 회사가 뱃값과 부대비용까지 합해 1억 엔 가까운 돈을 신용으로 꾸어달라고 하니 난감한 모양이었다. 비록 해운공사 시절 돈독한 관계였고, 곁에 이맹기 사장이 있다 하더라도 불가능한 건 불가능한 것이었다. 나중에 박 고문이 하도 사정을 하니 '검토해 보겠다'며 그를 돌려보냈다.

'검토해 보겠다(겐또시마스)'는 일본어의 뜻은 완곡한 거절이다. 그러나 일본어에 아직 익숙하지 않았던 박 고문은 불행하게도 그 말을 긍정으로 알아들었다. '불행하다'는 수식어는 이 한 마디로 인해 자그마치 그해 겨울부터 여름에 이르는 7~8개월을 겨울옷 차림 그대로 매일 도쇼쿠상사로 출근하게 되었기 때문이다. 이때 그는 도쇼쿠 직원들로부터 앞에서 이야기한 적이 있는 '후유후쿠(冬服) 상(씨)'이라는 별명을 얻게 된다. 우리나라 말로 바꾸어보면 '겨울 옷 씨'가 될 듯하다.

마냥 기다렸다. 오늘이나 내일이면 돈이 나올지도 모른다. 그런 기대감으로 매일 도쇼쿠상사 한쪽 귀퉁이 의자에 앉아 기다렸다. '미친 사람'이라는 소리도 들었다. 그러나 기다리는 일 외에 그가 할 일은 없었다.

도쇼쿠상사의 첫 이사회가 4월에 열렸다. 기대했지만 역시 아니었다. '부정결(不定決)', 일종의 '결정 보류'였다. 5월 이사회에서도 역시 '유보'였다. 그때서야 박 고문도 '검토한다'는 일본어의 의미를 점차 깨닫게 되었다. 그즈음 '불가능할지 모른다'는 생각이 들었다. 그러나 그는 빈손으로 서울로 돌아갈 수는 없었다.

2019년 11월, 제주도 서귀포에서 이제는 팔순 후반이 된 박종규 창업주를 만나 물어보았다. 왜 돌아가지 않았느냐고. 그랬더니 돌아온 대답은 "체면 때문이었지, 뭐"라는 것이었다. 서울 본사의 자본금도 바닥이 났고, 다들 그만 믿고 있는 동료들을 볼 면목이 없었다고 설명했다.

그렇다면, 그 시간 동안 그는 아무 생각 없이 세월만 죽이고 있었을까? 여기에서 상상력이 필요해진다. 아니었을 것이다. 아무도 없는 일본의 여관방에서 따뜻한 밥 한 끼 사먹을 돈도 없는 초라한 신세로 드러누워 있었겠지만, 그의 마음에는 오매불망 배 한 척을 살 1억 엔만 생각했을 것이다.

오, 배 한 척! 이 배 한 척만 있다면 뛰며 절며 사업을 할 수 있을 텐데, 이 배 한 척을 얻기가 이렇게도 어려운가? 만일 그가 불교 신자였다면 일본의 다다미방에서 부처님께 3,000배를 3,000번은 했을 것이다. 또 그가 만약 기독교 신자였다면 금식하고 철야하면서 빡세게 하나님께 기도를 올렸을 것이다. 만약 또 그가 조선조 말쯤에 태어났더라면 새벽마다 정한수를 떠 놓고 천지신명께 손을 비볐을 것이다. 아마 그 일로 인해 그의 손금이 사라졌을지도 모르지만….

이것은 지나친 상상도, 지나친 비약도 아니다. 사실 그 당시의 박종규의 마음이었다. 그랬으니까 우연히 포장마차에서 만난 메이지생명보험 직원의 이야기를 듣고, 보험에 가입한 뒤 자살을 해서라도 선박값인 1억 엔을 만들고자 했을 것이다. 말도 되지 않는 일이다. 아무리 사업이 중요하더라도 사람의 목숨값을 능가할 수는 없다. 하지만 그 당시 그에게 배 한 척은 목숨으로라도 바꿀 만큼 중요한 것이었다. 처음 시작한 사업의 성공적 출발 여부가 그 배 한 척에 달려있다고 생각했기 때문이다.

박종규는 돈이 궁해진 나머지 저녁마다 포장마차에서 100엔짜리 정종으로 배를 채우곤 했다. 일본으로 올 당시 지닌 돈은 외환 한도인 단돈 100달러. 당시 호텔비 사흘 치에 불과했다. 당장 돈이 떨어져 호텔 방을 빼고 여관으로 옮겼지만, 여관비마저 낼 돈이 없었다. 그래도 죽으라는 법은 없었던지 마침 대한해운공사 일본지사에 그의 입사동기 한 명이 있었다. 그가 박종규의 딱한 사정을 듣고 자신의 용돈뿐 아니라 그의 아내가 저축해놓은 통장까지 가져와 친구에게 주었다. 그러나 두 달, 석 달, 하염없이 기다리는 동안 그나마 그 돈도 다 떨어져 밥도 굶을 판이었다. 고민스럽기도 하고 밥값도 없으니 매일 저녁이면 도쿄 시내 포장마차에 가서 100엔짜리 정종 한 잔 시켜놓고 그것으로 저녁을 때웠다. 그러던 어느 날, 그의 옆자리에서 술 취한 한 젊은이가 농담처럼 물어온 이 말에 귀가 솔깃해졌다. 그는 메이지생명보험의 세일즈맨으로, 박종규에게 보험에 가입하라고 권했다.

어이가 없었다. 거지 신세인 자기에게? 그래도 혹시 돈을 구할 수 있을지 모른다는 생각에 단도직입적으로 물었다.

"자살한 사람에게도 보험금이 지급되는 거요?"

그런데 그 젊은이는 그의 질문이 끝나자마자 망설임도 없이 대답했다.

"물론이죠."

"에이, 무슨 소리. 그러다가 당신 회사 망하게?"

그러나 그 세일즈맨은 확실하게 대답했다.

"아닙니다. 규정상 틀림없이 받을 수 있습니다!"

그러면서 내일 규정집을 갖고 올 테니까 이 포장마차에서 만나자는 것이었다.

다음날 확인해보니 과연 3개월만 보험료를 불입하면 자살한 사람도 탈 수 있게 되어 있었다. 그 자리에서 박종규는 결심한다. 최악의 경우, 이 목숨 하나 없어지면 1억 엔이라는 선가와 꼭 맞는 보험금을 타서 사업을 시작할 수 있다. 그는 죽겠지만, 그 배로 후배들이 회사를 잘 운영해 주겠지….

나는 이 지점에서 미국 인텔사 회장을 지낸 앤드류 그로브(Andrew S. Grove)가 인텔사의 정체성이라고 할 수 있는 메모리 사업을 포기하면서 "어금니를 박박 갈았다"는 말을 드디어 이해할 수 있었다. 인텔사는 세계 최초로 '메모리(DRAM)칩'을 발명한 회사이다. 당연히 회사 사업의 주종이 메모리칩 생산이었다. 그러나 1970년대 후반부터 시작된 일본 반도체업체의 맹렬한 물량공세로 인해 1980년대 중반 그 사업을 포기해야 했다. 그로브 회장은 이 결정을 직접 내렸다. 통한의 결정이었기 때문이다. 메모리칩이 없는 인텔은 존재가치가 없게 된다. 그럼에도 그로브는 메모리 사업을 접고 마이크로프로세서로 투자방향을 바꾼다. 속으로 얼마나 울었을까? '이를 박박 갈면서' 말이다.*

---

* 앤드류 그로브 <편집광만이 살아남는다>(한국경제신문사, 1998) p.136

목숨을 회사 사업과 바꾸고자 결정하고 나니 갑자기 전에 없던 용기가 생겼다. 이 용기는 그가 칠순을 막 넘은 나이에 위암에 걸려 회생불능이란 진단을 받았을 때 다시 한 번 더 나타난다. 그는 모든 의학적 진료를 거부하고 죽기 위해 제주도로 내려가며 이렇게 말한다.

"까짓것, 죽어주지!"

'진인사대천명(盡人事待天命)'이란 말은 이럴 때 쓰는 것인가 보다. 그렇게 완강하던 도쇼쿠에서 민간보증을 얻어온다면 이사회를 열어 대출심사를 해보겠다고 했다. 민간보증이라? 그거라면 한국에서 얻어볼만한 생각이 들었다. 즉시 본사에 있는 강병연 상무에게 연락해 당시 해운업계 대기업인 범양상선에 줄을 닿게 하고, 지급보증을 요청하라고 했다. 다행히 범양 측에서는 창업한 코리아케미칼캐리어스(주)의 주식 전부를 담보로 맡기라는 것이었다. 뒤에 이 일이 심각한 문제로 번졌지만, 당시로서는 지푸라기라도 잡아야 했다. 보증약정서에 도장을 찍고 범양의 지급보증을 얻어 도슈쿠에 전달했다. 그리고 이사회를 기다렸다.

목숨을 담보로 잡고 이를 박박 가는 집요함은 하늘도 움직이는 법인가. 결국 박종규의 1억 엔 대출이 이사회에서 통과된 것이다! 아, 그렇게 원했던 그 배 한 척을 도입할 수 있는 자금이 드디어 나오게 된 것이다.

이사회 도중 야스다 전무가 여느 날처럼 구석에 쭈그리고 앉아있는 박종규 앞으로 부리나케 달려왔다. 그러면서 숨 가쁜 소리를 지른다.

"당신 하자는 대로 되었소!"

그러나 그 말을 들은 그의 귀에는 "당신 하자는 대로 '안' 되었소"

로 들렸다. 순간적으로 이제는 생명보험밖에 없다는 생각이 뇌리를 스치고 지나갔다. 그저 멍할 뿐이었다.

"정신 차려요. 됐다니까! 이거 참, 내가 더 기뻐하는군."

야스다 전무는 그를 내려다보며 다시 큰 소리로 말했다. 그제야 그는 일이 성사된 줄 깨달았다. 도슈쿠 역사상 은행 보증이 아닌 일반 민간기업 보증으로 1억 엔이라는 거금을 대출한 적은 처음 있는 일이었다.*

얼마나 신나는 일인가! 이 일의 전말을 들은 내가 더 신났다. 야스다 전무처럼. 이 책을 시작하며 독자들에게 내가 느낀 신나는 이야기를 들려드리겠다고 약속하지 않았던가. 이것이 그 첫 약속 이행이다. 그러나 이것만 아니다. 앞으로 더 많은 신나는 이야기들을 접하게 될 것이다. 그때마다 독자 여러분도 신이 나면서 좋은 엔돌핀이 마구 솟아오르는 경험을 하게 될 것으로 믿는다.

툭 떨어진 수출 관련 조항 간지

이런 신나는 장면을 한 번 더 경험하도록 해드리고 싶다. 법률책 안에 끼어있던 간지(間紙)가 우연히 툭 하고 박종규의 발아래로 떨어지면서 도입한 배를 부산으로 인도할 수 있었던 일의 시종을 밝히려고 한다.

1억 엔이라는 엄청난 자금을 도슈쿠에서 빌리게 됨으로써 박종규는 천당의 기쁨을 누린다. 그러나 그것도 잠시뿐이었다. 참으로 순간의 행복이었다. 도입한 제7교쿠호마루를 부산으로 인도하려고 했지만 일본 운수성이 발목을 잡았다. 부산까지 아무 탈 없이 그 선박을 갖고

* 박종규 <직원이 주인인 회사>(홍성사, 2019) p.57

오는 데에는 이중장치를 풀지 않으면 불가능했다. 한 가지도 아니고 두 가지의 장벽이 가로막고 있었다. 그는 그 문제를 풀기 위해 다시 지옥순례에 나서야 했다.

첫 번째 장애물은 도입하기로 한 제7교쿠호마루의 소유주가 일본 내항 선주로서 '일본내항탱커조합'의 조합선사라는 점이었다. 조합 규정에는 내항탱커조합 소속 선박은 건조한 지 1년 이내에 타 회사에 양도할 수 없다는 조항이 있었다. 이는 선박을 빌려 사업에 투입하고 있는 일본 용선주를 보호해 주는 조항으로, 용선주가 반대하면 아무리 선주라 하더라도 선박을 팔 수 없었다. 제7교쿠호마루는 건조된 지 겨우 4개월 된 새 배였다.

두 번째 장애물은 일본 운수성 법규 문제였다. 그것은 '모든 선박은 운수성의 양도허가를 받아야 수출면장(E/L)을 얻어 수출할 수 있다'는 내용이었다. 이 두 가지를 풀어야만 제7교쿠호마루를 한국으로 수입할 수 있었다. 전혀 사전에 알지 못한 사안들이어서 박종규도 난감하기 이를 데 없었다.

다시 고민에 들어갔지만 선주와 만나 내항탱커조합 문제는 선주가 풀고, 운수성 법규 문제는 그가 풀기로 역할을 나누는 것 외에는 당장 할 수 있는 일이 아무것도 없었다. 어떻게 하든 천신만고 끝에 얻은 기회를 날리고 싶지 않았기 때문에 운수성 법규 문제 해결을 덜컥 그가 떠안아 버렸다. 외국인 주제에 운수성의 양도허가를 어떻게 얻어내려고 했는지, 스스로 생각해도 너무 나간 것 같았다. 그러나 이미 엎질러진 물. 그는 즉시 운수성을 찾아가 자초지종을 설명하며 규정 개정을 요청했다. 그러나 그 문제는 개별 사안이어서 정부로서도 어떻게 할 입장이 아니라며 완강하게 말을 가로막을 뿐이었다. 하기야 일본 선사들의 이익을 위해 설정된 규정을 외국 기업의 편의를 위해 고쳐줄 의사가 없었을 것이다. 우리나라라도 그랬을 것 같았다. 힘없이 발길을 돌렸다.

그러나 마냥 하늘만 쳐다보고 있을 수 없었다. 좌절되자 다시 오기가 치솟았다. 이 기회에 일본 법이나 공부해 보자. 그는 도쿄 히비야공원에 있는 일본간행물센터를 찾았다. 그곳에는 해운선박에 관한 법률책이 있다는 정보를 이미 들어 알고 있었던 터였다. 일본까지 와서 그 나라 법률책을 뒤지리라고는 상상도 못했다. 그는 쓴 입맛을 다셔가며 천천히 법률책을 넘기기 시작했다. 그러다가 그의 발밑으로 뭔가가 툭 하고 떨어졌다. 간지였다. 그 간지는 법률책 안에 끼어 있다가 책장을 넘기면서 빠져나온 것이었다. 그것을 주워 무심코 펼쳐보다가 하마터면 비명을 지를 뻔했다. 거기에는 이렇게 적혀 있었다.

'1970년 6월 15일부터 총톤수 500톤 미만의 선박에 대해서는 운수성의 양도허가가 불필요함.'

이게 무슨 말인가. 이 규정대로라면 도입하려고 한 제7교쿠호마루는 운수성의 양도허가가 필요 없는 것이 아닌가! 그 배는 마침 총톤수 499톤이었다. 단 1톤 차이로 양도허가를 얻지 않아도 되도록 규정이 바뀌어 있었다. 이 조항이 개정된 지 불과 두어 달쯤 전이어서 일본 기업인은 물론 운수성 간부직원조차도 깜빡 잊고 있었던 것 같았다. 그는 즉시 도쇼쿠에 전화해 통산성에 수출면장을 요청하도록 알렸다. 이틀 후 거짓말처럼 수출허가가 나왔다.

그는 갓 받은 수출면장을 들고 운수성으로 가서 직원들에게 보여주니 이번에는 그들이 놀랐다. 자기들도 알지 못했던 변경된 규정을 외국인이 들고 들어왔으니 그럴 수밖에 없었을 것이다. 그렇게 운수성 관리들의 코를 납작하게 만든 그는 제7교쿠호마루 선주에게 전화를 걸었다.

"자, 운수성 문제는 내가 해결했으니, 이제는 당신이 내항탱커조합 문제를 해결하시지요."

얼마나 신나는가? 그가 제7교쿠호마루 선주에게 전화를 걸 때의 태도가 상상되고도 남지 않는가? 분명 어깨를 쫙 펴고 목소리에는 잔뜩 힘이 들어갔을 것이다. 일본인도 풀지 못한 것을 한국인이 풀었으니 더 말할 것 없다.

그의 기세에 눌렸을까? 결국 선주는 내항탱커조합으로부터 경고를 받았지만 선박 인도를 결정했다. 박종규가 운수성 문제를 해결한 데 대한 감명을 받은 것이 틀림없었다. 제재 내용은 당분간 정부자금 사용이 불가하다는 것이었지만 선주는 기쁘게 감내했다. 문제가 해결되는 과정을 따라가다 보면 너무 신기하기도 하고 신나기도 하다. 어떻게 달랑 1톤 차이로 그런 반전이 가능했을까? 이때부터 KSS해운을 향해 행운이 미소 짓고 있었다고 말하는 것 외에 딴 이유를 찾을 수 없다. 이런 우여곡절 끝에 제7교쿠호마루는 1970년 8월 13일 일본의 오노미치(尾道)항을 출발해 광복절인 8월 15일 부산항에 입항한다. 도쿄행 비행기를 탄 지 8개월 만이었다.

아. 이 난을 끝내기 전에 한 가지 빠뜨린 게 있다. 도쇼쿠로부터 자금지원이 확정되고 난 이후의 일이다.

박종규는 포장마차에서 만났던 메이지생명보험 세일즈맨에게 전화를 걸어 술을 한 잔 산다. 비록 보험사고를 낼 필요는 없게 되었지만, 그가 용기를 불어넣어준 것이 자금 확보에 성공했으니 한 잔 살 만도 했다. 그와 함께 권커니 잣거니 하다가 질문을 던졌다.

"나는 사실 자살할 생각으로 보험에 가입하려 했고, 당시도 그런 눈치를 채고 있으면서도 생명보험 가입을 권한 것 같았습니다. 그런데 내가 만일 당신 회사 규정대로 3개월분만 보험료를 납입하고 실제로 자살했다면, 당신 회사는 큰 손해를 입을 것 아니요?"

그러나 그 직원의 대답은 의외였다.

"그렇지 않습니다. 지금까지의 통계를 보면 자살하겠다고 보험에 들어놓고 실제로 행하는 사람은 0.1%도 안 됩니다. 그 사이에 마음이 바뀌거든요."

박 고문은 메이지보험의 상혼(商魂)에 무릎을 쳤다.

코리아케미칼캐리어스(주)의 역사적인 1호 선박이 된 제7교쿠호마루는 선명을 '제1케미캐리호'로 바꾸고, 일본이 독점하던 한·일간 석유화학 수송 노선에 운항을 시작한다. 국내 최초이자 지금까지 없던 미증유의 일이었다. 그리고 도입된 바로 같은 달인 1970년 8월 하순, 일본으로 첫 출항을 한다. 박종규 사장은 때맞춰 부산으로 내려간다. 첫 출항을 자축하며 선원들에게 안전운항을 당부하기 위해서였다. 그러나 실제 방문목적은 그것 이상이었다. 무엇이었을까?

첫 배 첫 출항에 선원 소지품 검사부터

선박회사 입장에서 '투명경영'의 중요 포인트는 선원의 밀수 근절이다. 지금이야 우리나라도 발전해 외국에서 밀수할 것이 없게 되었지만, 1960년대에서 1970년 초반까지는 우리나라 주요 항구에서 밀수가 성행했다. 밀수는 크게 보면 국가경제에도 큰 손실을 끼치는 해악이다. 그러나 선박회사 입장에서도 밀수를 하게 되면, 회사 화물에 대한 관심 대신 밀수한 자기 물건을 지키는 데 신경을 빼앗겨 자칫 사고를 몰고 올 수도 있다. 회사 경영진이나 영업부에서 리베리트 없는 거래와 비자금 조성 금지를 외쳐도 선박 승무원들의 밀수 근절에 대한 협력이 없으면 '투명경영' 목표를 이루기 어렵게 된다. 박종규가 선박회사를 창업하면서 밀수 근절에 대한 강력한 행동을 보인 것도 바로 이런 이유 때문이었다. 그리고 이에 대한 박종규의 경험은 첫 직장인 대한해운공사 시절로 거슬러 올라갈 정도로 역사가 깊다. 그는 선박회사에 밀수는 반드시 근절시켜야 한다는 교훈을 그때 배웠던 것이다.

이것이 박종규 사장이 회사의 첫 배인 제1케미캐리호의 첫 출항에 앞서 부산으로 간 진짜 이유였다. 바로 선원들의 소지품을 검사하기 위해서였다. 운항 첫날부터 밀수의 싹을 잘라놓지 않으면 결코 그 뿌리를 근절할 수 없다는 사실을 깨달은 데 따른 것이다.

선원들이 얼마나 놀랐을까? 충분히 상상하고도 남을 것이다. 일본으로의 첫 출항을 축하하기 위해 사장이 방문한 줄 알았는데, 배에 오르자마자 선원들의 사물함까지 뒤지며 한바탕 요란을 떨었으니 당연히 그랬을 것으로 짐작된다. 다행히 한 선원의 소지품에서 거금 300만 엔을 숨긴 보따리가 발견되었다. 박종규의 의도가 성공한 것이었다.

300만 엔이 얼마나 큰돈인가. 불과 1년 전 그가 창업할 때의 자본금의 두 배가 넘는 액수이다. 그런데 그 선원은 어디에서 이 큰돈을 마련했는지 태연하게 자신의 사물함 속에 돈 보따리를 두었던 것이었다. 결코 그런 검사가 있으리라고는 예상하지 못한 결과였을 테니까. 박 사장은 조용히 그 선원을 불러 말했다.

"우리 회사는 밀수를 허용하지 않으니 이 돈은 당신이 일본에서 귀항하는 날까지 맡아두겠소. 우리 회사 시책이 마음에 들지 않으면 이 항차(航次) 이후 다른 회사로 가도 좋소."*

이 일을 계기로 밀수를 근절하자는 공감대가 선원들 사이에 형성되기 시작했다. 그러면서 박 사장은 선장을 비롯한 선박 내 간부들을 모아놓고 단체로 밀수를 하지 않도록 선원들을 지도해 달라고 부탁했다. 아마도 선장을 비롯한 간부들은 이제 막 해운회사를 시작한 젊은 사장이 어떻게 밀수방법까지 소상히 알고 있는지에 대해 놀랐을 것이다. 그러나 그의 간곡한 당부에도 불구하고 KSS해운에서 밀수가 완전히 근절되기까지는 적어도 그 이후 5~6년의 세월이 더 걸린다. 그만큼 당시 해운업계에서 밀수는 너무나도 교묘하게, 그리고 은밀하게 이루어지고 있었다는 반증이다.

이런 일들도 있었다. 선원으로 취직해 제1케미캐리호를 타고 있던 박 사장의 먼 친척뻘 되는 동생이 밀수를 하게 된 것이다. 화장품을 밀수하다 적발되었다. 박 사장은 그 소식을 접한 순간 그를 해직해 버렸다. 또 한 번은 일등항해사를 마중 갔던 운전기사가 그의 무거운 가방

---

* 같은 책 p.296

이 의심스러워 차를 그대로 경찰서로 몰고 갔다. 가방 속에는 일제 손목시계가 가득 들어 있었다. 즉각 교도소로 보내고 말았다. 이런 일로 단체 밀수는 물론 개인적인 밀수까지 근절되었다.

그러나 좋아하기에는 아직 일렀다. 이번에는 세관이 기다리고 있었다. 세관원들에게 뒷돈을 챙겨주지 않는 KSS해운의 배마다 지독한 승선검사로 골탕을 먹이는 것이었다. 밀수를 하는 다른 선박회사는 배가 항구에 입항하면 선원들에게서 얼마씩의 돈을 거둬 세관원에게 상납을 하곤 했다. 그러나 밀수가 근절된 KSS해운에서는 그런 비자금을 모을 수 없었고, 당연히 세관에 상납도 하지 않았다. 그런데 이런 일로 세관 검사관들에게 밉보여 승선검사를 가장 늦게 해주어 골탕을 먹이는 것이다. 새벽 5시에 입항해도 오전 11시가 넘어서야 승선검사를 해주었다.

선원들의 개인소지품을 얼마나 철저하게 뒤지는지, KSS해운의 선원들 입에서 비명이 나올 정도였다. "밀수를 안 한다는데, 정말이야?" 하는 식이었다. 밀수를 안 하는 사람들이 상을 받기는커녕 도리어 벌을 받는 꼴이었다. 어떤 때는 아무리 배 구석구석을 뒤져도 밀수의 흔적을 찾지 못하자, 화가 난 나머지 배의 기물을 빼어가기도 했다. 어떡하든지 골탕을 먹이려는 심산이었다. 이런 선원들의 고충을 듣고 서울 본사에서 부산 등 지방 세관에게 협조를 요청했으나, 이런 일이 시정되기까지는 역시 3~4년이나 걸렸다. 아무리 선원들의 개인소지품을 뒤져도 밀수한 품목을 찾아내지 못하자, 드디어 세관에서도 KSS해운은 인정해 준 것이었다. 그 뒤부터 세관의 승선검사가 제대로 진행되었다.

이러다보니, 선원들은 KSS해운 선박을 타는 일을 꺼리기에 이르렀다. 용돈벌이가 없어진 데 따른 것이다. 박종규 고문은 이런 것을 보완해 주고자 선원들에 대한 보너스를 크게 상향시켰다. 1970년대 초 해운대기업 상여금이 200%일 때, KSS해운에서는 500%를 주다가 나중에는 50%를 더해 무려 550%나 주었다. 밀수를 못하게 한 대신 이익이 나면 상여금으로 보상한 것이다. 이것에서 착상을 얻어 KSS해운의 자랑인 '이익공유제'가 출발하는 초석이 된다.

제2장
예측대로, 오히려 예측을 넘어

그러나 KSS해운의 '바른 경영'에 대한 시험은 이 정도에서 끝나지 않았다. 마치 파도처럼 해결하면 또 밀려와 끝없는 투쟁을 벌이도록 했다. 투쟁이 아니라 거의 전투 수준이었다. 이상하게도 리베이트에 대한 결코 유쾌하지 못한 경험은 그 뒤로도 계속 일어났다. 당시 우리 사회 전반에 걸쳐 리베이트 관행이 얼마나 광범위하게 퍼져있는지에 대한 반증이기도 하다. 또 정부의 외환정책 등 현장을 고려하지 않은 경직된 제도들로 인해 큰 죄의식 없이 리베이트 관행을 답습해 온 때문이기도 할 것이다. 이번 일은 배를 도입한 후 첫 화물운송계약 자리에서 만났다. 무대는 한국이었다.

"대신 운임을 깎아드리겠습니다"

배가 있으니 다음 단계는 화물수송계약을 해야 한다. 항차별로 매번 계약하는 일은 번거롭기 짝이 없어 안정적인 장기계약이 필요했다. 안테나에 걸린 회사는 마산에 있는 H합섬. 당시 이 회사에서는 한 항차당 700톤 정도의 AN(아크릴로나이트릴 ; 합섬섬유·고무 원료)을 일본으로부터 수입해 아크릴 섬유를 생산하고 있었다. 한국 최초의 케미컬 탱크인 제1케미캐리호가 뛸 수 있는 것은 최대 월 6~7항차 정도였기에, 이 중 4항차분만 H합섬으로부터 수송할 수 있다면 초기 사업에 큰 도움이 될 것 같았다. 사안이 중대한 만큼 박종규 사장이 직접 전면에 나섰다.

그러나 계약은 기대만큼 쉽지 않았다. 될 듯 될 듯하던 계약 건이 어느 날부터인가 실무자의 손을 떠나버렸다. 상무조차도 할 수 없다며 회장에게 공을 넘겨버렸다. 하는 수 없이 김 모 회장을 직접 찾아가 호소했다. H합섬은 국내 굴지의 섬유업체이고, 김 회장은 재벌급의 실력자였다. 거기에 비하면 박 사장은 30대 중반의 사업 초보운전수. 박종규의 자서전 <직원이 주인인 회사>에는 이 순간을 마치 중계방송을 하듯이 생생하게 표현하고 있다. 이를 그대로 인용한다. 아무리 다시 기록하려 해도 이보다 더 확실하게 증언할 수 없다는 생각 때문이다.

그(H합섬 담당자인 문 모 상무)는 난처한 표정을 지었다.

"이거 참 미안합니다. 도저히 안 되겠는데요. 왜 그런지 모르지만, 우리 회장께서 반대해서 말입니다."

무슨 이유일까? 기술 문제는 아닐 테고, 운임 문제도 초점은 아니라 여겼다. 당시 H합섬의 화물을 수송하던 일본 회사는 톤당 7달러를 받고 있었는데, 우리가 톤당 6달러 50센트로 오퍼한 상태였다. 문 상무는 내가 회장님을 만나서 해결해 보라며 공을 넘겼다.

나는 곧바로 김 회장을 면담해 단도직입적으로 물었다.

"T산업 짐을 앞서서 스팟(spot) 항차로 실어 성공했기 때문에 기술력에도 문제가 없습니다. 시설도 일본 배와 꼭 같고, 운임도 쌉니다. 언제까지 일본 배에 의지하시겠습니까?"

당시 H합섬은 국내 국지의 섬유업체였고, 사주인 김 회장은 재벌급 실력자였다. 김 회장은 내 말만 묵묵히 듣고 있을 뿐이었다. 어색한 침묵은 김 회장이 말을 꺼내면서 깨어졌다.

"이런 말까지는 내가 굳이 안 하려고 했는데… 실은 말이죠."

김 회장은 조심스럽게 말을 이어갔다.

"내가 톤당 50센트씩 일본에서 용돈을 받아썼습니다. 그러니까 사실 두 회사의 운임은 같은 거예요. 박 사장이 같은 조건으로 해주면 계약할 수 있어요."

요지는 공식 운임을 6달러 50센트로 계약하는 대신 '50센트는 리베이트로 내어놓으라'는 것이었다. 외환관리법이 엄격히 적용되던 당시 해운업계에는 리베이트가 이미 관행으로 굳어져 있던 시절이었다. 그러나 나는 여기서 물러서서는 안 된다고 다짐했다. 시작부터 뒷거래가 이루어지면 꼼짝없이 그 사슬에 묶여 헤어날 수 없게 된다! 나는 다시 직설적으로 나갔다.

"리베이트는 곤란합니다. 차라리 운임을 더 깎아드리겠습니다."

김 회장은 빤히 쳐다보았다.

"뒷거래를 하면 회계장부를 적당히 만들어놓아야 하는데 제가 사업한 지 얼마 안 되어 회계처리가 서툽니다. 그리고 우리 회사 임원들이 다 주주입니다. 그래서 저 혼자만 알고 비밀로 할 수가 없습니다. 이것이 공개되면 댁의 실무자들이 별도의 리베이트를 요구하게 될 것입니다. 이 일은 우리 회사 직원들이 집행하게 되는데 배달사고가 꼭 납니다. 그렇게 되면 두 회사 직원들도 다 타락합니다. 그런 뜻에서 리베이트는 안 했으면 좋겠습니다. 아니, 못하겠습니다. 그 대신 운임을 깎아드리겠습니다."

나는 확고한 소신을 폈다.

해운 운임에서 리베이트는 국제적 관행인 셈이다. 그런데 '젊은 놈이 건방지게 내 제안을 거절하고 도리어 내게 설교하나?' 그런 생각인 것 같았다. 평소 말수가 적은 김 회장의 얼굴에는 노기가 띠어 있었다. 상담이 깨지면 큰일이다. 순간 나는 당황스러웠다. 다시 침묵이 흘렀다.

그런데 그의 노기 띤 얼굴이 점점 당혹한 얼굴로 변하고 있었다. 아마도 '일본에서 리베이트를 받고 있다는 사실은 아무도 모르는데, 이 젊은 놈에게 이실직고한 것이 실수'라고 후회하는 표정이 아닌가 싶었다. 'yes' 하기는 싫은데 그렇다고 'no' 하기도 어려운 상황인 듯했다. 마음속에서 온갖 생각이 교차하는 표정이었다. 나와 김 회장, 단둘만 마주보고 앉은 회장실에 정적만 흘렀다. 1분, 2분, 3분이 흘렀을까? 김 회장이 말문을 텄다.

"그럼 얼마나 깎아주겠다는 거요?"

목소리에 화가 나 있었다.

"네, 톤당 6달러 20센트로 하겠습니다."

이렇게 해서 김 회장이 '6불로 하시오' 하면 내가 무조건 '예'하려고 했는데, 그가 창밖을 보며 한참 생각하더니 문 상무를 호출했다. 상무가 들어오자, 그는 툭 던졌다.

"6불 20전으로 한단다. 계약해라!"

나는 귀를 의심했다. 얼마나 고마운지, 절을 열 번이나 했을까. 방을 나서면서 조심스레 문을 닫던 나는 김 회장의 혼잣말을 얼핏 듣게 되었다. 소파에서 책상으로 자리를 옮기던 김 회장의 중얼거리는 소리가 문틈으로 흘러나온 것이다.

"거 참, 오늘 재수가 안 맞는구먼!"

순간 가슴에 미안한 마음이 밀려왔다. 김 회장이 끝까지 버텼다면 계약은 물거품이 되고, 회사는 존폐의 기로에 섰을 것이다. 당돌하게 리베이트를 거부하고 나온 자신을 어떻든 인정해 준 그의 도량에 고마울 수밖에 없었다.

당시 기업마다 예외 없이 부딪쳤던 문제는 지나치게 경직된 외환관리제도였다. 상담을 위해 외국 출장을 가도 일률적으로 100달러만 바꾸어주는 상황에서, 별도로 외환 조달을 하지 않으면 현지 거래처에게 저녁 한번 대접하기도 어려웠다. 대기업을 운영하는 김 회장으로서는 드러내놓고 쓰지 못하는 외국에서의 비용도 상당했을 것이다. 그런데 젊은 내가 원칙을 들고 나오자 젊은 놈과 싸울 수도 없고, 난처했을 것이다. 나의 당돌한 요구를 선선히 수락한 것은 그만큼 그의 도량이 넓기 때문이라고 할 수 있다. 여하튼 리베이트 없는 장기계약에 성공한 나는 회사에 돌아가자마자 간부들을 모아놓고 '앞으로 어떠한 계약이라 하더라도 리베이트 지불은 없다'고 선언했다. 그 후 50년 동안 이 원칙은 변함없이 지켜져 왔다.*

그러나 최고경영진의 이런 리베이트 근절 정책은 영업직원들의 실무현장을 혼란스럽게 만든 요인이 되었다. 이제부터 영업에 나서는 직원들은 리베이트 한 푼 없이 영업목표를 달성해야 했다. 이미 해운업계뿐 아니라 사회 전반에 만연한 리베이트 풍조를 작은 신생기업인 KSS해운의 힘으로 돌파할 수 있을까?

반도호텔 금은방 금거북선 동나

이제부터는 박종규 사장과 영업부 임직원과의 리베이트 문제로 싸움이 시작되는 이야기로 초점을 옮겨본다. 이와 관련해 당시 일선에서 영업을 뛰었던 배영록 대리는 이렇게 증언하고 있다.

"물론 최고경영진의 확고한 철학에 정면으로 반대할 수는 없었지요. 그러나 리베이트를 주지 않고는 영업이 안 되니, 회사가 망할 판 아닙니까? 할 수 없이 사장님을 속였죠, 뭐."

-어떻게요?

"거래처 사람들과 마신 술값을 부풀어서 청구했었지요. 사장님께서는 영수증만 있으면 지급해 주신다고 했거든요. 그리고 당시에는 지금과 달리 간이영수증이란 게 있었잖아요? 부가가치세가 없던 때니까, 먹종이를 대고 끊어주는 간이영수증 말입니다. 그래서 30만 원어치 대접을 했으면 300만 원이라 적었죠. 그래야 회사에서 현금을

* 같은 책 pp.70-72

타내 거래처에 뒷돈을 줄 수 있으니까요."

-계속 그렇게 했단 말입니까?

"아니죠. 처음에는 회사에서도 속아 넘어가는 듯했습니다. 그런데 어느 날 사장께서 우리 영업직원들을 모두 불러 모으더니, '내가 술값을 모를 줄 아느냐? 나를 속일 생각 하지 마라'라며 호통을 치시더라고요. 그 후부터 회사에서는 부풀어진 간이영수증을 결재해 주지 않았습니다."

-야단났군요.

"당연히 그랬죠. 앞으로 영업할 일이 캄캄했습니다."

그는 당시를 기억하는 듯 잠시 뜸을 들였다. 그리고는 다시 말을 이었다.

"영업팀들끼리 모여 머리를 맞댔어요. 돌파구를 찾아야 했으니까요. 그때 금은방에 있는 금거북선이 생각났어요. 당시 반도호텔 금은방에는 거래처에 선물하기 적당한 금거북선이 많이 있었거든요. 그래서 너도나도 금거북선을 사고 결재를 요청했어요. 그런데 이것도 처음에는 꼬박꼬박 결재가 잘 되었습니다. 우리 영업도 이에 따라 잘 되어 나갔죠. 금거북선을 현금 대신에 줬으니까요."

-제 생각에는 이 길도 곧 막혔을 것 같은데요. 박 사장 두뇌가 보통이 아니잖아요?

나의 질문에 그는 웃었다. 동의한 것이다.

"네, 예상한 대로 곧 막혀버렸죠. 반도호텔 금은방 금거북선을 한국케미컬해운이 다 싹쓸이를 했으니, 회사에서 그냥 있었겠어요? 아마도 내사를 했을 겁니다. 결국 술을 사주는 대신 현금으로 주던 리베이트 줄은 끊기고 말았습니다. 사장님은 어느 날 또 다시 우리들을 부르시더니, '정신자세가 틀려먹었다'며 리베이트 없이 영업할 수 있는 방안을 찾아내라고 호통을 치셨어요. 그래서 그 이후부터 찾아낸 방법이 국내영업 대신 해외영업으로 눈을 돌리게 되었습니다. 외국 회사에서는 리베이트를 요구하지 않으니까요. 특히 일본 고객들이 그랬어요. 그리고 고맙게도 우리의 영업방침을 이해해 준 대기업 그룹 산하 계열사들이 이를 따라 주었습니다."

–대기업 계열사라고요?

"네, 여천이나 울산 등지에는 우리 고객이 되는 대기업 계열사들이 많았습니다. 그들과는 리베이트 없는 영업에 대해 뜻이 통했습니다."

그랬다. 궁하면 통한다고, 결국 이 일로 인해 해외영업으로 눈을 돌리고 KSS해운이 다른 회사들보다 먼저 국제화에 성공하게 되는 요인으로 등장한다. 이 부분에 대해서는 뒤에서 더 자세하게 설명하게 될 것이다.

"우리 회사 사장이 박종규요"

영업 담당 직원들과 리베이트 전쟁을 치르는 중에 이번에는 회사 차를 운전하는 기사들로부터 뒷돈이 필요하다는 이야기가 들렸다. 회사 앞에서 교통순경들이 차를 세우고 교통법규를 위반하지 않았는데도 딱지를 뗀다는 것이다. 그러나 이때 주머니 속에 얼마를 찔러 넣어주면 그냥 통과시켜 주었다. 교통경찰 주머니에 찔러 넣어줄 뒷돈 얼마씩을 준비해 달라는 내용이었다. 별것 아니지만, 이것 역시 영수증 없는 돈의 지출을 금지하는 회사방침에 어긋났다.

1970년대는 그런 시대였다. 통행세를 좀 내고 다니라는 뜻이다. 하는 수 없이 기사들에게 넥타이 등을 사주었다. 돈 대신 선물로 대신하라는 것이었다. '눈 감고 아웅'하는 식이지만, 어떻든 리베이트 없는 회사로 만들기 위한 고육지책이었다.

하지만 고속도로 같은 곳에서 속도위반 등으로 걸릴 때는 사정이 달랐다. 넥타이와 같은 애교 있는 선물로는 딱지를 피해갈 수 없었다. 그러나 역시 여기에서도 궁지통의 기지가 떠올랐다. 기사들은 혹 단속에 걸리면 차에서 내려 교통순경 귀에다 대고 뭐라고 속삭인다. 그러면 어김없이 딱지를 떼지 않았다. 한번은 박 고문이 궁금해서 그 이유를 물어봤다가 기절초풍할 뻔했다. 기사들이 교통순경에게 한 말은 이런 것이다.

"우리 회사 사장 이름이 박종규입니다."

그렇게 하면 교통순경이 두말없이 그냥 보내주었다. 거짓말한 것은 아니었다. 당시 천하를 호령하던 박종규 청와대 경호실장과 이름이 같았던 덕을 본 셈이다. 교통위반 벌금은 운전자 책임이라는 회사규정을 이런 기지로 넘어가곤 했다.

이런 일은 경찰서 정보과 형사들이라고 예외는 아니었다. 그들은 가끔 중소기업 사장실을 들르곤 한다. 정보비 조달을 위해서다. 한참 소파에 앉아 신문이나 보다가 가는데, 이때도 하는 수 없이 선물을 사두었다고 주곤 했다. 투덜거렸지만 어쩔 수 없는 일이었다. 당시 가난하던 사회상의 하나였다. 그렇게 하다보면 세 번째는 오지 않았다. 그들도 KSS해운에서는 정보비 수집이 불가능함을 안 것이다. 미안했지만 어쩔 수 없었다. 불이익이 오더라도 감수해야 했다. 이런 일들은 그 작디작은 중소기업 KSS해운이 세상과 정면으로 대결한 현장들이다. 오랜 시간이 흐른 지금, 그 당시를 스케치해 보니 웃음이 난다고 박 고문은 내게 술회했다.

"팔고 말고는 내가 결정합니다"

그러나 이런 '리베이트 불가' 원칙이 늘 성공한 것만은 아니었다. 원칙이라기보다 더 무서운 KSS해운을 지탱하는 최고 정신적 지주임에도 이에 대한 깊은 인식이 없어 인생을 망친 이도 있었다. 자신의 인생뿐 아니라 의욕적으로 출발한 회사조차 말아먹고 말았다. '투명경영'에 대한 의지가 얼마나 중요한지를 깨닫게 만든 사건은 1976년 동해조선소가 완공된 후, 신임 회사 CEO를 영입하는 과정에서부터 싹트기 시작했다. 박 사장조차 까마득히 모르고 있었던 '사람의 한 길 속' 때문이었다.

회사가 급성장하면서 새로운 사업 확장에 대한 욕망이 꿈틀거렸다. 그 욕망의 끝에 나타난 것은 동해조선소 건설. 조선사업에 뛰어든 것이다. 그리고 대표 자리에 서울대 공대 조선학과의 대부격인 장 모 씨를 앉혔다. 그는 일본에서 조선학을 전공한 엘리트였다. 창업 당시 최대 자금을 투자하며 회사의 멘토 역할을 해주었던 이맹기 대한해운공사 사장의 극렬한 반대에도 불구하고 능력 있는 사원을 끌어오기 위해서 장 씨가 필요하다고 밀어붙여, 그에게 신설 조선소 경영을 맡겼다.

처음에는 잘 되는 듯했다. 겉으로 보기에는 그랬다. 그 어렵다는 유럽시장도 뚫어내고 무려 6척의 배를 수주하기도 했다. 그러나 불과 1년 만에 서울로 올라와 박 사장을 만난 그는 조선소를 팔자고 제안했다. 조선소 평가가 좋아 지금 팔면 더 유리하다는 것이었다. 뜻밖의 말이었다. 그러면서 그가 마지막으로 한 말은 이랬다.

"그러니 이런 때 팔아서 돈을 버는 것이 낫지 않겠습니까? 굳이 힘든 조선업을 해서 돈을 버는 것보다 유리한 방법이 아닙니까? 내가 알선해서 팔게 되면 나한테 1할만 주십시오."*

그 말을 듣는 순간, 박 사장은 어안이 벙벙했다고 술회했다. 이맹기 회장이 그를 반대한 이유를 그때야 깨달았던 것이다. 사람을 잘못 봤다. 경영인이 아니라 브로커를 사장으로 데려다 놓은 거구나! 그리고는 단호하게 그를 내치기로 했다. 리베이트 운운하는 자를 다시 보고 싶지 않았기 때문이었다. 하늘처럼 섬기던 '리베이트 없는 투명경영'이라는 회사의 운명 같은 원칙을 자칫 휴지조각으로 만들 수 있었기 때문이었다.

"팔고 말고는 내가 결정합니다. 사장을 그만두고 싶으면 그만둬도 좋소!"

사실상 파면을 시킨 것이었다. 그러면서 이런 정신상태를 가진 CEO 밑에서 회사 경영이 어떻게 되었을까 하는 두려움이 급습했다. 그 길로 박 사장은 동해조선이 위치한 울산으로 급히 내려간다. 그리고 아연실색하고 만다. 잘 나가는 줄 알았던 조선소는 그의 표현을 빌리면 '거저 주어도 하나도 아깝지 않을 만큼' 그야말로 엉망진창이었다. 조선소를 맡기면서 신신당부했던 주요한 원칙들을 하나도 지키지

* 같은 책 p.113

않았다. 거기에다 방만한 경영과 함께 원가계산을 잘못해 수주한 배가 오히려 손해를 끼치게 된 사실까지 파악했다.

결국 이 동해조선의 부실경영으로 인해 모회사인 KSS해운조차 빚더미에 나앉게 되고, 이 일로 사채까지 쓰게 되면서 암흑의 7년을 보내게 된다. 그리고 자살 시도마저 실패하자 결국 창업주로서 책임을 지겠다며 삭발까지 하게 되는 인생 최대의 치욕을 맛보게 된다. '투명경영'에 대한 의지가 없었던 단 한 명의 CEO로 인해 탄탄하게 성장하던 KSS해운은 기울어진 선박 신세가 되고 만 것이었다.

"20만 달러 드리겠소"

이처럼 리베이트를 주어야 할 처지에 빠져 허우적거린 것만은 아니다. 집요하게 뒷돈을 주겠다며 덤벼드는 통에 이를 거절하느라 혼쭐이 나기도 했다. 되돌아보면, 리베이트만큼 사업을 하는 데 골치 아픈 일도 없었다. 초기에 회사가 예상보다 더 잘 되어 두 번째 배를 도입해 VCM(PVC의 원료) 수송 시장을 거의 전담하던 때의 일이다.

이 일은 1971년부터 시작된다. 창업한 지 겨우 1년여가 지나고 있던 때였다. PVC를 생산하는 수입 화주들끼리 경쟁이 벌어지면서 회사로 제각기 로비를 해오는 일이었다. 지금은 모두 한국플라스틱으로 합병되었지만, 당시 국내에는 세 회사가 VCM을 수입해 PVC를 생산하고 있었다. 진해의 한국화섬, 군산 우풍화학, 그리고 울산 공영화학이 그 회사들이었다.

화물 수입과 생산에서는 이 세 회사가 경쟁을 벌였지만, 원료 수송만큼은 KSS해운의 선박에 전적으로 의지하고 있었다. 그렇기에 타 회사보다 원료 수송을 더 원활하게 할 수 있다면 그만큼 생산량도 늘어날 수밖에 없었다. KSS해운을 향한 집요한 리베이트 공세는 이런 이유에서 그치지 않았다. 아무리 거절해도 치열한 경쟁 때문에 성과가 없자, 박 사장은 '선청선적(先請先積)'이란 원칙을 정해 집요한 로비를 피해 나갔다. '선청선적'이란 누구든 먼저 선적 의뢰를 한 회사부터 운송해 준다는 규정으로, KSS해운이 만든 새로운 원칙이었다.

그런데 1971년 여름, 그중 한 회사의 중역이 일본 출장 중이던 박 사장의 호텔로 찾아왔다. 도쿄의 한 호텔이었다.

"20만 달러를 드릴 테니, 우리 회사 화물을 우선적으로 실어주십시오."

한 회사의 화물을 우선적으로 실어준다면 나머지 두 회사는 말라 죽을 것이 뻔했다. 말이 먼저 실어달라는 것이지, 두 회사를 망하게 하자는 무서운 제안이었다. 남의 회사 두어 개쯤 눈 한 번 깜짝하지 않고 쓰러뜨릴 수 있다는 그의 사고방식을 읽어낸 박 사장은 크게 전율을 느끼며, 그 자리에서 딱 잘라 거절했다.

"무슨 말입니까? 우리는 먼저 주문받은 회사에게 먼저 짐을 실어 드립니다. 그래야 공평하지요. 다시는 이런 일로 날 찾아오지 마십시오."

그러나 그 임원은 이제 겨우 신생 해운회사가 화주를 무시한다고 생각했는지 다시 말을 이었다.

"돈이 적어서 그러십니까? 필요하다면 더 드릴 수 있습니다."

그 말을 듣자 박 사장은 소름이 끼쳤다고 한다. 그렇잖아도 리베이트 문제로 여기저기에서 곤욕을 치르는 통에 도쿄까지 쫓아와 성가시게 굴고 있기 때문이었다.

"절대 오해 마십시오. 딱 두 척의 배로 횡포 부릴 생각은 없으니까요. 단지 나는 두 회사가 망할 것을 뻔히 보면서 그렇게 할 수 없다고 말하고 있는 겁니다. 거기에다 우리 회사에는 리베이트를 절대로 배격하고 있습니다."

이렇게 그 임원을 돌려보냈다. 그 이후 한국에 귀국해 중역들에게 이 사실을 털어놓으면서 새로운 원칙 한 가지를 더 제시했다. '선청선적'에도 예외를 둔다는 내용이었다.

"어느 회사든 공장에 원료가 떨어지게 되면 먼저 실어준다."

이 당시의 일을 떠올리면서 박 사장은 차라리 독점을 하지 말 걸 공연히 했다고 후회했다. 독점사업이 경영에는 분명 도움이 되겠지만, 회사의 원칙 준수라는 측면에서는 오히려 성가신 것이 된다고 판단한 때문이었다. 그 후 이 일은 PVC업계의 불황으로 한 회사로 통합되면서 막을 내리게 된다.

그러나 이 리베이트 문제는 결심한 만큼 쉽지 않은 문제였다. 솔직히 '리베이트를 주지도 받지도 않는다'는 원칙을 처음 세울 때만 해도 그도 두려움이 없지 않았다. 사업이 실패할지도 모른다는 두려움이었다. 우리 기업계는 물론이고 사회 전반에 걸쳐 리베이트 관행이 없는 곳이 없었기에, 이를 돌파해 신념을 관철시키기에는 너무나 힘든 일이 많았다. 아무리 설득을 거듭해도 회사 내·외부에서 그런 우려의 목소리를 끊임없이 들어야 했다.*

박 사장의 친구들조차 그에게 다가와 나지막한 목소리로 충고하기

* 나의 회고록(46), 한국해운신문(2019.8.13)

를 그치지 않았다. 깊이 뿌리내린 관행을 거부하다가는 어느 귀신에게 잡혀갈지 모른다고 말했다. 또 회사 내부에서도 반대의견도 만만찮았다. 창업주의 뜻을 모르는 것은 아니지만, 리베이트를 거부했다가 영업이 안 되리라는 우려가 팽배했다. 한때는 거의 집단적 항명 수준까지 가기도 했다.

"차라리 그냥 뒤로 주시오"

그러나 박종규는 그런 속삭임이나 반대의견에 귀를 닫았다. 창업 전 일본 지하철에서 받았던 민족적 수치감이 언제나 그에게 말을 걸어왔기 때문이다. 절대로 원칙을 버리지 마라! 그래서 그는 그런 반대의견이 나올 적마다 "일단 한 번 시행해 보자"며 부드럽게 대응했다. 사실 박종규가 가장 좋아하는 말은 "임자, 해봤어?"라고 했던 정주영 현대그룹 선대회장의 말이었다. 그러나 결국 해봤더니 오히려 회사의 국제화를 이루는 길이 된 것이다. 어디 국제화뿐이었겠는가. '투명경영'이란 기업문화가 뿌리를 내리자 예상하지 못한 이득들이 회사 곳곳에서 일어났다.

그러나 그런 박종규조차도 리베이트에 대한 원칙을 꼭 한 번 어긴 적이 있었다. 바로 일본에서 첫 배를 도입할 때 범양상선이 서준 지급보증을 해제하면서 준 뒷돈이다.

독자들께서도 기억이 날 것이다. 첫 배를 도입하기 위한 자금 1억 엔을 도쇼쿠 측으로부터 승인받기 위해 한국 내 큰 기업의 보증을 요구한 일 말이다. 이때 국내 해운대기업인 범양상선이 용선료 지급에 대한 보증을 서주어 그것으로 배를 도입할 수 있었다. 그때는 그런 사실만 밝히느라 자세한 설명을 하지 못했지만, 사실 보증서를 떼면서 이제 갓 창업한 작은 회사인 코리아케미칼캐리어스(주)의 주식 전체를 담보로 맡기라고 해서 급한 김에 그대로 약정서를 체결했었다. 한마디로 회사를 송두리째 떠맡기라는 약정이었다. 그 약정대로라면, 그 순간부터 이 작은 회사는 해운대기업인 범양상선 것이나 다름이 없었다.

사실은 그뿐 아니었다. 그때 작성된 약정서를 보면, 여차하면 박종규의 회사를 그대로 먹을 심산임이 조항 곳곳에서 발견된다. 예를 들면, '운영자금이 모자라 외부 차입이 필요할 경우 범양상선으로부터 자금을 빌린다'는 제2항이 가장 두드러진다. 계속 돈을 꾸어줌으로써 주식 전부를 가진 것도 모자라 코리아케미칼캐리어스를 완전히 자기 손아귀에 쥐겠다는 심산을 여과 없이 보여준 것이다.

처음 시작하는 회사에 운영자금이 모자랄 것은 뻔한 일이다. 사채나 외부 차입도 허락하지 않고, 오직 범양상선에서만 자금조달이 된다. 범양의 의도가 분명히 읽혔다. 국내에서는 아직 생소하지만 부가가치가 높은 케미컬 운송업에 발을 내딛는 절호의 기회로 삼자는 것이었다. 그러나 거의 빈손으로 창업하고, 그나마 쥐꼬리 같은 창업자금 300만 원도 첫 배를 도입하는 과정에서 다 써버리고 빈털터리가 된 상황에서는 찬밥 더운밥을 가릴 처지가 못 되었다. 뻔히 알면서도 자금력 없는 소기업으로서는 피할 수 없는 숙명이었다.

그러나 이것이 박종규에게는 끊임없는 근심거리로 남았다. 언제든지 회사를 빼앗길 수 있었다. 그가 범양이 보증을 서준 자금으로 제7교쿠호마루를 끌고 의기양양하게 서울 본사로 돌아오던 2017년 8월, 범양 측에서 벌써 자사 임원 중 한 명을 코리아케미칼캐리어스의 새 사장으로 내정했다는 소문이 들렸다. 이것을 피하고 다시 경영권을 되찾자면, 어떻든 신규 사업이 잘되어 배의 선가를 갚고 범양의 보증을 해제하는 길뿐이었다. 그러나 사업이 과연 계획대로 될는지 장담할 사람은 아무도 없었다.

그 중간의 진행상항은 잠시 건너뛰기로 한다. 지금은 박종규가 하늘같은 신념인 '투명경영'을 처음이자 마지막으로 어긴 가슴 아픈 역사를 더듬어가는 중이기 때문이다.

결국 목숨과도 바꿀 수 없을 정도로 소중한 제1케미캐리호를 통해 한·일간 케미컬 수송에 사활을 걸어야 했다. 몇 푼의 이익을 얻는 것이 목적이 아니었다. 담보로 맡긴 회사를 찾아야 했다. 거기에다 절대로 운영비가 부족해서도 안 된다. 그러면 당장 범양에 다시 고개를 숙여야 될 판이다. 그렇게 되면 비록 선가를 다 상환했다 하더라도, 그 운영비 몇 푼 때문에 범양이 맡아있는 주식을 되찾아오기는 영영 틀리고 만다. 이를 악물 수밖에 없었다. 제1케미캐리호가 부산항에 입항한 순간부터 박종규 사장은 벼랑 끝 경영을 시작했다. 까딱하면 천 길 낭떠러지로 떨어지고 말 상황이었다. 앤드류 그로브처럼 박종규도 이를 박박 갈았다.

그런 마음자세로 사업을 했으니 결과가 나쁘면 정의가 서지 않을 것이다. 기적처럼 1973년 8월에 제1케미캐리호 선가인 1억 엔을 모두 상환했다. 그 배를 도입해 선가 상환을 시작한 지 3년 만이다. 보통의 경우, 한 척의 배를 가져와 최소 5년은 운항해야 겨우 선가를 갚을 수 있다. 어떤 경우는 그 기간도 모자라 평균 3년인 선가 상환기간을 한 차례 더 연장받기도 한다. 그러나 박 사장은 그 3년 동안 매월 단 한 차례도 선가 상환을 못한 적이 없었다. 뒤에서 다시 자세히 설명하겠지만 첫 사업이 날개를 단 때문이다.

이제 보증으로 선 선가를 다 갚았으니, 다음 순서는 보증을 해제하는 일이다. 범양 측에 선가를 다 갚은 사실을 통보하고 맡긴 회사 주식을 찾아와야 한다.

그는 그해 7월 말, 범양 측에 공문을 발송한다. 다음 달이면 제1케미캐리호가 국적선이 되는 만큼 갖고 있는 주식을 되돌려달라고 정중하게 요청했다. 그 내용 중에는 남은 선박소유권의 50%를 주는 대신, 선박이 들어올 때 발생하는 관세 50%를 내달라고 했다. 또 소유권 50%는 일종의 증여인 만큼 증여세가 발생한다고도 적었다.

독자들께서는 그 공문서에 적힌 '남은 50%'라는 글귀를 유심히 봐주시면 한다. 이 말은 이 일이 발생하기 이전에 범양에 맡긴 주식 중 50%는 이미 찾았다는 뜻이다. 이것 역시 이 설명에 뒤이어 그 과정을 밝힐 것이다.

이 공문을 받아든 범양 측으로서는 매우 난처했다고 한다. 그것은 범양의 임원 한 사람이 그 공문을 손에 들고 급히 박 사장을 만나러 온 사실에서 잘 나타난다. 그 임원은 박 사장을 만나 매우 서운한 듯이 따지고 들었다.

"이렇게 하기요, 박 사장? 우리가 어려울 때 보증을 서주었는데, 우리를 코너로 몰아넣는 거요?"

대강 이런 식으로 따지고 들었다고 박 고문은 회고했다. 이유는 이랬다. 주식 50%를 받는 것은 증여가 분명하다. 당연히 증여세를 내야 한다. 그러나 해운대기업이 작은 소기업의 주식을 증여받으면서 떠들썩하게 세금을 낸다고 하면, 다른 해운기업들에게서 '벼룩의 간 빼 먹는다'는 손가락질을 받게 될 것이다. 원래 선박 소유권 50%를 받아놓겠다는 것도 코리아케미칼캐리어스의 대주주로서 남기 위한 안전장치인데, 외부적으로 소문을 낼 것까지 없지 않겠느냐는 내용을 조목조목 설명했다고 한다.

그러나 박종규는 속마음을 숨겼다. 목적은 그 나머지 50%의 주식을 모두 찾아오는 것이었지만, 그는 오히려 그 임원의 말을 반박하며 너스레를 떨었다. 그의 기억을 더듬어보면 그의 대답은 대개 이런 식 같았다.

"그렇지 않아요. 그 소유권 50%는 보증을 서주신 데 대해 고마운 마음으로 사례를 드리는 것인데요, 뭐…."

아마도 그 말에 그 임원도 반박할 명분이 없었을 것이다. 한동안 박사장을 쳐다보던 그는 결국 이런 말로 정리했다.

"아무튼 이런 식으로는 안 됩니다. 차라리 4만 달러를 그냥 뒤로 주시오. 그러면 남은 주식 50%를 다 되돌려주겠소."

자, 4만 달러의 '뒷돈'을 달라고 한다. 계산해 보면, 사실 3년 동안 1억 엔에 대한 보증료도 그 정도는 될 것 같다. 그동안 범양 측은 코리아케미칼캐리어스의 주식을 문서상 갖고 있었을 뿐이지, 그것을 자신들의 재산으로 인정해 사고판 적도 없었다. 더구나 그것을 담보로 범양 측이 어떤 영업활동을 한 것도 없었다. 고스란히 금고 속에 놓아두었을 뿐이었다. 그러면서도 한 푼의 보증료를 요구한 적도 없었다. 그러기에는 범양은 해운업계에서 너무 큰 대기업이었다.

'뒷돈'이란 그 임원의 제의에 순간적으로 움찔하기는 했지만, 그동안의 보증료라고 생각한다면 뒷돈이라도 주고 회사소유권의 절반을 찾아오는 일이 급선무였다. 박 사장은 잠시 고민했지만 범양 측의 보증으로 국적선을 통해 한국 초유의 석유화학 운반선 사업을 시작할 수 있었던 사실을 숨길 수가 없었다. 얼마나 고마운 일인가. 그는 그 자리에서 '뒷돈'을 약속하고, 이를 이행했다. 이때가 박종규로서는 리베이트를 준 유일무이한 일이었다.

그러나 엄격히 말하면, 이것은 '바른 경영'과 '투명경영'을 내세운 그의 경영이념에 명백하게 반한 일이다. 오점을 남긴 것이 분명하다. 그러나 다시 생각해 보면, 자금 없는 소기업으로서 기업계의 거센 격랑을 헤쳐 나가기 위한 고육책이기도 했다. 그가 롤 모델로 삼았던 유한양행처럼 50년 전 50만 달러라는 어마어마한 자금으로 사업을 시작했더라면, 그의 '투명경영' 신념을 훼손시킨 이런 일은 결코 일어나지 않았을 것이다. 속죄하는 마음으로 지난 2019년 회사 창립 50주년을 맞아 쓴 자서전, <직원이 주인인 회사>에서 이런 사실을 낱낱이 고백하고 있다. 아마도 기업가의 양심 때문이었을 것 같다.*

비자금 없는 관리

영업 측면에서 리베이트 근절 원칙을 경영적 측면으로 그대로 옮겨오면 '비자금 금지'가 된다. 박종규와 KSS해운은 이 역시 '운명'이라는 확고한 신념 아래 철저하게 비자금 조성을 거부해 왔다. 신념은 좋았지만, 실제 회사 경영에는 걸림돌이 한두 가지가 아니었다. 또 손해도

* 박종규 자서전 <직원이 주인인 회사> PP.80-82

곳곳에서 발생했다.

"눈앞에 큰 사업이 어른거릴 때마다 모처럼 만든 '투명한 기업'을 포기하고 큰 사업을 하고 싶은 생각이 굴뚝 같았다"고 박 고문은 자신의 속마음을 숨기지 않았다.*

그의 속마음을 헤집고 들어오는 일들도 많았다. KSS해운보다 후배격인 율산실업의 폭풍성장은 분명 박종규에게도 고민을 안겨주었을 것이다. 율산을 시작한 겁 없는 20대들의 기업윤리를 내던진 모습에서, 그럼에도 세상에서는 그들을 칭찬하고 부러워하는 모습에서 좌절했을지도 모른다. 그러나 그는 리베이트 문제만큼은 결코 흔들리지 않았다. 그 근저에는 최고경영자인 자신의 엄격한 '자기관리'가 있었기 때문이다. 이것 덕에 비자금이 필요하다는 회사의 요청도, 가족의 요구도 이겨낼 수 있었을 것이다.

손해를 자임했다. 먼저 국내의 은행을 이용할 수 없었다. 융자를 받으려면 융자액의 3%를 은행에 주어야 하는 일은 1970년대와 1980년대에 걸친 상식이었다. 당연히 국내은행으로부터 융자를 받을 생각 자체를 포기했다. 선박 건조자금이 필요할 때면 외국은행에서 빌렸다. 운영자금도 모자라지 않도록 항상 신경을 썼다. 그러나 해운업 불황이나 오일쇼크처럼 일개 기업의 문제를 넘어설 때는 헤쳐 나가기가 거의 불가능했다. 결국 사채를 쓸 수밖에 없었다.

미친 짓이었다. 그러나 KSS해운에서 비자금 원칙은 회사 존폐를 앞서는 가치였다. 그 가치를 지키는 일이 더 중요했다. 거의 초죽음이 될 정도의 고난행군이었지만, 지나고 보니 이 일로 인해 여태껏 기업

---

* 같은 책 p.5

이 존속하게 되었다. 역설적인 비밀이다. 은행은 그 정도 선에서 피해 갈 수 있었지만, 비자금이 없어 세무서와 맞붙어 싸워야 할 때는 정말 오금이 저렸다. 이런 일이 있었다.

"우리 회사는 나올 사람이 없다고 합니다"

창업한 지 5년 만인 1975년 세무조사가 나왔다. 사장실로 들어온 담당 조사원은 자리에 앉으면서, 회사 매출규모를 보니 세금이 약 5천만 원이 되겠다고 했다. 이미 사전조사가 되어 있었던 듯싶었다. 그러면서 그는 목소리를 낮춰, 자신에게 2천만 원을 달라고 했다. 그러면 세금을 1천만 원으로 깎아주겠다는 제의였다. 가만히 그의 말을 들어보니, 회사로서는 그렇게 해도 2천만 원을 아낄 수 있었다. 비록 5년 전의 일이기는 하지만 300만 원 자본금으로 시작한 회사로서 2천만 원은 대단한 돈이다. 그러나 박종규 사장은 그 제안을 뿌리쳤다. 너무 기가 막혔기 때문이다.

"먼저 장부를 보고 하시지요."

박 사장은 끓어오르는 분노를 간신히 누르며 담당 조사원에게 말했다. 그러자 그는 자신의 제안을 거절한 것으로 생각했는지 "알아서 하세요"라며 사무실을 휑하니 나갔다. 나가면서 회사 장부와 증빙서를 자기 사무실로 다 가져오라고 명령조로 말했다.

1주일쯤 지난 뒤였다. 회사로 그의 말대로 정확하게 5천만 원이 고지되었다. 법인세 추징금이었다. 대부분의 선박수리비를 모두 손비로 처리하지 않는 것으로 고지되었기 때문이었다. 회사로서는 '투명경영'을 내세워 깨끗하게 회계처리를 했다고 자신이 있었는데, 장부도 제대로 들여다보지 않은 것이 틀림없었다. 화가 머리끝까지 치밀었다. 그때 박 사장은 결심했다. 두고 보자. 조사원이 기업의 장부도 제대로 보지 않고 자기 말 듣지 않는다며 주먹구구식으로 세금을 때려? 그냥 두지 않을 거야!

그 길로 박 사장은 수리조선소가 세무신고한 자료를 복사해 보자기에 가득 싸서 세무서장실로 쳐들어갔다. 그리고는 자료 보따리를 서장 책상 위에 내던지며 "이게 대한민국 세무서요? 말도 안 돼. 똑똑히 검사해 보세요!"라고 냅다 소리를 질렀다. 서장도 놀랐던지 검토해 볼 테니 회사에 가서 기다리라고 했다. 세무서 서장실에 와서 고함지르는 기업체 사장이 있을 수 없었을 때니까. 감히 어디라고. 그 일 후 다시 일주일이 지나 세무서로부터 들어오라는 연락을 받았다.

다행스럽게도 서장은 박 사장에게 사과했다. "우리 직원이 잘못했어요"라면서 이번에는 세금이 없도록 하겠다고 했다. 그러나 그는 거기에서도 물러서지 않았다. 그게 다냐고 따지고 든 것이다. 서장도 기가 막혔을 것이다. '뭐 이런 x가 다 있어?' 하는 식으로 그를 쳐다보았다. 그러나 그는 그런 서장에게 조사 담당이 자신에게 2천만 원을 달라고 한 사실을 이실직고하면서, 그를 파면해 자신의 눈앞에 나타나지 않게 해달라고 강력히 요청했다.

그 말을 들은 세무서장은 어떠했을까? 아마도 아무런 말도 못했을 것이다. 일개 회사 사장 입에서 세무공무원을 파면시키라는 엄청난 말이 나왔으니 기가 막혔을 것이 틀림없었다. 그러나 박종규는 거기에서 한 발도 물러나지 않았다. 서장이 못하면 자신이 직접 국세청장에게 쫓아가겠다고 으름장을 놓았다. 젊어서 그랬을까? 뒤에 다시 세무서로부터 보복받을 생각은 그 순간 그의 뇌리에 없었다. 오직 '투명경영'만이 그의 머릿속을 꽉 채우고 있었을 뿐.

'투명경영'을 하고 있는 한, 세무서장이든 국세청장이든 두려울 것이 없다는 생각이었다. 그러나 회사에 돌아와서 다시 생각해 보니, 사고치고는 대형 사고를 치고 만 셈이었다. 그러나 어떠하랴. 그는 자신의 신념인 '투명경영'을 믿었다. 한 푼의 비자금도 조성하지 않았으므로 회계장부 어디에도 털 구석이 없다고 자신을 다독거렸다. 한 열흘쯤 후에 직원으로부터 보고가 들어왔다. 비자금을 요구했던 담당 조사관이 강원도로 쫓겨 갔다고 했다. 그리고 박 사장은 그 일을 잊고 지냈다.

그 후 15년간 세무조사를 받은 일이 한 번도 없었다. 1990년도가 되면서 언뜻 그런 생각이 들었다. 이상하다. 왜 세무조사를 안 나올까? 의문스러웠다. 다른 회사들은 세무조사로 곤욕을 치른다는 이야기를 가끔 듣고 있었던 터였다. 하루는 직원을 세무서로 보내 알아보았다. 돌아온 대답이 걸작이었다.

"우리 회사에는 나올 사람이 없었다고 합니다."

담당 조사원이 강원도로 쫓겨 간 적이 있으니 아무도 KSS해운에는 오지 않으려고 했다는 것이었다. 그러나 그건 사실과 다른 판단일 수도 있다. 진짜 이유는 KSS해운에 와봤자 소기의 목적을 이룰 수 없다는 것을 알았기 때문이었을 것이다. 비자금을 주는 회사가 아니라는 사실을 관할 세무서 누구나 다 알고 있었다고 봐야 할 것 같다. 그랬으니, 그 후 15년 동안이나 세무조사가 없었을 것이다. 하지만 바로 이 일이 KSS해운에게 얼마나 큰 행운이 되었는지, 그 신나는 이야기는 뒤로 잠시 미뤄두자.

"나도 내 사업을 하겠어요"

어느 날 박종규 사장의 부인이 불쑥 자신도 사업을 하겠다고 통보해 왔다. 그에게 상의하지도 않은 것으로 보아서는 오랫동안 준비하고 있었다는 사실을 알 수 있었다. 늘 집에 쓸 돈이 모자란다고 불만을 토로해 왔었지만, 그동안은 들은 척도 하지 않았었다.

회사에서 비자금을 조성하지 않으니 회사 창업주라도 급여 외에 집에 더 가져다줄 돈이 있을 리 없었다. 굳이 가져다주려면 가불이라도 해야 하는데, 가불도 반드시 갚아야 할 돈이다. 가불을 계속하다 보면 어느새 회삿돈을 손대는 버릇이 생기게 마련이다. 이것이 결국은 비자금을 만들도록 하는 원인이 된다. 박 사장은 이를 원천적으로 배격해 왔다.

사실 회사 대표의 사모님쯤 되면 지출해야 될 씀씀이가 커질 수밖에 없다. 어느 모임에서든 대부분이 사장 부인이 뒤치닥거리를 하게 마련이다. 실제로 주변에서 사장 부인에게 그런 눈치를 많이 준다. 그것을 모른 체하며 피하기 쉽지 않다. 집안 대소사를 비롯해 동창회나 친목회 등 돈이 나가야 할 구석은 의외로 많다. 그러나 급여 외에 일체 다른 돈을 집에 가져다줄 수 없는 박 사장 입장에서는 그런 것에 대한 불평을 듣고서도 어쩔 수 없었다. "다른 사업가의 아내는 남편이 주는 비자금으로 넉넉한 살림을 하는데, 당신은 그렇게 못하느냐"는 소리를 입에 달고 살았다. 아마도 많이 참았던 듯했다. 그러다가 드디어 사고를 치고 만 것이다. 덜컥 차린 회사가 ㈜한국시바우라전자였다.

1987년 7월의 일이었다.

사실은 의도 없이 얽혀든 것으로 보는 것이 옳을 것이다. 그래도 살림을 아껴가며 조금씩 돈을 모았던 그의 부인이 어떤 사람에게 돈을 꾸어주었던 모양이었다. 그러나 그 사람이 운영하는 오퍼상이 망하는 통에 그 회사 경리장부를 보려고 며칠 출근한 일로 결국 회사를 차릴 결심을 하게 되었다고 한다.

새로 차린 회사는 일본 시바우라전자로부터 기술을 전수받아 당시로서는 꽤 유망해 보이던 사업 분야였다. 열 센서(Temperature Sensor)의 소자(素子)를 만드는 것으로, 냉장고, 밥통, 전자레인지 등 어지간한 전자제품이면 안 들어가는 곳이 없을 정도로 시장이 넓어 보여 덜컥 사업을 시작하게 되었다. 그러면서 그의 아내는 그에게 공장 임대료와 최소한의 시장투자를 위한 은행융자가 필요하다며 보증을 서달라는 것이었다.

아무리 아내가 하는 사업이라도 보증을 서게 되면 사실상 그가 하는 일로 변하기 마련이다. 다행히 사업이 잘되어 보증을 갚는다면 문제는 달라진다. 그러나 사업이라고는 해본 적이 없는 아녀자가 남편 사업하는 것을 등 너머로 곁눈질 좀 했다고 잘하리라는 담보는 없이. 그럼에도 오죽했으면 저럴까 싶은 마음에 직접 일본으로 건너가 일본 시바우라도 방문해 보니 현대적 시설에 첨단 사업이어서 개인보증을 서기로 했다. 그러나 지난번 동해조선 실패로 모르는 분야의 사업에는 한눈을 팔지 않기로 결심한 것이 자꾸만 마음에 걸렸다. 그래도 그동안 아내를 위해 해준 것이 없다는 데 미안한 마음이 들어 한 번 믿어보기로 한 것이다.

그러나 처음 조금 되어가던 사업은 곧 두어 곳 경쟁업체가 나타나면서 어려워지기 시작했다. 그러자 아내는 여자의 힘으로 공장 관리가 어려우니, KSS해운에서 인수해 달라고 했다. 다행히 그 무렵 동해조선으로 인한 부채상환도 거의 정리되어 조금 숨통이 틔던 때였다. 임원들과 상의를 하니 그러자고 해서 결국 인수하게 되었다. 자회사가 생긴 것이었다.

이것이 또 화근이 되었다. 자회사가 되니 그쪽 회사의 임직원 급여를 모기업 수준으로 올려야 했다. 거기에다 해양 쪽에만 전문 식견을 갖춘 임원들이다 보니 공장 경험이 없어 자꾸만 적자가 발생했다. 그러니 회사에서 손을 떼자는 이야기가 비등해져서 결국 다시 아내가 한국시바우라전자 경영을 맡게 되었다.

그렇게 8년쯤 바둥거리며 회사를 운영하던 아내가 1995년에 이르러 위암 4기라는 판정을 받고 3개월 시한부 인생을 살게 되고 말았다. 안 되겠다 싶어 다른 회사에 근무하는 둘째아들을 불러들여 경영을 맡겼다. 결국 그 이듬해 아내는 세상을 떴다. 어쩌면 사업을 해서 집안에 쓸 돈을 좀 모아보려고 시작한 것이 아내의 생명을 앗아간 것 같아 박 고문은 지금도 그 생각만 하면 가슴이 먹먹해진다고 고백한다.

다행히 회사는 여러 우여곡절 끝에 지금은 둘째아들 지홍 씨의 손으로 잘 운영되어 건실한 회사로 거듭났다. 미국에서 유학한 것이 바탕이 되어 국내 기업에 납품하는 대신 GM, 월풀 등 미국 회사로 수출선을 뚫은 데 힘입었다고 했다. 역시 그 아버지에 그 아들임을 보여주었다.

'투명경영'을 향한 눈부신 항해

그랬다. 분명 그렇게 되었다. 사업은 예측대로 한 점의 오차도 없이 진행되었다. 아니, 그 예측을 넘어섰다. 계속 넘어섰다. 예측이 무엇인지는 나만큼이나 독자들도 이미 잘 알고 있을 것이다. 박종규가 대한해운공사 조선과장 시절 연구했던 선박도입 등과 관련된 '장기 마스터플랜'이 그대로 맞아떨어졌다. 연구 당시인 3년 전에는 '아직은 초창기'라고 전제했던 석유화학제품 물동량이 울산석유화학단지 완공으로 날개를 단 격이었다.

물론 1973년에 일어난 제1차 오일쇼크를 그때에는 예측하지 못했다. 국제적인 대 변수였으니, 중동에서 너무나 멀리 떨어진 한국 서울에서 그 사실을 알 재간은 없었을 것이다. 오일쇼크로 잠시 예측에 차질이 생겼지만, 그 쇼크가 극복된 이듬해인 1974년을 고비로 화물량도 늘고 운임도 상승하기 시작해 한 해 전의 성장부진을 말끔히 해소하고도 더 빠른 속도로 경영이 호전되었다. 오죽했으면 석유화학제품을 수송할 선박이 부족하자 외국 선박까지 단기 용선해 사용해야 했을까.

실어 날라야 할 화물이 배 도입과 거의 동시에 생겼다. 참 희한한 출발이었다. 이런 일은 결코 쉬운 것이 아니었다. 당시 우리나라에서 석유화학제품을 수입하는 회사는 태광산업 등 몇 개사뿐이었다. KSS해운은 국내 최초의 국적선인 제1케미캐리호에 대해 이 회사들을 차례로 방문하면서 열심히 홍보했다. 4개월밖에 되지 않은 최신예 선박일 뿐 아니라, 이미 일본 내항을 운항하면서 합섬섬유와 고무 원료인 AN(아크리로나이트)과 합섬수지인 SM(스틸렌모노머) 등 케미컬 화물 수송 경험을 내세웠다. 그리고 무엇보다 우리 국적선임을 앞세워 호소했다.

아마도 그런 호소가 먹혔던 모양이다. 태광산업이 덜컥 500톤의 AN을 일본 스미토모화학 공장에서 울산항까지 실어달라고 주문을 해주었다. 배가 부산에 들어온 지 불과 열흘 남짓 후였다. 이렇게 해서 부산항에 정박해 있던 제1케미캐리호는 8월 말, 오사카를 향해 힘차게 출항했다.

그러나 이것은 '스팟 운항'일 뿐이다. 매 항차마다 새로 계약을 해야 하는 번거로움이 있었다. 물론 이 스팟 운항도 물량이 많으면 좋겠지만, 아무래도 장기 운송계약만큼 안정적이지는 않다. 그래서 접촉한 곳이 H합섬이었다. 이 회사는 당시 항차당 700톤의 AN을 수입해 아크릴섬유를 생산하고 있었다. 계산을 해보니, 제1케미캐리호로는 월 4항차까지 수송이 가능했다. 박 사장은 중요한 계약인 만큼 영업 임원을 제치고 직접 H합섬과의 장기 운송계약 체결에 뛰어든다. 그러다가 그 회사의 회장과 리베이트 문제로 충돌해 홍역을 치르게 된다.

이 일은 앞에서 이미 살펴본 그대로이다. 결국 계약 성사로 원래 도쇼쿠 측에 제출한 사업계획서에 예상한 월 항차를 훌쩍 뛰어넘는 실적을 계속 기록하게 되었다. 계약서에는 월 5항차였지만 실제로는 월 6~7항차. 목표 초과달성이었다.

주요 수송항로는 일본 미즈시마와 한국의 마산항을 왕복하는 항로였다. 그러나 실어낸 항차로 일한 날짜를 계산해 보면, 이 항로를 4.5일 만에 1항차씩 뛴 셈이 된다. 배에서 짐을 내리고 싣는 데만 하루가 걸리는 것을 감안하면, 한 달 내내 단 하루도 쉬지 않고 배를 가동한 셈이었다. 계획의 140% 실적 달성. 그 덕에 제1케미캐리호의 선가를 차질 없이 갚아나갈 수 있었다.

이런 실적 뒤에는 선원들의 헌신이 있었다. 밀수를 하지 않자 화주의 화물에만 온통 신경을 써 일본 배보다 수송능력이 더 뛰어났다. 당연히 안전운항에도 영향을 미쳐 화주들의 만족감이 치솟았다. 창업 역사는 일천했지만, 500톤급의 작은 배로 본사 직원과 해상 직원들이 일치단결해 그처럼 높은 실적을 올린 것이다.

수송실적이 쌓여가면서 케미컬 운송에 자신감이 붙기 시작했다. 다른 화물은 실을 수 없을까? 경제개발 5개년계획이 속도를 내면서 다른 케미컬 제품 수요도 늘어나고 있었다. AN, SM 외에도 PVC 원료인 VCM, 부타디엔, 포로필렌옥사이드 같은 케미컬 가스가 눈에 들어왔다. 이 화물까지 싣고 싶었다. 그 중에서도 VCM에 대한 수요가 급증하고 있어, 이를 수송할 수 있는 또 다른 선박이 필요해졌다. 그래서 도입된 배가 제1LP호였다.

톤수는 1,056총톤으로 제1호선인 케미캐리호의 두 배였다. 일본 저팬라인의 자회사에서 운항하는 선령 12년 된 선박이었다. 조건은 1년 6개월 용선하고, 그 다음부터 선가 분할상환 방식으로 1971년 6월에 도입했다. 제1호선을 도입한 지 채 1년도 되지 않은 시점이다.

배는 작지만 튼튼했다. 일본 최초의 LPG 운반선이라는 명성답게 소형 볼 탱크 13개를 장착하고 있었지만 철판도 두꺼웠다. 도입 후 12년 동안 특별한 말썽 한 번 부리지 않고 잘 운항했다. KSS해운 초기에 돈을 많이 벌어준 기특한 배였다. 용선을 하든 신규 건조를 하든 배만 있으면 돈은 선박 스스로가 벌었다. 물론 수송할 화물 조달은 회사의 몫이다.

외형 면에서 볼 때 회사의 신장세는 뚜렷했다. 특히 범양으로부터 주식을 돌려받음으로써 경영권 불안이 해소되자 사업에 더욱 자신감이 생겼다. 이를 갈며 선가를 완전히 갚은 것이 임직원 모두의 어깨에 힘이 들어가게 했다.

먼저 화물 종류가 다양해졌다. AN, VCM, SM 외에도 응용유황, LPG 등 다종다양한 석유화학제품들을 운반해 내기 시작했다. 그 결과 1977년에 이르러서는 한·일간 케미컬 물동량의 55%나 실어 나르는 실적을 올렸다. 일본을 제친 것이다. 불과 7년 전만 해도 한국 국적선 단 한 척도 없는 불모지에서.

화물이 늘어나자 선박의 수와 선복량(船復量)도 증가했다. 1970년 한 척에서, 그 이듬해 두 척으로 늘어났다. 그러던 것이 1974년에는 9척, 그리고 1978년 말에는 무려 27척이 되었다. 가히 기하급수적 성장이었다.

운항노선도 다양해졌다. 첫 노선인 한·일간에서, 대만과 동남아 등의 항로에도 취항했다. 당시로서는 동남아만 하더라도 원양항로였다. 당연히 선박도 대형화로 가야 했다. 1976년, 5,500적재톤급의 다목적 신형 케미컬 탱커인 영케미캐리호를 동남아 노선에 취항시켰다.

처음에는 영케미캐리호 한 척만 투입할 계획이었다. 그러나 수송거리가 길어 그러자면 월 1항차밖에 수송하지 못하는 것이 드러났다. 그래도 월 2항차는 되어야 했다. 이렇게 두 척을 신조하려니 건조비가 무려 800만 달러에 이르렀다. 하지만 다행히 KSS해운의 실적을 유심히 보고 있던 IBRD(아시아개발은행)와 일본에서 차관을 얻어 어렵지 않게 조달할 수 있었다. 이에 따라 선령이 비교적 오래된 소형선으로 단거리 항로 수송이 사업의 주종이었지만, 두 척의 중형 신조 선박을 도입하면서 회사의 모습도 일신되어 갔다.

사업이 한창 뻗어나갈 당시 KSS해운의 선박이 일본 항구에 기항하는 횟수는 연간 1천 번이 넘었다. 이를 평균하면, 하루 세 척 꼴로 일본 항구에 정박한 셈이었다. 1978년 무렵에는 일본의 관문인 시모노세키(關門) 해협을 통과하는 KSS해운 선박은 오가는 배를 합쳐 하루 대여섯 척이나 되었다.

그러나 이런 외형상 성장에도 불구하고 어려운 점도 수없이 많았다. 한국 최초로 하는 케미컬 운송이었으니 경험이 부족할 수밖에 없었다. 그러나 그 모든 것조차도 선원들이 이를 바득바득 갈며 다 처리해 주었다.

심지어 이런 일도 있었다. 독성이 있는 액체화물을 싣고 내리면서 다음 항차의 선적에 대비해 화물창을 깨끗이 청소하면서 벌어진 일이었다. 지금이야 화물창을 클리닝하려면 물이나 알코올 같은 액체를 고온의 증기 상태로 만들어 청소용제로 사용한다. 그러나 사업 초기에는 그런 설비가 장착되어 있지 않았으므로 선원들이 일일이 수작업으로 해야 했다. 고생이 말이 아니었다.

하루는 탱크 안에서 청소를 하던 선원들이 화물의 독성에 취해 갑자기 노래를 부르고 괴성을 지르며 난리를 피웠다. 선장이 급히 달려가 위험하니 나오라고 했지만, 그 말을 듣지 않고 계속 노래를 불러댔다. 결국 억지로 이들을 끌어내고 다른 선원들이 들어가 조금씩 환기를 시켜가며 작업을 수행해 무사히 마친 적도 있었다.

이런 사건들을 선장으로부터 보고받은 박 사장은 그들의 노고에 어떻게 보답할지 심각하게 고민한다. 보너스를 더 많이 주는 정도로는 그들의 수고를 제대로 보답하는 일이 되지 않을 수도 있다. 위기의 순간에도 몸을 사리지 않고 회사를 위해 헌신하는 그들에게 더 좋은 뭔가를 주고 싶었다. 이것이 결국 직원을 주주로 만들고, '이익공유제'란 이름의 배당까지 이르게 된 배경이다. KSS해운이 자랑스럽게 세상은 내놓은 '이익공유제'는 이런 과정들을 통해 현장에서 실증된 살아 있는 방안이다.

창업 초기, '투명경영'이란 신념에 충실한 KSS해운의 빛나는 모습이 정말 눈부시다.

제3부

'강인한 의지'로 극복한 고난

제1장
잘못 태어난 자식, 동해조선

그러나 여기, 눈부신 성장 뒤에 만나는 아픈 고난을 그냥 지나쳐서는 안 될 시점을 맞았다. 하늘 높은 줄 모르던 성장을 시샘하듯, KSS해운에게 지독한 고난이 덮친다. 그것도 겹쳐서 몰려온다. 이로 인해 KSS해운은 거의 초죽음 상태까지 이른다.

그러나 박종규는 이를 딛고 일어선다. 창업 초기 보였던 '후유후쿠' 정신 같은 강인한 의지의 힘이다. 누구나 넘어질 수는 있다. 그렇다고 누구나 다 일어서는 것은 아니다. 다시 일어서는 자만이 살아남는다. 어떻게 일어서느냐? 박종규의 위기 극복은 처절한 고난만큼이나 처연하게 아름답다. 나는 이 지점부터 그 이야기를 해보려 한다. 닥친 역경에 초점을 맞추지 않는다. 그의 일어섬에 주목한다. 그래야 진짜 박종규를 거기에서 만날 수 있다. 자, 지금부터 만나러 가보자.

해양방위산업 진출을 꿈꾸며

고난의 시발점은 뜻밖에도 조선업 진출이었다. 1974년에 설립된 '동해조선' 설립이 그것이다. 왜 뜻밖이란 말을 해야 하는가? 아마도 눈치 빠른 독자들은 알고 있을지 모르겠다. 애초부터 조선업은 KSS해운의 사전에는 없는 말이다. 창업하면서 오직 케미컬 화물 해양수송이라는 한 우물만 파기로 한 것에 비하면 조선업 진출은 너무나 낯설다. 해양수송 분야는 해운업이다. 그러나 조선업은 배를 만드는 조선 분야이다. 분야가 틀린데 덜컥 도전에 나섰다. 생소한 만큼 실패가 예견되어 있었다는 비판을 피해갈 수 없을 것이다.

또 한 가지 더. 동해조선을 설립한 시기를 눈여겨보시기 바란다. 1974년이라면 코리아케미칼캐리어스를 창업한 지 불과 4년밖에 지나지 않은 때이다. 앞에서 살펴보았듯이 창업 초기 날개를 단 듯한 고도 성장이 계속되고 있었던 것은 사실이다. 그러나 새로운 분야에 힘을 분산해도 될 만큼이었을까? 이런 질문을 던져보면 아마도 이 책을 읽고 있는 대부분의 독자들도 고개를 옆으로 흔들 것이다. 그런데 박종규 사장을 비롯한 젊은 창업 멤버들은 이런 객관적인 사실조차도 보지 못한 채 겁 없이 조선업 진출을 결정한다. 그것도 초기 창업자금부터 모조리 빚으로. 거기에다 KSS해운의 경상비 지급보증으로 출발한다. 이로써 조선업 진출이 잘못되는 순간, 모기업인 KSS해운조차 부실기업이 될 가능성이 충분히 내재되어 있었다.

꿈은 거창했다. 이 정도라야 꿈이라고 할 수 있을 것 같다. 박종규니까. 조선업 진출을 단순히 배 몇 척 짓자는 것이 아님을 이해하기 어렵지 않다. 그는 당시 국내 기술로는 역부족이었던 케미컬 선박 건조로 시작해 장래에는 잠수함 건조 등 해양방위산업에까지 일괄 진출하고 싶은 욕망을 품었다. 돈은 없었지만 기술력은 남달랐으므로. 그러나 자랑스러웠던 이 기술력에 대한 지나친 자신감이 예측한 대로 사단을 일으킨다. 기술은 있었지만 경영이 없었기 때문이다.

물론 처음부터 그 정도로 무모하게 시작한 것은 아니었다. 처음에는 석유화학 제품의 화물을 부두에 저장하는 '탱크터미널' 사업을 생각했다. 석유화학 화물을 운반하면 이를 저장할 탱크가 반드시 필요하다. 그런데 당시 이 저장시설이 국내에는 크게 부족했다. 그 통에 화물을 실어왔지만 부두에 내리지 못한 채 배에 그대로 싣고 외항에 대기하는 경우가 비일비재했다. 이건 케미컬 해양수송 원래 사업의 연장선상일 수 있다. 그래서 부지를 물색한 끝에 1975년 3월, 울산항에 14,880평을 매입했다. 땅값쯤이야 모아둔 현금으로 얼마든지 살 수 있었다. 그만큼 KSS해운의 사업은 호조를 띠고 있었다.

그런데, 그다음부터 마(魔)가 끼기 시작한다. 박종규의 마음속에 스멀스멀 다른 생각이 떠오르고 있었다. 아예 석유화학 탱커를 건조하는 조선소를 지으면 어떨까? 어떨까. 어떨까, 어떨까라고 생각하다가 탱크터미널 사업은 부지만 매입한 채 일단 중지했다. 이때가 잘못된 사업방향을 바꿀 수 있는 절호의 기회였다. 그랬더라면 오늘의 KSS해운의 모습도 달라졌을 것이다. 누군가 한 사람이라도 강력하게 반대했더라도 사업의 방향과 시기에 대해 한 번 더 돌아볼 계기가 되었을 것이다.

물론 이 문제를 놓고 창업 멤버들 사이에 격론이 벌어지긴 했다. 그러나 한 번 더 보시라. 해양방위산업 진출이라는 아이템이 얼마나 멋져 보이는가! 보석처럼 반짝거렸을 것이다. 이 때문에 그들 중 대부분이 조선소 건립에 따른 기술적 문제나 미래의 시장 예측에 관심을 갖지 않았다. 한국에서는 한 번도 건조해 본 적이 없는 케미칼 특수선이 얼마나 어려운 일인지, 그리고 그 배들로 실어 나를 화물은 어느 분야에 얼마나 되는지 꼼꼼하게 따진 사람은 없었다. 결국 반대한 사람의 의견이 소수로 몰렸다. 이제 조선업은 날개를 달기 시작한 것이다.

먼저 조선소를 지을 땅이 필요했다. 마침 울산시 부근에 땅이 있었다. 4만 평을 매입하고, 모자랄 것 같아 그 앞바다 1만 평을 매립한 뒤 조선소를 짓기 시작했다. 조선소 장비 도입을 위해 외환은행에서 2억 2천만 엔을 빌렸다. 또 조선소 부지 조성과 시설·설비자금으로 한국신탁은행에서 약 3억 원을 빌렸다. 모두 장기상환 조건으로 차입했다. 지급보증은 당연히 KSS해운이 섰다. 거기에다 조선소를 짓는 동안 초기 운영자금도 KSS해운에서 지원해 나갔다. 누구도 눈여겨보지 않았지만, 어느새 동해조선과 KSS해운은 한 몸이 되어 있었다. 둘 중 하나가 잘 되면 같이 잘 되고, 잘못되면 같이 망하게 엮이고 말았다.

시작은 좋았다. 동해조선의 첫 수주가 모기업인 KSS해운에서 발주한 제17케미캐리호와 제18케미캐리호였기 때문이다. 1976년과 1977년에 걸쳐 성공적으로 건조됨으로써 희망찬 출발을 했다. 거기에다 독일로부터 3.500톤급 화물선 6척을 한꺼번에 수주함으로써 쾌재를 불렀다. 그러나 머잖아 이 일은 모기업까지 뒤흔드는 결정적인 패인이 되었다. 새로운 사업분야 진출조차도 성공을 거둔 것으로 본 모든 사람들은 그 일이 안고 있는 문제를 제대로 파악하지 못한 때문이다.

자. 이쯤에서 동해조선 이야기는 잠시 멈춰보자. 그리고 또 다른 난

관으로 다가온 '용융(熔融)유황 수송' 사업 진출 이야기로 방향을 바꿔 보자. 이 부분을 들여다보면 '고난은 한꺼번에 온다'고 한 옛 어른들의 지혜가 놀랍다. 그렇게 기술력을 앞세우고 시장조사에 자신 있다고 큰소리쳤던 KSS해운의 경쟁력이 한순간에 사라져버린 안타까움과 만나게 된다.

과욕이 빚은 참사

이것 역시 과욕이었다. 세 척의 용융유황 수송선을 도입해 한국의 용융유황 수입시장을 100% 전담할 계획을 수립했다. 처음 시작하면서부터 10%의 시장점유를 목표로 한 것이 아니었다. 50% 점유도 아니었다. 모두였다. 100%였다. 이게 말이 되는가? 이렇게 겸손하지 못한 채 고개를 빳빳이 세웠던 KSS해운이었나? 인간이나 사업이나 겸손하지 못하면 아닌 벼락 맞기 십상이다. KSS해운이 그랬다. '오기 경영'. 맞다. 박종규도 훗날 이 일을 되돌아보면서 "오기 경영은 안 된다"는 깨달음을 얻었다고 고백했다.*

용융유황이란 용어가 어려워, 조금 설명이 필요할 듯하다. 용융유황이란 석유 정제과정에서 추출되는 것으로, 고온의 액체 상태를 유지하고 있는 유황을 일컫는다. 액체 상태이므로 파이프를 통해 적재, 하역하기 때문에 하역시간도 단축되고 하역비도 거의 들지 않는 장점이 있다. 반면, 그 무렵까지 우리나라는 황색 가루 형태인 유황 분말을 살물선(撒物船)으로 수송하고, 비료공장에서 다시 이를 용융시키는 공정을 거쳐 유안비료 생산공정에 투입하고 있었다. 그러나 유황을 분

* 박종규 회고록. 한국해운신문

말 형태로 수송하는 데는 많은 문제점이 따랐다. 상온에서 고체 상태인 유황을 부두로 야적하면 가루가 되어 날려 환경에 악영향을 끼쳤고, 화재의 원인이 되는데다가 하역비도 많이 들었다.

그래서 1975년부터 국내와 일본의 정유산업과 유황 수요를 면밀히 조사하기 시작했다. 새로운 수요가 생길 것이 확실해 보였다. KSS해운이 어떤 회사인가. 연구와 시장예측에는 거의 도사 수준이다. 그러나 아직은 국내의 탈황시설 가동이 요원했으므로, 일본에서의 액체 유황 수입은 계속 늘어날 수밖에 없다는 전망이 분석되었다. 그리고 당시 이를 수송할 선박은 작은 배 한 척밖에 없는 실정이었다.

유황은 상온에서 노란 분말 형태의 고체로 있다가 섭씨 115도부터 커피색을 띠며 녹기 시작한다. 용융유황을 안정적으로 수송할 온도는 섭씨 139도 정도인데, 이를 위해서는 특별한 설비를 갖춘 전용선이 필요했다. 일본에서도 500~1,000톤급 소형 선박들이 일본 내 항구 사이를 단거리로 수송하는 정도였다. 그러니 사업구상은 좋았다고 봐야 한다. 더구나 사업방법도 나무랄 데 없었다. 경험도 기술도 없으니 우선 일본 소형선 한 척을 빌려 노하우를 익히기 시작했기 때문이다. 그렇게 해서 1976년 6월에 433톤급 중고선인 제16케미캐리호를 도입한다.

역시 연구한 대로 성과가 나왔다. 그에 따라 자신감도 생겼다. 당연히 속도를 붙이고 싶은 생각을 피하기 어려웠을 것이다. 그러나 여기에서도 잠시 멈추어 서서 주변을 둘러봤어야 했다. 그랬더라면, 무리한 투자로 골치를 썩이는 사업을 규모 있게 해나갈 수 있었을 것이다.

잠시 멈춰 섰다면, 무엇을 볼 수 있었을까? 아마도 그 2년 전에 막대한 자금이 투입되어 현재도 계속 투자만 되고 있는 동해조선이 보였을 것이다. 거듭 이야기하지만, 동해조선은 단순한 자회사가 아니다. KSS해운과 운명을 같이 하는 공동운명체이다. 그렇게 막대한 자금이 투입되었고, 이자도 갚아나가야 할 상황임에도 또 다시 100% 수송을 책임지겠다며 무려 한꺼번에 두 척이나 건조하기 시작한다. 그것도 기술도 없으면서 막 시작한 동해조선에다 이 배들의 건조를 맡긴 것이었다. 남해설파호와 동해설파호가 그것이다. 동해조선에서는 이미 제17·18케미캐리호 등 케미컬 운반선을 건조한 실적이 있었으므로 자신 있었다. 단지, 용융유황선은 화물을 130도 가열 유지하는 장치를 갖추어야 했다. 그것이 없긴 했지만 노하우를 전수받으면 불가능하지 않을 것이었다.

누가 용융유황 수송의 100%를 책임지라 했나? 아무도 없었다. 그저 KSS해운의 젊은 패기가 그렇게 결정한 것이다. 패기로 인해 면밀하게 검토해야 할 갖가지 사전 조사들이 생략되어 버렸다. 예를 든다면 용융유황 운반선을 건조할 수 있는 기술과, 그와 관련된 국제적인 정보 등이 될 것이다. 이런 것이 문제될 줄 당시에는 몰랐다. 그것이 KSS해운에 밀려들 또 다른 무서운 고난임에도.

먼저 유황선 화물 온도 유지를 위한 장치를 찾아 국내는 물론 일본과 동남아 등지를 뒤졌다. 아무 곳도 없었다. 오직 일본의 니혼고강이라는 조선소 한 곳뿐이었다. 일본에서 운항하는 대부분의 용융유황선이 이곳에서 건조되었다. 득달같이 그곳으로 달려갔다. 그러나 대답은 노. 용융유황선 건조를 위한 어떤 기술지원 요청에도 응할 수 없다고 했다. 더 기분 나쁜 것은 니혼고강 측 태도였다. 한국 기업에는 돈을 아무리 주어도 안 된다는 것이었다. 아마도 한국 기업에 의해 일본 선사들이 독점하고 있는 시장이 잠식되리라는 우려 같아 보였다.

그때부터 KSS해운의 '연구 DNA'가 힘을 발동하게 된다. 용융유황선 목록을 뒤졌다. 혹시나 해서 운항 중인 선박 외에 폐선된 것까지도 뒤졌다. 어느 조선소에서 건조했는지를 알아보려는 것이다. 그러다가 폐선된 선박 한 척이 그 회사가 아닌 데라오카조선이라는 작은 회사에서 건조된 사실을 찾아냈다. 확인해 보니 사실이었다. 한 줄기 빛이 보이는 것 같았다. 박종규는 한국의 인삼 선물을 사 들고 조선소를 방문했다. 그리고는 사장한테 한국식으로 넙죽 큰절을 올렸다. 데라오카라는 이름의 사장은 백발이 성성했다. 그의 마음을 붙잡기 위해서였다.

상대의 마음을 어떻게 붙잡는가? 거기 대해서는 박종규에게 물어보는 것이 정답이다. 그는 사람의 마음을 붙잡는 특별한 기술이 있다. 특히, 그것은 위기의 순간마다 가장 강하게 발휘되었다. 내가 먼저 내 마음을 상대에게 주면 천하의 죽일 놈이 아닌 다음에야 그도 자기 마음을 내준다. 이것이 인지상정이다. 그가 넙죽 큰절을 올리자, 데라오카 사장도 놀란 나머지 박 사장의 청을 서슴없이 수락했다. 기술 지도를 허락한 것이다. 고맙게도 울산까지 건너온 그의 지도를 받아 동해조선에서 두 척의 용융유황 운반선 건조가 시작되었다. 배가 완공되기만 하면 신규 사업은 날개를 달 것이다. KSS해운이 그랬던 것처럼.

그러나 이게 무슨 날벼락인가. KSS해운의 움직임과 별도로 일본 미쓰비시석유에서 용융유황 전용선 두 척을 짓고 있었던 것이다. 한국의 유황 수입을 겨냥한 미쓰비시 측에서 KSS해운과 똑같은 규모의 선박을 일본 조선소에 발주해 놓고 있었다. 완공 목표 시점까지 1977년 말로 비슷했다.

그런데 일본이 한 발 빨랐다. 미쓰비시 측이 한국의 수입업체인 남해화학과 먼저 장기 수송계약을 체결해 버렸다. 물론 KSS해운도 주요 수입업체인 남해화학과 용융유황 수송을 계약할 계획을 갖고 있었다. 국내에서는 가장 많은 용융유황을 일본으로부터 수입하고 있었기 때문이었다. 그럼에도 서둘지 않았던 이유가 있었다. 웨이브 제도를 믿었기 때문이다. 이 제도는 화물을 수송할 수 있는 국내 해운회사가 존재하지 않을 때, 비로소 외국 해운업체에게 수송을 맡길 수 있도록 한 것이다. 자국 해운업을 보호하기 위한 조치이다. 그러나 남해화학은 용융유황을 수송할 특수선을 갖고 있는 국내 해운회사가 없을 것이라고 지레짐작하고, 늘 하던 대로 일본 측 해운회사와 계약을 한 것이었다. 더구나 남해화학은 국영기업이다. 그대로 발등을 찍힌 것이다.

이런 사실을 뒤늦게 알게 된 항만청이 펄펄 뛰었다. 국익을 위해 웨이버 제도대로 해야 한다고 남해화학을 몰아붙였다. 그러나 남해화학도 만만치 않았다. 일단 계약한 것을 이행해야 한다고 강력하게 반발했다. 아무리 웨이버 제도가 있다고 해도 수입업자인 남해화학의 적극적인 협조가 없다면 KSS해운도 난처해지게 된다. 어차피 화물주는 남해화학이기 때문이다. 이런 싸움을 곁에서 지켜보던 미쓰비시는 한국에 웨이버 제도가 존속하는 한, 문제는 지속적으로 야기될 수 있다고 보았다. 급기야 건조 중이던 두 척 중 한 척의 건조를 취소시키는 결정을 내렸다.

남해화학으로서도 계속 고집만 부릴 입장이 아니었다. 미쓰비시 측의 선박건조 취소결정을 보면서 외국과의 계약도 지키고 국법도 지키는 묘안을 찾고자 했다. 그러다가 H해운에 국적취득 조건부 나용선으로 미쓰비시가 건조해 투입하게 될 선박을 제공하겠다는 제안을 내놓았다. 아마도 들어보았을 것이다. 박종규가 첫 배를 가져오려고 할 때, 머릿속에 두었던 도입제도이다. 그때는 해운업계에서 누구도 몰랐지만, 이 무렵에는 널리 알려져 있었다. 그렇게 해서 H해운은 조건부 나용선계약 신청서를 항만청에 제출한다. 그러나 항만청도 완강했다. '한국에서 두 척이나 유황전용선을 건조 중인데, 왜 외국 배를 용선하느냐?'는 것이었다. 신청은 반려되고 만다.

이 문제가 계속 KSS해운을 괴롭혔다. 일이 그렇게 진행되는 바람에 KSS해운이 용융유황을 수입할 고객인 남해화학으로부터 미운털이 박히고 말았기 때문이다. 설령 얽힌 문제가 풀려도 수송할 화물이 있을지 의심스러웠다. 그제야 비로소 박 사장의 눈에 용융유황 문제가 보이기 시작했다. 시장 규모도 보였다. 예측한 물동량이 예상보다 적은 것이 파악된 데다, 이 적은 물량을 놓고 실어내고자 하는 배는 세 척이나 된 것이다. 불안을 느꼈다. 뭔가 뒤틀리고 있다. 어떻게 해야 하는가?

박종규는 손을 떼고 싶었다. 이렇게 국가와 고객에다 또 다른 해운회사까지 마구 얽혀들고 있는 이런 사업은 해봐야 큰 승산이 없겠다 싶었다. 포기하자! 그게 맞는 일이다. 마침 그때 일본 선박의 용선이 어려워진 H해운에서 KSS해운에서 짓고 있는 배를 사겠다는 제안이 왔다. H해운으로서는 어떻게 하든 용융유황 운송사업을 하고 싶었던 모양이다. 잘 됐다! 박 사장은 속으로 쾌재를 불렀다. 그대로 되었다면 KSS해운은 분산된 힘을 모아 동해조선이나 아니면 케미컬 수송에 더 매진할 수 있었을지 모른다. 그런데 또 한 번 마가 끼었다. 박 사장은 자신의 속마음과 달리 끝까지 그 사업을 하겠다고 선언하고 만 것이다.

어느 토요일, 회사 중역들과 함께 골프를 치게 되었다. 그 무렵 H해운의 제안을 받아들이느냐의 문제가 마치 KSS해운과의 게임처럼 변질되어 있던 때였다. H해운에게 건조 중인 배를 넘기면, KSS해운이 패배하는 듯한 분위기가 사내에 형성되고 있었다. 더구나 항만청에서도 집요하게 KSS해운에서 용융유황 운송사업을 하라며 화물주를 찾아주겠다고까지 나서고 있어, 그의 속마음과는 분위기가 다르게 흘러가고 있던 때였다.

그때 한 중역이 박 사장에게 물었다. 건조 중인 선박을 H해운에 넘길 거냐고. 예측된 유황 물동량이나 물량에 비해 지나치게 많은 선복량으로 보면 당연히 그렇다고 했어야 했다. 그런데 그 순간 무슨 생각이 들었는지 박 사장의 오기가 발동했다. H해운에 넘기면 진다는 생각이 불현듯 든 것이다. 그의 입에서는 마음과 다른 대답이 나왔다.

"무슨 말을. 팔긴 왜 팔아!"

그러자 골프를 치던 중역들이 모두 환호성을 올렸다. 집단적인 마가 낀 것이었다. 그렇게 해서 본의 아니게 세 척의 용융유황 전용선을 가동하게 되었다. 선복량이 과한 것이 마음에 걸렸으나, 어쨌든 시장을 장악하고 있으니 그런대로 사업이 잘 되리라 기대했다.

그러나 불길한 예감은 적중했다. 역시 화물량이 적었다. 거기에다 전용선박이 또 한 척 더 늘어나 수익이 제대로 나오지 않았다. 답답한 대로 대안을 찾아야 했다. 우선 다른 화물선으로 개조해 볼까 하는 생각을 했다. 그러나 용융유황은 비중이 가장 높은 화물에 속해 유황 2,500톤을 적재하도록 건조된 배의 용적이 채 1,500㎥ 정도여서 다른 선박에 비해 선창의 크기가 훨씬 작았다. 더구나 선박의 특수구조상 쉽게 범용선(汎用船)으로 사용할 수도 없었다. 보강재(stiffener)만 해도 복잡하게 설치되어 있기 때문에 청소하기도 불가능했다. 그리고 코팅을 아예 하지 않은 것이 용융유황선의 특징이어서, 특수 코팅을 요구하는 화학화물을 싣기도 어려웠다. 이러지도 저러지도 못할 판이었다. 박 사장의 고뇌는 계속되었다.

그러다가 생각해 낸 대안이 수산화나트륨(양잿물, NaOH)이었다. 그렇게 해서 1979년, 당시 한양화학에서 생산하는 수산화나트륨을 원진레이온에 수송하는 장기계약을 하게 된다. 이로 인해 다소간 한숨을 돌릴 수는 있었지만, 그 물량 한 종류만으로 보유 선단을 풀가동하기는 말이 안 되는 것이었다. 더구나 수산화나트륨의 운임이 유황에 비해 낮아서 수익을 기대하기도 쉽지 않았다.

결국 한양화학과 장기계약이 종료되는 1985년 2월에 동해설파호와 제16케미캐리호를 매각했다. 그리고 이어 그 2년 후인 1987년 6월에 이르러 남해설파호, 1991년 6월에 남해파이오니어호까지 차례로 매각하고 용융유황 수송사업을 완전히 정리하게 된다. 1976년 6월, 일본에서 용융유황 전용선 한 척을 빌려 시작한 용융유황 수송사업은 1991년 6월에야 손을 털었다. 무려 16년의 세월 동안 되지 않는 사업에 붙들려 수없는 에너지를 탕진한 셈이었다. 헛고생이란 말은 이럴 때 사용하는 것 같다. 정말 가슴 시린 세월이었다.

인사 실패가 빚은 부실경영

이제 다시 그동안 잠시 멈춰 세웠던 동해조선으로 이야기를 옮겨보자. 여긴 그동안 어떻게 되어가고 있었을까?

아무리 모기업인 KSS해운에서 모든 자금을 댔다 하더라도 경영까지는 박 사장이 직접 할 수 없었다. 두 마리 토끼를 한꺼번에 쫓아서는 안 된다는 판단쯤이야 박 사장이 아니어도 누구나 아는 상식이다. 그렇게 해서 박 사장은 1974년, 조선 설계·감리 전문가인 장 모 씨를 영입해 신설한 동해조선 사장 자리에 앉힌다. 그는 서울대 조선학과를 나와 토교대학 조선학과 대학원을 나온 수재로서 조선학과 후배들로부터는 신망 있는 선배로 추앙받고 있던 인물이었다. 영입 당시 일본에서 돌아와 설계사무소를 운영하고 있었는데, 박 사장이 조선소 건립 이야기를 꺼내자 매우 적극적인 태도를 보였다. 앞으로 서울대 조선학과 출신들을 입사시키기 위해서는 그의 영향력도 필요했다.

그러나 이것이 제대로 된 '인사(人事)'가 아니라 '망사(亡事)'가 될 줄 박 사장은 까맣게 모르고 있었다. 그리고 그 망사로 인해 KSS해운이 초죽음이 될 만큼 크게 요동치리라고는 꿈에도 생각하지 못했다. 이 일로 인해 발생한 여러 가지 엄청난 사건들을 처리하느라 박 사장은 자살 시도도 하고, 임직원들 앞에서 삭발까지 하게 되는 수모를 겪는다. 그건 그래도 개인적인 일이니까 혼자 지고 갈 수도 있다. 그러나 그 통에 KSS해운조차 쥐도 새도 모르게 다른 놈이 주워 먹으려고 든 일까지 일어났다. 자다가도 벌떡 일어날 일이었다. 이건 사생결단을 해서라도 막아야 한다!

조선기술자와 회사경영자의 차이가 이런 승패를 가른 요인이었다. 장 사장은 조선에 대해서는 해박한 지식을 갖고 있었지만 경영이라고는 해본 적이 없는 맹탕이었다. 박종규가 놓친 것이 바로 이 점이었다. 하기야 처음부터 경영자로서의 장 사장의 능력을 알 수 없어 께름칙

하긴 했다. 마음이 놓이지 않아 세 가지에 이르는 조선소 경영원칙까지 몸소 세워주며 단단히 일렀다. 그 원칙은 이런 것들이었다.

첫째, 조선소를 만들긴 했지만, 폐선소라고 생각하시오. 당분간 스크랩업에 전념하면서 시간을 두고 기술을 축적해 갑시다.

둘째, 수리업을 중심에 두고 사업을 하되, 신규 건조 사업은 모기업의 발주분만 합시다.

셋째, 사람을 많이 쓰지 맙시다.

그리고는 '조선은 조선쟁이한테 맡겨야지, 모르는 놈이 사주(社主)라고 이것저것 간섭해서는 될 일도 안 된다'고 생각해 일체 간섭을 하지 않기로 했다. 그래서 일부러 동해조선 본사도 울산에 두고, 박 사장은 서울에서 KSS해운 일에만 열중했다. 그때는 그것이 고양이에게 생선을 맡긴 격인 줄 몰랐다. 오히려 전문가를 믿어주는 것이어서 잘하는 일인 줄로 생각했다.

간혹 울산에서 들려오는 소문은 괜찮았다. 아무튼 본사가 수주한 선박들을 훌륭하게 짓는 솜씨는 칭찬할 만했다. 거기에다 1976년에 이르러 독일 선사로부터 3,500톤급에 달하는 선박 6척을 한꺼번에 수주했다는 낭보도 보내왔다. 신규 선박은 모기업의 발주분만 하라는 그의 지침을 어긴 일이긴 했지만, 전보로 보고해 온 선가를 보니 나쁘지 않아 보였다. 당시 신조 선가를 계산할 때는 소형 컨테이너 선박인 경우, 적재톤 기준으로 톤당 1.000달러 정도면 타당하다고 했다. 3,500톤급을 370만 달러에 수주한 것이니까 선가를 잘 받은 것으로 생각했다.

물론 이런 보고를 받고 사주로서 꼼꼼하게 내용을 살피지 못한 박 사장의 잘못도 컸다. 그때 제대로 확인했더라면, 이 계약에 대해 여러 각도에서 짚어봤을 것이다. 여섯 척에 달하는 유럽의 배를 한꺼번에 수주한 것은 한국 조선사에 없던 일이었다. 경사이기도 하지만, 동시에 잘 모르기 때문에 위험에 노출될 수도 있는 일이었다. 그럼에도 이제 막 시작한 조선소로서는 금액이 너무 커서 철저하게 따져야 한다는 생각을 하던 중에 뜻밖에도 장 사장에게 개인적인 불행이 찾아왔다. 그가 독일 출장을 가 있던 사이에 여섯 살 된 외아들이 놀이터에서 야구공에 맞아 사망하는 사건이 터진 것이다. 그 소식을 들었음에도 장 사장은 독일 선박 수주 문제에 전념하느라 귀국하지도 않았다. 대신 수주에 꼭 성공하겠다는 전문을 박 사장에게 보내왔을 뿐이었다. 사업에 전념하는 장 사장의 모습이 그때는 신기할 정도로 고마웠다. 그랬으므로 그 일로 그만 자세하게 살펴보려던 일을 포기한다.

그런데 조선 전문가인 장 사장도, 경영의 귀재로 떠오르고 있던 박 사장도 미처 잘 몰랐던 독일 선박 수주는 톤수를 잘못 계산하는 바람에 수주 당시부터 엄청난 적자를 안고 출발한 기형아였던 것이다. 우선 유럽의 적재톤수 계산과 한국과 일본 등 아시아 지역에서의 적재톤수 계산방식을 짚고 넘어가야겠다. 그래야 이야기가 제대로 이어질 듯하다(사실 이것은 동해조선의 문제점을 발견하고 박 사장이 수습하기 위해 울산 현장으로 내려가 있던 1977년도의 일이다).

유럽에서는 선박의 톤수를 OSD(Open Shelter Decker), CSD (Close Shelter Decker) 등 두 가지로 표시하는데, 이는 노예 수송선에서 비롯된 것이다. 노예상인들은 한 번에 최대한 많은 노예를 싣기 위해 상갑판에까지 노예를 묶어 실어 날랐다. 그러나 배를 타고 오는 동안 상갑판에 있던 노예들이 탈진해 죽는 일이 많았다. 그래서 차양시설로 지붕을 설치했다. 이것이 기준이 되어 상갑판 윗부분을 톤수에 합산하면 CSD톤수가 되고, 이를 빼고 계산하면 OSD톤수가 된다. 이런 방식은 화물선에도 적용되어 각종 세금 계산을 할 때에는 OSD로 하나, 화물 선적량은 CSD를 적용하기 때문에 실제 선박 톤수는 OSD보다 크게 늘어난다.

그렇지만 한국, 일본 등 동양권에서는 톤수 산정방식이 단일화되어 있어 당시 전문가들도 이런 사실을 잘 몰랐다. 더구나 동해조선의 경우는 설계 자체를 선주가 제공하기로 되어 있어, 3,500톤급 선박을 수주했지만 완공 후 계측해보니 실제 톤수는 4,333톤(OSD)이었다. 뒤에 안 일이지만, 일본 조선소에서도 이런 사실을 잘 몰라 소형 조선소 세 곳이 독일 선박을 수주했다가 도산한 일도 있었다. 그 덫에 동해조선도 걸린 것이다. 계약대로 건조할 경우에 이익은커녕 한 척당 150만 달러, 모두 900만 달러를 손해 보게 되어 있었다.

더구나 계약조건에 따라 기관 부속을 모두 유럽산으로 써야 했기 때문에 원자재 비용을 감당하기도 어려웠다. 감리자인 독일의 선사도 까다롭기 그지없었다. 작업이 수시로 중단되었고, 재작업도 몇 차례 하게 되어 건조기간도 마냥 늘어졌다. 인건비 부담도 자연스럽게 늘어나면서 운영자금까지 모자라기 시작했다. 결국 흔들리는 동해조선을 지탱하기 위해 모기업인 KSS해운이 막아주어야 했다. 동해조선에 대한 보증채무는 창업 2년 후인 1978년 총 40여억 원까지 치솟았다. 그해 매출이 68억 5,000만 원이었던 KSS해운(당시 회사명은 한국케미칼해운)조차 불안해지기 시작했다.

패인은 기술능력과 경영능력이 같은 줄 알았던 잘못된 판단 때문이었다. 장 사장은 기술적 능력은 뛰어났지만, 경영능력은 그와 반대였다. 그 이듬해 사태의 심각성을 깨닫고 울산 동해조선으로 급히 내려간 박 사장은 엉망으로 곪은 경영 상태를 보고 입을 다물 수 없었다. 그렇게 되도록까지 방치한 자신이 너무 미웠다. 인사 실패가 부실경영의 덫이었지만 누구를 탓할 수 없었다. 모두 박 사장 자신의 판단 실수로 인한 것이었으므로.

그 장 사장에 대해서는 앞에서도 이미 한 번 거론한 적이 있다. 기억날지 모르겠지만, 박 사장에게 동해조선을 팔자고 하면서 그 대가로 10%의 알선료를 달라고 했다가 그 자리에서 해고된 인물이다. 박종규의 최고 신념인 비자금이나 뒷돈 없는 '바른 경영'을 정면으로 배치된 생각을 최고경영진이 갖고 있었다는 점에서 그가 얼마나 화가 났는지를 그 사건을 통해 익히 보았다. 그런 정신자세를 갖고 있었으니 동해조선을 어떻게 경영했는지는 보지 않아도 알 수 있을 것이다.

가장 먼저 놀란 것은 직원이 엄청나게 많다는 점이었다. 무려 1,200명이나 되었다. 총톤수 1만 톤도 짓지 못한 조선소에서 이렇게 많은 인원을 두고서야 도저히 이익을 낼 수 없는 상황이었다. "왜 이렇게 인원이 많으냐"고 한 임원에게 물었더니, 건조공정이 바뀔 때마다 새로운 기능이 필요하다며 능력 이상의 봉급을 주고 스카우트를 많이 했기 때문이라고 했다. 그러다 보니 소위 '빽'으로 들어와 이름만 올려놓고 월급을 타가는 사람도 있는 형편이었다. 방만한 경영 탓에 도끼자루가 완전히 썩어 들어가고 있었던 것이다. 울산에 내려가 한 달가량 실사를 한 박 사장은 적자를 보는 건조사업을 더 계속할 수 없다는 판단 아래 조선업에서 완전히 손을 뗄 것을 결심했다. 빨리 처분할수록 더 큰 손해를 막을 수 있을 뿐이었다.

"아니오!"가 살린 동해조선

사정이 '발등에 떨어진 불' 격이었지만, 동해조선 처분은 자꾸만 어려워져 갔다. 1977년 12월부터 삼환기업, 럭키 등 12곳의 재벌기업과 접촉했지만, 어느 곳에서도 선뜻 동해조선을 사려고 하지 않았다. 그러는 동안 동해조선의 부실 여파가 KSS해운까지 몰려들기 시작했다. 정말 진퇴양난이었다. 그런 사정을 보고 처음부터 박 사장을 도와준 이맹기 전 대한해운공사 사장까지 나서 힘을 보태주었지만, 울산 현장까지 와서 살펴본 대기업마다 모두 고개를 옆으로 흔들었다. 동해조선의 부도 시계는 째깍째깍 소리를 내며 몰락으로 향해 치닫고 있었다.

그런 가운데 독일에서 주문한 선박의 첫 진수식이 다가왔다. 1978년 5월 10일이었다. 그때 진수 대금을 받으면 그나마 동해조선의 생명을 조금 더 연장할 수 있었다. 그런데 사정이 급박해지는 일이 생기고 말았다. 그에 앞선 5월 6일, 큰 금액을 결제해야 할 날이 다가오고 있었다. 독일 선사에서 들어오게 될 자금 외에는 어떤 것으로도 그 결제를 할 수가 없었다. 그래서 박 사장은 4월부터 배를 인도할 독일 선사와 연락해 대금 지급을 조금만 앞당겨줄 것을 요청했다. 그러나 거절의 답변만 돌아왔다.

입이 바짝바짝 말랐다. 그래도 또 다시 독일 선사로 연락을 했다. 만일 동해조선이 부도가 나서 주문한 배를 인도하지 못하게 되면 당신들도 손해 아니냐며 거의 협박조로 매달렸다. 동해조선의 부도 모습이 눈앞에서 어른거렸다.

지성이면 감천이랄까? 드디어 큰 금액 결제날인 6일보다 사흘 앞인 3일에 미리 대금을 지불할 수 있다며 연락이 왔다. 쾌재를 불렀다. 그러나 다음 순간, 박 사장은 그대로 얼어붙고 만다. 조건이 있었던 것이다. 그때 독일 선주 측에서 제시한 조건은 너무 가혹했다.

"예정대로 5월 10일에 진수를 못하거나, 그 후라도 부도가 나서 선박을 인도 못하는 사례가 발생할 경우, 조선소의 자본과 경영권 일체를 양도한다."

이 조건에 동의하라는 것이다. 그렇지 않으면 대금을 미리 줄 수 없다고 딱 잘라 제안했다.

그 다음 날은 마침 토요일이었다. 그럼에도 전 중역이 모여 머리를 맞댔다. 어떻게 할 것인가? 오랜 격론 끝에 부도를 막으려면 독약이라도 마셔야 한다는 데로 의견이 모아졌다. 조건을 받아들이고 부도를 면할 것인가, 아니면 가만히 앉아 부도를 기다릴 것인가. 결국 최종 결정은 오너인 박 사장에게 넘어왔다.

그는 잠시 눈을 감고 깊은 상념에 잠겼다. 그리고는 결정을 내린다. 부도를 내기로 말이다.

"외국 기업에 우리의 경영권과 자산을 넘겨줄 수 없다. 부도가 나서 패가망신을 하더라도 회사를 국내 기업에 주는 것이 더 애국적이라고 생각한다."

그리고는 거절 전보를 치게 했다. 그러자 울산 현지 임원들이 모두 나서 그러면 부도뿐이라며 박 사장을 만류했다. 그러나 그의 대답은 꼭 같았다.

"부도가 나더라도 좋으니까 전보 치시게!"*

이제 끝이다. 잘못 태어난 자식은 그렇게라도 장사를 지내주어야 한다. 그는 다시 이를 갈았다. 그가 잘못했으므로, 모든 것을 그가 안고 가야 한다. 그렇게 다짐했다.

그 다음날인 일요일을 지내고 월요일 아침이 되었다. 그날 아침 당직자로부터 전화가 걸려왔다. 방금 송금했다는 것이 아닌가! 그렇게 해서 한 차례의 부도위기를 아슬아슬하게 넘겼다. 뒤에 배를 인도하면서 선주를 만나 박 사장이 물었다. 왜 그때 송금을 했느냐고. 대답이 걸작이었다. '아니오'라고 했기 때문이라고 했다. 도대체 어떤 기업인이 그런 조건을 받아들일 수 있겠느냐는 것이었다. 그런 조건을 받아들인다면, 나중에라도 그 회사는 반드시 부도나고 만다고 설명했다. 회사 경영권과 모든 자산을 넘겨야 하는 절체절명의 순간을 '아니오'라는 결정이 극복하게 만든 것이다. 박 사장의 결기가 회사를 살린 것이다.

서울프라자호텔 최고층 바에서 투신

그러나 그런 위기는 한 번으로 그치지 않았다. 그만큼 동해조선 부실경영의 여파는 걷잡을 수 없을 만큼 컸다. 먼 훗날 찾아온 것도 아니었다. 그 일이 있고 난 후 불과 3개월여 후인 1978년 8월 하순, 동해조선에 지급보증한 큰 어음 만기일이 며칠 남지 않았다는 자금부의 다급한 보고가 박 사장에게 들어왔다. 마침 그는 울산에서 서울로 올라와 있었다.

---

* 박종규 자서전 <직원이 주인인 회사> p.117

허, 참. 이건 또 무슨 일인가. 독일 선주와의 담판 때 소진했던 에너지를 아직 보충하지도 못했는데, 도대체 또다시 만난 이 위기를 어떻게 극복할 수 있을까? 난관을 이겨내는 데는 이골이 난 그도 온몸에서 힘이 빠졌다. 또 어떻게 한단 말인가.

소식을 듣고 다시 동해조선 중역들이 모여들었지만 누구도 해결책을 제시하지 못했다. 그저 그만 멀뚱멀뚱 바라볼 뿐이었다. 하기야 그렇게 하는 길 외에는 그들이라고 뾰족한 수가 없을 것이다. 상의할 사람 하나 없었다. 박 사장은 정말 외로웠다.

머리가 너무 아팠다. 그는 사장실을 나와 외로울 때면 늘 가던 장소를 찾았다. 시청 앞 프라자호텔 최상층 라운지. 시청 청사가 마주 보이는 넓은 창문이 있었다. 그 너머로는 멀리 북악산도 아스라하다.

깊은 상념에 빠졌다. 이젠 끝이구나! 더 버틸 힘이 남아 있지 않았다. 한 번 발을 헛디딘 것에 불과하다고 생각했던 것이 그동안 세워온 KSS해운 전체를 무너뜨리리라고는 상상해 본 적이 없었다. 그러나 이건 상상이 아니다. 현실이다. 사업이 망하면 어떻게 될까? 사람들은 이 박종규를 뭐라고 할까? 생각은 또 다른 생각으로 끝도 없이 이어졌다. 제대로 된 사업체 하나 만들겠다며 맨손으로 뛰어들었던 젊은 날의 패기는 어디로 갔는가? 온몸에 수치심이 몰려왔다. 죽자! 여기에서 수치심을 끝내자!

창문 밖, 저 아래로 떨어지면 죽게 될 것이다. 그는 눈을 떴다 감았다 하며 드넓은 창문 밖으로 펼쳐진 시청 광장을 바라보았다. 까마득했다. 여기서 뛰어내린다면 인생을 끝낼 수 있을 것이다. 그런 생각과 함께 한순간 그는 창문 밖으로 몸을 던졌다. 마침 라운지에는 손님이 드물었다.

그런데, 웬일인가? 순간, 이마가 깨지는 듯 아팠다. 머리만 두꺼운 유리창에 부딪친 채 그는 바닥에 나둥그러진 것이다. 뛰어내린다고 생각했지만, 미처 두꺼운 유리창을 보지 못했던가보다. 그 만큼 정신이 없었다. 그 유리창은 어지간한 힘을 가해도 깨어지지 않는 견고한 것이었다. 눈을 뜨고 보니, 놀란 사람들 몇이 근심스런 눈빛으로 그를 바라보고 있었다. 창피했다. 얼른 이마를 감싸 쥐고 자리에서 일어서자, 번개같이 한 생각이 스치고 지나갔다. 자살하려던 순서가 잘못되었다는 생각이 번쩍 스친 것이다. 죽더라도 주거래은행에 가서 회사가 부도가 나서 폐를 끼치게 되었다는 인사는 하고 가는 것이 순서라는 생각이 든 것이다. 스스로 생각해 봐도 참으로 해괴한 일이었다. 머리를 세게 찧고 나니 제정신이 든 건가? 박 사장은 그 길로 어음을 갚아야 할 주거래은행인 서울신탁은행을 찾았다. 돈은 갚지 못하지만 미안한 마음을 담아 마지막 인사는 해야 했다. 마침 홍윤섭 행장이 자리에 있었다.

"이젠 더 이상 어음결제를 할 수 없습니다. 끝입니다. 그동안 도와주신 것에 감사 인사나 드리려고 찾아왔습니다."

박 사장의 말에 홍 행장은 기가 차는 모양이었다. 아무 말 없이 물끄러미 그를 바라보기만 했다. 표정을 보니, 홍 행장 역시 만감이 교차하는 것 같았다. 주거래은행이다 보니 KSS해운 사정을 누구보다도 잘 알고 있었다. 그러나 부도가 나게 되면, KSS해운뿐 아니라 서울신탁은행에도 엄청난 손실이 불가피하다. 그러니 홍 행장인들 박 사장에게 뭐라고 할 수 있을까?

그러더니 홍 행장의 얼굴에 어떤 결기가 떠오르기 시작했다. 그는 박 사장에게 바짝 다가앉아 그에게 정신 차리라며 입을 열었다. 그리고는 최각규 상공부장관을 만나라는 충고를 했다. 홍 행장의 계산 속에는 동해조선의 은행 법정관리를 생각하고 있었다. 최각규 상공부장관은 박 사장과는 대학 2년 선배여서 동해조선 인수를 할 대기업을 찾는 데 직접 나서 도움까지 준 인물이다. 당시 현대조선을 박 사장에게 추천해 주었는데, 만일 '현대아파트 사건'만 터지지 않았더라도 그곳에서 동해조선을 인수할 의사가 강했었다. '현대아파트 사건'이란 서울 압구정동에 지은 현대아파트가 분양이 잘 되지 않자 언론계, 관계, 정계 등 유력인사들에게 뇌물 삼아 분양해 준 것이 드러나면서 사장이 구속되는 사태를 말한다. 박 사장은 홍 행장의 의견을 듣자 바로 상공부로 뛰었다.

그러나 공교롭게도 최 장관은 외국 경제사절단과 회의 중이어서 면담이 허락되지 않았다. 그리고 그날 꽉 짜인 일정으로 인해 갑자기 생긴 일정은 소화하기 불가능하다고 비서가 그를 막았다. 평소 잘 알고 있던 비서였음에도 그날은 매우 강경했다. 하는 수 없어 그냥 돌아가려고 차를 불렀다. 그런데 웬일인지 차조차도 바로 오지 않았다. 속에서 불이 났지만 상공부 현관 앞에서 차를 기다리고 있는데, 뜻밖에도 최 장관이 그곳으로 나왔다. 얼른 뛰어가 장관에게 인사를 했다. 최 장관은 박 사장의 인사를 반갑게 받았다. 그리고는 "어떻게 되어 가느냐?"고 물었다. 동해조선 인수 회사를 찾는 일에 관해 물은 것이었다.

"몇 군데 더 교섭을 해봤지만, 안 됩니다. 이젠 끝입니다."

"다른 데는 없나?"

"이젠 다 끝났습니다. 그런데 기술력을 가진 회사를 외국 기업에 넘기려니까 우리 조선업계에도 큰 손해가 될 것 같아 마음이 아픕니다."

"그럼, 어떻게 하지?"

최 장관은 걱정스러운 얼굴로 그를 바라보았다. 그 순간, 박 사장은 자신도 전혀 의식하지 못한 말이 튀어나왔다. 아마도 조금 전까지도 자살을 생각하고 있었던 때문인 듯했다.

"예수는 자기가 만든 십자가를 자기가 지고 죽었습니다."

곁에 있는 누군가가 그 말을 들었다면 횡설수설도 지나치다 싶다고 생각했을 것이다. 하지만 그 말을 듣던 상공부장관은 무슨 생각이 들었든지 박 사장을 손가락으로 가리키며, "맞아, 당신이 해!"라고 소리쳤다. 그 소리에 박종규는 놀라 반문했다.

"제가요? 전 자금능력이 없는데요."

"참, 그렇지. 돈이 없지. 가만있자…."

그러더니 갑자기 신탁은행장 이야기를 꺼냈다.

"신탁은행장, 나 좀 만나자고 해. 만나도 되겠지?"

그러더니 최 장관은 곁에 선 비서에게 신탁은행장에게 지금 바로 상공부로 들어오도록 하라고 지시한 뒤, 차를 타고 청사 밖으로 떠났다. 그제야 불렀던 그의 차가 왔다. 박종규는 그날따라 자신의 운전기사가 얼마나 고마웠는지 모른다. 지체된 차 덕에 최 장관을 우연히 만날 수 있었기 때문이었다.

그 이후 최 장관과 홍 행장이 만나 동해조선의 은행관리를 합의했다. KSS해운이 지급 보증한 큰 어음을 갚지 못해 부도나기 일보 직전이었다. 1978년 여름의 일이었다. 하마터면 동해조선은 물론 KSS해운까지도 쓰러질 뻔한 위기를 이마를 세게 찧고 난 후 번쩍 든 정신 덕에 일단 살려낼 수 있었다.

동해조선의 은행 법정관리는 그 후 1년 반가량 계속되다가 1980년 1월, 대한조선공사에서 인수해 간다. 박종규 한 사람의 힘으로는 도저히 수습이 불가능했기 때문이다. 인수 당시 총부채는 127억 원. 순부채 102억 원과 건조 중인 수출선 환급보증 25억 원이었다. 이 모든 부채는 대한조선공사로 넘어가면서 동해조선의 생명이 끝났다. 이뿐 아니었다. 미불 이자도 33억 원이나 되었다. 6년 거치 6년 분할상환 조건으로 KSS해운이 맡았다. 잠수함 건조 등 해양방위산업 진출을 꿈꾸며 야심차게 출발했던 동해조선은 겨우 6년의 짧은 역사를 남긴 채 사라졌다. 잘못 태어난 자식이었다.

제2장
잃어버린 7년

이제는 KSS해운이다. 잘못 태어난 자식인 동해조선은 잊어야 한다. 박종규 사장은 마음을 추스르고 울산에서 서울로 올라온다. 1979년 2월이었다. 1978년 12월에 터진 제2차 오일쇼크가 예상을 뛰어넘어 훨씬 심각하게 진행되고 있었기 때문이었다.

이란에 회교혁명이 일어나 호메이니가 집권하면서 시작된 석유위기는 삽시간에 전 세계로 퍼져 세계경제를 흔들어대고 있었다. 특히 그중에서도 석유화학 분야가 가장 심각한 타격을 입고 있었다. 케미컬 제품의 해양수송을 주력사업으로 하고 있는 KSS해운에게는 동해조선에 버금가는 파도가 몰려왔다. 동해조선, 용융유황 운송사업 실패 등에 뒤이어 나타난 또 다른 심각한 위기상황이었다. 삼각형의 거센 파도가 밀려든 것이다.

당시 KSS해운이 보유하고 있던 선박은 27척. 그전까지는 배가 모자랄 지경이었지만, 1979년부터 화물이 급격히 줄어들어 울산항에는 항상 다섯 척 정도의 배가 묶인 채 놀고 있는 형편이었다. 언제 이 상황이 끝날지 아무도 예측할 수 없었다.

경영상황이 급전직하 악화되면서 직원의 임금 지급도 어려워지기 시작했다. 1978년까지만 해도 상여금을 300~550%나 지급했던 것도 서서히 줄어갔다. 그러다가 1982년도에 이르자 아예 지급이 불가능해졌다. 기본급여조차 제때 맞추기 어려워 2~3개월씩 체불되기 일쑤였다. 인건비에만 문제가 발생한 것이 아니었다. 선가상환, 유류비용 등 지급해야 할 어음이 줄줄이 찾아왔다.

상황이 이렇게 악화되자 내분까지 일어났다. 동해조선 지급보증 문제가 결국 경영진 불신으로 이어졌던 것이다. 박종규 사장은 이런 위기상황을 맞아 경영진 쇄신으로 돌파하려 했다. 울산에서 급하게 서울로 온 것도 이런 내외의 위기를 직접 진두지휘해 사태를 돌파하고자 한 때문이었다. 그러나 서울 본사로 첫 출근한 날부터 박 사장은 심각한 선택의 기로에 선다. 1979년 2월 25일. 그날은 육상 직원들의 급여일이었다. 그와 동시에 같은 날 어음도 막아야 하는 날이었다. 마치 짜맞추기라도 한 듯, 직원 급여 총액과 그날 막지 않으면 당장 부도에 몰리게 될 어음 액수가 동일했다. 각각 2,500만 원이었다. 이상하게도 그날 회사 자금여력도 같은 액수뿐이었다. 선택해야 했다.

"직원 월급부터 주시오!"

직원들은 사장의 결정을 주시했다. 그리고는 어음부터 막으리라 누구나 예상했다. 어음을 막지 못하면 당장 회사가 부도 처리될 상황임을 직원들은 잘 알고 있었다. 그러나 박 사장의 선택은 달랐다. 급여를 먼저 지급하도록 한 것이었다.

다른 날도 아니고 사장이 본사로 출근한 첫날이다. 이날에 직원 급여를 주지 못한다면 회사는 직원들로부터 신망을 잃을 것이다. 그리고 한 번 실추된 신망을 되돌리기에는 무척 힘이 들 것이다. 회사가 부도 처리되는 위기를 맞더라도 직원들의 마음부터 붙잡아야 했다. 그렇지 않으면 앞으로 닥칠 수많은 난관 때마다 그들의 협조를 받기가 어려워질 것이다. 이것이 박 사장이 급여부터 먼저 주라며 지시한 배경이었다. 그런 뒤 그는 거래은행인 상업은행 서소문지점으로 향했다. 그날 오후 5시까지 돌아오는 어음을 막을 길에 대해 협조를 부탁하기 위해서였다. 마침 이현기 지점장이 자리에 있었다.

박 사장은 이 지점장에게 직원들의 월급부터 지급한 사실과 오늘 막아야 할 어음에 대한 자초지종을 설명했다. 회사의 대표로서 직원들을 먼저 생각하는 자신의 마음을 진솔하게 이야기했다. 그리고는 돌아오는 어음을 막을 수 있게 2,500만 원을 대출해 주도록 요청했다.

물론 돌아올 대답은 그도 알고 있었다. 은행에서는 동해조선 부실 문제뿐 아니라, 경영권 쇄신을 한 일을 놓고 동종업계 사이에 KSS해운이 어렵다는 악성 루머가 돌고 있는 것까지 잘 알고 있었을 것이다. 그러니 그냥 호소해 본 것일 수 있었다. 그러나 이 지점장의 대답은 뜻밖이었다. 담당자를 호출하더니 당장 2,500만 원을 기표하라고 지시했다. 그러면서 이어 박 사장에게 직원들의 월급을 준 일을 잘한 일이라며 칭찬까지 했다. 직원에 대한 박 사장의 진솔한 마음이 통했던 것이다. 이현기 지점장은 그 후 은행장까지 승진한다.

직원들에게 월급을 지급하고 어음까지 막은 박 사장은 그 다음날부터 피나는 재건작업에 돌입한다. 세계 석유화학 부진 사태와 동해조선 부실경영 여파를 씻어내기 위해 이를 악문 회생작업을 시작한 것이다. 먼저, 임원들에게 제공하던 자동차도 처분했다. 또, 탱크터미널 사업을 위해 확보해 두었던 울산 매립지도 매각했다. 본사 사무실도 보증금이 낮은 허름한 곳으로 옮겼다. 얼마나 낡은 건물이었던지 엘리베이터도 없는 빌딩이었다. 그로 인해 기존 임대료보다 매월 3분의 1을 줄일 수 있었다. 이것뿐 아니었다. 당시 소유하고 있던 골프 회원권도 모조리 팔았다. 한꺼번에 목돈이 되도록 처리해야지, 야금야금 처리해서는 안 된다고 직원들을 닦달했다. 그렇게 단돈 몇 백만 원이라도 돈 되는 것은 다 팔아치웠다.

그러나 이런 정도의 경비절감으로는 줄어든 케미컬 화물수송 여파를 극복하기에는 역부족이었다. 하는 수 없이 남아있는 자산인 선박까지 처분해야 했다. 수송할 화물이 없어 울산항에 묶어두고 있는 배부터 매각에 나섰다. 그러자니 부득불 직원들도 줄여야 했다. 선원도, 육상 직원도 눈물을 머금고 대폭 정리했다. 그중에서도 중역을 내보내는 일은 정말 가슴 아팠다. 지금까지 동고동락해 오던 정든 동지들을 자른다는 것이 그 자신을 자르는 것과도 같았다. 그 부분만큼은 독한 박 사장도 할 수 없었다.

그렇게 주저하고 있는 그에게 어느 날 두만석 전무가 박 사장의 방문을 노크했다. 두 전무는 박 사장과는 대한해운공사 시절부터 동료였다. 그러면서 잠깐 도쿄에 다녀오라고 했다. 뜻밖의 말이어서 깜짝 놀랐다. 박 사장이 서울 본사에 없는 동안 그가 나서 모든 중역들의 사표를 받아내겠다고 했다. 박 사장이 하지 못하는 일을 그가 대신 하겠다고 나선 것이다. 그러면서 한마디를 덧붙였다. 조건이 있었다. 반드시 자신의 사표도 받으라는 것이었다. 그래야 회사를 떠나는 임원들로부터 박 사장이 원망을 듣지 않을 것이라고 말했다. 가장 가까운 친구 임원도 해고시켰다는 사실이 사표를 수리한 다른 임원들에게도 영향을 미치리라 판단한 것이었다. 두 전무의 말대로 며칠 도쿄에 다녀오니, 박 사장 책상 위에 전체 임원 7명의 사표가 놓여있었다. 그는 영업과 자금 담당 임원 등 두 명만 제외하고 나머지의 사표를 모두 수리했다. 물론 그 가운데는 두 전무의 사표도 있었다.

그나마 다행스러운 것은 그때 회사를 떠나준 임원들 대부분이 그 후 다 잘되었다는 점이었다. 3분의 2는 해운업계 사장으로 활동하며 계속 해운업계 성장을 주도하고 있었기 때문이다. 그 일로 인해 박종규는 동종업계에서 '사장 제조기'라는 말을 듣기도 한다. KSS해운이 '해운업계 사관학교'라는 평가를 받게 된 것이다.

이때 이를 악문 회생작업으로 1985년까지 매각된 선박은 모두 16척에 이르렀다. 박종규의 생명과 맞바꿀 뻔했던 KSS해운의 제1호 선박, 제1케미캐리호도 팔았다. KSS해운의 역사 한 페이지가 날아간 것이다. 아마도 그날 박종규는 속으로 통곡했을 것이다. 창업 초기에 그렇게 많은 활동을 했음에도 명예롭게 은퇴시키지 못하고 다른 해운사에 팔아야 했던 자신의 불찰에 분을 풀지 못했으리라는 것은 넉넉히 짐작할 수 있는 일이었다. 그리고 야심을 품고 신조한 영케리캐미호와 벤추라케미캐리호도 처분했다. 이렇게 자식 같은 선박들을 차례로 처분해 가며 불황의 구름이 걷히기를 기다렸다. 한동안은 그렇게 선박을 처분한 돈으로 연명해 나갔다.

결국 사채의 늪에 빠져들다

그런 선박 매각 대부분도 은행채무 상환에 들어가고 실제 운영자금에는 보탬이 되지 못했다. 그만큼 제2차 오일쇼크 파장이 심각해 영업이 부진에서 헤어 나오지 못했기 때문이었다. 그렇다고 다른 회사들처럼 은행에서 운영자금을 융통할 수도 없었다. 리베이트 없는 영업, 뒷돈 배격 등 회사의 '바른 경영' 원칙 때문이었다. 당시 3%의 리베이트를 주지 않고는 어느 금융업에서도 융자를 받을 수 없었다. 이 원칙을 사수하느냐, 아니면 어려움 속에서 사투를 벌이느냐, 이것이 최악의 위기 속에서 KSS해운이 선택할 수 있는 기로였다. 그리고 그를 비롯한 KSS해운 전 임직원은 '투명경영'의 원칙 사수 쪽에 손을 들어주었다. 그 대가는 사채를 쓰는 길이었다. 사채 외에는 어느 곳에서도 운영자금을 빌릴 수 없었다. 잔인한 일이었지만 '바른 경영'의 원칙은 그 잔인함보다 더 큰 가치를 지니고 있었던 탓이다. 그러나 첫 사채는 오히려 전 임직원들이 회사 부도를 막기 위해 자발적으로 자신과 주변으로부터 끌어온 것이 시발이 되었다. 아이러니한 일이었다.

KSS해운이 첫 사채를 쓴 날은 1979년 10월 27일 토요일. 이른바 '10·26사태' 다음날이었다. 그 전날 부산에 출장을 가 있던 박종규 사장은 TV를 통해 대통령의 사망 소식을 들었다. 그리고 부산사무소로 출근을 하자, 본사로부터 다급한 전화가 걸려왔다. 그날 막아야 할 어음이 1억 원인데, 회사 보유자금은 몇 백만 원뿐이라는 다급한 보고였다. 순간 그의 눈앞으로 '부도'라는 두 글자가 빠르게 지나갔다.

원래 그날 오전 중으로 1억 원 가까운 돈을 수금하기로 되어 있었다. 그러니 아무 걱정 없이 부산에서 일을 보고 있었다. 그러나 대통령 유고에 따라 정국이 뒤숭숭해지자 송금을 유예하겠다는 연락이 왔다는 것이다. 불안할수록 누구나 현금을 손에 움켜쥐려고 한다. 그런 일이 벌어진 것이다. 그러나 은행에서는 받을 돈을 유예해 주지 않는다. 악착같이 제날, 제시간에 받아낸다. 당장 1억 원을 구해야 할 판이었다. 더구나 박 사장은 지금 서울에 있지 않다. 급한 대로 서울에 있는 은행과 돈을 융통할 만한 곳 두어 곳을 전화를 돌리던 그는 그만 포기한다. 어디서든지 대답이 똑같았기 때문이었다. 대통령이 유고인 지금의 사태에서는 어떤 거래도 불가능하다는 것이었다.

어떻게 해야 하나? 결국 비빌 언덕은 제 식구뿐이었다. 박 사장은 급히 전국에 걸쳐 있는 KSS해운의 비상연락망을 가동한다. 서울, 부산, 울산, 여수 등 전국 직원들에게 비상 자금동원령을 내렸다. 목표 액수는 1억 원이었다.

물론 박 사장 자신부터 서울 집으로 전화를 걸어 구할 수 있는 돈은 다 구하라고 아내에게 부탁했다. 이런 사태에서 스스로 모범을 보이지 않으면 안 된다. 그다음은 중역, 그리고 지상 직원들과 전국 항구에 정박해 있는 선원들 순이었다. 이들은 모두 회사의 지시에 따라 일사불란하게 움직였다. 마감시간은 오후 5시. 본격적으로 돈을 구하기 시작한 것은 아마도 점심시간 이후였을 것이다. 그 이전에는 대부분 전화를 걸어 회사의 자금사정을 설명하는 데 시간을 보내야 했다.

그런데, 결과가 놀라웠다. 총 1억 2,000만 원이 걷혔다. 목표보다 2,000만 원이 초과된 것이다. 직원들마다 자신의 저금통장을 깬 것은 물론이고, 사돈의 팔촌까지 뒤져 모을 수 있는 돈은 다 모았다. 개인이라고 해서 뒤숭숭한 정국에서 누구도 자유로울 수 없었다. 그러나 KSS 해운 임직원 모두는 한마음이 되어 일사불란하게 움직였다.

그 당시 총무과에서 근무하다 지금은 은퇴한 한 직원에게 물었다. 어떻게 그렇게 할 수 있었느냐고. 그 질문에 그는 오히려 내게 반문했다.

"사장님이 울산에서 서울로 첫 출근하던 날, 어음 막을 돈으로 우리 직원들의 월급부터 먼저 주시지 않았습니까? 그게 불과 8개월 전이거든요. 그걸 잊은 우리 회사 사람들은 아무도 없을 겁니다. 은혜 갚아야죠. 그렇지 않습니까?"

그는 8개월 전인 2월 25일, 박 사장이 어음 막을 돈 2,500만 원으로 직원의 월급부터 지급한 사실을 생생하게 기억하고 있었다. 그날의 고마움을.

직원들이 마련해 온 돈은 물론 전문 사채꾼의 사채는 아니었다. 그래도 사적으로 융통해 온 부채인 만큼 기한과 이자까지 정해 조금씩 상환해 나가야 했다. 그러나 '한 번만', '우리 손으로 해결하자'며 시작한 사채 융통은 곧 전문 사채꾼에게까지 손을 벌리는 것으로 악화되었다. 직원들이 내놓은 돈의 이자도 주어야 하고, 갚을 계획도 세워야 하는데 회사는 그럴 능력이 없는 상태로까지 경영이 부실해져 버렸다. 그때부터 전문 사채꾼을 찾아가기 시작했다. 자금팀들의 고난이 시작된 것이다.

그런데 이 사채라는 것이 정말 무서운 존재였음을 뒤늦게 자각하게 된다. 우선 이자가 고율이었다. 보통 연 36%. 월 3부로 어음이 돌아왔다. 이것을 다시 사채를 빌려 메워야 했다. 특히 사채시장에서 더 어처구니없는 것은 '양편이자'였다. 이는 양편으로 이자를 계산하는 셈법으로, 빌려준 날과 갚는 날을 따로따로 계산해 이자를 덧붙이는 것이다. 예를 들어, 일주일간 짧은 기간 동안 사채를 쓴다고 할 때 빌려주는 날과 회수하는 날을 따로 더하기 때문에 실제로는 8일의 이자를 주어야 한다.

이렇게 되자 부채는 눈덩이보다 더 무섭게 불어났다. 악마의 굉음을 내며 회사에 들이닥쳤다. 대통령 서거일에 빌린 1억 2,000만 원이던 부외부채(簿外負債)가 1년 후 2억 원이 되었다. 이자가 이자를 낳고, 불경기가 또 겹쳐 그 2억 원이 다음해에는 3억 원이 되었다. 또 그 다음해에는 다시 4억 5,000만 원, 즉 해마다 50%씩이 늘어났다. 결국 7년 후에는 22억 원까지 늘어났다. 배를 그렇게 많이 팔아치워도 사채는 줄지 않고 늘기만 했다.

물론 그 순간에도 3%의 리베이트만 주면 금융권에서 자금을 빌릴 수 있었다. KSS해운의 신용이 아직 금융권에서는 괜찮았다. 그러나 절대 리베이트를 주지 않겠다는 원칙을 지키기 위해 사채까지 쓰고 보니, 이제는 결코 뒤로 되돌아갈 수 없게 되었다. 처음의 원칙을 저버리고 세상과 타협할 수 없었다. 박종규는 '내가 죽나 네가 죽나' 하는 심경으로 임직원을 독려하며 이를 악물고 사채와 씨름해 나갔다. 그러나 돌아오는 어음마다 그런 박 사장을 시험했고, 그때마다 '회사 부도'라는 괴물이 그를 위협하곤 했다. 그것은 1985년 세계 석유화학시장이 제2차 오일쇼크를 벗어나 경기가 회복되고 선복과잉 문제가 해소될 때까지 계속되었다.

그래서 지금도 KSS해운에서는 1978년 여름, 박 사장이 최각규 상공부장관에게 '예수는 자기 십자가를 자기가 지고 죽었다'라는 횡설수설한 이후부터 1985년 선복과잉 문제가 해소되고 정부의 해운산업 합리화 조치로 운영자금을 지급받기 시작한 7년을 '잃어버린 7년'으로 부르고 있다. 그 세월이 KSS해운 역사에서 지워버리고 싶은 시간이기를 소원할 정도였다. 그 시간 동안 자금팀에서 일했던 유승근 씨의 증언은 당시의 잔인함을 잘 설명해주고 있다.

"오전에는 그날 돌아올 어음을 집계하고, 은행과 사채업자들을 만나면서 돈을 얻으러 다니죠. 은행 마감시간인 오후 4시까지 돈이 구해지면 한숨을 돌리지만, 그렇지 못할 경우가 허다했어요. 매일 막아야 될 돈이 돌아왔으니까요. 그럴 때는 은행 담당에게 사정사정합니다. 여자 행원에게는 스타킹을 선물하기도 하고, 시간이 더 늦어지면 근처 식당을 잡아 저녁식사를 하면서 기다리게 하고는 돈을 구하는 대로 뛰어가곤 했습니다. 그렇게라도 은행을 막지 않으면 당장 부도가 나니까. 이렇게 해서 일과가 끝나면 저녁 8시가 되기 일쑤였고, 다시 회사로 돌아와 다음날 자금계획을 수립하고 퇴근했어요. 이런 식으로 별 보고 출근하고, 별 보고 퇴근한 시간이 근 4년 이상이었습니다."

그랬다. 회사를 살리고자 임직원들이 혼연일체가 되어 7년을 뛰었다. 그중에서는 2001년 1월, KSS해운 창업 50주년 기념식에서 만났던 경리담당 여직원 박영례 씨도 있다. 그녀가 얼마나 고마웠으면 퇴사한 지 35년이 지나서까지도 잊지 않고 기념식장에 초대하며 박수를 받게 해주었을까? 당시 그녀는 마감시간부터 은행 소파에 아예 진을 치고 앉아 저녁 8시가 되도록 조금만 더 기다려 달라고 애교 반 호소 반으로 매달리던 20대 초반의 여사원이었다. 밤늦은 시간까지 웃음을 잃지 않고 회사를 위해 일하던 그녀를 보고 은행원들은 '저런 여직원이 있는 한 부도가 나지 않을 회사'라는 믿음을 갖게 되었다고 했다. 거래은행 지점장도 박 사장에게 "KSS해운의 여사원 얼굴을 보고 연장해 드리는 겁니다. 회사가 어려우면 임원이나 간부사원들도 바둥거리는 법인데, 일선 사원까지 저렇게 성실하게 일하니 KSS해운은 뭔가 달라도 한참 다르군요"라고 말하기도 했다. 그때의 정성 어린 사원들의 모습을 보면서 박종규는 마음속으로 그들을 위해 할 수 있는 일이 무엇일까를 고뇌하게 된다. 그리고 거기에서 '동업자' 정신을 찾아내고, 후일 '임직원 이익공유제'로 정착시켜 국내 유일의 '배당 받는 사원'이란 회사를 만들게 된다.

모소 대나무 같은 의지

그럼, 임직원들이 그렇게 살을 에는 추위를 눈 부릅뜨고 돌파하는 동안 박종규는 무엇을 했을까? 그것이 궁금하지 않는가? KSS해운을 운항하는 선장으로서 그는 과연 무슨 생각과 행동으로 떨어져나가는 임직원 한 명 없이 거센 파고를 헤치고 항해에 성공할 수 있었을까?

우선 그는 절대 사채꾼을 상대하지 않았다. 주로 은행을 상대해 자금교섭을 벌여왔다. 일상적인 자금회의는 중역들이 처리하고 있었지만, 자금이 크게 모자라는 날 아침이면 사장실로 와서 위기임을 알려주곤 했다. 오늘은 도저히 방법이 없다며 금방이라도 울 듯한 표정의 임원들에게 그가 한 말은 한 가지였다.

"여보시게들, 내 팔자에는 부도가 없다고 하네. 그러니 걱정 말고 최선을 다해주시게."

물론 이런 말을 한다고 해서 박 사장이 점쟁이에게 무슨 점괘를 얻어서가 아니었다. 다만, 리더가 흔들리는 모습을 보여서는 안 된다는 스스로 세운 철칙 때문이었다. 어차피 부도가 나면 감옥 갈 사람은 그였다. 그러니 그 자신만 버티면 되었다. 그렇게 말한 뒤 중역들이 사무실을 나가면 그도 뒤따라 회사를 나갔다. 이곳저곳을 다니면 자금융통에 나서는 것이다. 그러다가 하루는 도저히 갈 데가 없었다. "에라, 모르겠다"며 사우나에 가서 누워버렸다. 될 대로 되라는 식이었다. 그런데 저녁에 빈손으로 회사에 돌아오니 직원들이 다 해결해 놓은 것을 알았다. 그렇게 또 한 번의 위기를 넘겼지만 임직원에게 미안한 마음을 이루 말로 다할 수 없었다. 이렇게 팔자 이야기를 세 번쯤 써먹으니 중역들도 이젠 사실을 알아버렸다. 어느 날 한 중역이 "사장님, 벌써 같은 말을 세 번도 넘게 하시는 것 같습니다"라고 해서 "그런가?"라며 웃은 적도 있었다.

아무튼 회사에서 대표이사 사장의 위치는 매우 중요하다. 그러므로 사장이 전체의 사기를 죽여서는 안 된다는 것이 그의 신조였다. 사장의 말 한마디로 사기를 죽이기도 하고 살리기도 하기 때문이다. 특히, 위기일수록 유머를 동원해 자신감을 불어넣어 주어야 한다. 그가 부도가 자신의 팔자에 없다고 농처럼 던지는 말도 그런 이유였다. 위기의 순간을 버티는 힘은 의지임을 박종규는 누구보다도 잘 알고 있었다. 이미 창업 시작 때부터 수없이 경험해 오던 일이었으니까. 그래서 그는 위기일수록 더욱 여유를 가지려고 애썼다. 어느새 자기도 모르게 '내일 일은 내일 가서 생각하자'는 다짐이 생겨난 것을 깨달았다.

내일은 또 내일의 새로운 해가 떠오를 테니까. '잃어버린 7년' 동안 하루하루를 일희일비하다가는 단 한 달도 못 버틸 것 같았기 때문이다.

그래서 시작한 것이 운동과 바둑이었다. 매일 새벽 미명이면 그는 집을 나섰다. 동네 부근을 뛰기 시작한다. 거의 한 시간 이상 뛴다. 온몸이 땀으로 흥건히 젖는다. 집에 돌아와 찬물에 샤워를 하고 나면, 알지 못했던 새 힘이 어디선가 생기는 듯했다. 정신이 번쩍 들면서 아이디어가 떠오를 때도 많았다. 그 덕에 회사가 최고의 위기이던 그 세월 동안 박 고문의 건강도 최고 경지에 이르고 있었다. 차를 버리고 걸으면서 이 은행, 저 은행을 찾아다닐 수 있었던 에너지도 그 건강한 육체에서 얻었다. 다행히 건강했으므로 무너져 내리는 회사를 살려낼 수 있었다.

또 바둑 실력도 크게 향상되었다. 바둑을 시작한 것은 위기를 잊고 싶었기 때문이다. 회사에서 직면한 위기는 퇴근 후 집에까지 뒤쫓아와 박 사장을 집요하게 괴롭혔다. 어두운 얼굴을 아내에게 보이지 않으려고 집에 들어가기 전에는 대문 앞에서 손으로 얼굴을 문지른 적도 많았다. 그러나 마음의 근심을 아무리 피하려고 해도 얼굴에 나타나는 법. 그래서 그는 얼른 손을 씻은 뒤 동네 바둑친구에게 전화를 건다. 아내에게 그런 수심 어린 표정을 보이고 싶지 않아 바둑판만 내려다보기 위해서였다. 마침 이웃에 같은 나이 또래의 바둑을 좋아하는 사람이 있었다. 바둑친구가 되었다. 신기한 것은 바둑에 빠져들면 회사 근심이 씻은 듯 사라진다는 점이었다. 바둑에 몰두하면 굳이 '내일 일은 내일 생각하자'고 다짐하지 않아도 그렇게 근심 없이 그 다음날을 맞이할 수 있었다. 어느새 박 사장의 바둑 실력이 3급까지 올라갔다.

이런 일로 인해 회사경영이 정상화되고 난 뒤부터 경영의 제1 목표 한 가지가 생겨났다. 그것은 결단코 사채를 쓰지 않겠다는 것이다. 사채에 그만큼 혼이 났기 때문이다. 사채뿐 아니다. 보험회사의 자금도 쓰지 않는다는 것도 추가되었다. 이자가 말이 아니게 비쌌기 때문이다. 오랜 세월 후 KSS해운은 주식을 상장하게 된다. 그때 은행채무가 제로인 회사는 KSS해운뿐이었다. 얼마나 지독하게 이 목표를 지켜냈는지 이것이 증거가 될 것이다.

힘들었던 시기를 너무 자세하게 밝히는 것도 지금 잘되고 있는 KSS해운에게는 바람직하지 않다. 지나간 일은 반면교사로 삼는 수준에서 '잃어버린 7년' 이야기를 마치려고 한다. 그러나 그사이 정말 말로 형언하기 어려운 고난들이 수없이 많았으며, 이를 극복해 내는 데 또한 형언하기 어려운 고초를 겪어야 했다. 시든 꽃을 다시 살려 이전보다 더 화려한 꽃을 피우기까지는 그 거름이 눈물이었음을 알리는 사건 한 가지만은 여기에서 꼭 짚고 넘어가고 싶다. 그것은 선복과잉으로 인해 배를 처분하던 때의 일이다.

벤추라케미캐리호를 해운시장에 매물로 내놓았을 때, 배는 아랍에미리트 연안을 취항하고 있었다. 중동의 아부다비석유회사(ADNOC)에 2년간 정기 용선되어 있었기 때문이다. 매물로 내놓자, 이 배를 도선(導船)하는 도선사(pilot) 겸 아부다비항의 항장(港長)으로부터 배를 사겠다고 연락이 왔다. 그는 도선사를 하면서 선박 성능도 잘 알고 있는 터여서 욕심이 났던 모양이었다. 여러 번 전문통신으로 선가를 합의하고, 1981년 7월 계약을 맺기 위해 박 사장이 아부다비로 향했다. 그때는 '잃어버린 7년'의 중엽쯤일 때였다. 회사가 한창 어려워 거의 날마다 부도위기에 몰리고 있었다. 배를 팔아 겨우 연명하던 시절이다.

그러나 바로 계약이 될 줄 알았으나, 배를 사고자 한 항장은 연불로 선박값을 지불하겠다는 엉뚱한 제안을 했다. 일시불로 받아 회사의 자금압박을 면하려던 박 사장의 계획이 빗나가고 있었다. 그는 즉시 귀국해서 딴 구매자를 알아보려 했다. 그런데 항장은 은행융자가 안 되어 그러니 며칠만 더 기다려달라고 했다. 이왕 그 먼 곳까지 갔으니까 며칠쯤은 기다릴 수 있었다.

그러나 처음 준 3일 기한이 1주일이 되고, 2주일이 되어도 감감무소식이었다. 그 사이에 다른 바이어 두 사람이 나타나 박 사장과 협상을 진행했다. 한 사람은 일본 혼다자동차 총대리점을 하는 갑부였고, 다른 사람은 두바이항에서 가까운 한 도시의 경찰서장이었다. 그런데 혼다 총대리점을 하는 갑부는 런던에 있는 고문의 자문을 받아야 한다는 핑계로 차일피일 날짜를 미루었고, 경찰서장 역시 만나기로 한 장소에 나타나지 않아 모두 무산되었다. 그 사이 박 사장은 그냥 뺑뺑이만 돈 셈이 되고 말았다.

그런 사이, 처음 살 의사를 보였던 항장으로부터 연락이 왔다. 다시 만났더니 이번에는 장기계약을 해서 그와 KSS해운이 공동으로 선박을 운영하자는 새로운 제안을 했다. 돈이 급했던 박 사장은 그렇게 되면 배의 절반 가격은 받을 수 있겠다는 희망을 갖고 물었다. 그럼, 자본금의 절반인 250만 달러를 당장 내놓을 수 있느냐고? 그런데 대답을 듣고는 기절초풍할 정도로 놀라고 만다. 자기들의 몫은 내놓을 필요가 없다는 것이었다. 대신 이익배당이 250만 달러가 될 때까지는 받지 않겠다고 했다. 그것으로 자본금 출자를 대신하겠다는 배짱이었다. 하도 어이가 없어서 그다음 날 바로 짐을 챙겨 서울로 향했다. 공연히 금쪽같은 시간만 허송한 셈이 되고 말았다.

분했다. 중동 상인들에게 이런 식으로 당하다니! 그러나 귀국 비행기 안에서도 박 사장은 마음이 편치 않았다. 벤추라케미캐리호를 처분하지 못하면 급박한 자금사정을 풀 길이 없게 된다. 당시만 해도 아부다비에서 서울까지 오는 직항로가 없어 비행기는 도쿄에서 환승해야 했다. 도쿄에 도착한 즉시 서울로 전화를 해보니, 그의 생각대로 자금이 떨어져 부도 날짜만 세고 있는 중이라고 했다. 그때 불현듯 기타큐슈(北九州)에서 조선소를 갖고 있는 오리다(織田) 사장이 떠올랐다. 그는 사업 초기인 1970년 제1호 선박인 제1케미캐리호를 KSS해운에 매각해 준 인물이었다. 혹시 그라면? 그때 KSS해운이 그의 배를 샀으니까, 이번에는 그가 KSS해운의 벤추라케미캐리호를 사줄 수도 있겠다는 생각이 든 것이다.

박 사장은 그 길로 기타큐슈로 갔다. 오리다 씨는 아직 생존해 있었지만 병으로 인해 그의 아들이 해운회사를 운영하고 있었다. 박 사장은 그에게 사정을 설명하고 배를 사줄 것을 요청했다. 오리다 씨도 과거의 좋은 인연을 생각해 그렇게 하겠다면서도 아들의 동의를 받아야 한다는 여운을 남겼다. 그러나 아들을 만났지만, 그 아들은 아버지의 뜻과 다르게 선박 매입을 거부했다. 아버지의 뜻은 잘 알지만, 자신은 그 뜻을 받들 수 없다고 분명히 했다. 하는 수 없이 도쿄로 돌아왔다.

그러나 아무리 생각해도 배를 빨리 팔지 않으면 안 되었다. 그러려면 오리다 2세를 다시 만나 설득하는 수밖에 없었다. 박 사장은 다시 기타큐슈로 갔다. 그러나 2세는 여전히 강경했다. 포기하고 도쿄로 돌아오는 박 사장의 심경은 참혹하기 이를 데 없었다. 그러나 몇 번을 생각해도 오리다 씨를 믿는 길뿐이었다. 그는 세 번째로 오리다 2세를 찾아 기타큐슈로 갔다. 지성이 통했을까? 이번에는 그의 마음이 좀 움직이는 듯했다. 박 사장은 그 자리에서 선가를 5% 더 깎아 제시했다. 막다른 골목에서의 굴복이었다. 그제야 그도 계약에 응했다.

그러나 한 달 이상 걸린 모든 절차를 마무리하고 계약하는 날, 오리다 2세는 배를 사지 않겠다고 선언하는 것이 아닌가. 아버지가 가라고 해서 오긴 했지만, 그는 끝까지 이 일에 반대한다고 했다. 나이 어린 사람에게 씻을 수 없는 망신을 당했다. 그 순간, 박 사장은 차라리 동해조선 실패 때 진작 삶을 포기하지 않았던 것을 후회했다. 이 모든 일의 원인을 동해조선이 제공한 것이다. 운명도 참으로 모질게 그를 압박하고 있었다.

호텔로 돌아온 그는 저녁도 굶은 채 위스키로 마음을 달래고 있는데, 밤 9시쯤 오리다 2세가 그가 묵고 있는 호텔로 찾아와 용서를 빌며 날이 밝는 대로 계약을 하겠다고 밝혔다. 자신이 잠시 잘못 생각했다고 했다. 그렇게 해서 1982년 2월, 벤추라케미캐리호는 오리다 사장에게 팔렸다. KSS해운도 그 돈으로 도래한 부도위기에서 벗어날 수 있었다. 오리다 사장은 지병이 도져 그해 12월 유명을 달리했다. 조금만 시간이 늦었어도 그에게 배를 팔지 못했을 것이다.

제4부

다시 초심(初心)으로

제1장

경영원칙 재수립

KSS해운이 빠졌던 곳은 우물이 아니고 터널이었던가? 드디어 그 지긋지긋한 고난의 끝이 보이기 시작했다. 1985년에 이르자, 제2차 오일쇼크의 충격에서 세계경제가 벗어나기 시작했다. 전 세계인이 힘을 합쳐 불황을 이겨내고자 한 노력이 결실을 거둔 것이다. 무려 6년 만의 일이긴 했다.

이와 함께 어느 분야보다도 가장 타격이 심했던 석유화학제품 생산과 소비가 다시 활기를 띠기 시작했다. 그동안 잃었던 시간을 보충하려는 듯 맹렬하게 타올랐다. 덩달아 이 제품들을 실어 나를 선박도 바빠졌다. 일감이 없어 항구에 정박해 놓았던 선박들이 닻을 올리고 힘차게 대양으로 항해하기 시작했다. 그동안 선복량 과잉으로 고전을 면치 못했던 KSS해운의 케미컬 수송도 다시 날개를 달았다.

하느님과도 같았던 해운산업 합리화 조치

거기에다 때맞추어 정부에서 해운산업 합리화 조치를 단행했다. 단군 이래 최대 불황을 겪고 있던 해운업에 대한 구조조정이었다. 이 조치로 말미암아 KSS해운은 두 가지의 커다란 변화를 겪는다. 한 가지는 정부로부터 운영자금을 지원받는 일이다. 그리고 또 한 가지는 케미컬, 냉동선, 당밀 수송 등 특수화물의 해양수송을 맡아온 회사들을 KSS해운 중심으로 통합해 특수선 그룹으로 재탄생했다. 한국특수선(주)이 그것이다. 이렇게 해서 조세감면, 원리금 상환 유예 등을 지원받게 되었다.

여기에서 잠깐, 생각 좀 하고 가도록 하자. 운영자금 지원이 무엇인가? 다른 회사들은 모르겠지만, KSS해운에서 운영자금 지원은 하느님이라도 만난 일과 같다. 그동안 운영자금이 모자라 사채를 쓰고, 닥치는 대로 자식 같은 보유선박을 처분해 온 KSS해운이 아닌가. '투명경영', '바른 경영'을 위해 리베이트 관행을 포기한 끝에 금융권에서 운영자금 조달을 받지 못해 지옥 같은 고생을 하지 않았던가. 그런데, 그런데 말이다. 이제는 금융권에 3%의 리베이트를 주지 않아도 운영자금 지원을 받게 된 것이다. 해운합리화 조치에 참여한 해운회사에게 정부가 준 혜택이다. 그러니 7년 고생의 끝이 왔다고 말해도 결코 지나치지 않을 것이다.

또 그동안 고난 중에도 추진했던 대형 가스선 도입 전략을 세운 일이 보기 좋게 맞아떨어져 수익이 크게 늘어나기 시작한 일이다. 뭐니뭐니해도 불황을 근본적으로 타개하려면 회사 경영이 잘되는 일보다 더 중요한 것은 없다. KSS해운은 극심한 불황 중에도 몸에 내재된 '연구 DNA'를 놓치지 않고 해운산업 추이를 집요하게 파악해 왔다. 그러다가 자신 있게 도전한 새 분야가 대형 가스선 도입이었다.

불황이 끝나고 터널 출구 앞에 섰을 때, KSS해운에 남아 있는 선박은 11척뿐이었다. 그동안 지옥 같은 고난을 견뎌오느라 무려 27척이나 되는 선박을 팔아치우며 근근이 연명해 온 때문이었다. "신에게는 아직 배 12척이 남아있나이다"라고 했던 충무공 이순신 장군의 말이 연상될 정도이다. 박종규 역시 그 처참한 광경을 바라보며 다시 창업 때의 초심으로 돌아간다. 나라를 위한 충무공의 단심(丹心)처럼 KSS해운의 경영원칙부터 다시 세웠다. 동해조선의 실패에서 배운 교훈이 더해져 창업 때보다 훨씬 더 구체화되었다. 모두 여섯 가지이다.

첫째, 남이 안 하는 부문을 개척한다.
둘째, 군살 없는 조직을 유지한다.
셋째, 일체의 뒷거래를 배격하고 최고의 도덕성을 유지한다.
넷째, 밀수 없는 선원사회를 만든다.
다섯째, 종업원지주제를 실천한다.
여섯째, 경영과 자본을 분리하고 족벌경영을 배격한다.

여기에서 독자 여러분께 정말 물어보고 싶다. 어떠신가? 여기에서 무엇을 느끼시는가? 내 눈에는 그 모든 것에 앞서 '투명경영', '윤리경영', 그리고 '바른 경영'이 더욱 도드라지게 들어온다. 세 번째 원칙은 이에 대한 백미이다. 확실하게 뒷거래를 배격하고 최고의 도덕성을 유지하겠다고 못 박았다. 그리고 여섯 번째 원칙 역시 이 도덕성과 깊은 연관성이 있다.

'투명경영' 원칙을 지키기 위해 지불한 대가가 도대체 얼마인가? 몇 번의 사선(死線)을 넘었던가? 회사가 통째로 날아갈 뻔한 일은 또 몇 차례나 있었었던가? 그것을 잘 아는 독자 여러분께서도 '이건 아니다'라는 말을 하고 싶으실 것이다. 그 정도로 했다면, 이젠 세상과 좀 타협해도 되지 않을까? 그렇게 생각할 수 있지 않겠는가?

그런데 다시 초심에서 결심한 이 여섯 가지 경영원칙 어디에도 그런 고난을 받은 일과 관련되어 후회한다거나 마음을 바꾼 흔적은 찾아볼 수가 없다. 오히려 창업 때보다 도덕성에 대한 결심이 더 강해졌다. 뜨거운 불을 통과한 쇠가 더 단단해지듯 KSS해운의 '바른 경영'에 대한 확신은 더욱 강해진 느낌이다. 나는 이 점에서 이제부터 재건할 KSS해운의 앞길에 무한한 발전이 있으리라는 확신을 가졌다. 이미 대장간의 뜨거운 불을 거쳐 더 단단해진 KSS해운은 그 쓰디쓴 경험을 승화시켜 자기 회사는 물론 우리나라 기업계에 획을 긋는 기업으로 우뚝 설 것을 의심하지 않았다.

또 다른 것이 보인다. 그것은 처음의 원칙을 버리지 않고 고수하고 있다는 점이다. 첫 번째 원칙이 그렇다. 남이 안 하는 부문을 개척한다는 것이다. 이는 아마도 해운업이 아닌 조선업에 도전했다가 실패한 동해조선의 쓰라린 경험 때문일 것이다. 여기에서 '실패'에 대한 새로운 개념이 발견된다. 그것은 '실패'가 새로운 '경험'이라는 것이다. 수업료는 비쌌지만, 만일 이 원칙대로 사업이 나아간다면 확실하게 경쟁력 있는 특수기술 분야에서 남다른 성과를 올릴 것으로 기대해도 좋을 것이다. 그 외에도 밀수 없는 선원사회 조성과 같은 일은 그렇게 밀수 근절을 외쳐온 KSS해운에 그때까지도 완전하게 그 원칙이 잘 지켜지지 않고 있다는 뜻이기도 하다.

그리고 여기, 다섯 번째와 여섯 번째에 주목해 보자. 종업원지주제와 경영과 자본 분리를 천명하고 있는 일이 보일 것이다. 이것이야말로 KSS해운이 고난을 통해 전 종업원이 동업자로 뭉쳤다는 것을 보여주는 일이다. 그 숱한 고난을 임직원들의 헌신이 없었다면 결코 극복할 수 없었으리라는 박종규의 고백을 담은 것으로 이해될 수 있는 부분이다. 종업원의 헌신에 창업주로서 보답할 수 있는 것은 종업원이 회사의 주인이 되고, 자본과 경영을 분리하는 일로 투명하게 회사를 경영해 나가겠다는 그의 다짐이다. 이런 초심을 다시 설계한 KSS해운의 행보는 어떻게 될까? 이제부터 그 화려한 부활의 현장으로 여러분을 안내하고자 한다.

정부의 택시업계 LPG 사용 허용 정책

1970년대 말, 정부는 택시업계에 LPG 사용을 허가했다. KSS해운이 동해조선 문제로 반쯤은 얼이 빠져 있던 때였다. 그러나 박종규는 이 정책을 예의주시했다. 국내 정유공장에서 그냥 공중에 태워 없앴던 LPG를 액화시키는 장치가 완성되어 생산이 가능해졌기 때문이다. 택시업계에서는 LPG 가격이 휘발유보다 싸기 때문에 대환영이었다. 당시 전국의 택시는 8만 대인데, 택시 한 대당 소비량은 연간 8톤으로 추산되었다. 그러면 64만 톤의 LPG 수요가 일시에 증가한다. 한번 가스의 효력을 맛본 시장은 다시 석탄으로 돌아가지 않을 것이다.

이것만으로도 LPG의 수요 급증이 요구되지만, 당시 점점 심각해

지기 시작한 대도시의 대기오염을 줄이려면 음식점 등지에 가스 사용을 장려할 것으로 예상되었다. 당연히 국내 정유공장에서 생산하는 LPG만으로는 크게 부족할 것이 다. 이는 중동으로부터 LPG 수입 증가를 예측할 수 있게 만든다. 그러면, 그 가스를 수송할 배가 필요하다. 케미컬선과 같은 작은 규모보다 훨씬 더 거대한 대형 가스선이 곧 필요하게 될 것이다.

그러나 이런 예측을 했지만 회사의 생존을 놓고 몸부림치고 있던 때였으므로 당장 새로운 분야에 도전하기는 불가능했다. 대신 이 계획을 마음속에 담아두고 계속 숙성시켜 나갔다. 그럼에도 대기업 계열사가 아닌 독립선사인 KSS해운은 새로운 시장 진출이라도 남보다 앞서 하지 않으면 그나마 승산이 없었다. 가스 증가 수요를 감지한 정유공장 소유 대기업들이 중동으로부터 독점수송에 나선다면, 그들과 경쟁할 수가 없기 때문이다. 마음이 바빴다.

사실 해운업계의 장기계획이란 불황 때에 시도해야 한다. 그때에는 누구나 선박을 팔고자 하기 때문에 싼 선가에 좋은 선박을 확보할 수 있다. 그리고 그 배로 사업을 하다가 호황을 맞아 선박 필요성이 높아질 때 다시 되팔면 높은 자산처분 이익을 남길 수 있다. 이런 방법으로 선박도입 전략을 잘 짜게 되면 성장에 큰 힘이 된다. 죽으라고 영업을 하는 것과 비교가 되지 않는다. 마치 도토리가 100번 구르는 것보다 큰 호박 하나가 구르면 더 멀리 나가는 것과 같다.

박 사장은 당시의 고난을 극복하고 미래 희망을 심어주기 위해 언젠가는 대규모 가스 선단 구축 전략을 임직원들에게 밝힐 기회만 찾고 있었다. 그리고 그 기회는 곧 찾아왔다. 1980년 봄, 외부의 큰 장소를 빌려 종업원 연수를 실시할 때였다.

"앞으로는 가스 시대이다. 더 이상 액체 케미컬 화물에만 의존해서는 안 된다. 어떤 어려움을 겪더라도 가스 선대를 도입하는 것이 유일한 생존의 길이다."

박 사장은 이런 선언과 함께 차근차근히 준비하며 기회를 기다렸다. 우선 한 척이라도 대형 가스선을 도입하는 일이 급선무였다. 더구나 1980년대 초반에 이르자 천연가스, 즉 LNG를 처리해 암모니아를 추출하는 공법이 각광을 받기 시작했다. 암모니아는 주로 요소비료의 원료로 사용되고 있었다. 종래에는 나프타를 원료로 생산했지만 오일쇼크로 석유 가격이 상승되었기 때문에 다른 공법에 대한 연구가 많이 진행되었었다. 특히 LNG를 통해 생산된 암모니아 가격은 종래 가격의 절반 수준에 불과했다. 국내 최대 요소비료 생산업체인 남해화학이 발 빠르게 정부로부터 연간 20만 톤의 수입허가를 받았다. 국영기업의 득을 톡톡히 보았던 것 같다.

이 소식을 접한 박 사장은 우리의 부두 사정과 대규모로 가스 수송을 할 수 있는 대형 선박들의 세계적인 현황을 소리 소문 없이 찾아보도록 기획실에 지시했다. 소문이 나면 좋을 리가 없었다. 그 결과 당시 한국의 부두 사정은 최대 2만 톤급 가스 선박까지 접안할 수 있으며, 2만 톤급 이상의 선박 중 암모니아를 수송할 수 있는 것은 전 세계에서 12척밖에 없는 것을 확인했다. 사업 전망은 충분했다.

선박 규모 : 2만 톤급

선박 내용 : 암모니아 전용선

여기까지는 신규 시장 진출 사업안을 확정했다. 그러나 더 있어야 할 것이 있다는 사실을 이미 알고 있는 독자도 있을 것이다. 창업할 때 제1케미캐리호를 도입하고자 한 박 사장이 그때의 일을 상기해 본다면 답은 이미 나와 있다. 그것은 새 배를 건조할 것인지, 아니면 중고선을 도입할 것인지를 결정하는 일이다. 이와 함께 신규 건조든 중고선 도입이든 선박 금융을 어떻게 일으킬 것인가가 남았다. 거기에다 한 가지를 더할 수만 있다면, 창업 때처럼 배 한 척만 있으면 뛰며 절며 사업을 시작할 수 있을 것이다. 그것은 고객이다. 그 배에 암모니아를 실어줄 고객을 확보하는 일이다. 그것도 가능하면 미리 할수록 좋다. 그래야 안심하고 출발할 수 있을 것이었다.

2만 톤급의 암모니아 전용선을 신규 건조했을 때의 가격을 알아보았다. 거의 5천만 달러란 엄청난 자금이 투입되어야 했다. 많아 보이긴 했지만, 만일 KSS해운이 동해조선에 쓸데없는 돈을 처박지만 않았더라도 자체 능력으로 해결할 수 있는 액수였다. 그러나 지금은 그럴 만한 돈이 없다. 비교적 관리상태가 좋은 중고선을 찾을 수밖에. 그렇게 해서 선을 본 선박이 가스글로리아호였다. 나이는 15년으로 오래되었지만, 독일에서 건조한 까닭에 철판이 기준 사양보다 매우 두껍고 관리상태도 양호했다. 알래스카나 중동의 거친 파도를 뚫고 항해하는 데도 어려움이 없을 것 같았다.

이제 다음 순서는 고객 확보. 화물을 실어줄 고객증명서가 있어야 선박 도입 금융을 손쉽게 일으킬 수 있기 때문이다. 그래서 박 사장은 이미 20만 톤의 암모니아 수입허가를 받아놓은 남해화학과 접촉했다. 1970년대 말, 용융유황 운송 건으로 껄끄러웠던 관계가 께름칙하긴 했다.

역시 아니었다. 그때의 앙금이 10년이 지난 후에도 여전히 남아 있었다. 남해화학은 보란 듯이 웨이버 제도가 적용되는 FOB 방식이 아닌 CIF 조건(남해화학 부두까지 화물을 인도하는 조건)으로 경쟁입찰 공고를 내버렸다. 당시 암모니아 주 공급지는 알래스카, 인도네시아, 중동의 쿠웨이트와 카다르 등지였는데, 낙찰자가 선박까지 수배해 남해화학에 공급하는 방식이었다. FOB 방식으로 하게 되면 선박의 용선과 운항을 한국 회사가 전담할 수 있다. KSS해운은 남해화학에서 입찰공고를 내기 전에 암모니아 가스선 도입계획을 설명하고, 자국 해운사를 보호하기 위한 웨이버 제도를 꼭 사용해 줄 것을 요청했지만, 소용이 없었다. 고객 마음대로니까.

이제 사업안에는 고객 난이 비어버린 것이었다. 그렇다면 확보된 고객 없이 큰돈을 들여 선박을 도입하는 일이 맞는 것인지를 면밀하게 검토해야 했다. KSS해운은 기로에서 망설였다. 다시 심도 있게 연구에 돌입했다. 결국 사전 확보된 장기고객 없이 배를 도입하기로 결정한 것이다. 세계의 암모니아 운반선을 살펴보니, 주로 유럽의 대형 선사들이 독점 운영하고 있었다. 동아시아 시장에서 움직일 수 있는 대형선은 단 한 척도 없었다. 그러나 앞에서 본대로 암모니아 공급지 중 인도네시아가 있었다. 그곳의 암모니아를 수입하자면 유럽에 있는 배를 부르는 것보다 아시아에서 운항하는 배를 사용하는 것이 가격면에서 훨씬 더 유리할 수 있다. 대형선 한 척을 도입하면 공급자가 어느 나라, 어느 회사이든 결국 이 선박을 사용할 수밖에 없을 것이다. 수요가 있다! 시장 전망에 자신이 있었다. '동아시아 유일의 중대형 가스

운반선 보유 회사가 되자!' 박 사장은 승부수를 던진다. 그는 장기고객 확보 단계를 생략하고, 마지막 단계인 선박 도입을 위한 금융을 일으키기 위해 나선다.

다음으로 넘어가기 전에 이 점 한 가지는 꼭 짚어야 할 것이 있다. 암모니아 해양수송시장 점유율에 대한 KSS해운의 달라진 생각이다. 전체가 아닌, 동아시아 지역 수송만 계획에 넣었다. 배도 당장은 한 척뿐이다. 어떤가? 1970년대 말, 용융유황시장 전망을 예측하고는 그 수송을 100% 전담하겠다며 한꺼번에 세 척이나 배를 짓던 것과 다른 모습이 아니냐는 이야기이다. 그때의 지나친 자만심이 아니었다. 조심조심하며 새로운 시장에 걸음을 내딛는 박 사장의 마음이 여기에서 보인다.

주거래은행 임원에게 큰절로 선박값 얻어내

결국 비빌 언덕은 주거래은행인 서울신탁은행뿐이었다. 그래도 KSS해운의 경영실태를 가장 잘 알고 있는 곳은 주거래은행이었기 때문이다.

박 고문은 은행 문턱이 다 닳을 정도로 드나들었다. 처음에는 얼마나 완강하던지 박 사장조차 포기할까 생각도 했을 정도였다. 오일쇼크가 한창 중간을 통과하고 있어 세계 석유화학산업의 불황이 장난이 아닌 때였다. 거기에다 이미 동해조선으로 경영상태가 만신창이가 된 것을 모를 리 없었다. 주거래은행이라고 선뜻 막대한 자금을 줄 수 없었을 것이다. 금액이 적기나 한가. 중고선이라도 무려 1,200만 달러에 이르고 있었다.

리베이트를 줄 수 없으니 발로 뛸 수밖에 없었다. 은행이 괄시할 수 없는 온갖 인맥도 다 동원했다. 그러나 그중에 대출 라인의 핵심 임원 한 사람이 반대가 심했다. 박 사장은 그를 찾아 큰절까지 올리며 사정을 호소했다. 어떻든 모진 고난을 뚫고 다시 일어설 수 있는 길이 이뿐임을 확신했기에.

역시 박종규는 모소 대나무였다. 땅 밑에서 뿌리와 뿌리가 얽히고 설켜 어떤 바람에도 쓰러지지 않는 그 대나무. 마침내 증자조건으로 대출이 확정되었다. 다행히 KSS해운의 담보 여력이 좀 남아있었다. 그렇게 모든 자산을 매각하며 겨우 연명해 나갈 때에도 담보로 은행에 제공할 수 있는 물건이 있었다는 건 하늘이 도운 것이었다. 이렇게 해서 1983년 8월, 이탈리아 베니스항에 정박해 있던 가스글로리아호를 인수했다. 주 화물은 냉동 암모니아 가스로, 일본, 중국, 대만, 싱가포르 등 아시아 해운국을 통틀어 유일한 중·대형선이었다. 화물창이 무려 3만㎥나 되는 당시로서는 보기 드문 대형선이었다. 밝은 미래가 열리는 듯했다.

시작부터 경사가 터졌다. 한국으로 배를 인수해 오는 동안 선적할 화물이 생긴 것이다. 파나마운하 바로 앞에 있는 트리니다드토바고에서 화물을 선적해 미국 캘리포니아 버클리에서 짐을 풀고, 다시 알래스카의 케나이항에 입항해 곧바로 암모니아를 싣고 여수로 돌아오게 된 것이다. 화물이 없었더라면 그냥 빈 배로 왔어야 했을 것이 뜻밖의 행운으로 처음부터 돈을 싸안고 나타났다. '7년 고난의 행군' 중이던 KSS해운을 도울 천군만마가 바로 가스글로리아호였다.

첫 항해의 순조로운 결과가 알려지면서 대박이 터지기 시작했다.

다투어 고객이 생긴 것이다. 남해화학이 아니어도 상관없었다. 미국의 유노칼과 트랜스암모니아, 일본의 미쓰이, 미쓰비시 등 남해화학에 암모니아를 공급하던 회사들이 모두 가스글로리아호를 이용했다. 암모니아를 싣고 남해화학 부두까지 도착해야 할 회사들이 직접 선박까지 수배해야 하는 CIF 조건으로 계약을 맺었기 때문이었다.

그 이전까지 이들은 유럽 배를 이용해 왔다. 동아시아에 암모니아 전용선이 없었으니 당연했다. 유럽 배를 용선하면 돌아갈 때는 빈 배로 가야 한다. 자연히 운임도 높을 수밖에 없었다. 그런데 극동에서 배 한 척이 들어오게 되니 공급자들마다 전부 그 배를 이용하려 했다. 가스글로리아호의 목적지가 여수나 울산이어서 운임을 비싸게 받을 필요가 없었기 때문이었다.

가스글로리아호는 이렇게 난관의 늪에서 허우적거리는 KSS해운에 효자 노릇을 톡톡히 했다. 직원들도 가스글로리아호의 입항을 눈 빠지게 기다리곤 했다. 그 배가 돌아와 대금을 지급받아야 급여가 나오기 때문이었다. KSS해운 직원들은 가스글로리아호야말로 지금의 KSS해운을 있게 만든 일등공신이라고 입을 모은다. 그만큼 어려운 시기의 캐쉬카우가 되었기 때문이다. 이 배의 착실한 운항을 출발점으로 해서 KSS해운의 사세가 일어서기 시작했다.

그러나 운항한 지 10년, 즉 선령이 25세를 넘기면서 선박 노후현상이 급격하게 진행되었다. 이에 따라 해상 상태가 험난한 알래스카 취항을 중단하고 중동과 인도네시아 항로에 주력하게 된다. 적도에 비해 북동의 바다는 비바람이 심한 날이 많아 이제 노년에 이른 가스글로리아호에게는 아무래도 북태평양 항해가 무리였다. 대신 대체선을 끊임없이 모색했다. 그리고 1997년 7월, 신조선인 가스콜럼비아호를 장기 계약해 운항하는 데 성공함으로써 지금까지도 KSS해운은 아시아 유일의 대형 암모니아 운반선 소유 회사라는 명성을 얻고 있다. 특히 그동안 일본 미쓰이상사의 암모니아를 최단 10년, 최장 20년을 수송하는 획기적인 계약을 체결하게 되어 KSS해운의 안정적인 성장의 기반이 되었다. 한 가지 덧붙이자면, 이 실적으로 인해 프랑스의 트라모사와 두 척의 용선계약까지 맺을 수 있었다.

제2장
대형 가스선단 구축으로 회사 면모 일신

이제 다시 초심으로 돌아가 회사를 새롭게 세우는 데 필요한 방향을 잡았다. 바로 가스선사로 KSS해운의 방향을 트는 것이었다. 이미 1980년 봄, 종업원 연수 때에 선언했던 대로 도래할 가스시대를 남 앞서 품는 일이다. 그 시작 테이프를 이미 가스글로리아호가 잘 끊어주었다. 이제 그 방향을 향해 대담하게 앞으로 나아가야 했다. 두 번째 대형 가스선 도입은 1988년 2월에 이루어졌다. 가스포임호이다. 이번에는 국내 수요가 폭발 직전이었던 LPG 가스를 실어 나를 전용선이었다. 도입 당시 선령 11년의 중고선으로, 가스글로리아호와 함께 대형 가스선 운항 경험을 쌓게 한 선구자 역할을 한 배이다.

공동 운송회사를 만들자

자, 그럼 이제부터 독자 여러분과 함께 LPG선 도입을 해보면 어떠실까? 이젠 독자께서도 선박 도입과정을 너무나도 잘 알고 계실 것으로 생각한다. 벌써 세 번째니까. 이제 박종규의 걸음을 뒤따라 출발해 보자.

먼저 도입할 LPG선을 신조할 것인지, 아니면 중고선을 구할 것인지를 정해야 한다. 그러나 여러분도 짐작하겠지만, 당시 KSS해운에서 새 배를 건조하기란 거의 불가능한 경영상태이다. 그러니 중고선 도입으로 낙착하도록 하자.

그렇다면 다음 과정은 무엇일까? 필요에 맞는 LPG 중고선이 있는지를 알아봐야 할 단계이다. 박 사장은 정보력을 총동원한다. 이 배, 저 배의 선을 보다가 일본의 저팬라인(Japan Line)이 갖고 있는 블루오션호가 눈에 꽂혔다. 선령이 10년을 넘었지만, 화물창이 7만5천㎥로 4만5천 톤급이었다. 암모니아 전용선인 가스글로리아호보다 두 배 조금 넘을 정도였다. LPG 가스를 대량으로 수송하는 데는 최적이었다.

그러나 배를 도입하기 위해 구매 오퍼를 전달했지만 뜻밖에도 일본의 유요해운에게 빼앗기고 말았다. 저팬라인의 주거래은행이 배를 유요해운에 팔라고 압력을 넣는 통에 저팬라인으로서도 어쩔 수 없었다는 변명을 해왔다. 그런데 바로 그 직전에도 KSS해운과 유요해운이 일본 니쇼이와이상사가 소유하고 있던 가스라이징선호를 놓고 경쟁을 벌이다가 유요해운에게 진 적이 있어 벌써 두 번째나 한 회사로부터 패배하게 된 것이다. 어이가 없었던 박 사장은 유요해운 사장을 찾아가 강력하게 항의했다. 그 사장도 미안했던지 타협안을 제시했다. 그 내용은 자신이 블루오션호를 7년간 LPG 수송 항로에 취항시켰다가, 그 기간이 끝나면 KSS해운에 넘기겠다는 것이다. 그 대신 7년 동안 KSS해운 선원들을 '송출' 형식으로 블루오션호에 승선시켜 승선 노하우를 익히라고 한 것이었다. 박 사장은 잠시 생각한 끝에 그 조건을 수락하고, '7년간 선원 송출 및 7년 후 매매' 약정서에 계약을 맺는다. 결국 블루오션호는 한참 뒤에나 KSS해운의 배가 되겠지만, 그동안 선원들에게 LPG 가스 수송 기술을 익히도록 하는 것도 나빠 보이지는 않았다.

그런데, 대형 LPG 전용선 구입을 놓고 줄다리기를 한 그 이듬해인 1987년 이란-이라크 전쟁이 격화되면서 전황이 불리해진 이란이 페르시아만을 오가는 선박들에게 포격을 가하는 일이 발생하면서 불과 1년 만에 그 배를 인수받게 된다. 그것도 매우 저렴한 가격으로. 그 포격으로 페르시아만을 항해하는 배들의 안전을 보장하기 어려워졌다. 선박 파손과 선원 사망 등 상상하지 못한 사고가 줄을 이었기 때문이다. 그러나 역시 일본은 약삭빨랐다. 이란 측과 협상을 벌여 일장기를 단 배에는 포격을 하지 않도록 만들었다. 블루오션호도 일본 배였지만, 마침 그때 라이베리아에 치적(置籍)되어 있어 그 포격을 피해나갈 수가 없었다. 그렇게 되자, 애초 약정을 맺은 KSS해운에 조기 매각키로 했다.

자, 이제 배는 확보되었으니, 다음 차례는? 선박 금융이다. 1988년 새해가 시작되면서 박 사장은 산업은행을 두드리기 시작했다. 그때는 해운합리화 후여서 해운업계에 돈 꿔주는 것은 미친 짓이라는 말까지 돌 정도였다. 그리고 박 사장도 그동안 선박 금융은 대부분 일본의 금융을 이용해 왔다. 리베이트 관행 때문임을 독자들은 잘 알 것이다. 그런데 무슨 생각이 들었던지, 국내은행을 한번 두드리고 싶었다. 선가는 무려 2,100만 달러. 그만한 자금을 융통해 줄 곳은 산업은행뿐이었다. 박 사장은 전체 선가 중 20%는 KSS해운의 자기자본으로 할 테니,

나머지 80%만 지원해 달라고 했다. 은행 측에도 조금은 구미가 당기도록 그런 안을 마련한 것이다.

이것이 적중했다. 실무진을 거쳐 총재까지 서류가 넘어갔던지, 산업은행 총재가 박 사장을 보자고 했다. 당시 김홍기 총재는 기획원 차관을 끝내고 자리를 옮긴 이었다. 박 사장은 기회다 싶어 반드시 선가를 상환할 수 있다며 그에게 상환계획을 브리핑하려고 했다. 그러나 김 총재는 손사래를 치며, 자신은 해운 문외한이니 브리핑은 그만두고 한 가지만 묻겠다고 했다. 그것은 선가의 20%를 자기자금으로 하겠다는 부분에 대한 질문이었다. 김 총재는 KSS해운의 대차대조표 검토와 회사 규모로 볼 때, 10%는 몰라도 20%를 감당할 수 있겠느냐고 물었다. KSS해운의 경영상태로 400만 달러가 넘는 거금을 부담하겠다는 것이 거짓말이 아니냐는 뜻이었다.

자, 이 부분을 설명하려면 시계를 거꾸로 돌려 1년 6개월 전인 1986년 9월로 돌아가야 한다. 그때 그는 일본 도긴리스의 대출담당자인 다카시마 부장의 호의로 205만 달러를 대출받아 중소형 압력식 가스탱커인 선밀리온호를 도입하게 된다. 다카시마 씨라면, 아마도 그 이름이 귀에 익을 독자들도 있을 것이다. KSS해운 창립 50주년 기념행사 때 박 고문이 은혜를 잊지 못해 이름을 불렀던 사람 중 유일한 일본인이다. 당시 요양원에 입원해 있어서 초청에 응하지 못했던 바로 그 인물이다.

박 사장은 그가 순순히 빌려준 그 돈으로 선밀리온호를 사 1년이 넘게 사업에 잘 이용하고, 그 이듬해 그 배를 되팔아 무려 선가에서만 220만 달러의 순이익을 챙겼었다. 그리고 그때 벌어둔 돈까지 합쳐 김 총재가 반신반의한 400만 달러 정도의 자금이 있었다. 이제 그 돈이 대형 가스선 도입의 종자돈이 되려는 순간이었다. 그는 그 돈을 KSS해운에게 빌려주지 않고 아무런 보증도 없는 자신에게 주었다며 다카시마 씨와의 깊은 인연을 소개했다. 그 말을 들은 김 총재는 대부분의 기업인들은 외화를 해외로 빼돌리기 위해 국법도 어기는데, 박 사장은 외국에서 번 눈먼 돈까지 국내로 들여와 기업에 투자하겠다니 놀랍다면서 융자를 약속했다. 이렇게 해서 1988년 2월, 블루오션호를 도입해 선명을 가스포임호로 바꾸었다.

자, 이제 남은 과정은 하나뿐이다. 바로 고객 확보이다. LPG를 가스포임호에 선적할 고객과의 장기계약이 남았다. 이제 박종규는 어떻게 할까? 지켜보자.

그는 과거와 좀 다른 접근법을 사용했다. 그것은 가스포임호를 도입한 1988년 당시, 한국에는 국적 LPG 전용선이 한 척도 없다는 사실을 파악한 데 따른 것이었다. 대한석유공사(유공)와 LG칼텍스 두 회사 모두 외국 선박을 이용 중이었다. LPG 수요도 증가 추세인데다, 거래되는 물동량을 보니 배 세 척은 있어야 할 정도였다.

그러나 박 사장은 이제는 혼자 다하겠다고 덤벼들지 않는다. 그러기에는 KSS해운에게 뼈아픈 경험이 있었다는 것쯤은 대부분의 독자들도 다 안다. 그래서 그 두 회사에다 대고 KSS와 함께 공동 운송회사를 만들자는 안을 제안했다.

공동 운송회사. 각 정유회사가 LPG 전용선을 한 척씩 사서 공동으로 운영하게 되면 운임 차이로 인한 국내 LPG 시장 점유 경쟁도 없고, 혹 앞으로 국제운임이 높아진다 해도 그 영향권에서 벗어날 수 있었다. 그렇게 된다면 KSS해운으로서는 국내 최대 고객을 장기적으로 확보할 수 있었다. 그러나 이 안은 결국 무산된다. 자신의 이익을 우선적으로 고려한 때문이었다. LG 측에서는 "그런 좋은 일이라면, 우리가 직접 하지 왜 남에게 주느냐"며 거부했다.

다행히 박 사장은 이런 사태의 발생을 우려해 외국에서 용선주를 찾는 '투 트랙' 전략을 실행 중이었다. 마침 런던에서 시세보다 높은 용선료를 주고 1년간 용선하겠다는 회사가 나타나 그곳과 계약을 마쳤다. 이렇게 해서 KSS해운은 기존 케미컬 제품 수송과 함께 대형 가스선으로 암모니아와 LPG 수송으로 사업을 확장해 나가기 시작한다. 자, 이젠 박차를 가할 시점이다. 가스선 시장으로의 진출이다.

10만 달러 연구비와 그 후

가스선 시장 진출은 지금까지 KSS해운의 주 영업인 케미컬 시장과는 판세부터 다른 영역이었다. 창업 이래 줄곧 석유화학제품인 케미컬만 실어 날랐다. 500톤급 정도의 작은 배로, 항로도 대부분이 한-일간이라는 짧은 노선이었다.

그러나 가스선은 이와는 선박의 규모부터 다르다. 앞에서 보았듯이 가스글로리아호는 2만 톤급, 가스포임호는 4만5천 톤급으로 케미컬 전용선과는 비교가 되지 않을 정도로 크다. 거기에다 항로 역시 전 세계를 무대로 펼쳐야 한다. 북미 알래스카에서, 열사의 나라 중동에서, 그곳의 가스를 실어 날라야 한다. 짧은 곳이라고 하는 인도네시아 등 아시아 지역 산유국조차도 일본과의 거리보다 최소 다섯 배 이상이다. 선박 가격도 엄청날 뿐 아니라, 장기용선 계약자도 전 세계의 석유 메이저가 대부분일 가능성이 크다. 가스선 시장 진출이라는 방향은 잡았지만 섣불리 덤벼들었다가는 실패할 확률도 높아진다. 본격적으로 가스시장 진출에 앞서 박 사장 스스로도 시장에 대한 확신을 가져야 했다. 그래야 KSS해운의 전 직원의 힘을 모아 앞으로 돌격할 수 있을 것이다. 그는 가스포임호를 도입한 1988년 한 해의 대부분을 이 '확신'을 붙잡기 위해 피나는 연구에 몰입한다. 최소 5년에서 10년까지의 전 세계 대형 가스선과 화물 시황 분석을 시작한 것이다.

이를 위해 박 사장은 연구비에 아낌없는 투자를 한다. 최고의 자료를 구하러 나선 것이다. 최고의 자료라고 하는 이유가 있다. 국제적으로 저명한 연구소에서 발행하는 아주 특별한 시장보고서이기 때문이다. 거기에는 지역과 국가별 가스시장 동향과 선박건조 현황 등 고급정보가 집약되어 있다. 연구소마다 대개 200부 한정판을 발행하고, 가격도 엄청나게 비싸 어떤 것은 한 권에 4만8천 달러에 이르기도 했다. 자료집 한 권 가격이 그 정도이다. 이런 시장보고서를 구입하는 데만 한 해 동안 10만 달러를 썼다. 사내에서 야단이 났다. 사장이 별것 아닌 자료집 구입에 낭비한다는 여론이 비등했다. 누가 황새의 뜻을 알랴. 그런 사내 여론에도 아랑곳하지 않고, 박 사장은 어렵게 구한 자료집에다 코를 처박았다. 가스 수송 시장 진출에 회사의 명운을 걸었기 때문이다. 어렵게 어렵게 다시 일어섰으니, 이제는 정말 성공해야 했다.

이뿐 아니다. 그는 수집한 자료를 놓고 연구자들과 토론을 벌이기도 했다. 마치 고시공부를 하듯 열심히 시장분석에 임했다. 이미 고시공부 분위기가 어떤 것인지는 대학시절에 다 떼었다. 많은 대학동기들이 고시에 매달려 법관이 되고, 고위공직자가 되었기 때문이다. 혼자 한 것도 아니었다. 기획실의 젊고 똑똑한 머리도 빌렸다. 그의 대한해운공사 시절에 그랬듯이 사실상 KSS해운의 모든 에너지를 총결집시켰다고 볼 수 있다. 그렇게 해서 6개월가량 연구 끝에 '전 세계 가스시장에 대한 최종 분석서'를 만들어낸다. 그 보고서의 결론은 박 사장이 예측했던 가스시장의 도래를 숫자로 정확하게 밝혀주고 있었다.

이제 시장에 대한 불안감은 사라졌다. 앞으로 돌진하는 일만 남았다. 박 사장은 그 자료를 들고 그해 연말 일본 미쓰비시조선소와 도긴리스로 향한다. 그 이전에 새로운 대형 가스선 건조에 대한 선박 사양과 선가 등을 조사했다. 마음에 둔 배의 선가는 거의 6.000만 달러에 이르렀다. 이제는 선박 건조를 위한 해외 금융을 일으키는 순서였다.

박종규는 도긴리스의 중역과 담당자 앞에서 지참해간 보고서를 펼쳐 보이며, 신규 가스선 건조자금 6,000만 달러 지원을 요청했다. 지금은 가스 마켓이 불황이지만, 연구에 따르면 2년 후에 종식되고 운임과 선가가 상승할 것이라고 단호하게 말했다. 연구의 힘이었다. 그러면서 그는 장기용선계약을 전제로 한 금융지원은 받지 않겠다는 조건을 달았다. 가스시장 불황으로 지금과 같이 선가도 매우 낮고 운임도 바닥인 상황에서 장기용선계약을 맺게 되면, 2년 후 가스시장이 폭발할 때는 이익을 남길 수 없다는 이유를 댔다. 지금 건조에 들어가더라도 선박의 완공까지는 2년이 소요되는 만큼 그 시기가 가스시장의 회복과 일치한다며 보고서를 들이밀었다.

이젠 독자들도 잘 아시겠지만, 장기용선계약 없이 신규선박 건조든 중고선 도입이든 자금을 내줄 금융사는 없다. 그러나 지금 장기용선계약을 하면 가스시장이 회복되었을 때의 선가와 운임이 너무 높아져서 오히려 손해를 볼 수 있다는 의견도 옳았다. 보고서를 면밀하게 훑어본 도긴리스 측은 난처한 입장에 처할 수밖에 없었다. 결국 결론은 '검토하겠다'는 것이었다.

'검토하겠다'는 일본어에 대해 이미 학습된 적이 있다. 창업을 한지 불과 한 달 만에 제1호 케미컬 선박 도입을 위해 도쇼쿠상사를 방문했을 때 들었던 말, '검토'. 그것이 거절임을 박 고문은 뼈저리게 알고 있었다. '후유후쿠상'도 이때 얻은 별명이 아니던가. 아무튼 그는 '검토하겠다'는 말을 그래도 희망적으로 해석하고는 서울로 돌아와 기다렸다. 그러나 한 달이 지나가도 아무런 연락이 없었다. 그러다가 그 이듬해 2월 초, 도쿄로 들어오라는 연락을 받았다. 박 사장은 황급하게 도긴리스로 향했다.

박 고문 앞에서 도긴리스는 지금 당장 장기용선계약 대신 신규선박의 인도 완료 6개월 전까지 계약을 체결할 수 있다면 자금을 주겠다고 했다. 건조기간이 2년이니까 앞으로 1년 6개월이 남았다. 박 고문은 그 요청을 수락하고, 그 해 4월 말경 금융지원에 대한 계약을 체결하기로 했다.

그러나 큰일일수록 언제나 고비가 기다리고 있는 법이다. 이번 일에도 어김없이 마가 끼었다. 막판에 문제가 발생한 것이었다. 4월 말이 거의 이르러 자금지원계약을 체결하려는 데 도긴리스의 모회사, 즉 도쿄은행 심사부에서 제동을 걸고 나선 것이다. 해운과 조선의 일반적인 관례에 어긋나는 비정상적인 금융이라는 이유였다. 처음부터 장기용선계약도 없이 자금이 나간다는 것을 반대한 것이다. 계약날짜는 다가오는데, 박 사장은 다시금 그의 꿈을 가로막는 장애물 앞에서 어떻게 할 바를 몰라 발만 동동 굴렀다.

그러나 다시 초심으로 돌아가 KSS해운을 '회사다운 회사'로 세우고자 하는 그의 간절한 염원 앞에는 이런 난관도 문제가 되지 않았다. KSS해운의 첫 배인 제1케미캐리호를 도입할 때 도쇼쿠상사 야스다 전무의 결단과 같은 기적이 일어났다. 이번에는 도긴리스의 고토 사장이 그 역할을 맡았다. 계약 당일, 도쿄은행의 승인도 없이 자금지원 집행을 결정해버린 것이다. 이런 또 다른 기적 뒤에는 KSS해운의 다섯 은인 중 한 명인 다카시마 이사(그때는 부장에서 이사로 승진해 있었음)가 집요하게 박 사장이 보인 연구자료집을 믿자며 거들어준 힘이 있었다. 결국 6,000만 달러라는 거금을 KSS해운이 지원받게 된 배경에 다카시마 이사가 있었다.

이 자금지원은 도긴리스에도 큰 이익을 가져다주었다. 박 사장이 연구한 '전 세계 가스시장에 대한 최종 분석서'의 전망이 한 치 오차도 없이 들어맞았기 때문이다. 1989년 9월경부터 대형 가스 화물의 용선료가 폭등해 월 45만 달러에서 100만 달러까지 뛴 것이다. 4월에 계약한 지 채 6개월도 되기 전에 이런 일이 벌어졌다. 배의 건조 선가로 보면, 월 70만 달러 정도면 운항 비용과 선가상환 비용이 빠지는데, 100만 달러 용선료라면 큰 이익을 남길 수 있었다. 자금을 빌려준 도긴리스도 원금과 이자 상환에 아무런 문제가 없게 된 것이다. KSS해운에 돈 빌려주고 자기들도 그에 상응하는 이익을 얻을 수 있었다. 그 자금으로 신규 건조한 배가 가스로망호이다.

그해 후반, KSS해운은 이 가스로망호를 영국의 한 회사와 월 97만

5천 달러에 5년간 용선하는 계약을 맺었다. 이로 인해 커다란 이익을 가져다주었고, KSS해운이 든든히 서는 결정적 계기가 되었다. 만일 다카시마 이사와 고토 사장이 도긴리스의 모회사인 도쿄은행의 벽을 넘지 못했다면 KSS해운도 신규 건조 계획이 좌절되었겠지만, 도긴리스 역시 이익을 얻지 못했을 것이다.

그러나 무엇보다 결정적인 성공 요인을 꼽으라면 10만 달러나 들인 시장연구였다. 그것이 있었기에 일본에 건너가 자신 있게 협상할 수 있었다. KSS해운의 '연구 DNA'가 이때처럼 빛난 적이 일찍이 없었다. 보고서 하나 만드는 데 10만 달러나 투자할 수 있었던 박종규의 도전정신이 승리한 것이다. 이 얼마나 신나는 이야기인가!

선박명이 '미러클(miracle)'이 된 까닭

신나는 이야기는 또 있다. 아마 앞선 것보다 더 신날지도 모르겠다. 가스선단 구축의 핵심 선박이었던 가스미라클호 도입 과정이다. 배 이름을 보시라. 벌써 뭔가 기적적인 일이 일어날 것 같지 않은가. 맞다. 그래서 선명에 '기적'이란 뜻의 영어 '미라클'이 붙여졌다.

1991년 가을의 일이다. 가스선단을 이끌 신형 선박 제2호가 필요했다. 1990년 말에 인도된 가스로망호가 한 번 운항할 적마다 떼돈을 벌어온다. 배를 지어 단단한 장기용선 선주만 잡게 되면, 배는 스스로 건조비용을 갚으면서도 회사에 큰 도움을 준다. 배만 있다면 또 그런 일이 일어날 것이다. 어떻게 가만히 보고만 있겠는가. 배가 필요하다, 배가! 박 사장은 3년 전, 가스로망호 건조를 위해 보고서를 지참하고 찾아갔던 일본 미쓰비시중공업으로 다시 향했다. 그리고는 선가 7,000

만 달러에 달하는 신규 가스선 건조계약을 체결했다. 가스로망호보다 1,000만 달러가 더 비쌌다.

그런데, 그만 문제가 생겼다. 지난 가스로망호 때처럼 장기용선 계약도 없는 상태에서 덜컥 배부터 짓기 시작했는데, 계약 이듬해인 1992년 봄부터 공교롭게도 대형 선박의 용선료가 떨어지기 시작했다. 그러다보니 화주들이 해운회사와 신규 화물계약을 늦추려 했고, 금융 회사들도 자연히 자금공급을 주춤거렸다. 이미 가스로망호를 통해 단단한 신용을 쌓았음에도 불구하고.

이번 계약에는 1,000만 달러 계약금을 마련해 배를 짓기 시작했다. 그동안 가스로망호가 벌어들인 돈과 일시 대출금으로 충당한 것이다. 잘 알다시피, 대형선의 경우는 장기 화물수송계약을 화주와 맺으면, 이 계약을 담보로 금융회사에서 선가를 지원하는 것이 일반적 관행이다. 그런데, 바로 그 무렵 예상치 못한 대형선의 용선료가 떨어지고 있었다. 위기 사이렌 소리가 들렸다. 그때까지도 KSS해운은 그 배를 장기적으로 빌려 사용하겠다는 용선주를 찾지 못한 상태였다.

짓고 있는 선박의 진수기일은 1992년 6월 말이었다. 그때까지 선가의 40%인 2,800만 달러를 지불해야 했다. 그러나 5월이 되도록 자금은 확보되지 않았다. 박 사장은 초조해졌다. 중도금을 마련하지 못하면 꼼짝없이 계약금을 날릴 판이었다. 그러면 KSS해운의 신용마저 하루아침에 무너질 수 있다. 어떻게 다시 일어선 회사인데, 죽어도 그럴 상황을 초래하게 해서는 결코 안 되었다. 만일 배를 짓다가 중도에 포기하는 상황이 생긴다면, 그 소식은 삽시간에 전 세계 해운업계에 알려지게 될 것이다. 원체 이 바닥이 좁은 탓이다. 자금이 어려운 회사라는 이미지를 심어주면서 불안을 느낀 화주 역시 거래를 꺼리게 된다. 한 번의 실수가 회사의 명운을 좌우할 수도 있는 문제였다.

그런 가운데 시간은 속절없이 흘러갔다. 어느새 5월 말이 되었다. 선박 인도까지는 겨우 한 달을 남겨놓고 있었다. 그러자 이번에는 미쓰비시중공업 측도 초조해지기 시작했다. 발주자인 KSS해운이 자금에 어려움을 겪고 있다는 사실을 낌새챘기 때문이었다. 미스비시 측에서 중재안이 왔다. 배를 리세일(건조 중 매각)하자는 것이다. 선박 매각은 미쓰비시 측에서 책임지겠다는 것이다. 손해를 최소한으로 막을 수 있는 길은 그것뿐이라고 박 사장을 설득했다. 미쓰비시 측의 요지는 계약금 1,000만 달러 중에서 700만 달러만 손해보고 손을 떼라는 것이었다. 그러나 박 사장은 그 제안을 거절했다. 차라리 디폴트를 선언하겠다고 했다. 디폴트를 선언하게 되면 계약금만 떼이고 계약을 취소하면 된다.

디폴트는 조선업과 해운업계에서 종종 일어난다. 시황이 나빠서 선박을 인도하는 것이 계약금 손실보다 크다고 추정되면 디폴트 선언을 할 수 있다. 1970년대 초반 현대조선소에 대형 탱커선을 발주하고 취소한 그리스 선주의 행위도 그런 경우이다. 선박 발주 회사의 재정 상태가 낱낱이 공개되는 대신, 대형선의 운항시황 등에 핑계를 얹을 수 있는 것이다. 박 사장의 계산도 이와 같았다. 잃게 될 돈보다는 회사의 신용을 더 중시했기 때문이었다. 배를 포기함으로써 한 번은 큰 손해를 입겠지만, 그로 인해 발생할 수 있는 미래의 신용은 그대로 살려둘 수 있다. 박 사장은 고민 끝에 디폴트를 선택하고, 그 사실을 미쓰비시 측에 통보했다.

디폴트를 하게 되면 계약금 1.000만 달러가 손해고, 리세일을 하면 700만 달러 손실을 보게 된다. 단순 계산으로도 300만 달러만큼 손해를 줄일 수 있다. 300만 달러라면 결코 적은 돈이 아니다. 그러나 그보다 더 큰 것은 회사의 장기 신용이다. 리세일 소문이 돌면 장기 신용을 잃게 된다. 돈보다 소중한 것이 회사의 얼굴이다. 차라리 디폴트 선언을 하고 깨끗하게 손을 떼는 편이 KSS해운의 미래를 위해 더 중요하다고 결심한다.

마침 그 무렵, 박 사장은 은퇴를 생각하고 있었다. 이미 오래 전부터 전문경영인 체제를 구축하기로 계획하고 있었기에 디폴트 선언으로 신조 건조 실패에 대한 책임을 지고 물러날 수도 있었다. 그런 관행을 회사에 심어주어야 하는 것이 창업주의 모습이기도 했다. 그러자 배짱이 생겼다. 여차하면 목숨을 담보로 꼭 배를 사겠다며 생명보험 가입을 결심했던 창업 초기의 마음이 떠올랐다. 그때에도 자살을 각오하니 어디선가 알 수 없는 용기가 생겼었다. 꼭 그때처럼 불굴의 의지가 일어났다. 무려 7,000만 달러를 들여 새로운 대 선박을 건조하는 일은 KSS해운으로서는 회사 전체의 역량을 보여주는 일이나 마찬가지다. 반드시 성공해야 할 일이었다.

박 사장의 디폴트 선언 방침을 들은 미쓰비시 측도 당황하기는 마찬가지였다. 일본의 대기업이 디폴트 선언하는 회사와 거래했다는 것은 고객 선별능력이 없는 영업을 했다는 비판에서 자유로울 수가 없기 때문이다. 미쓰비시 체면에 큰 금이 가는 일이 분명했다. 또한 고객을 그렇게 어려운 처지에 놓이게 했다는 비난도 감수해야 할 판이었다. 미쓰비시 측은 결국 선박 진수대금의 지급 의무기간을 6개월 연장해 주었다. KSS해운은 유예받은 6개월 동안 장기운송계약에 성공해 금융기관으로부터 금융을 일으켜야 했다. 6개월. 이제 이 6개월이란 시간과의 싸움이 시작되었다. 그럼에도 여전히 용선주를 찾지 못한 채 어느덧 선명(船名)을 새겨 넣는 공정에 이르게 되고, 미쓰비시 측으로부터 선명을 알려달라는 요청을 받게 된다.

무엇으로 할까? 박 사장은 분명 크게 망설였을 것이다. 비록 지금 선박의 이름을 새긴다 해도 인도 여부는 여전히 불투명한 상태이다. 비록 6개월이란 유예기간을 받았지만, 그 사이에 장기운송계약이 된다는 보장이 없다. 그러나 분명한 것 한 가지는 있다. 그것은 '반드시' 배를 인도해 대형 가스선단을 구성해 KSS해운을 확실한 안정구도에 진입시켜야 한다는 점이다. 그러려면 무엇이 필요할까.

'기적' 외에는 길이 없다. 갑작스런 가스시장의 불황으로 대형 선박 용선이 어려운 것은 사실이지만, 기적 같은 일만 일어난다면 안 될 것도 없다. 그렇다. 지금 필요한 것은 바로 '기적'이다. 박 사장은 간절히 기도하는 심경으로 '가스미라클'이라고 써서 장두찬 부사장에게 주었다. 그 선명을 받아든 장 부사장 역시 그 이름을 그대로 적어야 될지, 박 고문의 얼굴을 바라보며 무언의 질문을 했다.

"그대로 보냅시다. 기적이 일어날 거요!"

성경 히브리서 11장 첫 절에는 이렇게 '믿음'에 대한 가르침이 나온다.

"믿음은 바라는 것들의 실상이요, 보이지 않는 것들의 증거니-."

정말 박 사장의 말처럼 기적이 일어났다. 그해 10월, 한국의 유공가스(현 SK가스)와 3년간 장기용선계약이 체결된 것이다. 이 계약서를 들고 일본의 오릭스리스에 가서 선박 건조자금을 지원받았다. 6개월 유예기간을 불과 두 달 앞둔 때였다. 그렇게 가스미라클호는 KSS해운의 모든 임직원들의 축하를 받으며 두 달 후인 1992년 12월, 부산항으로 들어왔다. 박 사장의 믿음대로 이루어진 것이다.

그러나 믿음을 갖는 데도 믿는 구석이 있어야 한다. 무턱대고 믿는 것은 공허한 일이다. 믿을 구석이 없이는 믿는 사람 스스로도 확신하기 어렵다. 디폴트 선언이란 배수진까지 치고 오기를 부린 것도 사실이다. 그러나 박 사장에게는 남들이 미처 의식하지 못한 '믿는 구석'이 있었다. 그것은 그의 '연구 DNA'의 발동이었다. 미래 시황 예측. 그의 날카로운 촉이 위기 속에서도 믿음을 가져다주었다.

그해 늦가을이면 LPG 시황이 다시 좋아질 것으로 확신했다. 그래서 그때까지만 버티면 성공할 수 있다고 봤다. LPG는 기후나 계절적 요인에 따라 가격과 물동량이 변동하는 특성을 갖고 있다. 주로 영업용 자동차나 난방용 연료로 사용되기 때문이다. 선박의 인도일이 12월이기 때문에 그 전에 다소 시황이 회복될 것이다. 그러면 화물수송계약도 성사시킬 수 있다고 믿고 있었다. 과연 믿는 구석대로 그해 12월이 오기 전 LPG 시황이 회복되면서 장기수송계약을 망설이던 화주가 나타났다. 그것이 유공가스였다.

가스미라클호의 합류로 KSS해운은 비로소 단단한 가스 수송 선단을 꾸리게 된다. 가스포임호, 가스글로리아호, 가스로망호 등 KSS해운의 마크를 단 초대형 가스선들이 5대양 6대주를 휘저으며 암모니아와 LPG를 실어 날랐다. 거기에다 전통적으로 강세를 유지하고 있는 케미컬 화물 수송도 여전히 효자 노릇을 하고 있었다. KSS해운은 경쟁력이 크게 신장되면서 석유화학제품에 이어 가스제품의 수송에 독보적 위치를 점하게 되었다. 이제는 박 사장이 없어도 KSS해운은 힘차게 항해를 계속할 수 있는 기반이 조성되었다.

KBS 다큐, '배 타는 사장'

그러나 잠시의 방관도 기업 경영에는 허용되지 않는 것인가 보다. 또 다시 문제가 찾아왔다. 마치 파도처럼 밀려와서 부딪쳐 사라졌는가 싶으면 어김없이 다시 또 밀려온다. 1993년, 이 문제를 해결하기 위해 박종규 사장은 한 해 내내 선박에 오르는 일정을 강행했다. 그럴 이유가 있었다. 화가 나기도 했고, 해상 승무원들의 마음을 잡아두어야 하겠다는 뜻도 있었다.

정부가 LNG 사업을 발주하고 대기업 해운선사들을 각 선박의 운영 선사로 지정했을 때, 가장 큰 문제는 LNG 선박 운영인력 확보였다. 그때까지 국내 누구도 운항해 본 적이 없는 LNG 선박이었기 때문이었다. '움직이는 냉장고'라고 불리는 LNG 선박은 오늘날까지도 '바다 위를 떠다니는 위험물 덩어리' 취급을 받고 있을 정도이다. 그만큼 위험했다. 영하 160도라는 극저온 화물을 어떻게 싣고 내리며, 항해 중에 어떻게 관리해야 할지 기술과 경험을 갖춘 인력이 거의 없었다. 운영선사로 지정된 업체들도 컨테이너와 벌크 등 일반 화물만 취급해 왔기 때문에 뾰족한 대책이 있을 리 없었다. 이때 주목받은 회사가 KSS해운이었다.

KSS해운은 그때까지 LPG와 암모니아 등 액화가스 화물을 수송하는 데 선구적 위치를 점하고 있었다. 특히 당시까지도 우리나라 유일의 초대형 LPG 수송 선사였다. LPG 화물은 LNG보다 비중이 높고 액화설비들을 항해 중에도 계속 가동해야 하므로 LNG보다 더 까다로운 취급기술이 요구된다. 당연히 LNG 수송 대기업 해운회사에서 KSS 해운의 LPG 수송선 선원들에게 눈독을 들일 수밖에 없었다. 이런 일로 날이 새고 나면 한두 명씩의 전문인력이 회사를 빠져나갔다. 결국 1992년 한 해 동안 19명의 사관을 빼앗겼다. '사관'이란 경험 많은 고급인력을 일컫는다.

자본력이 한계가 있는 중견 독립선사로서는 임금 인상도 쉽지 않았고, 그렇다고 사관들의 애사심에만 마냥 호소할 수도 없는 노릇이었다. 맥 놓고 당할 수밖에 없는 구조 속에서 문제 해결에 나서야 했다. 이때 박종규의 치열함이 빛을 발한다. 그 이듬해인 1993년 한 해 내내 직접 배에 올라 흔들리는 선원들을 다독거렸다. 한 번 배에 오르면 최소 일주일은 그 배와 함께해야 한다. 그해 한 해 동안 박 사장이 집에서 잠을 잔 날은 손에 꼽을 정도였다.

물론 사업 초창기부터 회사의 주요 항로와 선박은 가능하다면 그가 자신이 직접 몸으로 확인하고자 노력해 왔다. 이로 인해 많은 화제가 되기도 했다. 해운회사 사장이 자기 배에 승선하는 경우가 거의 없었기 때문이었다.

배에서 선원들과 함께 생활하는 그 일주일 동안 박 사장은 끊임없이 선원들과의 대화를 시도했다. 배를 타기 전에 선원들의 신상카드를 집에까지 가져가 이름을 외고 개인적인 기록을 모두 검토했다. 신상카드에는 사진이 붙어있기 때문에 이름과 얼굴을 함께 외우기가 쉬웠다. 사장이 선원 개인마다 이름을 불러주고, 개인사에 대해 관심을 가져주니 선원들의 사기가 치솟기 시작했다. 가급적 식사도 선원들이 먹는 것을 먹으며, 그 시간을 활용해 그들의 애로사항을 귀 기울여 들었다. 정말 흉금을 터놓고 이야기를 나누었다.

또 선원들의 이야기만 들은 것이 아니었다. 그 기회에 회사 이야기도 들려주었다. 회사의 어려움도 이야기하고, 비전도 설명했다. 당연히 창업주인 박 사장의 철학도 그런 자리를 통해 나누었다. 그리고 협조도 구했다. 이 일을 통해 그는 회사 신상카드에 나타나 있지 않는 선원들의 많은 고민을 들을 수 있었다. 그리고 그렇게 청취한 애로사항 등을 회사로 돌아와 회사 정책에 반영했다. 그 결과 또한 선원들에게 빠짐없이 알렸다. 정말 정열적으로 선원들과의 만남을 지속해 나갔다.

효과는 1년 만에 나타나기 시작했다. 먼저 선원들의 이직률도 현저히 감소했다. 박 사장이 직접 배를 탄 이후부터는 대기업 해운회사에서 오라고 해도 가는 사관이 발생하지 않았다. 분명 그와 가졌던 인격적인 교감 때문이었을 것이다. 전에 없던 신뢰가 생겨났다. 그동안은 박 사장은 서울 본사에, 그리고 선원들은 배를 타고 5대양을 다니다 보니 한 가족이란 느낌이 실감 되지 않았을 수도 있었다. 그러나 박 사장이 한 해 내내 배에 올라 선원들과 뒹굴다보니 어느새 한 몸이 되었다.

더구나 그 일로 생각지도 못한 이득이 회사로 돌아왔다. 사고율이 현저하게 떨어진 것이었다. 1년 후인 1994년 사고율은 그 전 해 대비 4분의 1까지 줄었다.

해운회사를 하면서 가장 두려운 것 중 하나는 사고다. 인명사고를 비롯해 화물오염사고나 선체손상사고 등이 발생하면 엄청난 비용이 들 뿐 아니라 회사 이미지에도 심각한 타격을 입힌다. 1980년대까지는 소형 선박들에 사고가 잦았는데, 1990년대 들어서는 회사의 주종이 대형선으로 바뀌면서 대형 가스선 사고가 자주 일어났다. 가령 탱크에서 가스가 새거나 선체와 탱크 사이에 침수가 되면 간단한 수리로는 복구할 수 없다. 이 때문에 회사로서는 많은 피해를 입게 된다. 그 당시 3년간 통계를 집계해 보면, 연평균 200만 달러의 사고처리비를 지출한 것으로 나올 정도이다. 가히 회사가 흔들릴 지경이다. 그런 사고율이 박 사장의 승선 이후 급격하게 줄어든 것이다. 4분의 1로 줄었으니, 금액으로 환산해 보면 200만 달러에서 50만 달러가 된 셈이다. 거기에다 사고가 줄면 그에 따라 보험료도 줄어든다. 이래저래 회사에 큰 도움을 주었다.

그러나 이 일이 여기에서 끝나지 않았다. 승선이 거듭되면서 회사 밖에서도 소문이 나기 시작하더니, 급기야 KBS에서 다큐멘터리를 찍자고 했다. 제목은 '배 타는 사장'이었다. 그런데 이 프로그램이 방영되고 나자, 그 다큐를 본 일본 야스다(安田)보험에서 이를 영문으로 더빙해 영국 로이드 보험조합에 보내 보험료 감면을 받았다. KSS해운에는 물어보지도 않고 고객관리 차원에서 수고를 아끼지 않고 KSS해운이 지급해야 할 보험료를 할인받아 준 것이었다. 선박건조자금이 일본 은행에서 조달되면, 일본 회사에 선체보험 가입을 해야 한다. 이에 따라 미쓰비시에서 건조한 2척의 선박을 일본 야스다보험에 가입해 두었다. 박 사장이 승선함으로 사고율이 줄어든 것이 뜻밖에도 보험료 감면이라는 것으로 회사에 도움을 준 것이다. 문제를 만났을 때 목숨을 걸 자세로 독하게 대처했던 그의 치열함이 거둔 성과였다.

나는 여기에서 일본의 '3대 경영의 신'이라 불리는 이나모리 가즈오 교세라 창업주를 떠올렸다. 일렉트로닉스 분야의 제품을 생산하는 그의 공장에서 불량품이 나올 적마다 공장으로 직접 뛰어가 루페(휴대용 돋보기)로 제품을 하나하나 확대해 보면서 불량품을 찾아내곤 했다. 마치 의사가 청진기로 환자의 건강상태를 체크하듯이 꼼꼼하게 제품들의 상태를 점검했다. 그때마다 그는 '불량품이 우는 소리'를 듣는다고 했다. 조용히 귀를 기울이면, 울음소리가 그의 귀에 들렸다. 어디가 아파 우는 걸까? 불량품의 상처에서 나는 울음소리를 들을 적마다 그의 가슴은 타들어갔다고 했다. 그런 지극한 정성을 기울이면, 불량품을 줄이고 완제품 출하 비율을 향상시키는 힌트를 찾아낼 수 있다는 것이다.*

박 고문의 승선은 이나모리 회장과 너무나도 흡사한 의지를 보여준 일이었다.

---

* 이나모리 가즈오, <왜 일하는가>(서돌, 2010) PP.70-71

제5부

이익공유제로 가는 길

제1장
종업원지주제

숱한 난제들이 파도처럼 밀려왔다 밀려가는 중에도 KSS해운은 점차 안정을 찾아가고 있었다. 창업 때의 꿈대로 '작지만 깨끗한 회사'는 이미 흔들릴 수 없는 사내 문화로 확립되었고, 많은 해운회사들이 역사 밖으로 사라지는 중에서도 '회사다운 회사' 경영에 대한 자신감이 붙고 있었다. 거기에다 기업 경영에서 얻은 경험을 사회로 환원하는 문제를 생각하며 '바른경제동인회'까지 만들었다. 1993년 3월의 일이다. 그리고 이때부터 박종규 고문은 자신의 은퇴를 생각하며 은퇴 후의 회사 틀 짜기에 골몰한다.

자신이 아니라 모든 임직원의 회사

누구도 알지 못했지만, 이 무렵 그에게는 회사의 미래에 대해 심각한 고민을 하던 때였다. 그리고 마침내 1995년 3월, 그는 일선 업무에서 손을 떼고 대주주 회장으로 자리를 옮긴다. 임직원과 다른 층에 사무실을 마련하고, 엘리베이터도 다른 것을 이용했다. 이렇게 회사 내에서 철저하게 자신을 숨기고 새로운 일을 시작한다. 그 첫 번째 일이 '투명경영'과 함께 회사의 두 기둥인 '종업원지주제'를 다지는 것이었다. 창업 25년 만이다.

"나는 임직원을 대표해 회사를 경영 관리하는 큰 일꾼일 뿐이고, 직원들이 모두 경영에 함께 참여하는 사장들이다."

박종규의 이 말속에 KSS해운 '종업원지주제'의 모든 것이 담겨있다. 그의 말대로 명함을 만들어 본다면 '사원 대표 박종규'쯤이 될 것이다. 회장이니 고문이니 하는 말은 그의 명함에는 등장하지 않는다.

그는 또 이렇게 말하기도 한다.

"기껏 유능한 직원을 뽑아놓고 머슴으로 만든다면 경영자의 자격이 없다는 것이 나의 소신이다."

그의 말처럼 박종규는 직원을 회사의 중심에 두고 그들 스스로 회사의 주인이 되어 일하도록 모든 제도를 만들었다. 직원을 그와 함께 일하는 진정한 '동업자'로 보게 되었고, 직원을 위해 회사를 경영해야 하겠다는 결심을 굳힌다. 종업원지주제와 업무위임제도가 그 결심의 중심에 있다.

앞에서도 밝혔듯이 1978년부터 1985년까지의 시간은 KSS해운에게는 잊고 싶은 악몽의 7년이었다. '잃어버린 7년'. 그러나 그 고난의 시기를 통해 직원들이 주인의식을 갖게 되었고, 오히려 위기상황을 거치면서 회사가 더욱 단단하게 탈바꿈되는 성과도 얻었다. 직원 한 사람, 한 사람이 주인의식을 갖고 서로 독려하며 모두 회사의 사장처럼 일하게 되니 창업주인 박 사장이 하지 못하는 일까지 해내는 때가 비일비재했다.

뜻하지 않은 사채를 쓴데다 제2차 오일쇼크로 인해 회사가 수렁으로 빠져들던 때, 박종규 사장도 더 이상 아무것도 할 수 없었다. 최초 2억 원이었던 사채는 '양편이자'라는 죽음의 사슬로 인해 7년 후에는 22억 원으로 늘어나 있었다. 원금을 갚지도 못한 상태에서 직원의 급여와 회사 운영자금조차 조달할 수 없는 처지에 빠져들었다. 그때 그 어려운 위기들을 모두 임직원들이 나서 해결했다. 첫 사채조차도 돌아오는 어음 1억 원을 막지 못해 회사가 부도위기에 처하자 임직원들이 나서 스스로 담보도 잡히고, 예금통장도 깨어서 해결한 일은 이미 앞에서 살펴본 적이 있다. 또 20대 초반의 경리사원 박영례 씨가 은행 소파에 앉아 마감시간을 늦추어 달라며 은행원들에게 애걸했던 것도 그때였다. 그뿐이 아니었다. 4년 넘게 별 보고 출근해 별 보고 퇴근하며 돈을 얻어 빚을 갚아나간 자금팀 책임자들도 수두룩했다.

그렇게 직원들이 헌신적 노력을 할 때, 아무것도 할 수 없었던 박 사장은 "오늘을 넘길 수 없다"며 그를 찾아와 어떻게 해달라는 임원들에게 "내 팔자에 부도는 없다고 해요!"라며 이상한 말을 내세우면서 더 노력해 달라고 부탁할 뿐이었다. 그렇게 노력하는데도 뭘 더 어떻게 하라는 걸까? 자신이 말해놓고도 참으로 말이 안 된다는 생각을 피할 수 없었다. 그런데 이상하게도 돈 얻으러 밖에 나가 빈손으로 회사에 돌아와서 보면 직원들이 다 해결해 놓았다. 그는 그때 직원들에게 정말 미안하고, 또 고마웠다고 술회했다. 그 이후부터 KSS해운이 자신의 회사가 아니라 모든 임직원의 회사임을 깨달았다. 직원이 아니었더라면 벌써 망했을 회사를 직원들이 살려낸 것이다. 그것도 한두 번이 아니었다. 그들이 곧 주인이다. 자신은 그들을 대표해 회사 경영을 하는 큰 일꾼일 뿐이었다. 직원들의 노고를 결코 잊을 수 없었던 박종규 사장은 종업원지주제를 더욱 다져나간다. 모든 임직원이 회사의 주식을 갖도록 해 명실상부한 주인으로 만들고자 한 것이다.

해운공사 '사주조합' 운동이 뿌리

사실 KSS해운의 '종업원지주제'는 박종규가 대한해운공사 우리사주조합을 결성하던 1960년대 중반으로 거슬러 올라간다. 1967년 대통령 선거에서 선거자금을 조달해 준 대가로 박정희 대통령이 국영기업인 대한해운공사를 민간에게 불하한다는 소문이 돌고 있던 때였다. 당시 박종규는 조선과장이었다. 그는 회사를 지키고 싶었다. 한국 최초의 국영기업이란 명예를 지키고 싶었다. 그렇게 해서 구상한 것이 '우리 회사 주식 100주 사기 운동.' 곧, 종업원지주제 운동이었다. 종업원이 회사의 주식을 소유할 때 주인의식을 갖고 더욱 열심히 일할 수 있을 것이라는 믿음에서 출발했다. 유한양행에 뒤이은 국내 두 번째 일이며, 정부가 종업원지주제에 관한 법률을 입안하기 전의 일이다.

정부는 1968년 11월에야 '자본시장 육성에 관한 법률'에 의거, 기업이 상장할 때나 증자할 경우 종업원에게 새 주식의 10%를 배정하도록 공포한다. 마침 그는 해운공사 내에 결성되어 있던 사주조합 사무국장이었다. 그의 의견에 많은 선·후배들이 동참 의사를 밝혔다. 그런 의기투합 끝에 2년여에 걸쳐 3만 주나 매입하는 성과를 거두었다. 대한해운공사에 대한 정부 보유 주식 수는 총 21만 주였다. 전체 주식의

7분의 1이나 되었다.

사내뿐 아니었다. 박 과장은 박정희 대통령과 이후락 비서실장, 그리고 국회 재경위원들에게까지 대한해운공사 주식을 매입토록 하는 쾌거도 올렸다. 어느 한 개인이 주식을 독점하는 것을 막기 위한 방법이었다. 주식 매입을 사외까지 확대했던 것이다. 박 대통령에게는 당시 해운공사 이맹기 사장과 함께 청와대를 방문해 뜻을 전하고 서명을 받아냈다.

그러나 1960년대 말이 되자, 정부가 보유한 해운공사 주식의 거의 전부인 18만 주를 일시에 특정인에게 불하한다는 설이 나돌기 시작했다. 그 후 급기야 1968년 한양대학교 김연준 총장에게 불하되고 말았다. 결국 사주조합이 야심차게 추진했던 '종업원지주제'는 계란으로 바위를 치는 꼴이 되었다. 이에 따라 사주조합 운동도 해산의 아픔을 겪게 된다. 더 이상 해운공사에 몸담고 있을 이유가 없다는 생각에 박 과장은 1969년 2월, 회사에 사표를 던진다. 그리고는 그해 12월 31일, '코리아케미칼캐리어스(주)'라는 회사를 창업한다.

과장에서 사장이 된 박종규는 그러나 그의 이상을 버릴 수 없었다. 창업 초기부터 자기 회사에서 못 다한 '종업원지주제'의 꿈을 펼치고자 했다. 그는 창업과 함께 사원조합을 만들어 이 꿈의 실현에 나선다. 이제는 종업원지주제에서 '이익공유제'로까지 발전한 이 운동은 이렇게 대한해운공사 시절에 그 뿌리를 두고 있다. 그러나 막상 실시하고 보니, 아직 사회적인 환경이 조성되어 있지 않아 여러 가지 시행착오를 겪었다. 그중에서도 직원들이 주식에 대한 가치를 잘 모르고 있는 점이 가장 큰 애로였다.

시작 당시에는 최고경영자와 직원의 지분이 20% 내외로 비슷했다. 그러나 퇴직 직원이 늘고, 그들의 지분을 그때그때 창업주가 매입해 주었다. 그러다 보니 1998년 말에는 창업주의 지분이 43%로 늘어나는 일이 발생했다. 당시에는 아직 KSS해운이 상장되기 이전이어서 주식을 보유하고 있던 직원이 퇴사하면서 이를 처분하기를 원하면 대주주인 창업주가 그것을 매입할 수밖에 없었다.

이런 일로 인해 1990년대 말에는 사주조합 지분율이 갈수록 떨어졌다. 더구나 상장이 되지 않았으니 환금성도 없었다. 배당률이라도 좋으면 괜찮겠는데, 적자가 나면 배당도 할 수 없다. 이러다 보니 흑자가 나는 해에 사주조합장이 특별배당을 요청한다. 일반 주주보다 많이 달라는 것이다. 한두 번은 받아들일 수도 있으나 매번 그렇게 할 수가 없는 입장이었다. 결국 이 문제를 타개하기 위해 2000년 박 사장은 자신이 보유 주식 중 회사 총 주식의 10%를 사주조합에 기증했다. 원금은 사주조합 자체 기금으로 하고, 배당금만 조합원이 나눌 수 있게 했다. 그렇게 하고 나니 특별배당을 하지 않아도 배당률이 높아졌다. 그 이후부터 사주조합원이 주식을 팔려고 하지 않았다.

그러나 이런 일도 미봉책일 뿐이었다. 모든 종업원들이 주식을 갖고 주인으로서 회사 일에 헌신하도록 만들려면 주식에 환금성을 넣어주는 길밖에 없었다. 그것이 곧 증권거래소에 상장하는 일이었다. 투자유인 측면에서 보면, 자신이 근무하는 회사 주식이 증시에 상장되어 있는 것이 종업원들의 투자의욕을 더 크게 불러일으킬 수 있다. 종업원들의 주식보유 비율이 높아져야만 창업 이후 숙원이었던 '종업원지주제'가 정착될 수 있을 것이었다.

제2장
업무위임제

사실 이 점 때문에, 박 사장은 1990년대 초부터 상장을 준비하고 있었다. 상장의 주목적은 종업원지주제 강화였다. 그때가 왔다. 바로 1991년, 상장은 '따 놓은 당상'이라는 생각으로 자신 있게 추진했다. 그도 그럴 것이 KSS해운은 1987년부터 1991년까지 5년 연속 흑자를 기록하며 순조로운 발전을 하고 있었다. 은행감독원과 재무부의 방침이던 '3년 연속 흑자'라는 요건을 충족하고도 남았다. 이때는 한국경제도 이른바 '단군 이래 최대 호황기'였다. 3저(底), 곧 저환율, 저물가, 저금리 시기를 맞아 증권시장도 폭발적인 성장을 보이고 있었다. 증시 동향이나 KSS해운의 건실한 경영 상태나 어느 것 하나 상장을 가로막을 요인은 없었다.

세 번의 실패, 17년 만의 상장 성공

그러나 그해 말, 상장 발표 명단에 KSS해운은 빠졌다. 정부 관련 부처로부터 증권감독원으로 '해운회사는 상장을 시키지 말라'는 지시가 갑자기 떨어진 때문이었다. 정부가 그런 결정을 제시한 명분은 해운산업 합리화 조치가 아직 끝나지 않았다는 것이었다. 1980년대 중반, 정부는 죽어가는 해운업을 살리기 위해 선사간에 통폐합을 해 선사 수를 줄이는 이른바 '해운산업 합리화 조치'를 단행했다. 그런데 1991년 말까지만 해도 해운산업 합리화 조치로 인해 해운업계가 걸머진 부채들이 상환되지 못하고 그대로 남아 있는 상태였다. 정부는 이 점을 들어 해운회사들의 상장을 막았다. KSS해운은 이 폭탄을 맞은 셈이었다. KSS해운의 재무 상태 등을 살펴보고 내린 결정이 아니라, 단지 '해운회사'란 이유로 상장을 하지 못한 것이다.

그러나 실제적인 이유는 다른 데 있었다는 것이 그 뒤에 밝혀졌다. 사실은 부채를 다 상환하지 못한 해운회사가 증시에 진입함으로써 연말 증시가 약화될 것을 우려한 정부가 추가 진입을 봉쇄한 것이었다. 다분히 인위적인 조치였다.

다음해인 1992년에 다시 상장을 추진했다. 그러나 이번에는 일우해운을 인수해 바나나 운송 사업에서 실패하면서 그해 53억 원의 적자를 기록함으로써 상장 조건을 충족시킬 수가 없었다. 스스로 물러났다.

그 후에도 상장할 수 있는 요건을 갖춘 해도 있었다. 1997년부터 1999년까지 3년 연속 흑자를 기록했기 때문이다. 하지만 이번에는 부채비율이 문제가 되었다. 앞에서 잠시 스치며 지나간 적이 있는 LNG

선 사업에 1호선부터 4호선까지 6,600만 달러를 투자했다. 이런 거액의 자금이 연불로 들어왔으니 부채비율이 높아지는 것은 당연했다. 사실 그것은 부채가 아니라 자산으로 봐야 마땅했다. 이것이 해운산업의 특성이다. 자금을 빌려 배를 샀지만, 영업으로 그 빚을 갚아나가는 것이다. 당연히 자산이어야 할 선박 도입 금융을 단순히 장부상 부채로 인식한 것이었다. 만일 자본집약적인 해운업의 이런 특성을 무시한 채 부채비율이 낮아야만 상장할 수 있다고 한다면 상장할 선사는 거의 없을 것이다. 어쨌든, 이 부채비율로 3년 연속 흑자 달성이라는 상장 조건을 그냥 날려버리고 말았다. 어이가 없었다. 그러나 기업인이 정부를 이길 수는 없는 법이다. 그냥 뒤돌아섰다.

그러나 마냥 정부의 부당한 논리에 밀려 있을 수만은 없었다. 그 후 여러 방면으로 정부 설득에 나섰다. 해운업뿐 아니라 항공업까지 합세해 정부를 설득했다. 항공업도 연불로 비행기를 사고, 영업으로 그 돈을 갚아나가는 해운업과 같은 장치산업이기 때문이다. 결국 정부가 장치산업의 입장을 이해하면서 2001년도에 이르러 부채비율을 완화해 주었다. 그래서 그 이듬해인 2002년 3월, 재도전을 하게 된다. 5년 이상 흑자도 났고, 정부의 요건에도 충족되었으니 이번에는 이변이 없을 것 같았다.

그러나 다시 마가 끼었다고 할 수밖에 없는 일이 일어나 이변이 빚어지고 말았다. KSS해운이 보유한 가스로망호 등 3척에 대해 우리나라 재산을 외국에 도피한 부외자산으로 판단한 데 따라 증권거래소에서 상장심사조차 거부한 것이다. '국적취득 조건부 나용선계약'에 대한 우리 정부의 오해에서 비롯된 일이었다.

'국적취득 조건부 나용선계약'이란 세계 모든 해운회사들이 인건비 등을 이유로 편의치적선박을 이용하는 것을 말한다. 선박의 국적을 다른 나라로 옮겨놓고 선가를 다 갚으면 소유권을 넘겨준다. 국적을 둔 나라의 선원들을 싼 인건비로 배에 태우기 위해서이다. 융자한 금융기관에서는 선박을 담보로 잡을 수만 있다면 국적에 관계하지 않는다. 당시 KSS해운도 인건비가 싼 선원들을 고용하기 위해 세 척의 배를 파나마에 선적을 두고 있었다. 그러나 우리 정부에서는 이것을 우리 자산을 외국에 도피한 것으로 보고 부외자산이란 평가를 내렸다. 아무리 국제관례를 설명해도 생소한 이 제도에 대해 납득하려 하지 않았다.

더구나 일이 꼬이려니까 바로 상장 신청을 한 그 해에 편의치적선박을 관세법 위반으로 오해한 관세청이 대기업 해운회사 한 곳을 형사고발한 사건이 발생했다. 관세법 위반으로 걸리지 않으려면 외국자본으로 남의 나라에 등록된 선가를 다 갚기 전이라도 우리나라 국적으로 바꾸라는 억지를 부린 것이다. 국제계약상 불가능한 일이다. 그 회사 사건으로 KSS해운조차 애꿎게 얽혀들고 말았다. 해운업계 모두가 일어나 부당함을 정부에 건의했지만, 이 일의 결과가 나오기까지는 상장심사를 보류하겠다는 통보를 받았다. 더 이상 정부를 상대로 싸울 수가 없었다. '종업원지주제'를 확립하기 위해 시도한 주식 상장은 이렇게 또다시 혼돈 속으로 빠져들고 말았다.

그러나 이 끈질긴 상장 시도는 드디어 2007년에 성공했다. 증권감독원이 요구한 대로 편의치적된 선박에 대한 융자금액을 다 갚고 우리나라 선박으로 국적을 취득한 데 따른 것이다. 상장을 시도한 지 세 번의 실패를 극복하고, 무려 17년 만에 이룩한 성공이었다. 상장의 성공으로 KSS해운 직원들이 보유한 주식이 제값을 받을 수 있게 되었고, 언제든 환급할 수 있는 길이 열리게 되었다. 당연히 퇴직 때에도 주식을 파는 직원들이 사라졌다. 떠난 사원이나 남아 있는 사원 모두가 KSS해운의 주식을 보유한 명실상부한 KSS해운의 주인이었다. 영원한 'KSS해운맨'으로 남게 된 것이다.

이 같은 주인의식을 더욱 강화하기 위해 KSS해운에서는 2016년 8월, 30만 주의 주식을 사내 근로복지기금에 출연, 종업원 복지향상에 더욱 박차를 가한다. 구호가 아닌 실질적인 행동에 지속적으로 나선 것이다. 또 KSS해운은 '종업원지주제'를 더욱 강화시켜 '이익공유제'로까지 발전시킨다.

직원이 주인인 회사

직원이 주인이 되는 일은 주식을 소유하는 것만으로 부족하다. 진정한 주인이라면, 주인다운 의사결정권을 가질 때 완성될 수 있다. 그런 의미에서 KSS해운의 업무위임제도는 아주 공고하게 설계되어 있다. 사원의 결정이 곧 회사 전체 결정으로 인정되도록 한 것이다. 사원의 의사결정을 인정하는 대표적 제도는 회사의 회계결산권이 회계를 겸임하는 총무부장에게 위임되어 있다는 사실에서 잘 보여준다. 임원이 아니다. 부장으로 족한 것이다. 이것은 이미 제도화되어 회사 규정에 못 박아두었다.

이렇게 총무부장 선에서 회사의 회계가 확정되어 공인회계사를 거쳐 주주총회에까지 보고되는 일은 다른 회사에서는 보기 어려운 풍경이다. 임직원 누구도 비자금이 없기 때문이다. 회사 주인인 직원들의 눈이 모두를 감시 감독하고 있다. 또 리베이트를 주고받는 일이 없으니 회계장부를 조작할 이유도 없다. 자금이 오가는 모든 것이 투명유리와 같다. 직원 누구도, 그리고 주주 누구도 회사의 홈페이지를 통해 KSS해운의 자금 흐름을 볼 수 있다. 당연히 분식회계도 없다. 그러니 굳이 임원까지 나서 회계장부를 정리할 까닭이 없는 것이다.

사실 KSS해운에는 직원이 많지 않다. 연간 3,000억 원의 매출을 올리는 기업치고는 상근 이사가 3명뿐인 곳도 드물 것이다. 이사들은 별도 사무실도 없이 평사원과 나란히 근무한다. 당연히 서로의 어깨 너머로 모든 처리되는 업무를 파악할 수 있다.

한번은 이런 일이 있었다. 영업부 사원 한 사람이 거래처와 상담을 하고 왔는데, 거래처에서 연락이 왔다. 직원이 자기들의 운임을 더 낮춰줄 수 있다고 약속했다는 것이다. 정상가격보다 터무니없이 낮았다. 그 직원은 그런 사실이 없다고 극구 부인했지만, 뒤에 알아보니 술자리에서 그런 말을 한 사실을 기억해냈다. 회사에서는 두말 않고 거래처 요구대로 운임을 인하해 주었다. 한 직원이 비록 술자리에서 한 약속이지만, 약속은 약속인 까닭이다. 그 영업직원에게 거래처와 상담할 때 모든 재량권을 위임했기 때문이었다.

또 이런 일도 있었다. KSS해운의 한 대리가 굴지의 S상사 부장과 상담을 끝내고 화물수송 운임을 확정한 뒤 일어서려는 중이었다. 그 부장이 대리에게 다음날까지 상사의 결재를 받아 확정통보를 해주면 좋겠다고 했다. 그 말에 그 대리는 그냥 결재를 올리라고 했다. KSS해운에서는 영업직원의 상담 내용이 곧 최종결정이라고 설명했다. 그 말은 들은 그 부장은 이렇게 한탄했다고 한다.

“우리 회사 부장급이 조그만 해운회사의 대리급보다 못하다.”

이런 위임제도는 당연히 하급직원들로 하여금 스스로 큰 책임감을 지도록 훈련시킨다. 그러면서 회사의 기둥으로 성장해 가는 것이다. 자신의 결정이 최종결정이 된다고 생각하면, 그 상담에 얼마나 진지한 노력을 기울이겠는가. 회사의 주인은 회사 상부층에서 주인의식을 가지라고 아무리 강조해도 소용없는 일이 된다. 만일 이런 위임제도가 존재하지 않는다면 말이다.

이런 제도는 심지어 ‘백지계약’으로 나아간 적도 있었다. 1978년의 일이다. K산업이란 곳과 거래를 하고 있을 때였는데, 일본에서 겨우 200톤 규모의 적은 화물을 수입하는 일이었다. 영업직원이 나가 운임을 협의하는데, 비싸다며 자꾸만 깎아달라는 것이었다. 화물량이 적으면 운임이 비싸기 마련인데도 막무가내여서 영업직원이 아주 난처하게 되었다. 결국 회사는 그 직원의 손에 운임을 적는 칸을 비운 ‘백지계약서’를 들려 보냈다. 직원에게 힘을 실어주기 위해서였다. 그 백지계약서를 내밀면서 당신 회사에서 원하는 대로 적으라고 했더니, 그 이후부터는 KSS해운에서 제시하는 가격에 대해 한 번도 깎자는 말을 한 적이 없었다고 한다.

이렇게 종업원지주제가 확립되자, 회사 내에 이직자가 거의 발생하지 않게 되었다. KSS해운보다 더 나은 직장이 없다는 생각 때문이다. 지금도 KSS해운의 관리자 평균연령 44세, 임직원(육상) 만족도 91.5%라는 통계가 이런 점을 잘 보여준다. 한 가지 덧붙인다면, 2019년도에 관리직원 1인당 영업이익 12억 원을 이룩했다. 2018년에는 10

억 원, 그 전해인 2017년에는 8억 원이었다. 매년 2억 원씩 증가하는 추세이다.*

이것이 종업원지주제를 통해 직원이 주인이 된 회사, KSS해운이 우리 사회에 공개한 성과이다. 국내 1,400개의 매장을 보유한 백종원 더본코리아 대표가 강연에서 '내 직장이니 스스로 해야겠다'고 생각하는 사람은 존재하지 않는다고 했지만** KSS해운처럼 다른 세계를 사는 직원들도 있다. 전 종업원이 자기 회사라고 여기는 것이다. 종업원지주제 확립으로 전 종업원이 주인이 되었다. 이들은 열심히 노력해 2019년 이익공유금(PS) 512%를 받았다.

---

* 2020년 KSS해운 지속성장보고서, p.40

** 자본시장 미디어 <the bell>, '소유 패러다임의 전환, 종업원지주사'(2020.6.15)

제3장

전문경영인제도

KSS해운을 이끌고 있는 이대성 현 사장은 창업주이자 최대주주인 박종규 고문(이 이후부터 박종규의 직함을 '고문'으로 통일한다)이 전혀 모르는 인물이다. 박 고문이 회사 업무에서 손을 뗀 1995년 3월, 이 사장은 당시 대리급이었다. 회사 내에서 어쩌다 스쳐 지나쳤을지는 모르지만, 창업주가 눈여겨보기에는 직급이 너무 낮고 너무 어렸다. 그런 만큼 이대성 대리가 사장이 되는 데 창업주의 입김은 전혀 작용하지 않았다. 오직 제도화된 사장추천위원회의 추천에 따라 사장선임위원회에서 임명되었다.

그러나 지난 2014년 3월, 그가 사장이 된 후 회사는 더욱 일신되고 크게 성장했다. 그는 취임하자마자 퇴직금누진제를 철폐하고, 종업원지주제를 다듬어 이익공유제로 확대했다. KSS해운의 자랑이자 우리 산업계에 남긴 선한 유산이다. 매출도 그의 취임 전해인 2013년 1,170

억 원에서 2021년 3,200억 원으로 획기적으로 증대시켰다. 박 고문은 자신이 추천했더라도 그보다 더 나은 사람을 천거하기 어려웠을 것이라며 크게 만족했다.

눈치 빠른 독자라면 벌써 짐작했겠지만, 이대성 사장은 박 고문의 아들이 아니다. 친인척은 더더구나 아니다. 전혀 박 고문과는 혈연관계가 없다. 그저 전문경영인일 뿐이다. 이렇게 창업주인 박 고문이 떠난 자리를 KSS해운에 입사해 지금까지 회사를 위해 헌신한 인물 중 경영능력을 인정받아 사장까지 오른 인물이다. 벌써 네 번째 KSS해운의 CEO이다. 그는 2020년 3월, 세 번째 연임에 성공했다. 임기는 오는 2023년 3월까지이다.

"나는 내 일을 할 거야"

박종규 고문은 아들만 셋을 두었다. 그중 첫째 아들이 고등학교 때, 그의 집으로 친구들이 찾아와 함께 논 적이 있었다. 이때 친구 중 한 명이 박 고문의 장남에게 이렇게 말했다.

"넌 좋겠다. 나중에 아버지 사업을 물려받으면 되니까."

그러자 아들이 대답했다.

"아니, 난 내 일을 할 거야. 아버지 일과는 상관없어."

마침 그날 같은 시각 집에 있었던 박 고문은 그 대화를 다 들었다. 그리고는 속으로 자식을 잘 키웠다고 생각했다고 자신의 회고록에 적었다. 자녀들에게 어릴 적부터 독립심을 키워준 것이 그들 안에 잘 스며들고 있는 것 같아 대견스러웠다. 그의 뜻대로 지금 세 아들은 아버지 사업체에는 얼씬도 하지 않은 채 자기 일을 잘하고 있다. 첫째와 셋째는 미국에 살고 있고, 둘째만 한국에서 아버지 사업체와는 상관없는 제조업을 하고 있다. 앞에서 밝힌 적이 있었던 대로 어머니 사후에 어머니가 창업한 회사를 맡아 잘 경영하고 있다.

KSS해운 고경화 인사교육팀장은 아들들의 얼굴도 이름도 주식을 증여할 때까지 알지 못했다고 했다. 증여한 것은 2018년이고, 고 팀장은 입사 20년이 다 된 고참이다. 그럼에도 그동안 창업주의 아들들에 대해서는 전혀 알지 못했다고 했다.

"기업은 개인의 사유물이 아니다. 사회의 공기(公器)이다. 재산 상속은 가치가 낮을 것이며, 그보다 더 못한 것이 기업의 경영권 상속이다. 기업은 경영자와 종업원의 합동 작품이지, 자식이 기업 발전에 무슨 공헌을 했는가?"*

이것이 기업 상속에 대한 박종규 고문의 신념이다. 그는 이 신념에 따라 자녀들에게 기업을 대물림하지 않고, 회사를 전문경영인에게 맡기고 있다.

"기업가정신이 사라졌다. 2세, 3세로 이어지면서 편하게 기업하는 것이 익숙해졌다. 나라 경제를 이끄는 기업인은 그냥 사인(私人)이 아니다. 도덕관념, 공공성이 있어야 한다."**

그의 말처럼 자녀에게 자신의 재산 중 일부만을 상속했을 뿐이다. 그것도 아주 적다. 그래서 누구는 자식사랑이 없는 것이 아닌가 의심할 정도이다. 그러나 어디 그렇겠는가. 동서고금을 막론하고 자식을 사랑하지 않는 아버지는 없다. 단지, 박 고문은 아들에게 재산 대신 독

---

* <한겨레21> 2005.1.4
** <포브스코리아> 2017.1.23

립적 사고를 심어주어 스스로 살아갈 힘을 길러준 것이었다. 그는 지난 2019년, 세 아들에게 그의 소유 주식의 1.29%인 30만 주씩을 주었다. 세 아들 모두 합해도 3.87%에 불과하다. 그러면서도 그는 자신의 개인 소유 주식의 10%를 KSS해운 사주조합을 위해 선뜻 내놓았다. 세 아들에게 준 것보다 거의 세 배나 많다.

이는 창사 90년을 훌쩍 넘긴 유한양행 이정희 사장도 마찬가지이다. 창업주인 유일한 박사와 아무런 연관이 없다. 유 박사의 아들이나 손주도 아니다. 오너 없는 전문경영인 체제가 확립되어 있기에 전문경영인이 대를 이어 회사를 맡아오고 있다. 유한양행은 자식에게 회사경영권을 물려주지 않고 전문경영인을 통해 회사의 생명을 이어가는 우리나라 최초의 회사이다. 그리고 시대를 훌쩍 건너뛰어 KSS해운이 두 번째로 맥을 잇고 있다. 이름을 들먹이면 알만한 우리나라 대표기업들 가운데, 자식에게 경영권을 넘기지 않고, 전문경영인 체제를 지닌 기업은 이 두 회사 외엔 없다. 모두 자식이 경영권의 대물림을 했다. 물론 아직 우리나라 기업의 역사가 짧은 탓도 있을 것이다.

"여러분이 나 하나 먹여 살려주시오"

KSS해운이 우리나라 경영계에 남긴 족적 중 '투명경영'과 더불어 중요한 것은 '전문경영인제도' 확립이다. 군에서 제대해 취직시험을 준비하던 박종규가 당시 신문에 실린 유한양행의 윤리경영을 보고 충격을 받아 마음속에 결심했던 이 제도는 그가 경영일선에서 물러난 1995년 이후 완성되기까지 무려 22년이나 걸린 대장정을 거쳐야 했던 일이다. 벤치마킹을 할 수 있는 모델이라고는 유한양행 하나뿐이었으므로, 시대의 변화에 따른 새로운 제도를 만들기에 많은 어려움이 있었을 것이다.

하나하나 치밀한 연구를 거쳐야 했다. 여러 사람들을 만나 의견도 나누었다. 심지어는 참고할 만한 제도가 시행되고 있는 곳은 어디라도 직접 찾아가 눈으로 확인했다. 그가 스페인 시골 도시 몬드라곤까지 찾아가 '몬드라곤협동조합'을 살핀 것도 그런 이유 때문이었다. KSS해운의 전문경영인제도에는 몬드라곤협동조합의 여러 장점들이 녹아있는 사실을 아는 사람은 그리 많지 않다. 그러나 사실이다. 기업 형태는 달라도 기업을 경영하는 정신이 같다는 생각 때문이었다. 전문경영인제도를 받치고 있는 '사장선임제도', '사외이사회제도' 등이 이런 각고의 노력 끝에 완성된 것이다.

M&A와 같은 기업사냥에 대한 대비도 철저하게 해두었다. KSS해운이 아무리 강소기업이라 하더라도 세계 유수의 대기업들이 보기에는 너무 작은 기업에 불과하다. 마음만 먹으면 기업합병이 가능할 수 있다. 그러면, 반세기를 넘게 다져온 기업문화도 하루아침에 사라질 수도 있다. 이것이 2017년 사장의 급료 문제를 정리하기까지 전문경영인제도를 다듬고 또 다듬었던 이유이다. 지금은 이 제도로 인해 KSS해운은 창업주가 세상을 떠난 이후에도 적어도 300년의 역사를 간직한 채 지속경영을 이룰 수 있는 회사로 든든히 설 것이다.

KSS해운의 전문경영인제도가 정착하기까지의 과정을 추적해 보면, 박 고문의 철저한 자기관리가 돋보인다. 철저한 자기희생 아래에서 정말 제대로 된 전문경영인제도를 만들었다는 생각을 금할 수 없다. 물론 처음부터 그런 투철한 자기관리로부터 시작한 것은 아닌 것 같다. 처음은 다른 힘에 의해 떠밀린 느낌도 있다. 그 다른 힘이란 우리 사회의 문화일 수도 있다.

1990년대 초반이 되니, KSS해운의 고객인 대기업 사장들이 젊은 사람들로 바뀌기 시작했다. 박 고문도 환갑을 바라보는 나이가 되고 있었다. 그러나 고객회사의 사장들 대부분은 박 고문보다 3~4세, 심지어는 10세 정도 아래 줄이었다. 한국 기업의 생리상 고객에게는 인사를 가야 하는데, 그때마다 그를 오지 못하게 했다. 대신 부사장을 보내달라는 것이었다. 자신보다 나이가 많은 분으로부터 인사를 받기에는 아무리 대기업 사장이어도 부담이 되는 듯했다. 그것이 우리 문화이다. 그때 박 고문은 회사를 위해서라도 자신이 은퇴하고 젊은 사장으로 자리를 바꾸어야 하겠다는 결심을 하게 된다. 사실상 시장으로부터 본의 아니게 밀려나게 된 것이다. 그때만 해도 '전문경영인제'에 대해 심각하게 고민하지는 않았다. 단지, 자식에게 경영권을 이전하지 않는다는 원칙 한 가지만 갖고 있을 때였다. 그래서 그의 고민은 후임 사장을 어떤 사람으로 세울까 하는 것에 집중되기 시작했다.

마침 그 무렵, 회사도 안정궤도에 진입하고 있었다. 자신이 아닌 전문경영인이 경영을 해도 뒤로 후퇴하는 일이 없을 것이라는 확신이 섰다. 그는 '세습경영은 없다'는 자신의 지론을 실천할 때가 되었다고 확신했다. 창업주와 직원 간 관계는 동반자로서 다 같은 주인이고 근로자다. 창업주도 월급쟁이고, 근로자들도 주인이다. 그러므로 노조와 다툴 일이 없고, 창립 이후 임금인상 문제도 노조가 회사에 일임하는 전통도 확립되어 있었다. 이젠 물러날 때였다!

후임 사장에 대해 그는 세 가지 관점을 갖고 있었다. 첫 번째는 공평한 인사와 후배 육성에 대한 관심, 둘째는 담보 없이 돈 구하는 능력, 그리고 마지막은 창업주인 자신에게 가장 반대를 많이 한 사람이었다. 이 중 두 번째인 담보 없이 돈 구하는 능력은 회사의 가장 큰 철학인 '투명경영'을 실천할 수 있는 능력을 말한다. 그리고 마지막인 창업주에게 반대할 수 있다는 것은 뒤집어 보면 자신의 영달보다 회사를 더 사랑한다는 모습일 수 있기 때문이다. 어느 직원이 감히 창업주이자 회사 대표인 박 고문의 의견에 반대할 수 있을까? 그러나 만일 어떤 새로운 사업에 대해 반대의견을 낼 수 있다면, 자신의 불이익을 감수하고라도 새 사업의 성공 여부를 더 면밀히 따져보자는 애사심의 발로라 볼 수 있다. 특히 박 고문은 이 세 번째 관점을 높이 샀다. 사내 언로(言路)를 닫지 않을 인물이라는 판단에서다. 그렇게 해서 당시 장두찬 부사장이 초대 사장으로 발탁되었다. 그는 회사가 어려웠던 '잃어버린 7년' 세월 동안 도쿄지사장에서 영업책임자로 불려와 혼신의 힘을 들여 회사를 살려낸 핵심 인물이기도 했다. 물론 창업주의 의견에도 대놓고 반대한 적도 많았다.

1995년 3월, 박 고문이 사장을 사임하는 이사회 인사말을 보면 그가 자신이 설립한 회사를 개인 사유물이 아니라 사회 공기임을 밝히는 정신적 자세를 짚어낼 수 있다. 그는 이렇게 말했다.

"나는 앞으로 회사 경영에 절대 관여하지 않겠습니다. 여러분이 알아서 해주십시오. 그리고 나는 25년간 여러분을 먹여 살리느라고 고생도 많이 했습니다. 앞으로는 여러분이 힘을 합쳐 나 하나 먹여 살려주시오."

그리고는 실권 없는, 월급만 받는 회장으로 물러났다. 회장 월급도 사장보다 적게 했다. 월급이 많은 사람을 가장 높은 사람으로 알기 때문이다. 또 회사 엘리베이터도 직원들과 마주치지 않도록 별도 엘리베이터를 이용했다. 사무실도 사옥의 맨 위층으로 해 가급적 직원들과 마주치지 않게 했다. 그렇게 몇 년 지나다 보니 어쩌다 마주치는 직원들을 알아볼 수 없게 되었다. 직원이 인사를 해도 건성으로 받으니 직원들 사이에서 "우리 회장께서 나를 잊어버리셨나?"라는 이야기들이 사내에 돌기도 했다. 그만큼 철저하게 자신을 감추어 버렸다.

그러나 사장 퇴임 초기에는 이런 일이 쉽게 정착되지 않았다. 장두찬 사장이 까딱하면 결재서류를 들고 박 회장 방으로 찾아와 결재를 구했다. 처음에는 한두 번 거절했지만, 계속 그런 일이 반복되었다. 창업주의 의사를 알아보지 않고 자신이 결정하기에는 많은 부담이 되었을 것이다. 그것을 잘 알았지만, 초기에 확실하게 전문경영인제도를 확립하지 않으면 나중에 흐지부지될 위험성이 컸다. 어느 날 박 회장은 장 사장에게 고함을 친다.

"한 번 더 결재서류를 가져오면, 장 사장 목이 달아날 줄 알아요!"

그 이후부터 다시는 결재판을 들고 박 고문을 찾아오지 않았다. 이로 인해 오늘의 KSS해운을 받치는 전문경영인제도가 자리를 잡게 되었다. 그리고 박 고문은 회사 경영에 관여하는 대신 그가 꿈꾸어 왔던 또 하나의 중요한 일, 곧 사회개혁에 나선다. 퇴임하기 전인 1993년 3월에 설립한 '바른경제동인회' 일에 전적으로 매달린 것이다. 한국 기업계의 이단은 이렇게 태어났다.

제4장
사장추천위원회

사장을 그만두면서 경영 간섭은 하지 않았지만, 그래도 대주주로서 남은 권한이 두 가지가 있었다. 하나는 후임 사장 지명권이고, 다른 것은 주주배당률 결정권이다. 박 고문은 생각했다. 자신이 세상을 떠나면 누가 지명할 것인가? 보통의 경우에는 대주주 가족에게 사장 지명권이 있다. 그러나 세 아들은 이미 각자 자기 길을 가고 있고, 회사에 대해 아는 바가 없다. 사람을 모르니 지명하려고 해도 할 수가 없다. 유일한 앞선 모델인 유한양행도 사장 지명권은 가족이 행사하지 않는다. 경영에 전혀 참여하지 않은 유일한 박사의 아들이 미국에 있지만, 사장을 거쳐 고문으로 있는 연만희 씨가 어른 역할을 하고 있다. 그러나 KSS해운은 역사가 짧아 그런 고문도 없다. 결국 사람보다 조직에 의지하는 편이 과오가 적겠다는 판단이 섰다. 그래서 '사장추천위원회'를 만들어 회사 정관에 넣게 된다.

스페인 몬드라곤협동조합의 사례

후임 CEO를 선임하는 방식은 회사마다 다 다르다. 우리나라 기업의 경우는 자기 자녀에게 회사 경영권을 넘기는 독특한 구조가 정착되어 있기 때문에 선임과정이 외부로 잘 드러나지 않는다. 비밀주의가 아주 강하다. 대신 영미권이나 일본처럼 전문경영인제도가 확립된 국가의 기업들은 후임 CEO 선정 문제에 아주 심혈을 기울인다.

미국 GE의 잭 웰치는 자신의 후임자 선정을 위해 무려 7년 이상 선발과정을 거쳐 2001년 제프리 이멜트 GE메디컬시스템 사장을 선임했다. 이를 위해 1993년부터 20명으로 압축된 후보자를 놓고 다양한 검증을 시도했다. 이 20명은 각각 여러 사업부를 맡으면서 자신의 능력을 시험받았고, 부족한 사람은 탈락했다. 3년 후에는 15명이 탈락하고, 나머지 5명이 치열한 경쟁을 벌였다. 그 과정에서 국제마케팅 및 생산 담당 부사장에서 1997년 GE메디컬시스템 사장으로 승진해 회사를 획기적으로 경영한 제프리 이멜트가 최종 낙점을 받은 것이다.

그렇다면 최초 20명의 후보는 어떻게 선정되었을까? 모르긴 해도 그들 역시 그보다 훨씬 더 많은 임원 속에서 추려지고 추려진 인물들이었을 것으로 짐작해 볼 수 있다. 능력 등 여러 분야에서 시험을 통해 탈락하는 방식으로 최종 CEO가 선정되는 것을 보면 그런 추측이 설득력이 있어 보인다.

2021년 1월, 일본 IT산업을 주도하고 있는 소프트뱅크 손정의(손마사요시)가 CEO에서 물러나고, 미야카와 준이치(宮川潤) 현 부사장에게 경영권을 맡겼다. 이를 위해 소프트뱅크는 2년 전부터 이사회 자문기구인 지명위원회에서 후계자 요건을 엄격하게 검토해 왔다. 그리고는 2000년 봄부터 본격적인 심의를 거쳐 후임 CEO 자리에 앉혔다.

공교롭게도 KSS해운의 사장추천위원회와 소프트뱅크의 지명위원회 모두 그 중심에 이사회가 있다. 물론 이 둘은 서로 연결되지는 않았을 것이다. KSS해운이 이 제도에 천착한 것이 2000년대 초이니 시기부터 맞지 않다. KSS해운이 훨씬 앞서므로 오히려 소프트뱅크가 KSS해운을 모방했을 가능성을 제기해 볼 수 있을 것이다. 그러나 그것 역시 지나친 억측일 수 있다. 단지, 박종규 고문이나 손정의 사장이 자기 사업에 투철해 단단한 강소기업 혹은 세계적인 대기업을 만들어낸 창업주라는 동질감에 더 주의를 기울일 필요가 있을 것이다. 아마도 기업가정신이 동일하지 않나 짐작할 수 있다. 더 놀라운 것은 이런 제도적 장치를 통해 소프트뱅크를 향후 300년간 지속할 기업으로 성장시키겠다는 의지를 밝힌 일이다. 우연인지 모르나 KSS해운 역시 지난 2021년 1월, 창사 50주년 기념식에서 향후 300년을 지속가능 성장하는 회사로 만들겠다는 비전을 발표한 적이 있다.

그렇다면 KSS해운의 사장추천위원회는 어떻게 구성될까? 최고경영자를 뽑는 사장추천위원회 구성은 스페인 몬드라곤협동조합의 구조를 다소 원용했지만 박 고문 나름대로의 면밀한 분석이 더해졌다. 몬드라곤협동조합에서는 조합원 총회를 통해 이사회가 구성되고, 이 이사회에서 경영진과 임원을 선출하고 있다. 그러나 박 고문은 그렇게 할 경우 포퓰리즘(populism)에 빠질 위험을 보았다. 직원이 곧 회사 주인이므로 직원 투표를 통해 최고경영진을 선발하면 아주 이상적일 것 같지만 아니라고 판단했다. 그러다 보면 장차 사장이 되려는 사람은 평소 직원에게 인기를 끌 일만 하게 될 위험성을 본 것이다. 전

직원 투표 방식은 독선적 경영과 마찬가지로 반드시 피해야 할 것으로 판단했다. 그렇게 해서 사외이사와 과거에 경영에 직접 관여했던 선임자들의 합동집단으로 구성하는 것이 가장 이상적이라고 봤다. 인원은 7인으로 정했다. 사외이사 4명, 전임 사장, 창업주가 지명하는 인사, 사주조합이 지명하는 퇴임한 임원 중 1명 등이다. 창업주가 지명한 사람에게도 누구를 지명하라는 언질을 일체 하지 않고 완전히 그 사람의 판단에 맡긴다. 다행스럽게도 사주조합에서도 창업주의 뜻을 존중해서인지 특정인을 지정하지 않았다. 그렇게 비밀투표를 통해 CEO를 선임한다.

이와 함께 입후보 제도를 하지 않기로 했다. 사내에서 후보자가 2명 이상 나오게 되면 직원들이 줄을 서고, 파벌이 형성되기 때문이다. 이것은 정치판과 다를 바 없다. 후보자 발굴은 사외이사들 몫이다. 객관적으로 바라볼 수 있기 때문이다. 따로따로 심사해 마지막에 투표로 결정하도록 했다. 누가 후보명단에 올랐는지 본인 외에는 모른다. 선발과정도 극비에 붙였다. 추천위원회 관련 자료는 금고에 넣어 보관하며, 이사회 결의가 없이는 개봉할 수 없다. 마치 교황 선출 방식처럼 매우 엄격하게 관리한다.

이 제도를 완성한 박 고문은 이를 회사 정관에 넣어 제도화했다. 사람이 아닌 조직으로 관리하기 위해서이다. 이 제도에 의해 최초로 선출된 사장이 현 이대성 사장이다. 2014년 3월 주총에서 추천되어 사장이 되었다. 51세의 젊은 사장이 탄생한 것이다. 이젠 마음 놓고 고객인 대기업 사장들을 만날 수 있게 된 셈이다. 이렇게 하니 정실인사가 사라졌다. 창업주도, 전 사장도, 그 누구도 후임 사장을 독단적으로 선임할 수 없게 된 것이다.

상법보다 더 많은 사외이사

51세의 젊은 사장이 취임하면서 사외이사 문제가 불거졌다. 새 사장과 함께 회사 경영을 협의하자면, 연령대가 비슷한 사람이 사외이사가 되는 것이 좋을 듯했다. KSS해운 사외이사는 기업이 지향해 온 정신을 최대한 잘 구현할 수 있는 인물로 구성되어야 했다.

사외이사제도는 주주를 대표하여 대표이사의 독단적 경영을 견제하는 기능을 가진다. 이를 위해 우리나라 상법에도 중소기업이 상장하면 이사 총수의 25%를 사외이사로 채우도록 규정해 두고 있다. 4분의 1이다. 그러나 회사마다 기밀 누설을 우려해 편법이 활보한다. 사외이사가 많으면 견제기능이 강화될 수 있기에 상법에 맞추기 위해 사내이사 수를 줄이게 된다. 그래서 법정이사가 아닌 집행임원제도가 생겨났다. 그리고 믿을 수 있는 오너 친구들이 영입된다.

영입된 사외이사는 회사에 대한 정보가 약하니 견제 역할보다는 최고경영진의 거수기 역할을 할 수밖에 없다. CEO가 전문경영인으로 특별한 대주주가 없는 은행 같은 곳은 사장 임기가 되면 사장 연임에도 한몫을 한다. 친분관계로 인해 자연스러운 일이 된다. 또 노조에서도 사외이사 임명을 하려고도 한다. 노조의 입김을 회사 경영에 불어넣고 싶어 하기 때문이다. 그러나 사장 친구들을 임명하는 것도 잘못이지만, 노조의 시도 역시 옳지 않다. 이미 독일 등지에서 노사공동결정제가 그런 시도를 한 적이 있지만, 결국 회사에 피해를 주는 것으로 결론이 났다.

사외이사제도가 소액 일반주주 보호를 위한 것이 목적이라면, 그 목적에 충실하면서도 기업 비밀이 누설되지 않도록 하는 섬세한 배려가 필요하다. 박 고문 역시 자신의 사후, 그리고 대주주조차 없어질 경우 KSS해운에서도 이런 일이 벌어질 수 있다는 위기감을 느꼈다. 그렇게 해서 그는 위암 수술을 받고 건강이 회복된 2005년부터 본격적으로 사외이사 문제에 매달린다.

이때 합류한 사외이사 면면을 보면 박종규 고문이 평생에 걸쳐 걸어온 기업인의 길이 어떠한지를 보여주는 매우 의미 있는 구성을 보인다. 그리고 이렇게 잘 짜인 사외이사를 통해 그가 없어도 KSS해운의 창업정신과 회사의 중요 뼈대가 잘 지켜지도록 한 것을 알 수 있다. 사외이사 속에 투명경영의 의지나 이익공유제 정착도 들어있다. 또 윤리경영의 바탕 아래 지속가능한 경영 구현도 포함되어 있다. 불과 5명의 사외이사가 그렇게 구성된 것이다.

먼저 인품과 실력을 갖춘 변호사 한 분이 있다. 제도와 법에 대한 관심을 대표하는 인물이다. 또 이익공유제를 연구한 교수, KSS해운과는 다른 분야인 IT산업계의 40대 신예 사업가, 그리고 박 고문이 규제개혁위원회 공동위원장으로 있을 때 국토연구원에서 규제개혁위원회로 파견된 똑똑한 여성 연구원, 마지막으로 우리나라 협동조합기본법을 만든 한 분이었다. 이 분은 박 고문을 스페인 몬드라곤 본사까지 방문하게 만든 <몬드라곤에서 배우자>라는 책을 번역한 인물이다. 모두 다양한 분야에서 다양한 생각을 가진 사람들로 이루어졌다. 다른 생각이 있어야 기업의 유연성이 확보된다는 박 고문의 정신이 녹아있다.

그 중에서도 우리나라 협동조합기본법을 만든 김성오 이사에 얽힌 에피소드는 박 고문이 얼마나 자신을 버리고 오직 조직을 밀었는지를 잘 보여주는 예화여서 꼭 소개해야 할 것 같다.

박 고문이 김성오 씨를 만나게 된 것은 1990년대 초까지 거슬러 올라간다. 앞에 밝힌 <몬드라곤에서 배우자>라는 책을 읽은 것이 시초이다. 그 책에서 박 고문은 큰 감동을 받는다. 1956년 스페인 북부 작은 마을에서 신부님의 지도로 4명의 노동자들이 협동조합을 만들어 오늘날 7만 명이 넘는 큰 기업으로 성장시킨 기적의 역사를 기록한 것이었기 때문이다. 이 협동조합은 주식이 아무리 많아도 1인 1표 주의다. 실력과 인격이 훌륭해야 CEO가 된다. 박 고문이 떠난 KSS해운과 유사점이 많았다. 주식회사와 협동조합이란 체제만 다를 뿐 정신은 같아 보였다. 어느 날 보니, 그 책을 이어 그 다음 판이 발간되었다. 다시 사서 읽었다. 그리고는 번역자에게 전화를 건다. 만납시다!

만나보니, 학생 때 좌파 운동을 심하게 했던 인물이었다. 범NL계열의 이른바 운동권이었다. 그러나 1991년 소련이 붕괴되면서 사상적인 공백에 방황했다고 했다. 그러던 중 이 책을 번역하게 되고, 몬드라곤을 공부할수록 협동조합의 길이 앞으로 우리나라 기업이 가야 할 길임을 깨닫고 협동조합 운동가로 변신했다. 한때나마 그가 좌파였던 것이 기업 활동에 걸림돌이 되지 않을까 하는 염려도 있었지만, 박 고문은 이사회에 사외이사로 추천했다. 그러나 결과는 보기 좋게 낙방하고 만다. 창업주이자 대주주가 추천한 인물도 이사의 조건에 맞지 않다고 생각했는지 가차 없이 내쳤던 것이다. 이유는 당연히 범좌파였던 과거 경력 때문이었다.

박 고문은 이 일로 엄청 기뻤다고 술회했다. 이사추천위원회가 세운 원칙을 준수하느라 창업주의 추천자까지 배척한 일은 이제 그가 없어도 회사의 모든 일이 잘 돌아가리라는 희망을 보았기 때문이었다. 그래서 그 이듬해 다시 논리를 세워 재추천한다. 그리고는 결국 엄격한 심사 끝에 가까스로 사외이사에 합류했다. 이런 사외이사가 존재하고 있는 만큼 경영자의 독단을 막고 소액주주의 권익 보호는 걱정하지 않아도 될 것이다.

KSS해운에는 이사가 3명뿐이다. 매출 3,000억이 넘는 회사치고는 너무 적은 숫자이다. 그것은 모든 직원이 주인인 까닭이다. 더구나 정말 중요한 업무를 제외하고는 모두 직원들에게 위임되어 있다. 이사가 많을 이유가 없다. 그렇다면 상법에 규정한 사외이사가 전체 이사 총수의 25%이므로 1명이면 된다. 그런데도 사내이사보다도 더 많은 5명을 두었다. 첫째는 숨겨야 할 회사 비밀이 없기 때문이며, 오직 '해양' 한 우물만 판 회사에 보다 폭넓은 시야를 확보하기 위해서였다. 다양한 분야의 다양한 관점과 논점들이 회사 최상층 의사결정기구인 이사회에 논의되기를 바랐던 때문이었다.

이 일조차도 회사가 투명경영을 실천해 오지 않았다면 실현하기 어려웠을 것이다. 그리고 이 일을 잘 수행하기 위해 사외이사 임기를 사내이사보다 더 가도록 했다. 이사는 최장 6년이지만, 사외이사는 9년까지 가능하도록 정관에 못 박았다. 이와 함께 퇴임한 이사의 후임 천거에 대해서도 엄격한 규정을 만들어둘 필요가 있었다. 사외이사가 사장을 추천할 뿐 아니라, 회사 정책에도 큰 영향을 미치는 만큼 누구를 선임할지 규정이 꼭 있어야 했다. 회사의 지속성장을 위해 아주 중요한 일이 분명했기 때문이다.

누가 사외이사를 발굴할 것인가? 아직까지 대주주가 활발한 활동을 하고 있기 때문에 추천할 수 있겠지만, 만일 대주주가 사라진다면 누가 그 막중한 일을 할 수 있을까? 사장추천위원회처럼 사람이 아닌 조직에 의존해야 할 것이 분명해졌다. 만일 현재의 사장이 사외이사를 선임할 경우, 회사 경영진을 견제해야 할 사외이사의 기능이 끝날 수도 있다. 여러 방면으로 고민한 끝에 이런 야기될 수 있는 문제들을 해결하는 최적의 방안을 찾아냈다. 그것은 퇴임하는 사외이사가 자신의 후임을 추천하도록 하는 방안이었다. 만일 그가 천거해 추천위원회에 올렸지만, 위원회에서 적절치 않다고 판단할 경우에는 차선책으로 위원회에서 자체 발굴해 위원들의 투표로 뽑기로 했다. 이렇게 하면 사외이사의 독립성이 보장될 수 있었다.

사외이사는 오랫동안 회사의 중요정책 수립에 관여해 오고 있는 만큼 누구보다도 회사를 잘 아는 객관적인 인물이다. 누가 맞을는지, 혹은 그렇지 않을지를 분명하게 판단할 수 있는 위치에 있다. 그러므로 전 사외이사가 자리를 물러나면서 자기 후임을 함부로 추천하기 어려울 것이다. 친하다고 해서 천거할 수가 없다. 자신의 명예와 관련되기 때문이다. 사외이사 모두는 이미 이런 명예에 아주 민감한 인사들로 선정되어 있었다. 이 제도에 따라 그 후 2명의 새 사외이사가 선임되었다.

이사회 의장제도 구축

사외이사를 이처럼 엄격한 규정에 따라 선임했다 하더라도 사람이 아닌 조직에 의해 회사가 경영되도록 하는 데는 여전히 중요한 문제 한 가지가 더 남아있다. 그것은 이사회의 민주적 운영제도 확립 문제이다. 사내외 이사들이 모인 회사 최고의결기구에 언로가 막히고, 사장이 독단적으로 운영하게 되면 아무리 훌륭한 사외이사를 뽑아놓아도 거수기로 전락할 우려는 여전히 남는다. 그렇게 해서 박종규 고문은 이사회의 의장제도를 만들었다.

의장은 사외이사 중에서 호선하도록 했다. 이사회 안건을 선정할 때부터 회사 대표이사가 의장과 상의해 안건을 정하고, 의장 이름으로 이사회를 소집하며, 의안의 심의도 의장이 사회를 보도록 했다. 이는 국회도 그렇게 한다. 이사회를 국회로 본다면 사외이사가 사내이사 수보다 많기 때문에 의장은 사외이사에서 나와야 하는 것과 같은 이치이다.

박종규 고문은 이 제도를 중국 덩샤오핑 체제 당시 8인의 공산당의 최고정치국 운영에서 힌트를 얻었다. 후계자인 장쩌민 주석은 덩샤오핑이 추천한 인물이 아니었다. 언로도 전혀 막히지 않았다. 활발한 토의를 통해 국가 통치의 방향과 방안을 구체화해서 아래로 내려 보냈다. KSS해운 이사회도 이와 같은 형태로 운영된다면 사람에 아닌 조직의 힘에 의지할 수 있을 것으로 믿었다.

이사회 의장도 창업주의 입김이 전혀 들어가지 않은 인물이다. 사외이사회 안에서 호선되는 만큼 누구도 창업주의 정실인사가 될 수 없다. 지금도 그렇지만 앞으로도 회사의 대표이사 역시 창업주가 전혀 모르는 인물이 될 것이다. 창업주의 사후에는 더 말할 나위가 없다. 해양수송 분야 이외의 다양한 분야에서 사외이사들이 선임된 만큼, 그들이 경험한 세상이 KSS해운 이사회 안에 녹아들면서 활발하게 언로도 개방될 것이다. 공산당 독재정권하의 정치국 회의도 이러한데, 기업은 더 말할 것이 못 된다. 이제 이 제도를 KSS해운 사내에서는 '투톱(Two Top) 제도'라 부른다.

사장 급여, 신입사원의 15.5배 책정

또 다른 문제는 급여체계이다. 전문경영인제도를 제대로 지탱하기 위해서는 급료체계가 명확해야 한다. 박 고문은 이 부분에 집중한다. 2017년에 이르러 이 문제를 결정했으니, 아직 5년도 되지 않았다.

영미식 기업은 CEO 보수가 직원의 평균급여의 수십 배, 수백 배가 되는 회사가 수두룩하다. 거기에 스톡옵션까지 더하면 상상을 초월한다. CEO로서는 좋겠지만, 이는 사장과 직원 사이의 협력정신을 약하게 만드는 반면 계급의식이 강해지는 경향을 띠기 마련이다. 협력을 필요로 하는 기업에는 사실 걸림돌이 된다. 그럼에도 영미는 여전히 이 방식을 고집하고 있다. CEO의 중요성에 방점을 찍기 때문이다.

물론 일리가 있다. 회사의 CEO는 잠자는 시간을 제외하고는 늘 회사 일을 하고 있다. 그것이 CEO로서의 당연한 자세이다. 모든 일의 최종 결정권자가 그 자신이기 때문이다. 최고경영자인 CEO의 보수는 일의 양이 아니라 질이다. 자산이나 매출이 크면 CEO가 결정하여야 할 리스크도 커진다. 그러므로 책임자의 보수는 그 책임의 무게와 비례한다. 그러므로 직원과의 급료 차이는 피할 수 없다. 그러나 이렇게까지 차이가 심해지면 균열이 발생할 가능성이 매우 크다.

일찍이 GE의 잭 웰치 회장도 이 점을 우려한 적이 있다. 그는 2008년 금융위기 때 의회에 나와 진술하면서 영미식 경영을 후회하며, 일본식 경영이 옳다고 증언한 바가 있다. 일본은 전체를 단결시키기 위해 CEO의 자기억제를 기반으로 급여를 책정해 오고 있다. CEO와 직원 간의 월급 차이가 그렇게 크지 않다.

이 급여 문제를 고민할 때 박 고문의 머리에 떠오른 곳이 있었다. 1997년 직접 방문했던 스페인 몬드라곤협동조합이었다. 몬드라곤협동조합의 임금 규정에는 최고임금자의 임금이 최저임금자의 10배를 넘지 못한다고 되어 있었던 것이 기억났다. 왜 그렇게 했을까 추적해 보니 역시 직원 간의 협동, 곧 단결 때문이었다. 그는 몬드라곤협동조합을 면밀히 살펴본 끝에 그것이나 KSS해운이나 그 형태는 달라도 정신은 동일하다고 생각했다. 그래서 그는 임금 문제뿐 아니라 임원선출제도 등 여러 부분에서 몬드라곤에게서 신세를 졌다.

박 고문 역시 은퇴하기 전에도 급여 문제에는 '자기억제' 정신의 바탕 아래 자신의 급여를 크게 낮추어 책정해 왔다. 사업상 일본을 자주 드나들면서 일본 기업에서 배운 정신이기도 했다. 일본 기업들이 짧게는 몇 백 년, 길게는 1천 년까지 가는 수명을 누리며 단단하게 서가는 이유 중 한 가지로 CEO의 '자기억제' 정신이 기반이 된 합리적인 급여체계도 큰 몫을 하고 있다는 점을 눈여겨보았다. 최소 300년은 지속성장해야 할 KSS해운으로서도 이 점은 본받을 만했다. 그의 자서전 <직원이 주인인 회사>를 보면, 박 고문이 급여 문제로 아내로부터 한 소리 듣는 장면이 나온다.

같은 해운회사인 범양상선의 사장 월급 이야기를 어디서 듣고 왔는지, 하루는 박 고문에게 아내가 따지듯이 물었다. 자신이 듣기로는 박 고문의 급여가 범양상선의 3분의 1밖에 되지 않는다며, 그 이유를 설명해 달라고 했다는 것이다. 이때 그의 대답에서 박 고문의 '자기억제' 정신을 발견하게 된다.

"우리 회사는 그 회사 규모의 십 분의 일도 안 된다. 그러니 내 월급이 그 회사의 과장급 월급과 같아야 한다."

그는 적당히 얼버무렸지만, 이 대답에 불만을 품은 아내는 결국 자기 회사를 차리는 강수로 응답했다. 나중에 망할 뻔한 이 회사를 둘째 아들이 맡아 지금 잘 경영하고 있다는 이야기는 앞부분에서 이미 한 적이 있다.

그 이후부터 몬드라곤협동조합 등을 참조해 규정을 만들었다. 실수령액 기준으로 부서장급은 신입사원의 세 배는 되어야 하고, CEO는 열 배는 되어야 한다. 물론 CEO에게는 열 배가 아니라 30배를 준다 해도 그 노고를 급여로 보상하기는 만족스럽지 않을 것이다. 그러나 자기절제와 직원 간의 화합을 고려해 실수령액 기준으로 몬드라곤처럼 열 배로 책정했다. 실수령액 열 배를 주려니 누진제 세금제도를 감안해 15.5배가 나왔다. 당시 사장 월급을 알아보니 이 기준에 턱없이 모자랐다. 그렇다고 한꺼번에 올릴 수 없어 몇 년에 걸쳐 차츰차츰 인상해 2017년에야 이 제도를 완성했다.

사장의 급료뿐 아니었다. 전문경영인제도를 완성하기 위해 사장 선임방식을 기존 간선제에서 직선제로 바꾼 것이라든지, 상법상 3년 임기를 책임지고 사업을 할 수 있도록 연임제 또는 3연임제까지 한 것 등도 몬드라곤의 정신과 흡사하다. CEO의 나이 또한 최장 65세로 끝내는 기준도 만들었다. 이 부분은 박 고문 자신의 경험이 크게 작용한 듯하다. 고객인 대기업 사장들과의 나이 부분에서 형평을 맞추고자 한 것으로 이해된다.

이로써 1995년 박종규 고문이 실무에서 손을 뗀 지 만 22년 만에야 ‘전문경영인제도’가 완전히 정착하게 되었다. 실로 긴 여정이었다. 그리고 당시에는 몰랐지만, 이 일이 최근 경영계의 화두로 떠오른 ESG 경영에서 ‘G’와 그대로 부합된다. ‘G’란 ‘Governance’로 ‘투명한 기업 운영’, ‘고용 평등’, ‘법과 윤리 준수’, ‘반부패 및 공정성 강화’ 등이 포함된다. 박종규 고문이 십수년에 걸쳐 심혈을 기울여 마련한 종업원지주제와 전문경영인제도, 그리고 이들을 받치고 있는 사장추천위원회 등은 그야말로 시대를 앞선 선각자적 안목이 빛나는 대목이다. 이런 점에서 본다면, 리서치 전문기관인 서스틴베스트가 평가한 2021년 하반기 ESG 평가 등급에서 최고 등급인 ‘AA등급’을 획득한 것은 너무나 당연한 일일 것이다. 같은 해 한국능률협회컨설팅으로부터 ESG경영 부분 최우수상을 수상한 일 역시 마찬가지였다. 작은 회사인 KSS해운 앞에 이름을 올린 회사는 포스코뿐이었다. 그로 인해 KSS해운 직원들은 신입사원 시절부터 CEO를 꿈꾼다. KSS해운의 신입사원 모집 공고문에도 이런 구절이 들어있다.

‘미래 CEO를 찾습니다.’

입사 7년 차인 기획팀의 조경일 사원은 필자를 만나 “나도 사장이 될 겁니다”라고 똑 부러지게 말했다. 그를 포함한 모든 임직원이 입사 때부터 최고경영자를 꿈꾸는 회사가 바로 KSS해운이다.

제6부

임직원 이익공유제도와 투명경영의 완성

제1장

임직원 이익공유제도

"이익배당은 이익을 만든 임직원에게도 나누어주어야 한다. 그것이 주주된 인간의 도리이다."

이제는 KSS해운을 든든하게 세우고 있는 '임직원 이익공유제(Profit Sharing)'의 창안과정을 통해 박종규 고문의 정신을 읽어볼 차례이다. 편의상 앞으로는 '임직원'을 떼어내고 '이익공유제'로만 적어나가도록 한다. 이익공유제 속에는 임직원 모두가 포함되기 때문이다. 독자들은 이 제도를 통해 한국 기업사에 길이 남을 박 고문의 진면목을 볼 수 있게 될 것이다.

'투명성'은 PS의 생명

이익공유제는 종업원지주제가 확대된 제도이다. 회사 주식을 사원들이 확보함으로써 주주가 되고, 이를 바탕으로 헌신적인 업무활동을 통해 회사의 주인으로 거듭난다. 이익공유제는 그런 회사의 주주이자 주인인 임직원들에게 그들의 노력으로 만들어진 이익을 어떻게 나누느냐 하는 문제에 천착해 만든 제도이다. KSS해운이 한국 기업계에 떳떳하게 제시하면서 뒤따르라고 말할 수 있는 자랑스러운 제도로, 박종규 고문의 창안품이다.

그것은 2021년도 초반에 벌어지고 있는 모 대기업의 이익공유제에 대한 갈등과 대비되어 더욱 그 가치를 높이고 있다. 이 대기업은 KSS해운처럼 이익공유제를 도입한 거의 유일한 곳으로, 노사 공영의 길로 가고자 하는 자랑스러운 기업이다. 그러나 그 제도를 완성하거나 실현시키는 정신적 측면의 차이로 인해 오히려 갈등이 표출되는 안타까운 현실을 목격하게 된다. 사실 이익공유제는 겉으로 드러난 숫자가 아니다. 그 바탕이 된 정신이 중요하다. 이 정신이 '바른 경제'를 이루는 길이라는 점에 기업의 종사자들이 공감했을 때, 이 제도가 갖는 힘이 얼마나 엄청난지를 단적으로 보여준다.

그 바탕의 핵심은 주주가 맡긴 '자금'만큼이나 평생을 바쳐 일한 임직원의 '헌신'을 중요한 자본으로 바라본 데 있다. 그리고 이와 함께 회사 경영에 대한 철저한 투명경영이 선행되어 있느냐 없느냐가 이 제도의 성패와 큰 연관이 있다는 사실도 보여준다. 같은 논리로 코로나19 피해보상 차원에서 범국가적으로 논의되고 있는 '이익공유제' 논란도 이 범주에서 벗어나지 못할 것이다.

아무래도 그 대기업의 이름을 여기에 밝혀야 할 것 같다. 비록 짧은 시간 동안이긴 하지만, 이 문제가 언론에 많이 노출되어 이익공유제에 대해 생소한 시민들조차 큰 관심을 가졌던 사안이기 때문이다. 그 기업은 세계적인 반도체 생산 기업인 SK하이닉스이다.

SK하이닉스는 2021년 2월 초, 초과이익배분금(Profit Sharing/PS)으로 연봉의 20%를 지급한다고 공고했다. 매년 결산을 끝내고 발생한 이익금을 직원들에게 성과급으로 지급해 온 관례에 따른 것이었다. 그러나 노조는 강력히 반발했다. 작년과 다르다는 것이 주된 이유였다.

2020년 이 회사는 영업이익 2조 7,000억 원을 기록한 반면, 2021년에는 거의 두 배 가까운 5조 원의 영업이익을 남겼다. 그런데 작년 PS도 20%였는데 올해도 꼭 같은 20%이다보니 노조에서 반발한 것이다. 적어도 더 벌어들인 만큼 더 주어야 하는 게 아니냐는 것이 노조의 주장이었다.

이 문제가 예상보다 커지자, 최태원 회장은 자신의 작년 연봉인 30억 원을 노조에게 내놓겠다고 선언했다. 그럼에도 사태는 진정되지 않고 계속 술렁임이 이어졌다. 회사는 PS의 지급기준이 영업이익이 아니라 경제적 부가가치인 EVA(영업이익에서 세금과 자본비용 등을 뺀 순수이익)라며, 작년에는 이 EVA가 마이너스였지만 직원들의 동기부여 차원에서 지급한 것이며, 올해는 플러스가 되었으나 PS를 지급하려다 보니 지급률이 우연히 같은 20%로 일치했다고 밝혔다. 그러나 그런 해명에도 불구하고 사내에서는 다른 동종회사로 이직할 분위기가 강하게 일어나기 시작했다. 마침 경쟁업체인 삼성전자와 마이크론 등지에서 경력사원 채용을 한다고 공고된 상태였다. 회사는 급하게 노조와 중앙노사협의회를 열었다.

노조는 그 자리에서 성과급 액수도 문제지만, 사측이 노조와의 협의도 없이 '일방적으로' 성과급을 정했다는 이의를 제기했다. 그리고 '공개할 수 있는 성과급 시스템'을 만들 것도 요구했다. 회사 측에서 기밀상 EVA를 공개할 수 없다면, 대외적으로 공개된 영업이익을 기준으로 PS를 지급해 달라고 했다. 이에 대해 회사의 최고경영자는 "오해를 풀고 신뢰를 다시 쌓기까지 많은 시간과 노력이 필요하겠지만, 어려울수록 '투명하게' 소통하겠다"고 약속했다. 그 이튿날 열린 중앙노사협의회를 통해 향후 성과급 기준을 EVA에서 영업이익으로 바꾸기로 합의했다. 또 우리사주를 발행해 기본급 200%에 해당하는 혜택이 직원들에게 돌아가도록 하며, 하이웰포인트 300만 포인트를 지급하겠다는 노조의 요구에 없던 안도 약속했다.

이 사태를 통해 PS의 본질적인 정신적 토양을 읽어볼 수 있다. 그것은 성과금(KSS해운의 경우 배당금)에 대한 객관적 잣대와 절차적 공정성을 바탕으로 이루어져야 한다는 점이다. 이를 위해 가장 중요한 것은 회사의 투명성이다. 이는 SK하이닉스의 최고경영자의 말속에서 분명하게 드러난다. 최 회장은 오해를 풀고 신뢰를 회복하기까지 '투명하게' 직원들과 소통할 것을 약속했다. PS를 둘러싼 투명성에 주목한 것이다. KSS해운이 이익공유제 실시에서 아무런 갈등 없이 성공할 수 있었던 이유도 바로 이 투명성이다. 창업 초기부터 이를 악물고 지켜왔던 회사의 투명성으로 인해 노사 모두가 회사에 대해 아낌없는 신뢰를 갖고 있기 때문이다.

이렇게 기업경영의 투명성이란 PS를 받게 되는 직원들을 납득시킬 수 있도록 하는 핵심 요인이다. PS의 기준과 액수를 정할 수 있는 회사의 이익 내용을 투명하게 공개하는 것이다. 정확히 얼마의 이익이 나서 어떤 기준 아래 PS가 지급되는지를 사측에서 명확하게 알리고, 이에 대해 노측이 납득하는 것을 말한다. 그렇게 되면 PS를 둘러싼 갈등이 사라지고, 오히려 회사에 대한 감사의 마음을 갖게 될 것이다.

그러므로 이익공유제의 바탕은 '투명성'이다. 이 점이 사실상 PS의 생명이나 다름없다. 회사의 모든 것이 유리창처럼 되어 있지 않으면, 아무리 많은 PS를 나누어준다 해도 여전히 불신이 남게 된다. 이 불신은 PS를 주며 직원들의 마음을 얻고자 하는 사측의 초기 의도와 역행하는 일이다. 이 점과 관련해 KSS해운이 어떻게 했는지를 앞으로 밝혀나갈 것이다. PS에 대한 정신에 공감하고 동의한 KSS해운과 그렇지 못한 회사의 차이를 독자들은 똑똑히 보게 될 것으로 믿는다.

또 다른 정신적인 토양은 노조 측 불만 중에서 찾아볼 수 있다. 노조 측은 회사 측이 노조와 합의 없이 '일방적'으로 정한 것에 화가 났다고 했다. 여기에서 발견되는 점이 바로 노사 간 합의정신이다. 사측의 일방적인 수혜가 아니라, 직원들이 노력한 만큼 당당하게 받는 PS이기를 바라는 것이다. 결국 직원들이 당당하게 일한 대가로서의 PS가 자신들에게 주어졌다는 점을 인정하게 되면 PS에 대한 기대감이 더 커지게 될 것이다. 더 많은 PS는 직원들 자신이 회사를 위해 더 헌신할 때 얻게 된다. 당연히 애사심이 고양되고, 이로 인해 회사는 더 발전하게 된다. 이것이 PS의 기본 정신이다.

그런데 SK하이닉스는 이 점에서 아쉬움을 남기고 말았다. 그것이 PS를 주고도 오히려 회사가 분쟁에 휘말리는 역효과를 낸 원인이다. KSS해운은 이 점에서 아주 명쾌하게 노조와의 공감을 얻어냈다. 끈질긴 대화도 있었지만, 무엇보다도 최고경영자의 자기 절제와 그에 대한 실천이 노조원들의 마음을 얻게 되었기 때문이다. 그런 사실은 이 책 전반에 걸쳐 어디든지 넘쳐나는 일이다. 남의 이야기는 이 선에서 끝내고, 이제는 KSS해운의 이익공유제로 돌아가 보자.

"직원들에게도 배당을 주면 안 될까?"

2013년 초의 일이다. 윤장희 사장에게 박종규 고문이 묻는다.

"작년에도 이익이 났습니까?"

"물론입니다. 이제 고문님께서 예년과 같이 주주배당률을 정해 주십시오."

창업주이지만 회사 경영에서 손을 떼고 난 뒤 최대주주로서 남은 권한 두 가지 중 한 가지가 매년 초 주주배당률을 정하는 일이다. 나머지는 사장지명권이다. 그러나 이 사장지명권은 이미 이사회가 주축이 된 사장추천위원회로 넘겼으니, 남은 건 주주배당률뿐이었다.

박 고문은 윤 사장의 말에 잠시 생각해 보았다. 주주배당률을 정한 것이 지난 1997년부터라는 생각이 잠시 스쳤다. 그동안 한 번도 빠지지 않고 주주배당률을 정해 왔으니, 그 기간 동안 회사가 계속 흑자행진을 벌여왔다는 말이기도 했다. 사장 이하 모든 임직원들의 헌신적인 노력 덕분이었다. 무려 17년간이나 흑자였다니! 더구나 자신이 회사 경영에서 손을 뗀 이후 벌어진 일이었다. 고맙고, 또 미안한 생각도 들었다. 박 고문은 다시 묻는다.

"임직원에게 상여금은 얼마나 줍니까?"

"노조와 상의해서 매년 600%씩 주고 있습니다."

"그래요? 그럼 올해는 주주총회 결의로 100%를 더 주면 어떻겠어요? 임직원의 노고에 감사하는 마음으로."

"그야 정말 좋죠. 임직원 모두가 좋아할 겁니다."

윤 사장도 매우 흡족한 표정이었다.

"그럼 이번 3월 주총에 보고하고, 그대로 진행합시다!"

그렇게 해서 박 고문이 주주총회에서 그 안을 제안하게 된다. 회사 창업주 자격이 아니라, 주주 한 사람으로서 회사 경영성과를 보고 직원들에게 이렇게 해줬으면 좋겠다는 안을 낸 것이다. 총회에서 부결되면 물론 그것으로 끝이다. 총회에서도 이의가 없었다. 그런데 놀랍게도 더 늘어난 100%로 선원을 포함해 전 직원이 회사 주식을 사기로 결정했다는 게 아닌가. 그 일로 인해 KSS해운의 사주조합이 더욱 든든히 서가게 되었다.

그런데 문제가 발생했다. 그 다음해 초에 회사실적을 알아보니, 작년도보다 이익이 더 났다는 것이다. 작년에는 감사 표시로 한 번만이라고 생각한 것인데, 이익이 더 낫다는데 안 주면 섭섭해 할 것이다. 한 번이라는 것이 관행이 될 수도 있다. 어떻게 할까? 아예 주주들처럼 직원들에게도 배당을 주면 안 될까?

그때 언뜻 박 고문의 뇌리에 떠오른 일이 있었다. 회사 창립 초기, 이익이 많이 나면 상여금을 많이 주고, 적게 나면 적게 주던 기억. 그때의 기억을 더 다듬고 다듬은 끝에 KSS해운의 '이익공유제'가 탄생하게 된다. 1970년대 초 재벌 대기업조차도 상여금 200%를 줄 때, KSS해운은 무려 550%까지 지급했다. 밀수를 못하게 하는 대신 이익이 나면 상여금으로 보상했던 것이다. 이런 점에서 KSS해운이 자랑하는 이익공유제는 이미 창업 초기부터 태동되었다고 보아야 한다. 그것이 뿌리라고 할 수 있다.

상여금은 사장(회사)가 주는 인건비 비용이다. 그런데 이를 배당금으로 받으면 주주와 같이 주인됨을 의미한다. 배당금은 주주가 자기 몫인 이익잉여금을 임직원에게 나누어주는 돈이다. 회계 개념상 이익잉여금에서 나가는 이익배분에 해당한다. 이익배분에 참여하려면 배분받을 자격이 있어야 한다. 단순히 임직원이라는 자리만으로 자격이라고 할 수 없다. 회사가 망했을 때 위험부담을 안는 사람만이 자격이 있다. 주주는 회사가 망하면 투자한 돈이 날아간다. 임직원도 마찬가지로 그런 사실에 동의해야만 자격을 가질 수 있다. 임직원도 열심히 일하는 것만으로는 안 되고, 이런 위험까지도 짊어져야 한다. 이렇게 생각한 끝에 기존 종업원지주제에서 한 발 더 나간 '이익공유제' 연구에 돌입한다. 이때도 박 고문의 삶에 함께해 온 '연구 DNA'가 위력을 발휘한다.

먼저 이익공유제에 대한 개념부터 정리해야 했다. 지금까지 직원들에게 지급해 온 상여금을 진짜 상여금답게 주는 방안으로 규정했다. 윤장희 사장이 박 고문에게 대답한 대로 그 당시만 해도 직원에게 연간 600%의 상여금을 주어왔다. 이를 두 달에 한 번씩 100%씩 주었다. 그러다 보니 이익에 따른 보너스 성격 대신 급여처럼 되어버렸다. 이익을 내든 못 내든 고정적으로 600%를 상여금이란 이름으로 지급했다. 이건 따지고 보면 상여가 아닌 급여나 다름없는 것이었다. 그래서 이 600% 중 400%는 떼서 아예 임금으로 넣어버렸다. 임금은 생활비이다. 그를 통해 지금까지 지급하던 임금을 인상한 것이 되었다.

대신 남은 200%를 가지고 진정한 보너스처럼 사용할 방안을 마련했다. 그래서 나온 것이 '배당'이란 개념이었다. 임직원의 노고에 대한 배당의 성격이 맞는다고 본 것이다. 배당은 주주에게 하듯 이익에 따라 금액이 달라진다. 이익이 많이 나면 배당금이 많아지고, 손해를 보면 아예 배당금이 없다. 그래서 임직원도 이에 맞춰 이익이 나면 기존 200%보다 배당금을 더 받아가고, 손해가 나서 회사가 어려우면 200%를 전혀 받지 못하도록 했다. 그래서 배당처럼 지급시기도 회사의 한 해 결산이 완전히 끝나 확실하게 이익금이 난 것에 기준해 받도록 했다.

매년 주총이 끝난 4월에 한꺼번에 목돈으로 배당금을 지급하도록 했다. 배당금 표도 만들었다. 얼마의 이익이 나면 몇 %를 배당한다는 식이다. 그래야 직원들도 더 많은 배당금을 가져가기 위해 더 열심히 일할 것이다. 거기에다 주주와 같이 배당을 받으니 스스로 회사의 주인이라는 주인의식을 가질 수 있다. 노력한 만큼 늘어난 이익금을 나눌 수 있을 때 진정한 보너스가 된다.

물론 그 배당의 기준은 회사 내부에 투명하게 공개된 순성과이익이다. '순성과이익'이라는 것은 영업이익에서 임직원의 노력으로 발생하지 않는 이익이나 손실을 제외한 것을 일컫는다. 회사가 낸 이익 중에서 평가계정과 1회성 손익, 그리고 회사의 특정목적 수행경비를 뺀 나머지 이익을 기준으로 정한다.

평가계정은 임직원이 책임질 수 없는 환율이나 금리 등 대외 경제 지표로 인해 발생하는 손익사항을 말한다. 외화환산 손실 또는 이익, 지분평가 손실 또는 이익 등은 임직원의 힘으로 만들어진 것이 아니다. 또 1회성 손익은 유형자산 처분에 따른 손실이나 이익, 관계회사

지분의 처분에 따른 손실 또는 이익이다. 마지막으로 회사의 특정목적 수행경비는 출연금, 기부금, 후원금, 연구개발비, 직원교육훈련비 등 회사 발전 등을 위한 투자로 비용에서 제외하며, 비지배지분 당기순이익도 차감한다.

이것이 KSS해운이 정한 이익공유제 배당 기준이다. 이 기준은 노사 간 동의를 얻어 전 임직원이 언제든지 열람할 수 있도록 사내 시스템에 등재해 공유하고 있다. 또한 계산 근거를 요청할 경우, 회사는 언제든지 그 내용을 투명하게 공개하고 있다. 결론적으로 말하면, 이익공유제는 임직원들이 노력해서 얻은 성과만 나누는 것이다.

이 점이 지난 2021년 2월 초 SK하이닉스에서 문제가 된 것과 다르다. SK하이닉스는 경제적 부가가치인 EVA 이익 발생을 기준으로 삼았다. EVA는 영업이익에서 세금과 자본비용 등을 뺀 순수이익을 지칭하므로, 회사로서도 그 내용을 외부로 공개하기 어려운 것이다. 당연히 그것을 근거로 해서 발생한 이익을 나누어야 할 노조 측으로서는 회사의 근거에 대해 의혹의 눈길을 보낼 수밖에 없는 구조이다. 좋은 의도에도 불구하고 분쟁의 소지를 처음부터 잉태하고 있는 것이었다. SK하이닉스 노조 측이 '공개할 수 있는 성과급 시스템'을 주장한 것도 이 때문이다

박종규 고문은 이런 내용과 배당금에 대한 표를 만들어 2014년 3월 정기 주주총회의 승인을 받도록 했다. 모든 최종결정권은 주총에 있기 때문이다. 그러나 처음 시도하는 제도인 만큼 주총에서 갑론을박이 이루어졌다. 거의 한 시간이나 난상토론을 거친 끝에 결국 승인을 받았다. 그 과정에서 일부 주주들이 종업원은 급여로 족하지 무슨 배

당이 필요하냐며, 그 이상 더 잘해 줄 필요가 없다는 반대가 많았다. 특히 해운회사는 싼값에 좋은 배를 도입하여 운송계약만 잘하면 되는 것인 만큼 사람이 열심히 한다고 되는 것이 아니라는 논리로 강하게 반발한 주주도 있었다. 그러나 당시 윤 사장에 이어 사장을 물려받은 이대성 대표이사가 나와 "선원 한 사람이 사고를 내면 회사의 신용 상실은 물론, 손해가 엄청나게 크다"며 직원들의 이익공헌도보다 손실공헌도를 줄이기 위해서도 반드시 필요하다고 역설했다. 그가 예언한 것일까? 채 한 달도 되지 않아 세월호 사건이 터졌다. 그 사고로 그 선박회사는 망해버렸다.

이제 다음 단계는 주주총회의 이 결정을 가지고 종업원들의 동의를 받는 일이었다. SK하이닉스 노조의 사측에서 '일방적으로' 성과급을 정했다는 불만 같은 것을 사전 예방하기 위한 조치였다. 선원은 노조가 있어 선원노조가 모두 찬성했다. 그러나 사무직은 노조가 없어 일일이 개인적인 접촉을 해야 했다. 회사에서는 동의하지 않는 직원에게는 기존대로 연간 600% 보너스를 그대로 지급하겠다고 했다. 그랬더니 모두 동의해 주었다. 이렇게 해서 2014년도 결산부터 상여금 대신 배당금을 지급하기 시작했다.

600% 보너스가 5년 후 1,146%로

결과는 대성공이었다. 기대 이상이었고, 기적이라고 말할 수밖에 없는 다양한 성과들이 속속 일어났다. 믿을 수가 없었다. 가장 먼저 달라진 것은 임직원의 배당 실적이었다.

첫해 202억 원의 이익이 났다. 2013년도에 155억보다 47억 원이 더 늘어났다. 이미 확정한 배당표에 따라 20억 원의 성과금을 지급했다. 이를 그 전 해와 비교해 보니, 보너스 300%에 해당된다. 100%가 늘어났다. 2015년에는 이익이 더 나서 26억 원을 지급했다. 이는 360%를 지급한 셈이다. 또 2016년에도 역시 360%를 지급했다. 과거 보너스 개념으로 계산하면, 600%가 880%로 껑충 뛴 것이었다. 그리고 그 2년 후인 2018년에는 더욱 상승해 485%를 지급했다. 이는 과거 보너스 개념으로 계산하면 무려 1,146%가 된다. 임직원들의 노고에 대한 투명한 보상이었다. 임직원들은 성과급인 이익공유 혜택을 더 많이 누리고자 해가 갈수록 자신의 업무에 더 큰 열정을 쏟게 된 당연한 결과였다. 비로소 '자본'과 마찬가지로 정년퇴임까지 평생을 바쳐 회사에 헌신한 '노동'이 배당으로 보상받게 되었다.

성과는 이에 그치지 않았다. 회사 사무직들 사이에서 '무임승차자(free rider)'가 사라져버렸다. 선원들은 당직이라는 육체적 일과 매일 해야 할 기술적 일이 닥치기 때문에 남에게 일을 떠넘기거나 게을리 할 수 없다. 그러나 정신적 일에 해당하는 사무직은 동료에게 일을 떠넘기거나 게으름을 피울 수가 있다. 특히 요즘 같은 때는 사무가 전산화되어 있기 때문에 직원들이 컴퓨터로 무엇을 보고 있는지 잘 알 수가 없다. 그중에 전형적인 것이 주식 시세를 수시로 보는 일이다. 사무원 모두가 주식을 갖고 있다 보니 근무 중 틈틈이 주식 동향을 보는 일이 흔했다.

주식 매매는 개인소득 창출을 위한 손쉬운 길이다. 누구나 회사 일보다 자기 일이 우선이다. 월급을 받으면서 개인 일을 보는 것과 같다. 이는 선원이 밀수하는 것과 다르지 않다. 그런데 대부분이 주식 매매를 하기 때문에 혹 동료들이 보더라도 제지하지 않는다. 상사들도 "하지 말라"고 타이르는 정도다.

이는 외국 회사에 비하면 말도 안 된다. 미국 회사에서는 근무 중 개인 전화도 할 수 없다. 근무시간 8시간은 회사 시간이지 개인 시간이 아니다. 그럼에도 우리는 집에 전화하거나 친구들과 잡담하는 일, 주식 시세를 보는 것을 당연시한다. 별 죄의식이 없는 것이다. 그러다가 이익공유제 실시 이후부터 직원 간에 살살 눈치를 보기 시작했고, 어느새 주식을 보는 직원들이 사라졌다. 업무시간에 개인 일을 하는 것이 회사 전체적으로 이익을 해치는 행위로 간주되기 때문이다. 당연히 업무 몰입도가 높아졌다.

또 다른 성과는 접대비 집행이 줄어들기 시작했다는 점이다. 예산을 세웠어도 그 예산을 다 쓰지 않고 연말이면 회사에 반납하는 일이 벌어졌다. 2018년에는 접대비 예산의 37%가 회사로 되돌아왔다. 있을 수 없는 일이었다. 임직원들의 정신자세가 조그만 낭비라도 줄이고, 그것을 모아 전체 임직원이 이익공유금을 더 받도록 하자는 데 모아지고 있었다.

이 일은 이익공유제를 실시한 지 2년째부터 일어나기 시작했다. 분명 매출이 늘어났는데 접대비 집행이 줄어들고 있었다. 매출이 늘어나면 그에 상응해 접대비가 늘어나기 마련이다. 그래서 예산도 더 늘려 편성해 왔다. 그런데 다 쓰지 않고 회사로 되돌리는 것이었다.

혹 접대비 예산이 남게 되면, 과거에는 부서끼리 모여 단합대회도 하고 자기들끼리 술판도 벌여왔다. 그런데 그런 풍조가 사라지기 시작한 것이다. 더구나 개인주의가 발달하면서 부서장이 단합대회를 하자고 해도 꽁무니를 빼는 직원들이 늘어나는 추세이기는 하다. 그렇다고 해서 접대비를 절약해 이를 다시 회사로 되돌려준다는 것은 이익공유제 실시 이후 임직원들의 정신적 자세가 바뀐 것이라고 밖에는 설명할 길이 없다.

사무직들 사이에 이런 일이 벌어지는 동안 선원들 사이에서도 가히 혁신적인 일이 벌어지기 시작했다. 사고율 제로 실적이 몇 년 내리 계속 나오고 있었다. 선박회사의 사고율은 선체 보험료 대비 사고로 타낸 보험금 비율을 말한다. 이익공유제를 실시하기 전 5년간 실적은 평균 10%였다. 그러던 것이 이익공유제 실시 첫해는 0.29%로 줄더니, 그 다음해부터 3년간 제로 실적을 찍었다.

아무리 돈을 잘 벌어도 배에서 큰 사고를 내면 적자로 변한다. 그러면 모든 임직원이 배당금을 받지 못한다. 이런 일이 일어나지 않도록 해상 직원들은 선박사고 예방에 최선을 다한다. 사고가 없으니, 회사에 대한 고객의 신뢰가 커진다. 영업하기도 쉬워진다. 선박 입항이 기차시간표와 같을 정도로 우수한 선박회사라는 찬사가 쏟아졌다. 이익공유제 실시 이전만 하더라도 이런 변화는 전혀 예상하지 못했던 일이었다.

잘 되던 사고율 제로 실적이 2018년에 와서 2억 원 정도의 발전기 고장 사고로 그 좋던 명예가 훼손된 적도 있었다. 그러나 이 일이 다시금 전체 선원들로 하여금 사고율을 낮추자는 무언의 단결로 이어지게 되었다. 사고가 나면 안 된다는 신호로 받아들인 것이다. 그 후부터 다시 사고율 제로 상태가 계속되고 있다. KSS해운이 외부에 공개한 '2020년 지속경영보고서'에는 이런 사실을 그래프로 정리해 자랑스럽게 밝히고 있다. KSS해운과 거래하는 수리업자는 먹을 것이 없다고 한탄한다는 이야기가 다시 들리기 시작한 것이다.

또 다른 큰 변화도 생겨났다. 그것은 부서 간 벽이 허물어진 일이다. 과거에는 부서 사이는 경쟁관계였다. 누가 더 일을 잘해서 윗사람에게 잘 보이느냐가 중요했다. 그래야만 성과금이 올라가기 때문이었다. 부서장도 자기 부서 직원들로부터 인기를 끌려 하고, 그런 일로 권위를 세우기도 했다. 그러나 이익공유제가 시행되고 보니, 자기 부서만 잘한다고 전체 이익이 증가하지 않는다는 사실을 깨닫게 되었다. 아무리 자기 부서나 개인이 잘한다 해도 이웃 부서가 큰 사고를 쳐버리면 자신들의 노력조차 날아가 버린다는 점을 인식한 것이다. 이런 인식이 부서 간의 경쟁관계를 사라지게 만들었다.

이런 변화를 보고 회사에서도 부서별, 팀별 배당률의 차이를 없애 버렸다. 그랬더니, 경쟁이 아니라 협력관계로 바뀌기 시작했다. 어느 한 부서가 시간 내에 끝내는 데 어려움을 겪고 있으면, 일이 끝난 다른 부서가 함께 달려들어 도와주는 풍토가 조성된 것이다. 전에는 혼자 알던 정보도 공유하기 시작했다. 그렇게 허물고자 애썼던 부서 간 벽이 이익공유제 실시로 깨어질 줄은 누구도 예상하지 못한 일이었다. 회사를 경영해 본 사람은 누구나 안다. 부서 간 벽으로 인해 생기는 손실과 부작용이 얼마나 큰지를.

임금협상도 회사에 맡겨

그러나 이 모든 것보다 가장 중요한 변화가 한 가지 더 있다. 바로 평화로운 노사관계이다. KSS해운에는 노사 간 쟁의가 없다. 한때는 시대적인 흐름에 따라 노조가 결성되기도 했지만, 곧 스스로 자진 해산한 이후부터 지금까지 사무직은 노조조차 없는 상태이다. 임직원 모두가 주인의식으로 무장되어 모두가 정신적으로 자신들이 회사를 경영해 가는 사장이기 때문이다. 의식혁명이 이루어진 회사가 되었다.

거기에다 아주 결정적인 주요 의사결정이 필요한 부분을 제외하고는 거의 대부분의 일이 관련 부서와 직원들에게 위임되어 있어 누구나 회사 일을 유리창 너머 바라보듯이 환하게 확인할 수 있기 때문이다. 의문도 없고 불신도 없다. 그러니 노조가 결성되어 회사로부터 뭔가를 뺏어낼 생각조차 할 필요가 없다.

대신 '회사발전위원회'가 결성되어 있어, 이 조직이 노조와 같은 임금협상 등을 한다. 이 위원회는 직원들의 건설적인 의견을 수렴하여 경영에 반영하기 위해 1991년에 설립되었다. 이를테면 법률에 규정된 사업 또는 사업장 단위로 설립해야 하는 '노사협의회'와 같은 기능을 수행한다. 위원회는 위원장 1인 아래 근로자를 대표하는 '근로자 위원'과 사용자를 대표하는 '사용자 위원'으로 구성되어 있다. 매년 분기별로 정기회의를 개최토록 명문화되어 있어, 그때 필요한 안건들을 토의해 결정한다.

그러나 창업 초기부터 활동하고 있는 사원조합의 활발한 운영과 종업원지주제에 이은 이익공유제로 이 위원회는 노사 간 '투쟁'이 아닌 '화합'을 논의하는 자리가 되고 있다. 이것이 여느 회사와 다른 점이다. 심지어 매년 임금협상조차 회사에 일임하는 것이 전통으로 확립되어 있다. 회사에서는 이런 평화적인 노사관계를 더욱 고양시키고자 투명성과 노사 상호 소통에 진력한다. 이로 인해 노사쟁의나 파업

같은 일은 KSS해운과는 상관없는 일이 되고 말았다. 이익공유제 도입 이후 이런 풍토는 더욱 강화되고 있다.

노사분규로 인한 회사의 손실이 얼마나 큰지를 생각한다면, 무쟁의, 무파업을 이어가는 KSS해운은 얼마나 행복한 기업인지를 금방 알 수 있다. 정말 모범적이며, 다른 회사로서도 부러움의 대상이다. 이것이 이익공유제로 더욱 공고히 되고 있는 것이다.

제2장

다른 기업의 이익공유제

혹시 독자 중에 이런 의문을 가지는 분들이 있을지도 모르겠다. '이익공유제 하나 실시했다고 회사가 이렇게 달라지다니, 그게 말이 돼?' 라고 말이다. 분명 의심스러울 수도 있을 것 같다. 노사문제와 고용문제가 해결되고 임직원 모두가 행복해지는 이런 일이 과연 그 제도 하나로 가능할까?

그런 독자들을 위해 미국의 미니밀, 즉 소규모 제철소인 미국의 뉴코아와 인천에 본사를 둔 DY그룹을 소개하려고 한다. 부정할 수 없을 만큼 KSS해운을 그대로 닮은꼴이다. 아니, KSS해운이 뉴코아제철소나 DY그룹을 꼭 빼닮았다고 말해야 할 판이다. 미국의 뉴코아는 이익공유제를 시작한 지 46년, 그리고 인천의 DY그룹도 20년이 넘었으니까. 물론 그 회사의 이익공유제와는 내용 면에서 조금씩의 차이가 있고, KSS해운의 이익공유제 역사를 어디에서부터 잡느냐에 따라 형,

동생이야 다를 수도 있다. 그러나 겉으로 보면 2014년에야 이론을 정립해 가며 이익공유제를 시작한 KSS해운은 이들 중 일단 막내동생 급이다.

미국 철강회사, 뉴코아(Nucor)

귀에 익지 않은 이름에서 알 수 있듯이 뉴코아는 작은 철강회사이다. 모든 대규모 철강회사들이 고로 업체인 데 비해 뉴코아는 전기로 업체로 제선 부문을 갖추지 않고 고철을 원료로 한 제강과 압연 설비만 갖고 있다. 규모가 작아서 '미니 밀(Mini Mill)'로 불린다. 1900년 창업할 때는 자동차회사로 출발했다. 이후 핵 시설과 전기사업을 주력으로 하는 업종으로 전환했다. 그러다가 1965년 심각한 자금난을 겪으면서 파산보호 신청을 하게 된다. 이때 뉴코아의 회장으로 아이버슨이 취임한다.

당시 40세였던 아이버슨 회장은 가까스로 회사를 재건하고, 철강 2차 가공에서의 구조적인 문제점을 해결하기 위해 직접 철강을 생산하기로 결정한다. 그 후 1969년 달링턴(Darlington) 제철소를 건설하고, 1972년에 들어 회사 이름을 현재의 '뉴코아'로 개명했다.

작은 중소기업 수준의 뉴코아가 급성장한 배경에는 아이버슨 회장의 과감한 도전이 깔려 있다. '박슬라브 연주기'라는 신기술을 도입해 기존 설비보다 훨씬 얇은 1.5~2인치 두께로 슬라브 생산에 성공하게 된 것이다. 이로 인해 그동안 고로 업체의 전유물이었던 판재류 생산을 전기로 업체들도 생산할 수 있는 기반을 마련하게 되었다. 고철류를 녹여서 바로 슬라브와 판재류를 생산함으로써 고로사 제강회사들에 비해 월등한 원가경쟁력을 확보할 수 있게 되었다. 당시 고로 업체가 생산한 열연제품의 가격이 톤당 500달러일 때, 뉴코아 제품은 250달러에 불과했다. 절반 가격이었으니, 생산성이 얼마나 큰지 상상하기 어렵지 않을 것이다. 1980년대 일이다. 그리고 이를 바탕으로 1990년대 이후 미국 판재류 시장을 지배하게 된다.

그러나 뉴코아가 세계적인 철강회사로 부상한 것은 단지 혁신설비 도입 때문만은 아니다. 비밀은 여기에 있다. 바로 종업원 중심의 경영혁신이 있었기 때문에 가능했다. 사실 뉴코아의 역사는 아이버슨 회장의 경영철학 실천의 역사라 해도 과언이 아니다. 그의 경영철학은 '첫째가 종업원, 둘째가 고객, 그 다음이 경영자와 주주'로 요약된다. 이런 아이버슨 회장의 경영철학을 구현하여 만든 시스템이 바로 현장 중심 경영과 종업원에 대한 인센티브 시스템이다. 그 근간에 지금 우리가 주목하고 있는 '이익공유제'가 있다.

뉴코아에서는 이익금의 10%를 종업원들에게 나누어준다. 그리고 총급여의 25%로 제한해 생산성에 수반한 보수체계를 만들었다. 뉴코아는 또 성과급의 기준을 회사의 자기자본이익률(ROE)로 하고 있다. KSS해운과는 다른 잣대이다. 뉴코아는 이와 함께 종업원의 고용을 보장해 준다. 어떤 어려움에도 감원을 하지 않는다. 대신 종업원들은 무노조로 보답한다. 종신고용체계가 완성되고 노사쟁의가 사라짐으로써 종업원들 모두가 회사의 사장이라는 의식을 갖게 되었다.

또한 파격적인 권한 위임을 한다. 중요한 책임을 수반하는 업무조차도 아래로 위임하고, 업무를 세분화해 효율적으로 관리하도록 만들었다. 이 중심에는 뉴코아의 '자율경영팀'이 있다. 제품과 서비스의 생산과정 중 일부 또는 전체를 책임지고 모든 것을 자율적으로 행하는 소수의 작업자들로 구성된 집단을 이른다. 팀의 관리자는 코치의 역할만 할 뿐, 업무의 계획, 실천, 개선을 관리자 중심이 아닌 팀 전체가 맡는다. 회사의 입장은 확고하다. '직원들에게 봉급을 많이 주고, 존경하는 마음으로 대하며, 실질적인 권한을 이양하면 시간급 직원들조차도 특별한 노력을 기울여 일한다'는 신념이다.

이런 상호 신뢰에 의해 모두가 오너 정신으로 무장된 뉴코아의 실적은 아이버슨 회장 취임 후 매년 평균 10%의 고성장을 이루었다. 최초로 판재류를 생산하면서 기세를 올리던 1989년, 조강생산량은 230만 톤이었다. 그러나 2000년에 이르면 1,216만 톤으로, 10년여 만에 5배로 증가한다. 그러다가 그로부터 5년 후인 2005년에는 다시 두 배 가까이 늘어난 2,070만 톤이 된다. 매출도 2000년 46억 달러에서 5년 후인 2005년 127억 달러로, 순이익은 2000년 3.11억 달러에서 2005년 13억 달러로 치솟았다.*

미니밀 제철소가 이익공유제를 시작한 이래 연속 46년 흑자를 기록하며 미국을 대표하는 유에스스틸에 이어 미국의 2위 제철소, 그리고 세계 9위의 철강회사로 당당히 이름을 올리고 있다. 이 모든 것의 원동력은 이익공유제의 실시에 있었다.

DY 그룹의 이익공유제

국내에도 KSS해운에 앞서 이익공유제뿐 아니라 바른 경영으로 성과를 높이고 있는 기업이 있다. 1978년 창업한 동양유압이다. 이 회사

* 비즈니스위크 WSD

는 이후 사명을 '동양기전'으로 개명했다가 2014년 지주회사체제인 'DY'로 변경했다. DY그룹에서는 2001년부터 이익공유제를 시행해 오고 있다. 우리나라 최초 기록이다. 회사 창업은 KSS해운의 동생뻘이나, 이익공유제는 거의 10년 앞서 실시한 것이다. 물론 KSS해운은 자체적인 이익공유제를 착근시키기까지 이런 사실을 모르고 있었다.

DY그룹에서 이익공유제라는 개념은 회사의 주인인 사원들이 열정과 시간을 투자한 대가로 이익을 나누는 것을 말한다. 이 개념이 모든 직원들에게 입사 초기부터 분명하게 인식되어 있다. 직원들은 자기들이 수익을 내어 성과상여금을 받겠다고 말한다. 자본을 투자한 주주가 배당을 받고. 회사가 미래를 위한 자본을 유보하는 것과 같이 임직원들은 회사를 위해 헌신한 대가로 배당금을 받는 것이다. 이런 개념은 KSS해운이나 미국 뉴코아나 전혀 다르지 않다.

이익공유제 실시로 회사의 미래를 위해 허리띠를 좀 더 졸라매자는 말도 경영자가 아닌 일반 사원들이 먼저 한다. 이것은 사원이 주인이 되었다는 뜻이기도 하다. 당연히 생산성이 높아질 수밖에 없다.

이익을 공유하는 비율도 전원이 공유하는 공정한 절차를 통해 마련된 기준에 의해 정해진다. 때문에, 불만이나 불필요한 잡음이 없다. 그러니 노사 간 화합은 당연한 일이다. 아니, DY그룹에는 노조 자체가 없다. 이것 역시 KSS해운이나 미국 철강회사 뉴코아에서 발견되는 공통점이다. 물론 한때는 노조 결성 움직임이 있었다. 1980년대 말, 마치 유행처럼 노조 결성이 우후죽순 일어나던 때였다. 그러나 DY그룹의 노조 결성 시도는 대다수 구성원의 지지를 받지 못한 채 해산되고 말았다. 꼭 KSS해운 노조 결성 시도와 그대로 닮은꼴이다.

대신 다른 회사에는 없는 '근로자위원회'가 구성되어 노조가 할 역할을 대신한다. KSS해운의 '회사발전위원회'와 같다. 심지어는 회사 경영에까지 참여한다. 그 기회를 통해 DY그룹 구성원들은 회사의 경영 내용을 이해하고, 자신들의 의사를 경영에 반영한다. 초기에는 문제가 없지도 않았지만, 이를 통해 KSS해운처럼 회사의 투명성이 보장되고 있다.

또 DY그룹 역시 뇌물을 주고받거나 투기를 하는 일을 철저히 방지하고 있다. 명절이 되어도 협력회사로부터 회사 구매팀으로 선물을 보내오는 일도 없다. 이미 리베이트를 철저하게 배격하고 있는 회사 전통을 알고 있기 때문이다. KSS해운과 이것까지 똑같다. 그러나 꼭 회사로서도 부득이하게 누군가에게 선물을 해야 할 경우가 생길 수도 있다. 그럴 경우, 도서상품권을 사서 선물로 돌린 적은 있다. KSS해운이 넥타이를 현금 대신 선물로 했던 것과 너무나 닮았다.

윤리경영, 바른 경영-. DY그룹은 이를 실천해 현재 매출액 1조 이상을 달성하는 큰 회사로 성장했다. 이와 함께 사회기여에도 관심을 가져 기업이 어떻게 사회에 기여할 것인가를 늘 고민하고 있기도 하다. 이 회사 라혜정 인재육성팀장은 "회사의 바른 경영 활동을 통해 탁월한 가치를 창출하여 공동체의 행복과 사회 발전에 기여하는 방안을 끊임없이 찾고 있다"고 밝혔다.

이익공유제는 지역과 사업 분야, 실시 시기가 달라도 이처럼 빼어 닮은 듯한 공통점을 공유한다는 점에서 우리 기업계에 시사하는 바가 크다. 회사 임직원이 주인의식을 갖고 스스로 사장이라는 생각으로 업무에 매진한다. 이에 따라 다른 동종업계 회사들과는 비교할 수 없는 생산성을 이룩해 세계적 기업으로 우뚝 선다. 미니멀로 불릴 정도로 작은 철강회사 뉴코아가 미국 2위, 세계 9위의 거대 철강회사가 되었다. KSS해운 역시 세계 5위의 석유화학제품 수송 회사가 되었다. 지금도 대선단으로 구성된 KSS해운의 선박들이 5대양 6대주를 오가며 석유와 가스를 부지런히 실어 나르면서 한국경제를 견인해 오고 있는 것이다.

이와 관련한 곽창규 박사(바른경제동인회 연구원장)의 분석은 명쾌하다. 그는 KSS해운의 이익공유제에 대해 "우리 사회 부패의 근원인 기업 비자금과 리베이트를 이 제도를 통한 자본주의 방식(돈의 힘)으로 부패도 없애고 생산성을 높여 기업의 주주와 종원원이 모두 상생하는 제도로 정착되어 가고 있다"고 규정했다. 그는 이 제도를 서구의 공유자본주의와 같은 것으로 해석하고, 2008년 세계금융위기 이후 주주자본주의를 벗어나 '이해관계자 자본주의'로 이동하는 단계로, '기업은 주주들의 것'이라는 고정관념에 사로잡혀 있는 한국 기업도 결국 이 길로 나아가게 될 것이라고 예측했다.

이런 사실을 확인한 박종규 고문은 KSS해운에서 경험하고 있는 이익공유제를 다른 회사로까지 확대시키고 싶어 한다. 그것은 그의 마지막 남은 꿈이기도 하다. 이익공유제가 단순히 지표상으로 나타나는 성과 이상임을 반세기 경영 경험을 통해 분명하게 확인한 때문이다. 그는 말한다. 이것은 비난에 직면한 신자본주의를 대체할 새로운 자본주의라고. 그가 지난 2020년 초 KSS해운 창업 50주년 기념식에서 밝혔던 것처럼 새로운 자본주의가 바로 이 이익공유제를 기반으로 주주와 종업원, 그리고 이해당사자가 모두 승승할 수 있는 대안적 모색이 될 것이다.

"이익공유제의 최종 목표는 모든 구성원의 자유와 인격적 평등을 구현하는 것이다. 배당금은 자유, 평등, 투명성을 확보하기 위한 도구일 뿐이다."

박종규 고문은 이렇게 힘주어 말한다. 새로운 자본주의의 미래까지 내다보면서.

제3장
지속가능경영으로

"앞으로는 자유가 보장되고 정직이 사회의 기둥이 될 때 국가경제가 성장하고 기업이 번영하게 될 것이다. 자유와 정직이 번영을 가져온다."

앞에서 이야기한 것처럼 KSS해운은 창립 50주년을 맞아 2020년 1월, 서울 웨스틴조선호텔에서 성대한 기념식을 열었다. 창업 반세기. 100년의 절반 동안 투명경영에서 지속가능경영을 향해 숱한 고난을 딛고 쉼 없이 달려온 세월이었다. KSS해운은 이날 선박과 파도를 형상화한 기념 엠블럼을 공개하고, 300년의 기업 역사를 세워나갈 것을 다짐했다.

'작지만 깨끗한 회사'를 꿈꾸었던 KSS해운은 해운대기업조차 부러워하는 '지속성장' 회사로 우뚝 서게 되었다. 꿈이 이루어진 것을 넘어 이제는 에너지 수송업계의 세계적 강자가 된 것이다. 배 한 척을 갖기 위해 창업주 박종규 고문이 일본 생명보험회사에 가입하고 자살을 생각했던 데서, 지금은 30척이 넘는 선대를 이루어 세계를 누비며 LPG 수송업계 세계 5위에 오른 진정한 강자로 자리 잡았다. 퀀텀 리프. 중국 모소 대나무 같은 눈부신 성장을 완성했다.

24년 연속 주주 현금배당

창업 초기와 현재의 위상을 비교해 보는 것만으로도 KSS해운이 이룩한 성과를 가늠해보기에 어렵지 않다.

KSS해운은 2021년 2월, 1주당 300원의 현금배당을 결정했다고 공시했다. 이로써 1998년 첫 실시 이후 24년간 연례행사처럼 연속배당 기록을 세웠다. 2020년 3분기 누적 기준 매출 1,715억 원, 영업이익 372억 원을 기록해 역대 최고치를 찍었던 작년 동기 매출 1,695억 원, 영업이익 371억 원의 실적을 넘어섰다.

코로나19로 인한 세계적인 팬데믹 상황 속에서 엄청나게 선전한 기록이다. 당연히 24년째 주주배당을 현금으로 지급할 것이다. 이것은 24년 동안 회사가 흑자행진을 계속해 왔다는 의미이다. 경기변동이 극심한 해운업계에서 어느 회사도 이런 성과를 내지 못했다. 증권애널리스트들은 경악을 금치 못한다는 코멘트를 쏟아냈다.

KSS해운 직원들은 매년 초마다 열리는 시무식을 통해 "올해도 최고 실적을 경신했다"는 사장의 발표를 빼놓지 않고 듣고 있다. 해운업계의 불황에도 불구하고 해마다 성장을 거듭하는 거의 유일한 회사이기 때문이다.

이 실적을 2014년부터 2020년까지로 좁혀 바라보자.

2014년 220억 원대로 시작한 영업이익이 매년 꾸준히 증가해 2021년 606억 원까지 상승했다. 거의 세 배에 가깝다. 영업이익률도 6년 연속 20%대를 찍는 놀라운 성과를 지속하고 있다.* 2017년에는 영업이익률이 무려 25%에 달했으며, 2019년과 2020년에는 나란히 23%대였다. 거기에다 비용절감으로 인해 순이익도 크게 증가해 2021년 순이익은 570억 원에 이른다. 진짜 알짜배기 회사가 된 것이다. KSS해운에서는 매출이 얼마인지가 별로 중요하지 않다. 매출 대비 이만한 영업이익과 순이익을 내는 회사는 정말 희귀할 정도이니까.

특히 2021년부터는 큰 폭의 실적 성장을 기대하게 만든다. 2021년에 5척의 VLGC(초대형 가스운반선)가 인도되고, 2022년에도 VLGC와 MR탱커 각각 1척씩 인도 예정이다. 이렇게 되면 초대형 가스선 14척을 포함해 총 30여 척에 이르는 선대를 구축하게 된다. 이것이 2021년부터 3천억 원 이상의 매출과 600억 원을 상회하는 영업이익을 달성하리라는 전망을 하는 이유이다. 그 전망대로 2021년 3분기 실적은 놀랍다. 누적 기준으로 보면 매출액 2,290억 원, 영업이익 433억 원, 순이익 449억 원으로 전년 동기 대비 각각 +33.49%, +17.60%, +147.95%를 기록했다.**

이 같은 실적은 박종규 고문이 심혈을 기울여 만든 사장추천위원회가 제대로 작동된 후 첫 사장으로 부임한 현 이대성 사장 체제 아래에서 이룬 것이어서, 이 책을 읽는 독자들은 그 이유를 충분히 이해할 수

* 매일경제 2020.11.28
** MK뉴스 2021.11.16

있으리라 생각한다. 이대성 사장은 앞에서도 언급했지만, 창업주이자 최대 주주인 박종규 고문조차 알지 못하던 인물이었다. 박 고문이 은퇴하던 1995년, 그는 대리급 직원에 불과했다. 그런 그가 사외이사들이 발굴하고 사장추천위원회가 추천한 인물 중에서 사장으로 선임된 후 창업주의 정신을 계승해 이런 성과를 만들어냈다. 이를 미루어 이대성 사장 이후 또 다른 대표가 부임하더라도 KSS해운의 지속가능한 성장에 대해 의심할 사람을 아무도 없을 것이다. 이것이 자신 있게 향후 300년의 회사 역사를 말할 수 있었던 이유였다. KSS해운은 창립 50주년 기념 엠블럼에 '50 YEARS CHANGE, 300 MORE'라고 적었다.

이렇게 지속가능한 성장에 대한 KSS해운의 자신감은 신사업 개발과 사업다각화에서 찾아진다. 이를 다른 말로 표현하면, 수익성 높은 노선 발굴과 장기계약으로 얻어진 것이라고 할 수 있다. KSS해운은 엑슨모빌 등 글로벌 석유기업과 장기 운송계약을 체결해 안정적으로 이익을 내고 있다. 그 이면에는 창업 초기부터 자본의 열세를 극복하고 경쟁에서 살아남기 위해 남다른 기술력을 개발하고, 굳은 의지로 주인의식을 다진 KSS해운의 독특한 기업문화가 자리 잡고 있다.

특히 신사업 개발은 KSS해운의 '연구 DNA'가 박종규 고문 은퇴 뒤에도 활발하게 가동되고 있다는 사실을 증명한다. 신사업에 도전하려면 시장에 대한 면밀한 분석과 적기에 투자하는 용단이 필요하다. KSS해운은 지난 2014년 이대성 사장 체제 출범 직후부터 이 일에 매달렸다. 현재는 LPG와 암모니아 수송으로 실적을 쌓아가고 있지만, 2020년 이후로 수소&암모니아 전담팀을 구축하고 친환경 운송기술 확보에도 속도를 내고 있다. 미래시장 분석 결과, 미래에는 친환경

연료로 전환된다는 확신을 얻었다. 그에 따라 발 빠르게 친환경 연료 운송라인 구축에 들어간 것이다. 2022년부터 인도받는 선박 중 일부는 LPG와 메탄올을 연료로 사용할 수 있는 이중연료 추진 엔진(Duel Fuel Engine)이 장착된다.

LPG는 기존 벙커C유 대비 질소산화물, 황산화물, 미세먼지를 약 80~90%. 온실가스를 13~18% 감소시키는 효과가 있기 때문에 선박에 별도의 황산화물 저감장치(Scrubber)를 설치하거나 저유황유를 사용하지 않아도 된다는 장점이 있다. 벙커C유보다 연간 5.5%의 연료비 절감 효과도 있다.

메탄올은 기존 선박 연료유 대비 황산화물은 99%, 온실가스는 최대 25%까지 줄일 수 있다. 높은 압력과 극저온이 요구되는 LNG와 달리 상온 및 일반적인 대기압에서도 저장과 이송이 쉽고, 공급도 기존 연료 설비를 간단히 개조시킬 수 있는 것이 특징이다. LPG, 암모니아, 메탄올 등의 친환경 원료를 운송하는 선사인 KSS해운은 ESG(환경·사회·지배구조) 개념이 대두되기 이전부터 황산화물 저감장치, 선택적 촉매 환원장치 등을 선제적으로 도입하고 탄소중립(Net Zero) 트렌드를 이끄는 친환경기업으로의 준비를 이미 마친 것이다.

노력하는 자에게는 기회도 오는 법인가. 마침 그 무렵, 미국이 셰일가스 혁명을 통해 LPG 생산량을 크게 늘리고 있었다. 그러면서 이 늘어난 LPG를 판매할 아시아 주요 수요처 발굴과 함께 검증된 운송업체를 찾게 된다. 그러나 세계적인 대형 해운사는 다른 항로에 이미 화물운송 계약이 되어 있어 이런 신규 수요에 기민하게 대처할 수 없었다. LPG 화물 운송에 특화되어 있는 KSS해운으로서는 엄청난 기회였다. 아시아 시장과 항로를 잘 아는 데다 조선 강국 한국 국적이라 빠른 시일 내에 조선소와 금융단 연합군을 꾸려 대형 전문선박을 발주해 이런 수요에 대응했다. 틈새시장이 문을 크게 열고 KSS해운을 받아들였다.

특히 기존 중동발 물량과 비교했을 때, 미국에서 운송되는 화물은 운송기간이 길어 이에 따른 안전관리가 매우 중요한 이슈로 떠올랐다. 장기간에 걸쳐 안전하게 미국산 LPG를 수송해야 하는 이런 일은 경험과 노하우가 아주 중요하다. 40년이 넘게 케미컬에서부터 LPG 수송의 외길을 개척해 온 KSS해운보다 더 적합한 회사는 없었다. KSS해운은 대규모의 LPG 장기 운송계약을 연이어 성공하면서, 글로벌 LPG 운송 시장에서 세계적 강자로 등극하는 경사를 맞았다. 장기 운송계약을 이행해야 하는 만큼 신규 선박은 국내 조선사와 협의해 최신형 설비를 지속적으로 탑재, 여타 해운사와 차별화할 수 있었던 점도 이 기록 달성에 한몫을 했다.

KSS해운은 지속적인 장기운송 기조를 이어가기 위해 2021년 1월, 8만 4천 톤급 초대형 가스운반선(VLGC) 가스가브리에라호를 인수해 세계적인 트레이딩 회사인 스페인 '비마 오일(Vima Oil)'과 장기 운송계약을 맺고 현장에 투입했다. 이 배는 중동과 미국 등의 LPG 화물을 전 세계로 운송하게 된다. 이와 함께 KSS해운은 이 배와 동급인 VLGC 4척을 더 건조해 LPG 수송 시장에 투입한다. 이렇게 될 경우, KSS해운은 이 다섯 척을 포함해 초대형 가스운반선이 13척으로 늘어난다. 500톤에 불과했던 KSS해운의 최초 케미컬 수송선인 제1케리캐미호와 비교하면 가히 상전벽해이다.

선박 금융도 한국 금융사에서 받아

지난 반세기를 아우르며 나타난 또 다른 변화는 선박 금융이 국내 금융사 컨소시엄에서 이루어지고 있다는 점이다. KSS해운으로서는 눈물겨운 일이 아닐 수 없다. '깨끗한 회사'를 만들겠다는 신념 때문에 리베이트를 줄 수 없어 국내 금융으로부터 냉대를 받았던 KSS해운이 아니었던가. 그런데 이제는 리베이트 없이도 선박건조 금융을 대겠다는 금융사들이 줄을 섰다. 지난 반세기 동안 KSS해운이 줄기차게 수성해 온 '바른 경영'의 승리이다.

2021년에 도입되는 5척의 초대형 가스운반선, VLGC가 그랬다. 국책은행 2개 사, 시중은행 1개 사, 그리고 한국해양진흥공사가 이 선박들의 금융에 참여했다. 현대조선에서 발주한 VLGC 2척 가격만 1,520억 원에 이르니 은행 한 곳만으로는 힘이 벅찰지도 모른다. 더구나 해양진흥공사까지 곁에서 젓가락을 얹을 정도이다. 50년 전, 500톤급 제1케미캐리호의 선박 금융을 해주려는 한국 금융사가 없어 회사 주식 전부를 맡기고 보증을 받아 일본 금융사 문을 두드리며 '후유후쿠(冬服)상'으로 불렸던 것을 상기해 본다면, 지난 50년의 족적이 얼마나 대단했는지를 짐작하고도 남을 일이다.

이보다 앞서 KSS해운은 'MR탱커 시장'이라는 신사업 분야를 두드리며 사업다각화에 나섰다. MR탱커는 석유화학제품의 가장 중요한 기본원료인 납사를 주로 운송하는 범용선을 말한다. 다른 선종(船種)에 비해 시장 변화가 적으며, 탄탄한 물동량이 형성되어 있는 시장이다. 지금까지 KSS해운이 접근하지 않았던 분야이다.

이런 새 분야를 개척하기 위해 KSS해운은 2020년 초 삼성중공업에서 건조 중인 5만 톤급의 MR탱커 1척을 장기 대선계약을 맺고, 같은 해 6월부터 GS칼텍스와 5년간 382억 원 규모의 운송에 들어갔다. 그 후 4월에는 현대미포조선과 MR탱커 한 척의 신조 계약을 체결하고, 이 배를 인도받는 대로 2022년 말부터 15년간 글로벌 메탄올(Methanol) 운송 선사인 '워터프론트 쉬핑'과 1,114억 원의 장기 대선계약에 투입하게 된다. '워터프론트 쉬핑'은 전 세계 메탄올 생산 및 판매 점유율 1위 기업인 Methanex의 자회사이다. 이를 계기로 KSS해운은 MR탱커 시장을 새로운 신사업 분야로 삼아 지속적으로 운송계약을 맺어나감으로써 지속성장 가능 경영의 교두보로 삼아나가게 된다.

이런 성장을 거듭하는 중에 과거의 팔로어(Foller)에서 벗어나 선도자로서의 좌표를 확보하는 방향으로 경영의 방향키를 틀고 있기도 하다. 그 중심에 창업 50년 만에 '세계 최초'라는 수식어를 단 '스마트 쉽 연계 위성통신 서비스' 도입이 있다. KSS해운은 2020년 7월, 현대글로벌서비스와 '스마트 쉽(Smart Ship) 연계 위성통신 서비스' 도입 계약을 체결했다. 이 계약은 선박용 loT 플랫폼인 '통합 스마트 선박 솔루션(ISS)'과 '차세대 선박 위성통신 서비스(Fleet Xpress)를 융합한 패키지 서비스로, 세계 최초이다.*

이 서비스는 선사가 육상에서 실시간 모니터링을 통해 선대의 운항 및 상태 최적화를 지원함으로써 능동적인 선대 관리와 사고 예방이 가능하게 설계된 것이다. KSS해운은 2021년까지 보유 선단 전체를 스마트화하고, 정보통신기술(ICT) 환경을 지속적으로 최신화해 선대 운항 효율을 극대화하게 된다. 대기업 해운사에서도 도전하지 못하는

* 쉬핑뉴스넷 2020.7.29

분야를 세계 최초로 KSS해운에서 도입하게 된 것이다. 창업 50년 만에 KSS해운의 새로운 지평이 열렸다.

또 있다. 이번 일은 한국 최초이다. 친환경 선박 도입을 말한다. KSS해운은 2020년, 메탄올과 중·경질유를 선박연료로 사용할 수 있는 이중연료추진엔진(Dual Fuel Engine/DF엔진)을 장착한 MR탱커 선박을 건조하고 있다. 또 2021년에도 LPG와 기존의 중·경질유를 선박연료로 사용할 수 있는 LPG DF엔진을 장착한 선박도 건조를 시작했다. 이 친환경 선박은 온실가스를 현저하게 감축해 급격한 기후변화에 대응하는 국제적 트렌드에 부합하도록 한 것이다. 또 이를 통해 엔진의 추진효율도 획기적으로 증가시켰다. 국내 최초이다 보니 관련 법규도 없고, 조선소에서도 기술력이 축적되어 있지 않아 정부와 조선소 등과 끊임없는 대화를 통해 진행했다. 이런 일을 통해 관련법규의 제정도 이미 마쳤다.

'세계 최초', '한국 최초'.

자본금 달랑 300만 원을 갖고 서울 무교동 허름한 지하 음식점에서 창업총회를 열었던 KSS해운의 찬란한 상승이다.

제4장

투명경영의 완성

이제 더 이상 KSS해운은 작은 회사가 아니다. 물론 지금도 규모는 작다. 2021년에야 겨우 매출 3,200억 원, 영업이익 606억 원을 바라보고 있으니, 수조 원의 매출을 올리는 대기업과는 비교조차 되지 않을 수도 있다. 그러나 대부분의 해운사들이 적자를 면치 못하고 파산이 횡행하는 해운기업으로서 이 만한 실적을 내는 특수화물운송 분야 해운사도 결코 많지 않다. 이 성과만으로도 한국에서의 1등을 넘어 LPG 해상운송 분야 세계 5위에 등극해 있다. 많은 제조업이나 IT 기업들과 달리 해상운송 분야 시장은 이렇게 협소하다.

그럼에도 KSS해운을 큰 회사라고 지칭하는 이유는 따로 있다. 바로 기업 경영을 넘어 사회적 책임 분야 때문이다. 이 분야에 이르면, 어느 대기업과도 어깨를 나란히 할 수 있는 회사임을 자타가 공인할 정도이다. 국내를 넘어 글로벌 사회적 책임까지 앞서 자임하고 있다. 그 중심에 획기적인 기록을 찍은 두 가지 사안이 있다. 첫째는 지속가능경영 보고서 공개이고. 두 번째는 UN의 기업의 사회적 책임을 측정하는 지표인 SDGs(Sustainable Development Goals)를 타 기업보다 먼저 채택한 일이다. 일부 대기업도 하기 어려운 일을 KSS해운은 앞장서 실천함으로써 중견기업을 넘어 사실상 대기업의 반열에 올랐다고 인정할 수 있다.

'2016 지속경영 보고서'

KSS해운은 '2016년 지속가능경영 보고서'를 ISO 26000 기준에 맞춰 투명하게 외부에 공개했다. 이어 그 이듬해에는 국문뿐 아니라 영문판까지 넣어 발간했다. 첫 발간 후 격년 주기로 발행하던 이 보고서를 2020년부터는 매년 발간하고 있다. 2021년 11월에도 이 보고서는 발간되었다. 기업의 사회적 책임이 강조되는 시대 흐름에 발맞추기 위함이다. 중견기업으로서는 매우 특이한 행동이다.

'지속가능경영 보고서'는 비재무적 경제·사회·환경적 성과를 모두 포괄하여 외부에 공개하는 비재무적 보고서를 일컫는다. 지속가능경영 활동과 성과, 그리고 사회적 책임 활동과 그 성과를 투명하게 공개함으로써 이해관계자들과 활발한 소통과 영속적인 기업으로 미래를 함께하고자 하는 목적을 담고 있다. KSS해운의 이 보고서에는 △지속가능성을 고려한 사업전략 △전략적인 선박 신규 투자 △기후변화 대응 △안전관리 △이해관계자 동반성장 △윤리경영 강화 등 ESG의 핵심 이슈에 대한 활동과 성과, 목표 등의 중점 보고사항으로 구성해 이해관계자들과 소통했다.

이런 지속가능경영 성과를 인정받아 2021년 연말에 KSS해운에게 무더기로 상이 쏟아졌다. 리서치 전문기관인 서스틴베스트가 평가하는 '2021 하반기 ESG 평가 등급'에서 최고 등급인 'AA등급'이 주어졌다. 또 한국능률협회컨설팅(KMAC)은 '2021 한국의 경영대상'에서 ESG 경영부문 '최우수상'을 주었다. 또 정부기관 및 외부단체로부터 '제5회 대한민국 사랑받는 기업 정부포상' 최초보고서 부문, '제26회 경실련 좋은 기업상'을 받기도 했다.

기업의 사회적 책임(CSR)은 기업이 경제적 가치는 물론, 사회 전반의 이익을 위해 환경적·사회적 가치를 함께 추구하여 발전의 지속성을 유지하는 것이다. 때문에 과거에는 미국의 포춘(Fortune)지가 매출규모로 기업 순위를 매겨왔지만, 최근 들어서는 '일하고 싶은 기업', '좋은 기업'을 평가하며 매출규모보다 기업가치를 더 중요하게 평가하고 있다.

오늘날의 기업은 인간 존중을 중심으로 사회적 가치 창출을 통한 사회적 책임을 다하는 기업으로 발전하고 있다. 21세기 기업의 목표는 이윤 추구가 아니라 생존이다. 기업이 오로지 이윤 극대화만을 목표로 한다면 반드시 성장의 한계에 부딪치게 되므로, 기업 경영과 사회적 책임은 불가분의 관계에 있다.*

이런 점에서 지속가능경영 보고서 작성과 대사회적 공포는 '투명경영'을 목표로 달려온 KSS해운으로서는 당연한 귀결일 것이다. 그래서 어떤 기업보다도 먼저 이 일을 할 수 있었지 않았나 하는 평가가 가능하다. 이로써 KSS해운의 '투명경영'은 지속가능성장 보고서를 ISO

* KSS해운 이대성, '바른 경제를 실천하는 기업 탐구', <바른경제동인회 25년사> pp.379-378

26000 기준으로 외부에 공개한 2016년에 비로소 완성되었다고 평가할 수 있다. 창업 46년 만의 일이다. 창업 초기의 목표 한 가지는 이렇게 달성된다.

지구 미래를 위한 17개 목표, SDGs에도 편입

KSS해운이 사실상 대기업 반열에 오른 것은 지구 미래를 위한 17개 목표를 담은 'SDGs'에 편입한 사실로도 증명할 수 있다. 더구나 이 'SDGs'를 넘어 환경·사회·지배구조 경영인 'EGS 경영'에도 선제적으로 합류함으로써, 기업 규모와 상관없이 기업의 사회적 책임에 앞장서는 기업으로 인정받고 있다. 국내 대기업들이나 리더 금융사, 대표 공기업들의 전유물인 이 같은 각종 지표를 회사의 경영 내부로 끌어들인 중견기업은 거의 없다시피 한 현실에서 단행된 결단이어서 더욱 뜻깊다. 박종규 고문이 자본이 약한 기업이 살아남기 위해 내세웠던 기술과 의지 두 가지 중 의지의 부분이 그대로 구현된 것으로 해석된다.

'지속가능발전 목표'로 불리는 SDGs는 기업의 사회적 책임을 UN 차원에서 추진하고자 하는 노력의 일환으로 2015년 유엔개발정상회의에서 17개 지속가능발전 목표를 설정한 것이다. 향후 기업의 사회적 책임을 측정하는 지표로서 활용될 것으로 전망된다. 그런 만큼 기업에서는 SDGs를 경쟁우위에 대한 '국제적 언어(Universal Language)'로 활용하게 되며, 글로벌 사업에 있어 해당국 정부가 외국계 기업을 자국의 SDGs 증진을 위한 도구로 사용하여 개별기업의 관련 역량에 따른 차별적 선택으로 대우하게 된다.

이제 KSS해운은 UN이 정한 글로벌 스탠더드와 함께하는 대한민국의 한 회사로서 당당히 서게 된 것이다. 그렇지 못하면 글로벌 사업을 전개하기 어려워진다. 5대양 6대주를 드나들며 가스와 화학제품을 수송하는 KSS해운으로서는 세계가 요구하는 국제적 책임에서 결코 자유로울 수가 없다. 이 점은 세계적인 트렌드로 이목이 집중된 EGS 이행과도 직접 연결되어 있다.

'EGS'란 환경(Environment), 사회(Social), 지배구조(Govermance)의 영문 약칭으로, 지난 2006년 제정된 'UN 책임투자원칙'에서 처음 등장했으며, 기존 '기업의 사회적 책임(CSR)'을 업그레이드한 개념이다. 환경과 사회, 지배구조 등 세 가지 측면에서 건전한 기업에 투자해야 한다는 제안인 셈이다. 복잡한 내용들을 한마디로 요약하면, 기업의 투명성 제고에 관한 것임을 알게 된다. 이제 투명하지 않은 기업은 세계적인 새 환경 아래에서 점점 살아남기 어렵게 되어가고 있다.

이런 선경지명이 어디 있는가. 박종규 고문의 위대한 승리이다. 죽을 고생을 해가며 목숨처럼 붙들었던 '투명경영'이 21세기 전반 전 세계적인 이슈로 떠오른 것이다. 선택이 아닌 필수로. 이 점에서 KSS해운이야말로 성장을 위한 최고의 기회를 맞은 셈이다.

특히 이 문제가 화급한 화두로 떠오른 것은 EU(유럽연합)가 기업의 전 공급망에 걸쳐 환경과 인권 관련 침해행위에 대한 자체 실사를 의무화하는 입법을 추진키로 한 것이 알려진 2021년 초의 일 때문이다.

이는 EU가 글로벌 트랜드로 자리 잡아 가는 ESG경영을 권고하는 수준을 넘어 법률로 강제하겠다는 뜻이다. EU의 주장대로 기업이 공급망 전 과정에서 의무적으로 인권·환경 등을 침해하는 활동 여부를 확인해 보고하고 개선해야 한다는 것은 원청이 하청업체의 환경오염

• 경향신문 2021.1.27

물질 배출 여부, 노동자 근무환경 등의 사항을 반드시 점검해야 한다는 것이기도 하다. 당장 기업에는 발등에 불이 떨어진 격이다. 대기업이나 중견기업, 소기업을 가리지 않고 앞으로 ESG의 기준을 따르지 않을 수 없게 되었다.

EU뿐 아니다. 미국의 조 바이든 행정부도 향후 자유무역협정(FTA) 체결이나 개정 시 환경과 인권 등의 규범을 최우선에 놓을 방침인 것으로 알려져 사태는 더욱 긴박해져 가는 추세이다. 앞으로는 아무리 저렴하고 우수한 품질의 제품을 내놓아도 제조과정에서 환경 파괴나 비윤리적 행위가 발생할 경우, 수출길이 막히는 셈이다.

이런 급변하는 세계적인 기업환경에 적응하고자 대기업과 공기업, 그리고 금융기업 등을 중심으로 시무식 최고경영자의 인사말 내용까지 바뀌고 있는 추세이다. 너도나도 ESG경영 확립을 화두로 내놓았다. 어떤 대기업에서는 아예 전담부서까지 만들어 선제적으로 ESG 대응에 나서고 있기도 하다.

그러나 KSS해운은 이런 일에서도 태연하다. 50년 후의 세계적인 이런 신 트렌드를 예측한 것은 아니었겠지만, 창업 초부터 줄기차게 진행해 온 윤리경영이 국내의 어느 기업보다 우수하기 때문이다. 오히려 대기업조차 도저히 따라올 수 없는 경지에 도달해 있다. 그러니 기업의 사회적 책임 문제에서 KSS해운은 어느 기업보다 자유롭다. 이것이 KSS해운이 사실상 대기업의 반열이라고 말하는 이유이다. 비록 매출이 적어 대기업 대우는 받지 못하지만, KSS해운은 세계적인 지속가능경영 추세와 발맞추며 바르고 강한 기업으로 그 가치를 한국 기업사에 심고 있다.

제7부

제2의 삶, 개혁가 박종규

제1장

경영경험을 사회개혁으로 승화시켜

"기업인이 개인적 사리(私利)를 추구하지 않고 사회에 긍정적 영향을 미치면 세상을 바꿀 수 있다고 나는 믿는다."

KSS해운이 투명경영에서 지속가능경영으로 걸음을 옮기는 동안, 박종규 고문은 새로운 삶에 도전한다. 개혁가의 길, 제2의 삶이다.

자신이 창업한 회사를 물러난 기업인들이 하는 행태와는 전혀 다른 길이었다. 두 번 다시 돈을 버는 일에 나서지 않았다. 대부분의 1세대 기업인은 명예로운 은퇴 후에도 다시 다른 '돈 버는 일'에 도전한다. 그러나 박종규는 달랐다. 그는 '돈'이 아니라 '세상'을 보았다.

기업인의 경험으로 바꿀 수 있는 세상. 사회개혁! 그랬다. 그 일을 향해 그는 걸음을 옮기기 시작한다. 비견컨대 자신이 창업한 마이크로소프트를 떠나 '멜린다&게이츠' 회사를 차린 빌 게이츠 회장과도 같다. 이 회사는 돈을 벌기 위한 것이 아니다. 남을 돕기 위한 사업을 편다. 오해 없었으면 한다. 뜻이 같다는 의미이다. 박종규는 1969년 12월, KSS해운의 전신인 코리아케미칼캐리어스(주)를 창업하면서 자신에게 질문을 던진다.

"기업인이 개인적 사리를 추구하지 않고 사회에 긍정적 영향을 미치면 세상을 바꿀 수 있을까?"

바른경제동인회 창립

그 의문 끝에 태어난 것이 (사)바른경제동인회이다. 때는 1993년 3월 30일. 그가 KSS해운 은퇴를 저울질하던 시기와 거의 궤를 같이한다. 정확하게는 30년 전이다. 그의 뇌리 속에는 자신의 롤 모델인 유한양행의 유일한 박사가 세운 학교가 지워지지 않았다. 유 박사에게는 사실 제약회사가 중요하지 않았다. 제약회사를 통해 학교를 세우고, 그 학교를 통해 우매한 대중을 깨우고 싶었다. 그렇지 못한다면 피지배 민족의 설움을 결코 벗어날 수 없다고 확신했다.

그 자신 스스로도 기회가 닿는 대로 교육에 대한 꿈을 피력했다. 그리고 끝내 학교를 세웠다. 이어 당시로서는 파격적인 학생 무료 기숙사 운영 등의 새로운 교육 시스템을 실현했다. 지금 그는 세상에 남아 있지 않지만, 그의 꿈은 유한양행과 함께 대학을 통해 면면이 계승되고 있다. 기업인으로서 유일한 박사를 길이 기리는 이유가 이것이다. 박종규도 그처럼 기업가로서 뭔가 사회에 영향을 미치는 일을 하고 싶었다. 이제 막 소규모 기업을 창업한 순간이지만.

독자들께서 박종규 고문을 제대로 바라보았다면, 사회개혁에 대한 그의 꿈을 이해하는 일은 어렵지 않을 것이다. 그는 당시 기업을 경영하던 다른 사람들과 출발부터 달랐다. 그는 정식으로 4년제 대학을 나온 인물이다. 그것도 우리나라 최고 명문대학인 서울대학교이다. 전공도 경제와는 인연이 먼 정치학이다. 더구나 사회의 첫 진출도 경영자로서가 아니라 급여를 받는 샐러리맨이었다. 또 더 중요한 것은 그가 KSS해운을 창업하기 전 직장에서 노조운동을 했던 경험이 있다는 점이다.이 모든 그의 사회진출 과정은 많은 기업인과 다른 것을 바라보게 만들었을 것이다. 그가 '유한양행 키즈'로 자처한 것도 기업인 유일한 박사보다 교육인 유 박사를 흠모했을 것이라고 짐작해 볼 수 있다.

이 무렵 박종규 고문은 자신의 은퇴 시기가 다가오고 있음을 느끼고 있었다. 그의 고객회사 대표 대부분이 자신보다 연하로 포진되어 벌써 '원로' 대접을 받기 시작한 때문이다. 여태까지 해왔던 것처럼 현장을 뛰기에는 어색해져 버렸다. 이때는 은퇴해야 맞다. 현장보다는 뒷짐을 진 채 창문 밖을 내다보며 보다 큰 그림들을 머릿속으로 그려보는 것이 자신을 위해서나 회사를 위해 더 보람될 수도 있다. 그는 여전히 홀로서기에 어려움을 겪고 있는 회사의 중요한 골격을 세우는 일에 속도를 내는 한편, 은퇴 후의 일을 고민한다. 마침 88서울올림픽이 끝나고 난 뒤, 권위주의 시대에 유보되었던 노동권이 거리투쟁으로 튀어나와 경제계에서는 "노조 때문에 못 살겠다"는 아우성이 쏟아지고 있었다. 벌써 몇 년째 그 일이 되풀이되던 중이었다.

노동계의 이런 외침은 무엇에 기인하는가? 일찍이 첫 직장인 대한해운공사에서 노조운동에 뛰어들었던 자신의 모습을 반추해 보면서 이 외침의 뒤에 있는 기업인의 탐욕을 떠올렸다. 기업을 사유화하고,

기업 활동에서 얻은 이익을 사주가 독점하는 데 따른 노동계의 분노가 보였다. 기업인은 사업을 원활하게 경영하기 위해 비자금이 필요해 노동자와 공정하게 이익 분배가 어렵다고 주장하지만, 그것은 마르크스가 말한 자본가의 노동 착취를 정당화하기에는 부족한 논리였다. 노동계는 같이 나누자며 경영 참여까지 주장하고 있고, 이를 관철하기 위해 길거리로 쏟아져 나오는 것이다. 노사 간 신뢰가 깨진 것이 근본 원인임을 누구나 모르지 않았다.

그의 두 번째 직장이었던 동신화학. 그 사장의 횡포 앞에서 박 고문도 머리띠를 두르고 거리로 뛰쳐나가고 싶었다. 대신 그는 조용히 사표를 쓰는 것으로 분노를 표출했었다. 어떤 경영주보다 노동계의 입장을 잘 이해할 수 있었던 그였다. 그러나 그때까지는 어떻게 해결할지, 그도 해법을 갖고 있지 않았다.

국내에서 벌어지고 있는 노조 문제는 박종규 고문이 업무차 일본을 자주 드나들면서 일본의 '춘투(春鬪)'에서 봤던 것과 같았다. 일본은 매년 봄이면 임금협상 등 노동권 강화를 내걸고 경영계와 치열한 줄다리기를 계속했다. 그 줄다리기가 사회적 문제로까지 비화되었기에, '싸우다'는 의미의 '투(鬪)'가 붙었을 것이다. 그러나 일본은 그 후 노사 간 동반자관계 조성에 성공함으로써 연례행사처럼 열렸던 '춘투'의 몸살에서부터 벗어날 수 있었다. 그리고 그런 노력의 중심에 일본의 '경제동우회' 조직이 있음을 발견했다. 일본은 이 단체를 통해 노사관계 발전을 위한 대화와 토론을 거쳐 각종 정책을 개발하고 실천함으로써 동반자적 노사관계를 정착시킬 수 있었다. 이것이 박종규 고문이 일본의 '경제동우회' 활동에 주목한 이유였다.

우리도 일본의 '경제동우회' 조직 같은 것이 필요한 시기다! 박 고문은 일본에 갈 적마다 시간을 내어 경제동우회를 방문해 그들의 활동상을 묻기도 하고, 조사도 했다.

우리도 일본의 길을 답습하면 안 될까? 같은 성격의 경제단체를 만들어서 사회적 문제로 비화되고 있는 노사문제를 풀어나갈 수 있지 않을까? 만일 할 수만 있다면, 이것이야말로 기업가로서 우리 사회에 기여할 수 있는 길이라고 판단했다. 그의 롤 모델인 유일한 박사처럼 자신도 기업이 있게 해준 사회에 되돌려줄 수 있는 길을 갈 수 있을 것이다! 창업 초기부터 존경받는 기업상을 세우고자 했던 큰 꿈의 연장선상이다. 그는 사회를 바꿀 결심을 한다.

이런 결심을 하고 일본에서 돌아온 박 고문은 발 빠르게 행동에 돌입했다. 그는 즉시 인간개발연구원의 장만기 회장을 찾아 경영문화 투명화와 합리적인 노사관계 조성을 위한 기업인 모임을 주선해 달라고 부탁했다. 지금은 작고했지만, 당시 장 회장은 이 연구원을 통해 기업인을 대상으로 매주 한 차례씩 강연회를 열고 있어 한국의 많은 중요 기업인들과 연결되어 있었다. 그러나 돌아온 대답은 '불가능'하다는 것. 현실적으로 벅찬 과제라는 이유를 댔다.

그렇다고 포기할 박 고문은 아니다. KSS해운을 일으키는 동안 그의 몸 안에는 포기할 줄 모르는 투쟁이 마치 손금처럼 얼기설기 새겨져 있었다. 만일 일본의 경제동우회와 같은 조직을 만들 수 없다면 비슷한 역할을 하는 기관을 찾아 후원하는 일이라도 시작하고 싶었다. 그렇게 해서 찾게 된 기관이 1989년에 설립된 경실련(경제정의실천시민연합)이었다.

마침 은퇴를 고려하던 그 무렵부터 그가 경실련을 후원하기 시작한 것이 그런 생각을 촉발했을 것 같다. 당시 경실련은 군사독재 정권에 맞서 사회개혁 기운을 우리 사회 전면에 등장시킨 시민단체였다. 일한 만큼 대접받고(경제정의), 약자가 보호받는(사회정의) 정의로운 사회 건설을 위해 우리 사회에 범람하고 있는 경제적 불의(부동산투기, 정경유착, 불공정한 노사관계, 농촌과 중소기업의 피폐, 부와 소득의 불공정한 분배, 재벌로의 경제력 집중)를 척결하기 위한 제도적인 개혁을 통해 경제적 공의를 추구하며, 이를 달성하기 위해 '자유, 평등, 민주'를 보편적 가치로 내세우고 있었다. 박 고문이 구상했던 노사관계도 포함되어 있어, 그 기관에 후원하는 것으로 사회개혁을 대신하려 했다. 현실적인 벽 앞에서 일단 우회도로를 선택한 셈이었다.

그런 사이에 앞에서 앞서 살펴보았던 KSS해운에 사무직 노조가 결성되었다가 해산되는 일을 겪는다. 해운업을 30년을 운영해 오면서 관행인 리베이트를 거부하고 밀수 추방을 하면서 노사가 협력해 왔음에도 노조 결성 움직임이 있었다는 사실만으로도 박 고문은 무척 괘씸했다. 이때 그는 다시 이 문제를 진지하게 생각하기 시작했다. 그리고 마침내 1992년 12월, 서경석 경실련 사무총장을 비롯해 도재영, 김종수, 오수관 사장 등 몇몇 기업인과 함께 준비모임을 가진 뒤 드디어 그 이듬해 3월 30일, 바른경제동인회 창립총회를 개최했다.

창립회원은 모두 61명. 그중에는 조순 전 경제부총리, 김진현 다보스포럼 펠로우, 김재철 동원그룹 회장, 김정문 알로에 회장, 윤창의 광림기계 회장, 이맹기 대한해운 회장, 최태섭 한국유리 회장 등 학계, 관계, 기업계의 대표적 인물들이 대거 포진했다. 이들 중 김정문 알로에 회장은 당시 매출액이 300억 원이 넘었지만 전세를 살고 있었다. 또 최태섭 한국유리 회장은 기업과 사주 명의의 땅 투기를 허용치 않은 기업인으로 유명했다. 또 접대비 없이 회사를 일군 젊은 실업인 박성남 이랜드 부사장도 참여했다. 밖으로 내세울 것은 크게 없다 하더라도 땅 투기와 같은 비도덕적 행동을 거부한, 모두 남다른 기업가 정신을 소유한 사람들이었다.

창립총회 발기 취지문을 보면 박 고문이 표방한 '바른 경제'의 의미가 명확하게 나타나 있다. 회사는 종업원 모두의 보람찬 일터가 되도록 하고, 회사 이익은 기술개발·복지·사회환원 등으로 사용하며, 뒷거래 없는 경영풍토를 확립하도록 하는 것이다.*

'새 기업인상' 실천과 '신생활운동'

바른경제동인회의 창립은 언론의 좋은 평가를 받으면서 재계의 주목을 이끌어냈다. 당시 우리 재계는 족벌경영, 오너에 대한 충성심, 선단식 경영 등으로 인해 많은 비판을 받고 있었다. 이런 때에 바른경제동인회가 창립되자 재계에서는 제2 경실련과 같은 또 다른 압력단체로서 시민단체가 나온 것으로 보는 시각이 우세했다. 그것은 바른경제동인회가 창립과 함께 '새 기업인상(像)' 실천을 선언하고, 이를 위해 기업의 '신(新)생활운동'을 펼친 것이 그런 인식을 갖게 한 것 같다. 그러나 그렇지 않았다. 압력단체가 아니라 기업계의 자정활동을 통해 기업이 기업 내부와 사회에 기여하자는 주장을 실천해 나갔기 때문이다. 바른경제동인의 설립 목적은 기업 내의 종업원뿐 아니라 사회로

* 바른경제동인회 발기 취지문. <바른경제동인회 25년사> p.395

부터 진정으로 존경과 믿음을 받을 수 있는 행동과 활동을 실천하는 일이다.

이날 창립총회 기사를 게재한 조선일보(1993.4.1자)를 보면, 바른경제동인회 출범 목적은 땅 투기와 검은돈 거래를 추방하고, 기업에서 번 돈을 사회와 기업에 재투자하자는 것이다. 이와 함께 경제 현안에 대한 의견을 정부에 건의해 정책적인 뒷받침을 얻어내는 역할도 자임한 것으로 되어 있다. 이를 통해 사회와 경제구조 전반이 맑게 정화되도록 기업인들이 힘을 모을 것을 결의했다. 바른경제동인회는 이 결의대로 세미나와 강연회를 연속적으로 마련해 이를 실천해 나감으로써 경영계의 의혹을 불식시키는 데 성공했다. 박종규 고문도 이와 관련, 분명한 청사진을 내보였다.

"기업가는 스스로가 깨끗해야 회사도 살고, 국민의 존경을 받는 사회지도층으로 남을 수 있다."*

특히 이날 결의에서 눈에 띄는 것이 있다. 뒷거래 없는 상행위, 제품과 서비스의 질에 의존한 승부, 친·인척 기용 배제, 사적인 비용지출 금지 등이다.

어디서 많이 본 것 같지 않은가? 바로 박종규가 걸어온 길이다. KSS해운을 경영해 오면서 그가 목숨 걸고 실천해 온 덕목들을 고스란히 바른경제동인회로 옮겨놓았다. KSS해운에서 성공했던 경험이 있었으므로 자신 있게 내걸었다.

잊지 마시기 바란다. 바른경제동인회는 당시 사회적 병폐로 지적된 노사분규 해결을 집중적으로 바라보고 있었다는 사실이다. 극렬한

* '새 기업인상 실천 선언', 조선일보 1993.4.1

노사분규를 노사평화로 만들고 싶은 것이 박 고문의 바람이었다. 또 바른경제동인회에 참여한 의식 있는 기업인 모두의 바람이기도 했다. 기업인이 아니면 꿈꿀 수 없는 일이기 때문이다. 노사분규는 기업에서 발생한다. 당연히 기업인이 결자해지해야 할 일이었다. 그가 새 기업인상을 내걸고, 신생활운동을 펼치자고 호소한 것도 바로 이 목표 때문이었다. 일본의 경제동우회 활동을 통해 '춘투'라는 악명 높은 노사분규를 해결했듯이 박 고문도 그런 방향으로 바른경제동인회를 이끌고 싶었다. 그해 6월 열린 창립기념 세미나에서 그가 주제발표자로 나서 강조한 것도 바로 그 일이었다. 앞에서 거론한 것 외에 소유의식 탈피와 노사관계 대립 지양 등이 추가된 데서도 잘 나타났다.*

이 자리에서는 '기업인 신생활운동' 선언식도 가졌다. 전환기에 기업인 스스로가 기업 정도에 충실함으로써 사회로부터 신뢰를 얻고자 팔을 걷어붙였다. 기업인의 자정선언인 셈이다. 모두 여섯 가지로 요약된 신생활운동을 잘 살펴보면 여기에 참여한 기업인들의 결의를 읽어낼 수 있을 것이다.

첫째는 기업은 개인 소유물이 아니며 사회의 공기(公器)임을 재확인하고, 기업인은 사회로부터 수탁된 '선량한 관리자'로서의 책임을 다한다는 것이다. 두 번째는 정경유착, 배경 이용, 부정 로비에 의한 이권 획득과 불공정거래 배격, 그리고 기술개발, 품질향상, 비용절감에 의한 실력 배양으로 무한경쟁에 대비한다는 선언이다. 이어 세 번째는 기업이 이익 추구를 목적으로 하지만, 사회적 공익과 환경보호가 기업 이익에 우선하도록 규정했다. 네 번째는 노사관계에 관한 것.

* 한국경제신문 1993.6.18

바른경제동인회는 이와 관련해 노사는 대립관계가 아니라 신뢰를 바탕으로 하는 공동체임을 확인했다. 다섯 번째는 분배에 대한 것. 기업의 과실은 재투자를 위한 비축량을 제외하고 주주, 경영자, 종업원에게 공평 분배한다고 선언했다. 그리고 마지막 여섯 번째는 소비자 주권에 관한 것이었다. 일국의 제품의 질은 그 나라 소비수준에 좌우됨을 확인하고, 소비자 주권을 적극 옹호하며, 최고의 제품 생산과 최고의 서비스를 창출한다고 밝혔다. 기업인의 자세로서는 어느 한구석도 손색이 없도록 잘 준비했다.

이뿐 아니었다. 이어 '우리의 각오'를 제창함으로써 '바른 경제'를 향한 뜨거운 열정을 숨기지 않았다. 이 각오를 읽을수록 바른경제동인회 창립 당시 의식 있는 기업인들의 마음을 들여다볼 수 있을 것이다. 그리고 그 일을 박종규 고문과 그와 뜻을 같이하는 사람들에 의해 주도되었다는 의미를 곱씹을 만하다. 기업인의 단합된 힘으로 세상을 바꾸고자 하는 속내를 숨기지 않았고, 그래서 그를 가리켜 '개혁가'라고 칭하는 것이다.

하나. 우리는 모든 뒷거래를 배격한다.

하나. 우리는 창의와 기술개발로 소비자 이익을 극대화한다.

하나. 우리는 공사 구분을 엄격히 하고 회계를 공개한다.

하나. 우리는 근검절약을 생활화한다.

하나. 우리는 종업원지주제를 장려하고 후생복지에 최선을 다한다.*

---

* <바른경제 25년사> p.35

바른경제동인회를 출범하고 첫 사업을 하면서부터 이런 열정을 담았다. 기업과 기업인이 가야 할 방향과 목표를 정하고 힘차게 출발한 것이다. 그리고 그해 10월에는 '기업인 신생활운동 동참 호소문'을 만들어 상장기업 대표 1,000여 명에게 발송했다. 또 여러 차례 세미나를 개최하며 여론전을 펼쳤다.

그런 다음 어느 정도 사회적 관심이 집중된 것을 확인하자, 박 고문은 시급히 실행하고 싶은 두 가지 과제를 다룰 2개 위원회를 설치한다. 한 가지는 노조 문제를 다루기 위한 '노동분과위원회'이며, 다른 하나는 투명경제 실천을 목적으로 하는 세금문제를 다룰 '세제분과위원회'이다. 그는 초기 구성원들을 이 두 위원회에 소속시키며 바른 경제 정착을 위한 시동을 건다. 박종규 자신은 세제분과를 택했다. 그 첫 번째 사업으로 '신용카드 소득공제제도 도입'을 이미 머릿속에 구상하고 있었다.

당시 기업계에 만연한 지하자금을 정조준한 것이다. 바른 경제를 실천하려면 투명한 기업을 만들어야 하며, 이를 위해 가장 먼저 뇌물로 지출하기 위해 탈세로 마련하는 지하자금이 없어져야 했기 때문이었다. 대부분의 정의롭지 못한 돈은 기업에서 나오며, 이를 근원적으로 차단하는 일이야말로 사회문제화된 노사문제의 해결의 첫 걸음이며 사회발전의 초석이라고 믿었다. 일개 신생 경제단체의 힘으로는 감당키 어려운 과감한 도전이었다. 마치 돈 한 푼 없이 창업해놓고 리베이트를 뿌리치며 기업의 정도를 걷겠다고 겨울옷 한 벌로 여름까지 버텼던 젊은 날의 박종규가 되살아난 것 같은 도전이었다. 여기에서 그의 젊은 날 '후유후쿠'의 투쟁을 상기시킨다.

신용카드 소득공제제도 도입

박종규 고문이 바른경제동인회를 통해 사회개혁을 이룬 첫 번째 성과는 '신용카드 소득공제제도' 도입이다. 지금 되돌아봐도 신생 경제단체가 이런 큰일을 해냈다는 사실이 믿어지지 않을 만큼 이 일은 무려 6년간에 걸쳐 끈질긴 추진 끝에 얻어낸 소득이다.

'신용카드 소득공제제도'란 급여액과 관계없이 총급여액의 일정 부분을 초과해서 사용한 신용카드 사용액에 대해 정부가 소득공제를 해주도록 하는 제도를 말한다. 이렇게 된다면 월급 급여자들에게는 상당한 절세가 된다. 또 대다수 국민이 신용카드 사용을 생활화할 수 있을 것이다.

박 고문은 확신했다. 신용카드 사용이 활성화되면 모든 소득이 그대로 드러나게 되어 비자금 조성길이 막히게 된다. 이는 우리 사회가 투명사회로 가는 길이다. 그러나 당시 소상공인들을 비롯해 기업체에서도 신용카드 사용에 따른 수수료 부담이나 소득이 세무서에 그대로 드러난다는 것을 불편하게 여겨 카드 결제를 회피하는 경향이 강한 때였다. 이런 환경 아래에서 바른경제동인회는 근로자의 세 부담 경감이라는 이득과 정부의 세수 증가 이유 등 두 가지를 전면에 내세웠다. 물론 그 이면에는 지하자금, 곧 비자금 조성 풍토를 기업에서 뽑아내자는 것임은 두말할 것이 없었다. 이 일을 위해 정부가 신용카드 사용자에게 소득공제를 해준다면 신용카드 사용이 훨씬 앞당겨질 것으로 예상했다. 박 고문은 1995년 3월, KSS해운 대표직에서 사임한 후 본격적으로 '신용카드 소득공제제도' 도입에 매달린다. 그의 가슴 속에는 사회개혁의 불길이 뜨겁게 달아오르고 있었다.

그러나 역시 사업처럼 사회개혁운동도 쉽지 않았다. 어려웠다기보다 오히려 백안시당했다고 말하는 편이 더 솔직할 것이다. 특히 경제계와 정부가 그랬다. 장만기 인간개발연구원장이 '현실적으로 벅찬 과제'라며 고개를 옆으로 저었던 것이 사실임을 곳곳에서 목격하게 된다.

이미 그 전 해인 1994년 1월에 사무실 개소식과 현판식을 하고 바로 그해 5월, '돈봉투' 거래 실태조사부터 시작했다. 기업에서 지하자금 조성을 통해 로비자금으로 어떻게 유통되는지를 알아보고자 한 것이다. 전국 1,520여 상장기업 대표와 경리(자금)부장에게 편지를 발송, 실태를 조사한 후 언론기관을 포함해 바른경제동인회 회보 등에 사례를 실었다. 이어 바른경제동인회가 마련한 신용카드 사용에 따른 '세제개혁안'을 놓고 기자회견을 하고, 공개 세미나도 열어 의견을 수렴했다. 그리고 그렇게 해서 수렴된 세제개혁안을 1994년 10월, 국회에 제출한다.

그러나 국회는 거들떠보지도 않았다. 정치인들은 기업인으로부터 받는 후원금이 가장 크다. 그리고 그 후원금은 기업이 만든 비자금이 대부분이다. 그런데 그 비자금을 없앤다면 정치인에게도 손해가 갈 수밖에 없다. 이런 일이 어디 정치인뿐인가. 먹이사슬로 인해 이리저리 얽힌 한국 사회에서 비자금 없이 당장 원활한 활동이 어려운 기업들은 바른경제동인회의 이런 활동에 뒤돌아 앉기 일쑤였다. 애초부터 '계란으로 바위 치기'였다. 의욕적으로 가입했던 회원들도 차츰 떨어져 나가기 시작했다.

그렇다고 포기할 박 고문이 아니었다. 문제가 어려울수록 그의 오기도 덩달아 강해지는 것이 그의 장기이다. 그는 방향을 바꿔 여론 환기와 함께 기업계 내부로 침투해 들어간다. 또 행정부와도 끊임없이 접촉을 이어가는 일도 잊지 않았다.

바른경제동인회는 세제개혁 세미나를 계속 열어 여론을 환기시키는 중에도 재경부의 문을 끊임없이 두드렸다. 2년마다 바뀌는 세제실장 방을 수시로 드나들며 정부를 집요하게 설득해 나갔다. 그러나 정부 역시 국회와 마찬가지로 마이동풍일 따름이었다. 들은 척도 하지 않는 것은 그나마 다행이었다. 이때 국세청 기획관리실에 근무하는 대학동창으로부터 심한 수모까지 당한다. 혹시 이 일에 도움이 될까 해서 관련 서류를 준비해 동창을 방문했다가 '세상 물정 모르는 멍청이'라는 소리까지 듣게 된 것이다. 그 동창은 박종규를 향해 바른경제동인회 운동은 국세청 세무공무원들의 사기를 떨어뜨려 오히려 세금을 적게 거두게 된다는 강변을 펴며 그를 나무라기까지 했다. 그럼에도 박종규는 1995년 2월, '카드결제와 소득공제'를 주제로 내걸고 공청회를 개최하며 계속 전진했다.

이와 함께 기업인에게 보내는 호소문, '새로운 시대의 용단'을 만들어 전 상장기업 대표에게 발송했다. 또 그 이듬해에는 정부에 대한 호소문인 '대통령의 침로(針路)'를 만들어 청와대에 보내기도 했다.

그뿐 아니었다. 기업인과 정부에 이어 1996년 2월에는 노동계에도 호소문을 보낸다. 기업종업원에게 쓴 호소문, '우리가 주인이 되자'를 만들어 노총 산하 단위노동조합에 발송하면서 가히 전방위적인 노력을 계속했다. 이 호소문의 제목은 오랜 시간이 흐른 뒤 박종규가 자서전을 쓸 때 다시 되살아난다. 자서전의 제목이 '직원이 주인인 회사'였다.

잠깐 여기에서 멈춰서 보자. '우리가 주인이 되자.' 어디에서 많이 들어본 말이다. 바로 박종규 고문이 '잃어버린 7년'을 보내면서 종업원과 '동업자' 정신을 확인하고, 직원을 주인으로 만들어주고 싶은 염원을 가졌던 것을 독자들도 기억할 것이다. 그는 그가 체험했던 그 정신으로 노동계 설득에 나선 것이다. 동참해 달라고.

누가 그렇게 하라고 한 것도 아니다. 그런 활동에 돈이 들어가지만, 정부로부터 한 푼의 지원을 받지도 않았다. '바른 경제'에 대한 사명감에 불타는 회원사들의 주머니에서 십시일반으로 거두어 경비로 사용했다. 그러나 누구보다도 박종규 고문은 자신을 희생시켰다. 바른경제동인회의 시민운동이 지속될 수 있도록 KSS해운 발행주식 총수의 2%의 주식을 동인회에 출연했다. 자신의 재산까지도 던진 것이다. 지금도 바른경제동인회는 이 출연금을 기반으로 운영되고 있다. 매년 연말 주주총회가 끝나고 나면 이 출연금의 배당이 바른경제동인회로 들어오고 있다.

결과가 어떻게 되었을까? 해결책은 전혀 엉뚱한 곳에서 터져 나왔다. 1998년도 박종규 고문이 그해 발족된 '행정개혁시민연합회'의 공동대표로 앉게 된 것이 계기가 되었다. 이 일을 하면서 재경원 김진표 세제실장을 만난 것이 해결의 실마리로 작용했던 것이다.

당시 김대중 정부는 행정 개편에 몰두해 있었다. 그때 정부는 기획예산처를 재경원 산하에서 뚝 떼 별도로 둔다는 안을 가지고 시민단체의 지원을 요청했다. 마침 행정개혁시민연합회 공동대표인 박 고문이 공청회에서 대표토론을 하면서 이 문제를 거론하도록 되어 있었다. 그러나 사실 시민단체에서는 이에 대한 반대 입장을 이미 표명해 놓은 상태이고, 박 고문 역시 같은 생각이었다. 그래서 그는 지원할 수 없다고 했지만, 김 세제실장은 당위성을 내세워 끈질기게 박 고문을 설득했다.

그 순간, 박 고문의 머릿속을 스치는 생각이 있었다. 이렇게 집요하게 설득한다면, 그도 김 실장을 설득하자는 생각이 든 것이다. 그는 화제를 바꿔 김 실장에게 "신용카드 소득공제제도를 6년간 세제실장이 바뀔 때마다 건의했어도 항상 시기상조라는 대답뿐이었다"며 자세한 설명을 더했다.

그러자 김진표 실장은 아직 보고를 받지 못했다면서도 "그렇게 좋은 안을 왜 선임자들은 시기상조라고 거절했을까"라며 예산처 일과 상관없이 신용카드 소득공제를 연구해 추진하겠다고 했다. 이 말을 들은 박종규 대표는 "만일 그렇게 해주면 나도 공청회에 나가 우리 행정개혁시민연합회의 방침을 접고 재경원 안에 찬성하겠다"며 바터 제안을 했다. 그리고 박 대표는 자신의 소신까지 접고, 위원장으로서 예산처를 별도로 두자는 안을 강력하게 주장했다. 물론 그의 말대로 진행되었다. 이 일로 인해 그와 바른경제동인회가 추진 중인 '신용카드 소득공제제도' 문제를 재경원에서 본격적으로 논의하게 되었다.

마침 정부도 1997년 외환위기 후 재정건전성 회복을 위한 방안의 하나로 자영업 부문의 낮은 소득파악률 제고방안을 강구하던 중이었다. 정부로서도 신용카드와 현금영수증 사용금액에 대한 소득공제제도를 도입한다면, 거래의 증빙자료 생산을 통해 과세정보를 확충해 사업소득세 근거자료 기반을 넓힐 수 있을 것으로 판단했다.

그러나 그 수립과정은 그렇게 간단하지 않았다. 기획원 예산실장의 동의를 받아 일사천리로 진행될 것 같았지만, 김진표 세제실장은 주위에 알리지 않으면서도 아주 섬세하게 다듬기 시작했다. 그는 먼저 조세연구소에 이 제도와 관련된 용역을 의뢰했다. 그리고 두 달 후에 찬성 방향의 보고서를 만들게 한다. 그 다음, 국세청과 협력해 '신용카드 소득공제제도'를 실시하는 방향으로 '조세감면 특별법'을 만들어 국회에 넘겼다. 다행스럽게도 당시 국회의원들은 여야 간에 싸움이 크게 붙었고, 시간에 쫓긴 국회에서 이 제도는 그저 '자잘한 문제' 속에 포함되어 통과된다. 결코 자잘할 수 없는 엄청난 무게를 지닌 이 법안은 김진표 세제실장의 기지에 힘입어 1999년 9월에 통과, 시행되었다. 법 제정 운동을 시작한 지 만 6년 만의 일이었다. 박 고문의 끈질긴 '의지'가 얻어낸 큰 성과였다. 박 고문의 가설, 즉 기업인의 긍정적 영향력이 세상을 바꿀 수 있다는 사실을 증명한 것이다.

법안은 조세특례제한법 안에 넣어졌다. 이 법 126조 2항에 '신용카드 등 사용금액에 대한 소득공제'에 따라 임금을 받는 근로소득자를 대상으로 전년 12월에서 당해 연도 11월까지 신용카드 사용액이 연간 총급여의 25%를 넘으면 초과 사용금액의 15%를 근로소득금액에서 공제받을 수 있는 내용이다. 그로부터 2016년까지 한시법으로 공포되었으나, 그 후 2018년 12월까지 연장되었다. 이 일은 단순히 근로자의 소득공제라는 측면을 넘어 우리 사회 부패 척결과 투명성 확보를 위한 다양한 시도 중의 한 기념비적 사안으로 기록된다.

'신용카드 소득공제제도' 실시로 카드 사용이 현저하게 늘어났다. 첫 공제제도가 도입된 1999년부터 2010년, 10년 동안 신용카드 거래액수는 517.8조 원에 이르렀다. 거래건수는 약 58억 건을 기록했다. 신용카드 사용이 활발해지면서, 가계지출액 중에서 신용카드 사용액은 2010년에 무려 68.9%에 달했다. 그리고 이 추세는 해가 갈수록 늘어났다. 이것은 그만큼 거래가 투명해졌다는 뜻이다. 이런 추세에 발맞추기 위해 정부는 한시법이라는 성격에도 구애받지 않고 지금까지 이어오고 있다.

특히, 2014년 '세월호' 사건과 2015년 '메르스' 사태 등으로 침체된 내수 진작에 이 제도가 크게 기여했다. 소비심리 개선, 건전소비문화 정착, 그리고 세원투명성 제고에 1등공신이 되었다. 근로자와 소상공인은 카드 사용으로 소득공제 혜택을 누리고, 정부는 지하자금을 지상으로 끌어내는 효과를 거둠으로써 상호 윈윈이 될 것이라는 처음 의도가 그대로 들어맞았다.

한국조세재정연구원이 2018년 9월 발표한 '신용카드 등 사용금액에 대한 소득공제 및 세액공제 보고서'에 따르면, 2016년도 기준 1인당 평균 소득공제금액이 242만 원이었다. 이에 따라 한계세율을 적용한 1인당 평균 경감세액은 24만5,000원으로 나타났다.*

1인당 평균 경감세액을 소득별로 보면, △1,000만 원 이하 5만3,000원 △2,000만 원 이하 10만6,000원 △4,000만 원 이하 17만1,000원 △6,000만 원 이하 28만9,000원 △8,000만 원 이하 36만 원이다. 이어 1억 원 이하는 44만 원, 2억 원 이하는 57만7,000원, 3억 원 이하는 79만 8,000원, 5억 원 이하는 89만 원, 5억 원 초과는 106만6,000원이다.

이제 근로자는 연말정산을 통해 의레껏 신용카드 공제를 받을 것으로 기대함으로써, 이 제도는 우리 사회를 투명하게 만드는 역사적

---

* 아주경제 2019.3.12

인 업적 중 하나로 기록되었다. 개인과 기업의 투명성이 확보되고, 거래가 정상적으로 이루어지는 계기를 마련함으로써 사회적으로 큰 기여를 하게 된 것이다. 박종규라는 한 기업인의 개혁의지가 실제로 세상을 바꾸는 우리 사회에 긍정적 영향을 끼친 것이다. 이런 성과와 관련해 과학기술부 장관과 서울시립대 총장을 지낸 김진현 전 바른경제동인회 회장은 '어느 국세청장, 어느 재무장관도 손을 대지 못한 세정의 최대 맹점이었던 소비거래 세원의 양성화에 결정적 공로자"라고 박 고문을 평가했다.

그러나 그런 신나는 역사만 써 내려간 것은 결코 아니다. 한때는 2~3백 명까지 늘어났던 회원이 썰물처럼 빠져나가 동인회가 생사 갈림길에 서기도 했다. 부패문제라는 사회적인 큰 벽과 싸우다가 지쳐 떨어져 나간 것이다. 회원이 줄어든다는 것은 회원의 회비로 운영되는 단체로서는 치명적일 수밖에 없는 일이었다. 거기에다 1997년 IMF를 맞으면서 많은 회원사 기업들이 도산의 어려움을 겪었다. '바른 경제' 운동에 동참하고 싶어도 할 수 없는 입장에 처한 회원들이 많았다.

바른경제동인회 김동수 현 이사장은 당시의 참담한 상황을 이렇게 설명했다.

"저는 친구 네 명과 함께 바른경제동인회에 가입했어요. 그중 둘은 상장회사 대표였고, 나머지 둘도 사업을 잘하던 기업인들이었어요. 그런데 그중 한 친구는 IMF를 맞아 현금 준비를 못한 통에 회사가 날아갔고, 다른 친구들도 이런저런 사정으로 다 떠나갔어요. 한때는 '독수리 5형제'라고 불렸었지만, 그로 인해 부정을 저지르지 않고 바르게 경제활동을 해보려던 꿈도 중도에 좌절되고 말았습니다."

김 이사장은 계속해서 당시의 좌절을 회고했다. 바른경제동인회를 떠나면서 그의 친구들이 한 말을. 그들은 "우리에게 도움이 되는 게 뭐 있냐? 감세 효과를 보는 것도 아니고, 나중에 이름이 남는 것도 없잖아. 그러면서 회비만 내라고?"라고 말했다고 했다. 그러면 김 이사장은 다시 설명하곤 했다. "이건 공공재와 마찬가지야. 바른경제를 통해 경제가 깨끗해지면 네 아들이 사업할 때라도 도움이 되지 않겠나?"고. 그러나 그들은 다시 말했다고 한다. "개인이 왜 공공재에 돈을 써? 그건 정부가 해야지. 우리가 왜 해?" 그때 김 이사장은 깨달았다. '바른경제'에 대한 생각이 투철하지 않으면 아무리 가까운 친구라도 6개월을 못 버틴다고.

기업부패지수 개발 사업

난관은 의욕적으로 전개한 사업에서도 발생했다. 바로 부패지수 개발 사업이다.

1997년 9월에 이르러 이우영 전 중소기업청장이 이사장으로 취임한다. "38년 공직생활의 경험을 토대로 부패 추방에 앞장서겠다"는 당찬 포부를 안고 바른경제동인회에 합류한 것이다.* 그는 그에 앞서 한국은행 부총재를 지내면서 좋은 인맥을 갖고 있었다. 그가 바른경제동인회에 합류하자, 바른경제동인회는 아연 활기를 띤다. 많은 중요 기업 대표들이 속속 바른경제동인회의 품으로 다시 돌아왔다. 특히 한국의 주요 은행들이 앞 다퉈 가입했다. 이에 고무되었을까? 그는 박 고문과 함께 기업의 부패방지 문제에 집중하기 시작했다.

---

* 동아일보 1997.9.27

그 이듬해인 1998년 3월, '기업경영 투명성 제고를 위한 제도개선 방향'이란 주제를 놓고 세미나를 열었다. 기업의 투명성을 이끌어내자는 의도였다. 계속해 그 이듬해인 99년 3월에는 '민간부패 방지를 위한 시스템 개발'을 주제로 세미나를 개최했다. 이런 일련의 일들을 끝낸 2000년에 이르러 '기업부패지수'를 측정해 기업의 부패를 막아보겠다며 공동연구 조인식을 갖는다. 기업부패지수 개발을 서울시립대 반부패행정시스템연구소(소장 강철규 교수)와 공동으로 도전한 것이다. 개발비는 무려 1억 원. 바른경제동인회의 넉넉지 않은 재정 상태에도 불구하고 큰맘 먹고 도전한 것이었다. 한 번도 우리나라에서 추진해 본 적이 없는 일이었다.

그해 9월 이 주제를 놓고 공청회를 열어 의견수렴에 나섰다. 이어 그해 말 '기업부패지수 측정모형' 1차 개발을 완료한 데 이어, 그 이듬해 10월 2차 개발을 완료했다. 기업의 부패 정도에 따른 부패 순위와 부패 내용 등을 조사하여 그 결과를 정기적으로 공개 발표할 수 있게 한 것이었다. 개발 당시 이를 '부패지수'로 명명했다. 공청회 개최로부터 2년이 더 걸린 노력을 쏟아 부었다. 이젠 시행만 하면 될 터였다. 뿌듯했다.

그러나 개발된 지수를 갖고 상공부 차관을 만났던 이우영 이사장은 강한 거부에 크게 당황하고 만다. 차관은 이 이사장을 보고, 강력하게 만류했다. 둘은 이전부터 가까운 사이였다.

"이 청장, 당신이 민간인 신분으로 어찌 이런 일을 할 수 있어요? 정부라면 모르지만. 이게 뭔지 아세요? 기업을 살리고 죽이는 일인데. 그 전에 당신이 먼저 몇 번 죽을 거요."

차관의 말을 듣고 몇 군데 더 모니터링을 해봤지만, 대답은 꼭 같았다. 심지어 그중 어떤 사람은 이 이사장더러 "그럼, 감옥에서 만나자"고도 했다. 개발비 1억 원만 쓰고 사용도 못해 본 채 결국 폐기되고 만다.*

지금 돌이켜 보면, 차라리 기업의 '청렴지수'를 개발했으면 어떠했을까 하는 생각이 든다. 지난 2018년 바른경제동인회 25년사 제작을 위한 대담에서 한 편집위원이 뒤늦게 그런 아이디어를 냈었다. 부패한 기업을 공개하기보다는 청렴한 기업을 찾아 순위를 매겼더라면 기업 측의 호응도 이끌어냈을 것 같아 보였다.

그럼에도 불구하고 이 지수는 부패 형태와 흐름에 대한 진단을 쉽게 할 수 있는 방향을 제시함으로써 사회 전반에 상당한 기여를 했다는 평가를 받았다. 바른경제동인회의 이런 움직임에 기업들이 긴장하지 않을 수 없었던 탓이다. 만일 다시 이 과제에 도전한다면, 기업의 부정과 비리의 사전예방 차원에서 기업 내 자체 감사활동을 위한 기업부패방지시스템 개발과 인성교육 강화를 위한 기업윤리 교육프로그램 개발 등으로 나갈 수 있을 것이다.

조세특례제한법 법제화

그럼에도 박종규 고문은 활동을 쉴 수 없었다. 그의 두 어깨에는 사회를 개혁해야 할 책무가 있다고 확신했다.

그는 다시 자신이 설계한 '임직원 이익공유제'를 기업계에 널리 전파하는 일을 바른경제동인회의 두 번째 활동으로 삼았다. 이 일은 2022년 현재도 진행 중이지만, UN의 '지속가능발전목표(SDGs)'와

* <바른경제동인회 25년사> p.247

'환경·사회·지배구조'인 'ESG경영'이라는 세계적 추세를 수용하지 않을 수 없는 현 시점에서 선택이 아닌 필수로 자리 잡고 있다. 그 중심에 박 고문의 창안품인 '투명경영'이 있기 때문이다.

그때는 몰랐던 일이었다. 반세기 전부터 KSS해운이 '임직원 이익공유제'를 향한 발걸음을 뗄 때만 해도 이 같은 SDGs나 EGS경영을 예측하지 못했다. KSS해운뿐 아니었다. 한국의 어느 기업이나 기업인 누구도 이런 시대가 오리라고 예견하지 못했다. 이것이 세계 무역의 중심 화두로 자리 잡아 여기에서 요구하는 조건을 충족하지 않을 경우, 수출입 길이 막힐 것이라는 사실을 누구도 알 수 없었다. 그러나 '임직원 이익공유제'의 핵심 가치인 투명성과 지속가능경영은 기업에서는 제도와 상관없이 반드시 해야 될 일이다. 부패 근절의 마지막 퍼즐 맞추기인 때문이다. 박 고문이 이를 두고 '마지막 열쇠'라고 장담한 이유가 바로 이것이다. 박 고문은 바른경제동인회를 통해 이 제도를 전 기업계로 확산시켜 투명경영 정착으로 사회를 구원하기로 결심한다.

신용카드 소득공제제도를 완수한 이후 2015년부터 공개 세미나를 통해 '임직원 이익공유제'를 주창하며 본격적인 실천운동을 시작했다. 그 전해인 2014년 KSS해운에서 전 임직원에게 보너스 대신 배당을 실시함으로써 이익공유제에 대한 모든 논리를 확립한 뒤였다. 현장에서의 오랜 실험 끝에 성과를 확인했기에 확신이 있었다. 이 제도로 인해 KSS해운이 반듯한 회사로 성장하고 노사평화를 이루었듯이, 다른 기업에서도 같은 일이 일어나기를 소원했다. 그리고 기업의 바른 경영으로 세상도 바르게 나아가기를 바랐던 것이다.

그는 2015년 9월 16일 세종문화회관 별관 예인홀에서 가진 첫 공개 세미나에서 주제 발표를 통해 "이익공유제가 국내 경영계로 확산될 경우, 기업 투명성을 확립하고 종업원들에게 주인의식을 심어주어 획기적인 노사평화를 이룩할 수 있다"고 목소리를 높였다. 임직원 이익공유제를 공개적으로 기업계의 이슈로 던진 것이었다. '김영란법'이 나오기 3년 전이었다.

1970년대 중반 근로자 급여의 은행구좌 송금으로 부부간 비자금이 사라지기 시작했지만, 그 이후에도 여전히 기업을 통한 비자금 조성이나 뒷거래는 단절되지 않았다. 이 자금은 탈세자금으로 후진국병의 하나이다. 그럼에도 한국은 버젓이 OECD에 가입하는 위선적 모습을 세계에 보이고 있다. 특단의 조처라도 취해 이런 부끄러운 일을 걷어내어야만 진정한 선진국 위상을 지닐 수 있을 것이다.

국제투명성기구(TI)에 따르면, 2018년도 우리나라의 청렴도 지수는 세계 180개국 중 45위를 기록했다. 그나마 그 전 해인 51위에 비해 몇 계단 상승했다. 이것도 '김영란법' 덕이었다. 정부는 2022년까지 20위 권 안에 들도록 목표를 세우고 있지만, 그것을 믿는 사람은 거의 없는 실정이다. 아직도 산업계나 정계에서 비정상적인 거래가 만연하고 있기 때문이다. 민간인끼리의 거래가 정상화되어야 정계도 달라질 것이다. 대부분의 부정한 돈이 기업에서 유출되기 때문이다.

이런 부정한 돈은 기업이 매출을 줄이거나 혹은 비용을 부풀려서 만들어낸다. 또는 해외 건설이나 투자 혹은 무역에서 발생하기도 한다. 이로 인해 기업의 이익이 줄어들고, 나라의 GDP도 덩달아 감소한다. 거래처 책임자나 특정 권력자를 배불리면서 GDP를 감소시킨다. 국가의 기본통계가 왜곡되고, 납세의욕을 떨어뜨리며 국민 계층 간

위화감을 조성하게 된다. 결과적으로 빈부격차를 더 벌어지게 만든다.

이것을 막으려면 '이익공유제'가 필요하다. 기업 활동을 통해 발생한 이익금 일부를 구성원에게 배분하는 제도가 확립되면 된다. 그러면 종업원들이 자기 배당을 증가시키기 위해 회사 이익금이 유출되지 않도록 감시하게 된다. KSS해운에서는 지금도 그런 일들이 실제로 계속 일어나고 있다.

한국 사회에는 투명성을 지키려는 세력이 없다. 그러나 종업원의 이익 참여가 제도화되면 투명성 유지 세력이 생기게 되는 것이다. 경영진에서도 필요악이라고 부르면서도 관행을 끊지 못하는 비자금 조성이 회사원들의 감시로 길이 막히게 된다. 이에 따라 정·관계 로비나 고객에 대한 로비가 사라지게 된다. 이런 특단의 조치가 바로 '이익공유제'이다.

이런 사회가 정착되면, 기업의 영업은 로비 없는 영업으로 대치되고, 기술력과 제품력이 사업 성공을 가르는 기준이 된다. 기업은 기술 투자와 직원의 재능 투자에 진력하게 된다. 신뢰사회가 이루어질 것이며, 중산층의 증가도 일어나게 될 것이다. 바른경제동인회 출범과 함께 펼쳤던 '기업인 신생활운동'이 선언에서 실천으로 바뀔 수 있는 것이다.

기업의 생산성 증가 없는 인건비 상승이나 세금으로 보전하는 이전소득은 부가가치를 증가시키지 못한다. 그러나 기업 이익에 연동되는 근로자의 소득 증가는 부가가치를 높이고 기업 성장과 함께 국가경제 성장에도 기여하게 된다. 기업에서는 배당금이니까 이익잉여금에 해당하나, 배당이 이익의 크기에 따라 증감하니 임직원 입장에서는 유연성 상여금이 된다.

경기가 나빠져 이익이 없거나 적자가 날 때, 임직원은 이익배당을 받지 못해 수입이 줄어든다. 그러면 허리띠를 졸라매고 비용절감을 위해 노력하게 된다. 그렇게 절감된 인건비만큼 생산제품 가격이 싸지니, 그 이전보다 제품이 많이 팔리게 된다. 그렇게 해서 위축되었던 기업 성장세가 회복되어 다시 이익이 나면 이익배당금을 받을 수 있게 된다. 임직원의 유연성 배당금인 이익배당금은 구조조정이란 이름의 인원감축 없이 경기를 되살리는 방법이다. 만일 이런 유연성 대신 임금이 고정급으로 경직되어 있다면, 위기 때에는 구조조정을 할 수밖에 없게 된다. 임금을 깎을 수 없기 때문이다. 경기 불황기에는 중앙은행도 금리를 내리고 통화량을 늘리며, 정부도 공공사업을 벌여 소비를 촉진시키는 모든 조치를 강구한다. 그러나 임금의 유연성 하나로도 이 같은 모든 번거로움을 피할 수 있다.

1970년대 말부터 1980년대 전반까지 미국과 유럽이 스태그플레이션으로 고생할 때 유연성 상여금 제도를 택한 일본은 불황을 어렵지 않게 극복했다. 이런 임직원 이익참여제도는 투명성이 전제되어야 한다. 앞에서 살펴봤듯이 이익 분배 근거에 대한 투명성이 의심받을 때, 노사 간 신뢰가 깨어지기 때문이다. 그러므로 기업이 이익공유제를 채택하는 동안 정부도 저소득층 감세정책 차원을 넘어 부패척결, 부가가치 창출, 노사화합, 경기회복 달성을 위한 방안 차원에서 입법으로 이를 뒷받침해 주어야 한다. 이익공유제 하나만 제대로 해도 나라를 구할 수 있다!

이런 논리를 앞세워 '이익공유제'에 대한 공개 세미나를 2015년부터 2017년까지 총 여섯 차례에 걸쳐 장소를 바꿔가며 개최해 나갔다. 동시에 박종규 고문은 병든 몸을 이끌고 직접 강연에 나서기도 여러 차례 했다. 세상은 이와 같은 바른경제동인회의 노력에 빈손으로 대답하지 않았다. 성과가 나타난 것이다. 참 신나는 이야기이다.

정부는 2018년 12월, 조세특례제한법을 국회를 통해 통과시켰다. 통과된 정부 법안을 보면, 성과공유제(임직원 이익공유제)를 실시하는 중소기업에 성과공유 분배분의 10%에 해당하는 금액을 법인세나 소득세에서 공제하여 주고, 7천만 원 미만의 소득근로자에게만 분배금액에 해당하는 근로소득세의 50%를 감세하도록 했다. 신용카드 소득공제처럼 법적 뒷받침이 이루어진 것이다.

그러나 여전히 문제는 남아 있다. 2021년까지 한시법이란 점이다. 거기에다 중소기업에만 한정되어 있는 점도 정부가 이 문제에 대해 제대로 이해하고 있지 못하다는 방증이다. 소득격차 없이 전 근로자에게 적용되어야 마땅하다. 특히 회사의 결산에 대한 제3자((者) 검수를 명문화해야 하는 점이 빠진 것도 문제이다. 기업의 도덕적 해이를 방지하기 위해서는 반드시 결산에 대한 '제3자 검수 규정'을 넣어 노사 모두가 공감하는 길을 열어야 할 것이다. 2021년도 SK하이닉스에서 이미 경험한 일이지만, 신뢰의 문제 때문이다.

공은 다시 기업으로

이제 '임직원 이익공유제'에 대한 공은 다시 기업으로 넘어왔다. 바른경제동인회가 이 제도를 제기했을 때만 해도 SDGs나 EGS와 같은 세계적인 투명경영 추세가 우리나라까지 밀려들기 이전이었다. 그러던 것이 이제는 코앞까지 다가온 상황이다. 발등의 불 격이다. 기업들도 '투명경영' 없이 사업 자체를 할 수 없는 국제적 압박에 노출되어 있다. 지금에야 부랴부랴 'EGS' 전담부서를 만드는 등 허겁지겁 대처하기 시작했지만, 형식적인 것으로 넘어가기에는 불가능한 시대로 접어든 것이 사실이다. 우리나라 대표 기업인 삼성전자의 EGS경영을 대비하는 자세에서 사안의 화급함을 읽기 어렵지 않다.

삼성전자는 EGS경영의 핵심인 '지속가능경영'을 한가운데 두고, 그것을 빙 둘러싼 7개 카테고리를 만들어 대비책을 내어놓고 있다. 이 카테고리는 모두 기업이 관심을 갖고 해결해야 할 과제임을 밝힌 것이다. 과거처럼 기업활동의 목적이 주주 이익 극대화에 있지 않다는 사실을 잘 보여주는 일이기도 하다.

그 첫 번째가 '글로벌 사회'이다. 삼성전자는 기후변화와 같은 글로벌 이슈 해결에 적극적으로 나서겠다는 의지를 밝혔다. 두 번째는 '지역사회'. 지역사회 기여를 위한 사회공헌활동을 전개하겠다는 약속을 하고 있다. 세 번째는 '협력사'로, 상생의 파트너십으로 동반성장을 내세웠다. 네 번째는 '정부'. 공정거래와 컴플라이언스 준수 의지를 확인하고 있다. 다섯 번째는 '고객'으로, 환경영향을 최소화하는 제품에 대한 책임주의 실천을 다짐했다. 여섯 번째는 '임직원'. 건강한 근로환경과 존중문화 조성을 다짐하고 있다. 그리고 마지막 일곱 번째는 'NGO'. 이들과는 사회문제 해결을 위한 협력관계 구축을 약속했다.

이것이 이제 기업이 가져야 할 관심사들이다. 항목도 경제분야를 넘어 사회문제와 국제사회까지 전방위로 펴져있다. 그리고 이에 대한 실천 지표가 고스란히 국내는 물론 국제사회에까지 공개된다. 이 지표에 따라 고객이 몰려들기도 하고, 떠나기도 할 것이다. 정말 사업하기가 점점 어려워지고 있다. 이 모든 것들을 가로지르는 핵심, 그것은 기업의 '투명성'이다. 박종규 고문이 평생에 걸쳐 목숨으로 지탱해 온 가치이다.

그럼에도 여전히 기업가는 기업을 자신의 사유물이란 인식을 버리지 못하고 있다. 바른경제동인회가 '이익공유제'와 관련해 내세우는 첫 번째 주장이 바로 이 점인데도 여전히 미몽에 사로잡혀 있는 모습이다. 사유물이 아니라 공기(公器)이다. 상장되는 순간, 기업은 창업주의 손을 떠나기 마련이다. 그래서 기업의 대물림이 불가능해지게 된다. 삼성그룹이 대기업집단 중 최초로 이 점을 사회 앞에 약속했다. 이재용 회장이 직접 한 대국민 약속이다. 아마도 그 뒤를 이어 계속해서 동일한 약속이 기업계 내부에서 일어나게 될 것이다. 창업주의 기업 대물림 포기가 더 이상 사회적인 화제가 되지 않을 날도 멀지 않아 보인다. 이 일이 '투명경영'의 첫걸음이 될 것이다. 유일한 박사의 유한양행이 그랬고, 박종규 고문의 KSS해운이 그랬다.

일본과 미국 등지에서는 오래전부터 기업 대물림의 관행이 사라졌다. 최근 들어 일본 IT계의 대표격인 손정의 회장의 소프트뱅크도 세대교체를 이루고 창업주가 회사를 떠났다. 세계 최대 전자상거래업체인 미국 아마존의 설립자이자 세계 최고 부자인 제프 베이조 역시 아마존의 CEO 자리에서 이사회 의장으로 물러났다. 아마도 다음 수순은 그 자리마저도 버리고 대주주로만 남을 것이다. 미국에서는 기업을 대물림하는 것이 오히려 이상한 기업문화가 자리 잡고 있다. 일본의 경우, 자녀에게 대물림하는 회사는 30% 선 아래까지 떨어져 있다.

이제는 우리 기업이 바른경제동인회의 문제 제기에 화답할 차례이다. 지금까지는 선택의 문제일 수도 있었겠지만, 지금은 생존의 문제다. 기업가들의 의식 전환이 사업 승패를 가르는 시대임을 볼 수 있어야 한다. 이제는 기업계가 박 고문에게 대답할 차례이다. 어떻게 할지를.

바른경제동인회 미래상

그렇다면, 이제 한 가지 과제가 남는다. 그것은 바른경제동인회의 미래이다. 바른경제동인회는 내년인 2023년이 되면 창립 30주년을 맞는다. 한 세대를 지나고 있는 셈이다. 창립을 주도했던 박종규 고문은 생존해 있지만, 당시 바른 경제에 대한 뜨거운 비전으로 함께했던 1세대 기업인 중 많은 사람들이 유명을 달리했다. 거기에다 생존해 있는 창립 멤버들도 기력이 많이 쇠한 상태이다.

더 중요한 것도 있다. 바로 경제시스템 등 기업환경이 크게 변한 점이다. 중요할 것 한 가지만 꼽더라도 4차 산업혁명으로 인한 기업환경 변화는 한 세대 전에는 상상도 하지 못했던 일이다. 이는 기업환경뿐 아니라 우리 삶의 패러다임을 완전히 바꾸어놓고 있기 때문이다. 초지능과 초연결로 새로운 융합과 혁신이 빠르게 일어나고 있다. 모든 것이 연결되는 사물인터넷 시대가 되고, 빅데이터가 만들어진다. 또 이것을 처리하고 활용하는 인공지능이 발전하여 현실세계는 가상세계와 새롭게 연결된다. 공유경제가 등장하고, 기존 산업을 혁신하는 패러다임 변화가 속속 일어나고 있다.

바른경제동인회의 곽창규 연구소장(경제학박사)은 4차산업에서 박종규의 KSS해운이 목숨 걸고 지켜왔던 '신뢰'에 주목했다. 4차산업혁명의 특징이 연결이고, 공유이며, 수평적이기 때문에 그 인프라의 기본이 신뢰와 평판, 인간화와 휴머니즘 같은 사회적 자본으로 봤기 때문이다. 온라인과 소셜 네트워크 서비스(SNS)가 올바른 정보의 통로가 되기 위해서도 신뢰가 중요하다. 또 4차산업혁명의 핵심 비즈니스인 공유경제도 개인 간의 신뢰를 바탕으로 이루어진다. 특히 4차산업혁명에 의한 사회 변화는 경제·산업적 측면에서뿐만 아니라 사회 전반에 걸쳐 다각적으로 진행됨에 따라 기업으로 하여금 사회적 이슈에 대한 변화를 면밀하게 검토하게 만든다.

이 때문에 이런 혁명의 시대를 맞아 기업들은 기업과 사회 변화에 대한 새로운 성찰, 새로운 접근방식이 필요하게 되고, 환경문제 등 직면한 사회적 문제 해결의 파트너 역할을 요구받고 있다. 이에 따라 이익단체인 기존 5개 경제단체와 다른 공익단체로서의 제6 경제단체의 역할이 한국의 유일한 공공재에 관심을 갖고 출범한 바른경제동인회의 미래라고 보고 있다. 선진적인 공익경제단체로 한 단계 도약해야 한다고 설명했다. 이것이 '바른 경제'를 표방하고 출범한 바른경제동인회의 미래가 되어야 한다는 분석이다.

그렇다면 곽창규 소장이 생각하는 공익경제단체란 어떤 것일까? 그의 설명에 따르면, 특정 산업이나 지역의 이익에 치우치지 않고 사람, 국가, 지구의 미래를 먼저 생각하여 신자본주의 시대의 사회적 책임을 다하며, 기업의 국제경쟁력 강화와 국민경제의 지속성장도 추구하는 일을 맡는 것을 말한다. 이는 또 장기적 시각에서 기업이익을 추구하며 기업의 지속가능한 발전을 지원, 국가 경제를 견인하는 것을 뜻하기도 한다. 나아가 기업들이 국민경제 차원에서 공공정책 수립과

효율적 추진에 기여하고, 자유롭고 공정한 기업활동을 위해 국민과 정부, 국회와의 소통도 강화해야 한다고 밝힌다.

또 경제단체로서의 합법적 창구 역할을 수행할 것도 제언했다. 최초 박종규 고문이 주목했던 일본 3대 경제단체 중 하나인 경제동우회와 같이 공익차원에서 경제계의 입장을 대변하고 조정하는 경제단체 역할을 기대했다. 상생발전 및 사회공헌활동 강화, 회원사 간의 갈등 해결 조정, 정책 건의 및 피드백 강화 등 일부 기업이나 특정 산업분야의 기득권이 아닌 전체 기업의 이익을 공정하게 대변하는 경제단체가 되어야 할 것이라고 밝혔다.

이와 함께 중장기 국가경제의 미래비전을 제시하고 연구하는 플랫폼 기능도 주문했다. 개방성과 투명성, 공정성을 두루 갖춘 구미의 선진 싱크탱크를 벤치마킹해 경제단체의 싱크넷, 연구기능의 플랫폼 역할을 수행해야 한다는 것이다. 이와 함께 자생적 수입기반을 마련해 기업이나 개인의 후원에 의지하지 않고 자체적으로 지속적인 생명력을 갖도록 해야 한다고 제언했다.

곽 소장의 이런 제안에 대해 현재 바른경제동인회 이사장으로 재직 중인 김동수 이사장(경제학박사, 전 한국·아시아 펩시콜라 총괄사장)은 보다 구체적인 미래 청사진을 강조했다. 그는 "다섯 분 정도의 기업인이 각 100억~200억 원 정도씩을 넣어 1천억 원을 만들어 미국의 헤리티지 재단처럼 운영해야 한다"고 밝혔다. 이를 통해 우수한 인재들을 뽑아 연구원으로 두고, 여기에서 공공적 재화를 만들고, 이를 판매해 자체적으로 운영이 되도록 해야만 향후 몇 백 년을 지속할 수 있는 바른경제동인회가 될 것이라고 내다봤다. 이와 함께 그가 강조한 것은 KSS해운이나 DY와 같은 '바른 경제' 샘플을 만들어 나가는 일이다. 그래야 바른경제동인회가 창립 당시 품었던 바른 기업, 바른 기업정신이 지속적으로 확산될 것이라고 예측했다. '바른 경제'를 실천하는 기업체를 계속 생산해 내자는 제안이다.

제2장
같은 듯 다른 듯, 유일한 박사와의 길

“내가 존경하는 유일한 선생님이 그러했다. 투명한 회계처리, 사주조합 창설, 전문경영인 체제, 이 세 가지를 이루셨다. 당시로서는 획기적 사건이었다. 나도 이 세 가지는 달성했다.”

2019년 4월, 학계에서 박종규 고문의 리더십에 대한 연구가 나왔다. 대구대학교 경영학과 이기은 교수가 진행한 ‘(주)KSS해운 박종규 회장의 윤리적 리더십 분석’이 바로 그것이다. 국내 초유의 일이다. 이는 1974년 황명수 교수가 연구한 ‘기업가 유일한에 관한 연구’와 비견될 만하다. 연구 시점은 다르지만, 유 박사에 비해 거의 세상에 알려지지 않은 박 고문에 대한 학문적 연구가 진행되었다는 사실만으로도 세상이 그를 평가하고 있다는 시그널이다.

이 교수는 노드하우스(Northouse/2007)가 제시한 ’윤리적 리더십의 다섯 가지 원칙'에 근거해 이 연구를 진행했다. 다섯 가지 카테고리(타인에 대한 존중, 타인에 대한 봉사, 공정성, 정직함, 공동체 구축 등)에 따라 박 고문의 활동을 대입해 윤리적 리더십 소유 여부를 찾아냈다. 이 외에도 박 고문이 흠모했던 유일한 박사의 리더십과도 비교했다.*

유일한-박종규, 공통점과 차이점

박 고문의 삶을 뒤쫓아 왔던 나와 독자에게도 큰 선물이 될 것이다. 사실 그의 삶을 지켜볼수록 안타까웠다. 왜 그는 세상에 알려지지 않는가? 여러분도 그런 마음일 것이다. 기업인으로서 박종규만 보더라도, 그는 다른 기업인이 하지 못했거나 아니면 하기 싫은 일을 '목숨 걸고' 해온 인물이다. '투명경영'으로 대표되는 그의 바른 기업가 정신. 그건 누구나 가질 수 있는 것이 아니다. 아니, 하기 싫은 일이기도 하다. 특히 자녀에게 회사를 상속하지 않는다는 것은 지금까지 통용되는 우리 기업가 양태를 보면 하고 싶지 않은 일이 분명해 보인다. 죽으라고 기업을 일으켜놓고 딴 사람에게 주고 싶은 기업인은 없을 것이다.

또 '임직원 이익공유제'로 대표되는 사회개혁 역시 굳이 하지 않아도 될 일이다. 누가 시켰는가? 자기 돈과 시간, 열정을 들여 누구도 박수치지 않는 일을 위해 헌신할 필요가 없을 것이다. 그러나 그와 유일한 박사는 그 일들을 해냈다. 그럼에도 유 박사에 대해서는 칭송이 넘쳐나지만, 박 고문은 마치 잊혀진 인물처럼 기억하지도 않는다. 더구나 지금 생존해 있음에도.

* 전문경영인 연구 제22권 제1호(통권 제57호), pp.247-263(2019.4)

그런 공정하지 못한 상황에서 나온 박 고문에 대한 리더십 연구는 그 같은 아쉬움과 통념을 깨는 의미에서 매우 가치 있는 일이다. 더구나 그 리더십이란 용어 앞에 '윤리적'이란 수식어가 붙은 것에 주목한다. 박 고문의 리더십을 이 말로 정의하고 있다는 측면에서 그렇다.

이기은 교수는 연구 결과, 전체적으로 박 고문의 리더십에서는 노드하우스가 제시한 다섯 가지 원칙에 해당하는 활동들을 상당히 많이 파악할 수 있었다고 밝혔다. 특히 탈세와 리베이트, 분식회계와 같은 과거의 관행에서 탈피하고, 투명하게 경영하려는 노력을 많이 찾아볼 수 있었고, 공동체 구축을 위한 사회적인 활동을 많이 한 것으로 파악했다. 이 교수의 결론은 박 고문이 윤리적 리더로서의 모든 점을 갖추었다는 것이다.

이와 함께 이 교수는 유일한 박사와 박종규 고문의 공통점과 관련해 탈세와 비자금 없는 깨끗하고 투명한 경영을 들었다. 또 종업원지주제와 기업의 경영권을 자식에게 승계하지 않은 점, 그리고 유산의 완전한 기부를 그 속에 포함시켰다. 박 고문도 건강이 좋지 않았을 때 미리 작성한 유언장에서 자신의 재산을 가족, 사회환원, 우리사주조합 등으로 3분할 것을 정했다.

반면 차이점도 있다고 연구를 통해 밝혀냈다. 첫 번째가 기업 규모이다. 유 박사의 경영이념에는 기업을 크게 키워 일자리를 만드는 것이 중요했다. 그러므로 처음부터 기업의 규모를 남다르게 키웠다. 이에 반해 박 고문은 남이 하지 않는 부문을 개척한다는 초심 아래 적은 자본금에도 리베이트를 거부해 가며 기업을 운영하느라 작은 회사를 세울 수밖에 없는 한계가 있었다고 지적했다. 더구나 '투명경영'을 고수하려고 국내 고객 대신 외국으로 눈을 돌려 오히려 KSS해운의 국제화를 앞당기는 효과를 거두었다고 밝혔다. 그러나 KSS해운 성장에는 상당한 애로가 되었음을 부인할 수 없다고 분석했다. 또한 유 박사가 교육사업으로 사회활동을 했다면, 박 고문은 바른경제동인회를 통해 동일한 사회활동을 했다고 지적했다. 그 활동 중 대표적인 것으로 신용카드 공제제도 도입과 이익공유제의 확산을 꼽았다.

'박종규 키즈'의 탄생을 고대하며

박종규 고문에 대한 리더십 연구는 이제 첫 시작에 불과할지도 모른다. 그동안 살펴본 박 고문의 기업인과 사회개혁가로서의 삶으로 볼 때 앞으로 학계에서도 중요한 연구대상으로 떠오를 가능성이 크다. 지금까지는 오직 유일한 박사에게 집중된 기업인의 윤리경영 부문에서 박 고문이 쌍벽을 이루고 있는 점을 학계가 이미 바라보고 있다는 증거이다. 이렇게 볼 때, 박 고문은 유 박사의 키즈이면서도, 시대를 건너뛴 동료라는 생각을 금할 수 없다. 기업의 규모보다 기업가치에서, 그리고 두 사람 모두 기업활동에서 얻은 재화와 경험을 사회와 국가로까지 확산시켰다는 점에서 오히려 동료 이상이기도 하다.

박종규 고문은 창업 이전부터 유일한 박사의 키즈로 자임했다. 그리고 그 후 50년 넘게 기업가로 살아오면서 유 박사의 길을 충실히 잘 따랐다고 스스로 평했다. 2019년 4월에 나온 그의 자서전, <직원이 주인인 회사> 첫 장을 넘기면 그 일에 대한 평가가 첫 줄에 나오고 있다. 첫 장의 첫 줄. 거기에 담긴 의미를 그냥 지나칠 수 없다. 유일한 박사가 이룩했던 투명한 회계처리, 사주조합 창설, 전문경영인 체제, 이 세

가지를 자신도 달성했다고 당당하게 밝힌다. 그의 대쪽 같은 성품에서 우러난 것인 만큼 여기에는 한 줌의 거짓도 없을 것이다. 그리고 나와 독자 모두는 함께 그런 사실을 확인해 왔다.

그는 자신의 말대로 유 박사 때나, 그 후 43년을 건너뛴 자신의 때나 획기적이라고 말할 수밖에 없는 엄청난 일들을 훌륭하게 해냈다. 이것이 유 박사가 훌륭하다면, 박 고문도 훌륭하다고 말할 수 있는 근거이다. 그리고 그가 유 박사 키즈가 되었듯이, 앞으로 박 고문의 키즈가 나타날 것을 기대하게 만든다.

유일한 박사가 이룩한 이런 획기적인 일의 바탕에는 '정직'이라는 정신이 깔려있다. 그리고 그것은 정도(正道)경영, 윤리경영이란 이름으로 유한양행의 기업문화로 정착했다. 유 박사의 어록 중 가장 널리 회자되는 것이 '기업의 생명은 신용이다'라는 것이다. 신용은 정직에서 나온다. 유 박사는 정직이라는 정신으로 정도경영과 윤리경영을 이 땅에 심고 떠났다. 후배 기업인들이 여전히 지키기 힘들어하는 가치를 유산으로 남겨놓은 채.

이에 대한 에피소드는 지금 들어도 코끝이 시큰하다. 창업 초기, 그러니까 일제 강점기인 1930년대 초 유한양행은 해외 영업망 구축을 위해 만주지역으로 직원을 파견해 시장조사를 해오도록 했다. 그 직원은 그곳에서 많은 마약중독자들을 만났다. 헤로인과 모르핀 제제 등이 불티나게 팔리고 있는 것도 목격했다. 회사로 돌아온 그는 유 박사 앞에서 유한양행도 헤로인과 모르핀을 제조해 만주지역에 팔자고 제안했다. 그랬다가 "당장 사표 쓰라"는 유 박사의 불호령을 들었다. 국민건강을 지키는 신념을 지닌 제약회사가 국민건강을 좀먹는 짓을 하며 돈벌이를 해서야 되겠느냐는 일갈이었다. 이것이 곧 100년을 앞둔 유한양행의 윤리경영이다. 유 박사는 이런 고귀한 가치를 후배 기업인들에게 각인시켰다. 그래서 지금도 그를 흠모하는 기업인들이 수두룩하다. 박 고문도 그 중의 한 명으로, 창업 초기 그의 정신을 닮고자 했다.

반면 유 박사 키즈로 출발한 박 고문은 '투명경영'이라는 정신으로 그 세 가지 일을 이룩했다. 유한양행의 '정직'이 KSS해운으로 오면 '투명'으로 바뀐다. 그는 이를 바탕으로 유한양행과 꼭 같이 '정도경영', '윤리경영'을 완수했다. 방법은 같은 듯 다른 듯했지만, 목적지는 같았다.

목숨을 건 투명경영

박 고문은 '투명경영'을 고수하기 위해 두 차례나 자살을 시도할 만큼 그 가치에 충실했다. 투명경영을 이루기 위해 초래해야 했던 수많은 역경을 그는 오롯이 자신의 몸으로 견뎌냈다.

만일에 유 박사가 1926년 미국에서 귀국할 때 가져왔던 50만 달러로 박 고문이 KSS해운을 시작할 수 있었다면 '투명경영'이라는 생명과 맞바꿀 수 있는 그 가치를 지켜낼 수 있었을까? 유한양행 창사 90주년을 취재한 기업가정신 연구가인 서문석 교수(단국대 경제학과)는 이 50만 달러에 대해 "유 박사는 당시 우리나라 최고 부자"라고 밝혔다. 유한양행이 창업된 후 43년 후인 1969년에 KSS해운을 창업한 박 고문이 일본 출장길에 고작 100달러를 들고 갔던 것과 대비해 보면, 서 교수의 말이 사실일 것이다. 이승만 대통령 시절에도 100달러를 가지고 해외출장을 가려면 대통령의 허가를 받아야 했던 그 시대보다 앞선 일제시대이다. 무일푼으로 시작한 박 고문에게 한국 최고 부자가 가질 수 있는 50만 달러로 창업을 했다면, 그래도 그는 '투명경영'의 가치를 붙잡고 생명처럼 지켜냈을까?

나는 그랬으리라고 확신한다. 아마 독자들도 내 의견에 동의할 것이다. 그것은 박 고문의 돈과 회사에 대한 분명한 생각 때문이다. 그는 창업 시작부터 회사를 개인의 사유물로 보지 않았다. 그리고 돈을 많이 벌었을 때에도 그가 번 돈을 독식할 생각은 눈꼽만큼도 없었다. 직원을 주인으로 대접하기 위해 그가 보유하고 있던 주식 중 10%(회사 전 주식 비율)를 사주조합에 희사했다. 자식에게는 회사 근처에 얼씬도 못하게 했다. 지금도 청빈의 생활을 하며 은둔자로 살고 있지만, 한창 젊은 시절에도 돈 문제만큼은 엄격하기 그지없었던 인물이다. 그가 그런 자세로 회사를 경영했기에 그를 지켜본 임직원들이 '투명경영'이란 가치에 군말 없이 따를 수 있었다.

유한양행 역시 그랬을 것이다. 유일한 박사의 정직한 모습을 보고, 전 임직원이 그와 행동을 같이했다. 영수증 하나 허투루 발행한 적이 없었고, 심지어는 내지 않아도 될 세금까지 납부한 것을 보고 일본 세무서조차도 유한양행을 털 생각을 못했다. 박정희 대통령 시절, 정치헌금을 내지 않았다는 이유로 세무사찰을 받았지만, 너무나 깨끗해서 오히려 표창을 받았다는 일화는 유한양행에 전해오는 전설이다.

박종규 고문 역시 이와 다르지 않다. 앞에서 이미 살펴보았듯이, 미국에 유학 중인 아들에게서 온 편지를 보고는 진행하던 세무조사를 철회하고 세무공무원이 되돌아간 일화도 KSS해운의 '투명경영'의 자랑이다. 창업주의 깨끗한 자기관리가 회사를 살리고, 직원들을 그의 키즈로 만들어냈다. 오히려 세무서로 직원을 보내 세무조사를 해달라고 간청했던 일화 역시 KSS해운의 투명경영을 잘 설명해 준다. 그런 점에서 유한양행의 '정직'과 KSS해운의 '투명성'은 꼭 같은 말이다. 그렇게 박 고문은 유 박사의 키즈로 회사를 운영하겠다는 창업 당시의 꿈을 이루어냈다.

'종업원지주제'로 공동체의식을

두 번째, '종업원지주제' 확립을 통해 사원들의 공동체의식을 공고히 하고, 임직원 모두가 회사의 주인이란 의식을 가지도록 한 것 역시 유 박사의 키즈로서 박 고문이 이룩한 성과이다. 더구나 이 성과는 시대의 차이만큼이나 KSS해운에 와서 더 발전된 것이어서, 이 점에 관한 한 유한양행을 앞질러 간 것으로 분석할 수 있다. 임직원 배당을 통한 종업원지주제 확립이어서, 단순히 주식 소유보다는 노사 간 공동체의식을 훨씬 더 공고히 할 수 있기 때문이다.

유한양행은 1958년, 공로주 배분과 자사주 취득 허용을 통해 처음으로 '종업원지주제'를 도입한다. 그리고 15년 후인 1973년에 이르러 이를 '사원지주제'로 전환한다. 그 이듬해 당시 977명의 직원들이 회사 주식을 소유함으로써 엄청난 수의 사원이자 주주를 탄생시켰다. 이 일로 인해 직원 모두는 노조원이자 회사의 주인이 되었고, 1975년 노조 결성에도 불구하고 지금까지 단 한 차례의 노사분규가 없는 회사로 자리매김하고 있다. 이것은 종업원지주제가 가져다준 성과이다.

마찬가지로 KSS해운 역시 창업 초기부터 많이 벌면 종업원들에게 보너스를 더 많이 주면서 종업원지주제의 초석을 닦았다. 회사가 상장되기 전에도 사주조합을 결성토록 하고 조합에게 회사의 많은 주식을 증여해 왔다. 그것도 모자라 박 고문 개인 소유주식 30만 주를 사내근로복지기금에 출연해 종업원 복지향상을 꾀함으로써 구호가 아닌 실천으로 종업원지주제를 세워오고 있다. 이제는 전문경영인제와 함께 KSS해운을 지탱하는 두 축으로 자리 잡게 되었다.

이렇게 해서 KSS해운은 노조가 없는 회사가 되었다. 매년 초 임금협상을 회사 측에 일임하는 것이 전통으로 자리 잡았다. 그럼에도 회사는 그 해의 실적과 그 이듬해의 예상 실적까지 치밀하게 계산해 한 푼이라도 더 많이 주고자 한다. 이런 경영자 측의 마음이 전 직원에게 전달되어 노사분규라는 단어를 아예 찾아볼 수 없다. 이런 일이 지난 반세기 동안 지속적으로 이어져 왔다. 이것이 사주조합 창설을 통해 직원이 주인이 된 회사를 만든 유 박사의 키즈로서의 박 고문의 활동이다. 유한양행이 한때 서울대학 졸업생들이 한국에서 가장 가고 싶은 회사가 되었듯이, KSS해운 역시 해양 관련 대학 졸업생들이 최고로 선호하는 회사가 되었다. 매출규모는 다르지만, 기업가치에서는 두 회사가 동일함을 보여주는 증거이다.

너무나 닮은 '전문경영인제'에의 생각

세 번째, '전문경영인제'에 대해서도 한국 기업사에서 유한양행과 KSS해운처럼 하는 회사가 아무 곳도 없을 정도로 닮은꼴이다. 특히 이 제도에 관한 박 고문의 의지나 행동을 보면 유 박사보다 많이 앞서 있는 점이 발견된다.

유 박사가 유한양행에 근무하고 있던 아들을 회사에서 내보낸 것은 1968년이다. 그의 서거 3년 전의 일이며, 그에 앞서 유한양행에 있던 친인척 모두를 정리한다. 그런 유 박사의 조치를 보고 회사의 한 임원이 "이건 역차별 아니냐? 능력 있는 사람도 있는데…"라고 하자, 유 박사는 "내가 만약에 이들을 이대로 놔두고 죽으면 아들 편, 뭐 조카 편, 누구 편, 누구 편해서 이 회사가 과연 지탱하겠느냐. 그건 아니다. 그래서 내보낸다"고 했다.* 그리고 그 이듬해인 1969년 평사원에서 출발한 조권순 전무에게 경영권을 승계하고, 자녀에게 기업의 대물림을 단절한다. 아마도 전문경영인제 확립을 염두에 둔 사전 포석이었을 것으로 추측된다.

이에 반해 박종규 고문은 처음부터 자녀들을 회사와 인연을 맺지 않도록 했다. 장남의 고교시절부터 이런 생각이 확고하도록 가르쳤으니, 그 밑의 두 동생 역시 회사는 자기들과는 관계없는 것으로 생각했을 것이다. 그래서 박 고문은 세 아들 중 누구도 KSS해운에서 근무하지 않게 했다. 자녀들도 KSS해운에 대해서는 '아버지 회사'라는 확실한 생각을 갖고 자신의 길을 걷고 있다. 미국에 살고 있는 두 아들은 모두 과학자이며, 한국에 있는 한 아들은 어머니의 사업체를 인수받아 자기 회사로 잘 경영하고 있다.

박 고문 역시 아들에게 기업을 대물림하는 일과 관련해 오히려 자녀들의 꿈을 꺾는 일이라고 생각했다. 자녀는 자녀로서의 길이 있는데, 그것을 아버지라고 해서 강제할 수 없다는 것이다. '직업 선택의 자유'를 지원해 주어야 한다고 했다. 물론 박 고문의 아내도 전문경영인제 실시에 처음에는 반대했지만, 아들 셋 모두 자기 일을 하겠다고

---

* 유한양행 이정희 사장 인터뷰. 포브스코리아 2016.5.21

하자 포기했다고 한다.

그러나 박 고문의 이런 판단에 대해 주위에서는 "너무 매정하지 않느냐"는 반론도 만만찮았다. 그런 말을 하는 사람의 논리는 이것이었다. 자녀에게 회사 업무를 익히도록 해 사업을 경영할 능력이 있는지를 알아보지도 않고 너는 너, 나는 나 하는 식으로 하는 게 맞느냐는 것이었다. 그러나 이런 문제에 대해 박 고문은 단호하게 반대했다. 창업주의 자녀가 회사에 들어오게 되면 승진을 일찍 시켜도 말이 나오고 늦게 시켜도 말이 나오게 마련이다. 거기에다 그 자녀를 중심으로 세력이 형성되면 그것을 깰 임직원이 아무도 없다는 논리를 폈다. 더구나 그럴 경우, 회사에 입사해 최고경영자 자리를 바라보며 자신의 인생 전체를 던져 일하는 직원들에게 위화감만 생길 것을 우려했다. 공동체의 화합이 자녀의 회사 입사 순간에 깨어질 수 있다며 반대한 것이다. '전문경영인제'에 대한 생각이 유 박사와 박 고문이 어쩌면 이렇게 같을 수 있는지, 그저 놀라울 뿐이다.

이렇게 볼 때 박 고문에게는 창업 초기부터 유일한 박사처럼 사업을 하고자 '전문경영인제'에 대한 확고한 철학이 있었던 것 같다. 대신 유 박사가 딸과 손녀에게 약간의 유산을 남겼듯이, 박 고문도 2019년도에 이르러 약간의 자신 소유 주식을 세 아들에게 골고루 나누어 준다. 아주 적은 액수이다. 세 명의 아들을 다 합해도 자기 소유주식의 4%를 넘지 않는 액수이다. 반면 그가 사회개혁을 위해 설립한 '바른경제동인회'에 2%(당시 금액으로 1억 원)의 주식을 주어 경상경비로 쓰게 했다.

이런 전문경영인제 시행으로 유한양행이나 KSS해운 모두 입사하는 직원은 누구나 사장을 꿈꿀 수 있게 되었다. 회사의 주인을 넘어 사장의 자리까지 갈 수 있다는 것 하나만으로도 모든 임직원들에게 업무에 대한 동기부여가 넘치고 있다. 실제 유한양행의 이정희 현 사장은 1987년에 입사한 인물이다. 유 박사가 1971년에 서거했으니, 유 박사가 세상을 뜬 한참 뒤에 입사한 것이다. 그런 그가 아예 자녀가 회사에 없는 유한양행의 최고경영자 자리에 앉아있다.

KSS해운의 이대성 사장 역시 아직 생존해 있는 박종규 고문이 회사 업무에서 손을 뗄 때 대리직에 있던 인물이다. 창업주인 박 고문에게 어떤 깊은 인상을 남길 위치에 있지 않았다. 당연히 박 고문 은퇴 후 다듬어진 '사장추천위원회(CEO 선임제)'를 통해 능력을 객관적으로 인정받아 그 자리에 올랐다. 박 고문이 사장을 물러난 후 벌써 3대째 최고경영자이다. 그런 이 사장은 최고경영자가 된 후 '임직원 이익공유제'를 착근시키고, '지속가능경영보고서' 공개, UN 지속가능발전목표(SDGs) 실행, 세계 최초 '스마트쉽 연계 위성통신 서비스 도입' 등의 활동을 통해 KSS해운의 위상을 세계적 반열에 올려놓았다. 그는 활동을 인정받아 2019년 '제 24회 바다의 날 기념식'에서 정부로부터 은탑산업훈장을 수여받기도 했다. 박 고문은 자신의 키즈인 이런 후배 사장들의 괄목할만한 활동을 매우 기꺼워한다. 자기가 했을 때보다 더 잘한다는 것이다.

두 회사의 사회공헌

그리고 마지막으로 두 회사의 사회공헌에 관해 살펴보고자 한다. 유일한 박사나 박종규 고문 모두 훌륭한 기업가이면서 사회개혁가였다.

세상이 하지 못한 일을 앞서 행한 선구자이기도 했다. 그로 인해 우리 사회에 끼친 영향력은 참으로 지대하다. 유 박사는 교육으로, 박 고문은 경제단체 결성을 통해 세상을 바꾸는 일들을 이뤄내고 있다.

유 박사는 교육에 지대한 관심을 쏟았다. 원래 사업을 한 목적이 교육사업에 막대한 자금이 필요하다는 이유였다고 밝힐 정도였다.* 그래서 유 박사는 회사가 성장기를 지나 안정기에 접어들 무렵인 1954년, 본격적으로 기업이윤의 사회환원을 실천하기 시작한다. 사재를 들여 고려공과기술학교를 세웠고, 1961년에는 한국직업학교, 1964년에는 유한공업고등학교, 그리고 1966년에는 유한중학교를 순차적으로 설립해 나갔다. 이 학교들은 지금 유한대학으로 이어지고 있다.

이것은 유 박사의 '애국애족' 정신의 구현이라 할 수 있다. 그가 사업을 시작할 때는 일본의 강점기. 조국의 광복을 바란 그는 제약회사를 통해 국민건강 보호에 뛰어들었지만, 그의 마음속에는 언제나 국민 계몽이라는 교육에 대한 꿈이 있었다. 민중의 의식 고양 없이는 피지배 민족으로 남을 수밖에 없다는 절박함이 그에게 있었던 것이다. 그랬으므로 유 박사는 교육을 모두 무료로 진행했다. 돈 없는 사람에게도 배움의 길을 주어야 한다는 생각 때문이었다. 더 나아가 당시에는 상상할 수도 없는 기숙사를 지어 학생들의 숙식까지 무료로 제공했다. 기업이윤의 사회환원은 이렇게 교육을 통해 이루어졌다. 그가 남긴 어록 중 이 구절은 그의 애국정신과 함께 교육에 대한 간절함을 읽어내기에 결코 어렵지 않다.

---

* 이정희 사장 인터뷰. 포브스코리아 2016.5.21

"국가, 교육, 기업, 가정. 이 모든 것은 그 순위를 정하기가 매우 어려운 명제들이다. 그러나 나로 말하면 바로 국가, 교육, 기업, 가정의 순위가 된다."*

그는 교육을 '기업'보다 앞세운 선각자이다. 이런 교육사업에 대한 유 박사의 철학은 '기업에서 얻은 이익은 그 기업을 키워준 사회에 환원하여야 한다'는 말에서 분명하게 확인된다. 그에게 있어 기업이윤의 사회환원은 선택이 아닌 필수였던 셈이다. 그렇게 해서 그의 전 재산인 소유주식 14만941주는 현재의 유한재단인 '사회 및 교육 원조 신탁기금에 모두 기증된다. 오직 유언장을 통해 손녀의 대학 졸업 때까지 학자금 1만 달러와, 딸에게 유한공고 안의 묘소와 주변 땅 5.000평만 물려준다. 아들은 대학 졸업까지 시켰다는 이유로 자립해서 살아가라는 말만 남겼다. 그리고 그 후 딸조차도 아버지로부터 받은 유산 모두를 공익재단인 유한재단에 기증하고 숨을 거둔다.

이렇게 해서 지금의 유한양행은 공익기업이 되었다. 그리고 높은 기업가치를 구가하며 존경받는 기업으로 100년 역사를 목전에 두고 있다. 자식이 아닌 전문경영인 최고경영자를 통해 2014년, 한국 제약회사 최초로 매출액 1조 원을 달성하며 세계적인 제약회사 반열을 향해 달려가고 있다. 박종규 고문의 말처럼 '자녀가 아닌 전문경영인도 경영을 잘할 수 있다'는 사실을 증명해 보이며.

이에 반해 박 고문의 사회환원은 기업을 통해 얻은 경험을 우리 경영계와 공유하고, 나아가 그 일을 통해 세상을 바꾸고자 한 것이다. 그

* '유한양행 창업주 유일한 박사 성공스토리'. 업글인 2020.3.18

가 목숨을 바쳐 이룩한 '임직원 이익공유제도'는 지금도 진행 중인 박 고문의 꿈이다. 이 공유제만 제대로 실행할 수 있다면 회사 직원은 모두 회사의 주인이 되고, 우리 기업의 암적 존재인 노사분쟁이 이 땅에서 사라지게 된다. 노사 간 평화를 통해 사회의 평화가 가능해지고, 경제성장 속도도 앞당기게 된다. 이것이 KSS해운의 경영을 통해 박 고문이 실증한 일이다. 이렇게 좋은 제도를 당연히 다른 기업에도 전수하고자 한 것이다. 이것이 진정한 개혁가의 모습이다. 이것이 남이 생각하지 못했던 '임직원 이익공유제'를 논리를 갖춰가며 연구하고 또 연구하며 그가 만들어 낸 이유이다. 다른 기업에 전파하려면 객관적으로 정립된 정확한 논리를 갖고 있어야 했다.

지금 '바른경제동인회' 홈페이지에 들어가 보면, 이탈리아 시에나 대학교의 필립보 헬로크(Fillippo Helloc) 교수가 쓴 'PS제도와 혁신'이란 논문이 게재되어 있다. 2020년 베이 스톤 심포지움에서 발표된 이 논문의 주제는 이탈리아 기업체의 PS(성과공유제) 분석을 통해 실질적으로 업무에 얼마만큼 영향을 미치는지를 계량화한 것이다. 개념상 약간의 차이는 있지만, PS는 KSS해운의 '임직원 이익공유제'와 유사하다고 볼 수 있다.

헬로크 교수의 연구에 따르면, PS를 실시할 경우에 업무과정에서 혁신적인 결과를 5~15% 증가시킨다는 사실을 발견했다고 보고했다. 이것은 PS를 적용하는 회사의 직원들에게만 한정했을 때 나타난 지표이다. 그러나 경영진과 직원에게 동시에 PS를 실시했을 때에도 거의 동일한 결과가 나왔다고 밝혔다. 단지, 직원은 제외하고 경영진에게만 PS 적용을 했을 때는 유의미한 결과가 나타나지 않았다고 한다. 이렇게 볼 때, KSS해운이 실행 중인 이익공유제에 '임직원'을 모두 포함시킨 것은 회사의 혁신적인 업무개선과 성과에 큰 영향을 미치는 것임을 알 수 있다. 이 논문은 이 결과를 각 회사의 경영전략에 반영하도록 권고하는 결론으로 끝을 맺었다.

이런 식이다. KSS해운이 그들이 애써 만든 '임직원 이익공유제'를 우리 경영계에 어떤 대가도 받지 않고 전파하고자 하는 이 일이 유한양행의 기업이윤의 사회환원과 같다. 더구나 박 고문은 이에 대한 전도사를 자임했다. 그의 생명이 남아있는 한 이 제도의 사회 확산에 나서기로 스스로 다짐하고 있다는 점을 눈여겨봐야 한다. 이것이 앞에서 살펴보았던 바른경제동인회의 신용카드 소득공제제도 도입 기여와 함께 박 고문이 이룩한 개혁운동이다. 그는 만 86세의 나이에 몸에 심장박동기를 단 채 지난 2020년 11월, 바른경제동인회의 조찬간담회 연사로 나와 '임직원 이익공유제'에 대한 강연으로 자신과의 약속을 지키고 있다. 분명 이 땅에서 생이 계속되는 한, 그는 이 제도의 전파에서 손을 떼지 않을 것이다.

유한양행의 '3무(無)'와 KSS해운의 '5무(無)'

이 외에도 두 분은 닮은 것이 많다. 그 중에 '몇 가지 없는 일'에 대한 정립도 있다.

유한양행은 '3무(無)를 회사문화로 정착시켰다. 지역 차별, 학력 차별이 없다. 그 직원이 경상도인지, 전라도인지, 충청도인지를 따지지 않는다. 또 SKY대학을 나왔는지, 지방대학을 나왔는지가 중요하지 않다. 사장할 사람을 뽑는 데도 입사해서 무슨 업무를 주로 했는지, 엘리트 코스를 밟았는지를 따지는 게 없다. 과거에는 재무 분야에서 일한 사람들이 사장을 맡아왔지만, 최근 추세는 영업 쪽이 득세하고 있다. 당대의 흐름을 좇아갈 뿐이다. 현 이정희 유한양행 사장은 지방대 출신으로 영업 쪽 일을 주로 해온 영업맨이다.

두 번째는 회사 내에 창업주의 친인척이 한 명도 없다. 앞에서도 살펴봤듯이 유 박사가 생전에 회사에서 모두 다 내보냈기 때문이다. 역차별 논란에 휩싸여서까지 이를 과감하게 정리해 놓았기 때문에 그 뒤부터 친인척 중 누구도 유한양행에 입사할 생각을 하지 않는다.

마지막으로는 사장 선임에 차별이 없다. 그러므로 신입사원으로 유한양행에 입사하는 순간, 누구나 장래의 사장을 꿈꿀 수 있다. 공익기업이지만 사장 선임에 입김을 행사할 세력은 아무도 없다. 정부의 중요한 공기업이라면 으레 정부에서 일한 사람들이 낙하산으로 내려오는 것과 같은 일도 있을 수 없다. 유 박사의 정신으로 철저히 무장된 직원이라면 누구나 최고경영자의 자리에 오를 수 있는 것이다. 직장인에게 이것처럼 매력 있는 일은 없을 것이다. 자기 인생의 전적인 투자의 결실을 누구나 얻을 수 있는 것이다.*

KSS해운에는 유한양행보다 두 가지 없는 것이 더 있다. 이것을 KSS해운 사람들은 '5무(無)'라고 부른다.

첫째는 사시(社是)나 사훈이 없다. 이 점은 박종규 창업주의 신념에 근거한다. 사시는커녕 그럴듯한 표어도 없다. 철저하게 형식을 거부하고 실용적인 측면을 높이 사는 박 고문의 정신 때문이다. 거창한 어구를 동원해 기업 이미지를 창출하려고 애쓰는 경우는 흔하게 볼 수 있

* 이정우 인터뷰, 포브스코리아 2016.5.21

으나, 대부분의 경우 그 기업의 실상과는 어긋나는 것을 많이 본 것도 이유가 될 수 있다. 이에 따라 KSS해운의 기업문화는 실용성을 중시하도록 정착되었다.

두 번째 인맥이 없다. 이것은 유한양행의 유 박사와 같은 철학이다. 인맥이 잘 활용되면 업무 수행에 도움을 줄 수도 있지만, 대부분의 경우에는 그 반대가 된다. '끼리끼리' 문화는 득보다도 실이 더 크다. 그래서 명절 같은 때에 회사 내에서 선물을 주고받는 것도 금했다. 심지어는 후배가 선배에게 세배 가는 일조차도 하지 못하도록 했다. 정실 인사의 가능성을 애초부터 철저하게 차단하고자 한 뜻이다.

이런 일은 사장추천위원회에서도 동일하다. 전임 사장이 그만두면서 후임 사장을 추천할 수 있도록 규정이 되어 있다. 그러나 그가 만일 자신과의 친소관계에 따라 사람을 천거했다가 사장으로 선임되지 못하면 그동안 회사에서 쌓아온 명예가 하루아침에 추락할 수 있다. 당연히 친소관계가 아니라 능력 위주로 천거할 수밖에 없다. 오직 능력만이 KSS해운에서 살아남는 길이다. 박 고문 자신이 아들조차 회사에 단 한 명도 들인 적이 없으니, 이 규정은 철저하게 지켜지고 있다.

셋째, 넷째, 다섯째는 차례로 리베이트와 밀수, 회계장부 조작이 없는 것이다. 이것은 이미 앞에서 여러 차례 살핀 바가 있기 때문에 중복할 필요가 없을 것이다. 이것이 KSS해운의 '5무(無)'이고, 기업문화로 정착된 지 오래되었다.

이렇게 살아온 박종규 고문에게 세상은 공의롭고 정의로운 여러 직책들을 맡겼다. 그 중에서도 그가 현업에서 물러난 후인 1998년부터 2002년까지 해양부 행정규제개혁위원장을 맡은 일과, 2004년부터 2006년까지 규제개혁위원회 위원장을 수행한 것이 가장 돋보이는 직책이다. 일견 훑어만 보아도 알겠지만, 이 두 직책에는 모두 '개혁'이란 말이 들어가 있다. 우연의 일치가 아니다. 그가 살아온 길과 그가 이룩한 일들이 모두 개혁적이기 때문일 것이다. 그가 '투명경영'을 지켜내기 위해 전투적으로 임했던 그의 생애를 지켜본 사람들이 그에 대한 평가에 '개혁'이 가장 적합한 언어임을 확인했을 터였다.

또한 그가 받은 여러 수상도 이와 매우 걸맞다. 2018년 '제16회 대한민국 가장 존경받는 기업인' 수상이나, 2006년 수상한 '제1회 한국 CEO 그랑프리'에서 '아름다운 CEO상' 수상이 이를 대변한다. 그 전에는 '제4회 일가상(一家賞)'을 수상해 가나안농군학교의 김용기 장로 정신을 이은 인물로 선정되기도 했다. 물론 이외에도 '해운의 날'에 은탑산업훈장을 받기도 했고, 국민훈장 무궁화장도 수상했지만, 그런 것보다 존경받는 기업인, 아름다운 CEO, 그리고 가나안농군학교의 정신을 소유한 자라는 평가만큼 영광스럽지는 않다. 박종규 고문은 이런 이미지로 한평생을 살아오고 있다.

새로운 자본주의를 향하여

"자유와 정직이 동시에 확보되어야 사회가 발전하고 번영을 이룰 수 있다. 이 두 가지가 바로 이익공유제의 반석이다. 이제 이익공유제로 새로운 자본주의 문을 열자."*

박종규 고문은 세 번째 병마에도 쓰러지지 않았다. 2020년 3월, 두 번의 암을 겪은 그의 몸에 다시 뇌졸중이 덮쳤다. 제주대학병원으로 급히 실려 갔으나, 그는 이마저도 극복해내고 오뚝이처럼 다시 일어났다. 무엇이 그를 일으켜 세웠을까? 여전히 남아 있는 그의 사명 때문일 것이다. 제주도에 내려가면서 스스로 "죽어주겠다"며 병마를 가져다준 운명에게 선언했지만, 운명도 그를 이기지 못했다.

그런 사실을 보여주는 것이 2020년 11월, 제주도에서 화상으로 진행했던 '이익공유제'에 대한 강연이었다. 그날 그는 가슴에 심장박동기를 단 채 줌 카메라 앞에 앉았다. 2022년 현재, 그의 나이 만 87세이다.

혹시 그의 신변에 무슨 일이 일어날지도 모른다는 우려 때문인지, 그날따라 박 고문의 가족들이 여럿 함께했다. 미국에 사는 큰며느리,

---

* 박종규 기고문, 한국일보(2020.2.11)

그리고 미국대학 합격통지서를 받아놓은 손자, 그리고 제주도에서 그와 함께 기거하는 손녀까지 강연장인 호텔로 모여들었다. 겉으로 보기에도 많이 수척해진 박 고문은 그런 가족의 염려를 날려버리기라도 하듯 원고 없이 40분이 넘는 시간 동안 열정적으로 강의를 이어갔다. 끝난 뒤에는 화상으로 몇 사람으로부터 질문을 받기까지 했다. 성실하게 대답했음은 물론이다.

그날의 강의 제목은 '이익공유제'. 기업 내·외부에 걸친 공유가치 창출 문제였다. 여기에서 박 고문이 생각하는 자신의 마지막 사명이 무엇인지를 느끼게 해준다.

강연장에는 비장감마저 흐르고 있었다. 그는 생명이 있는 한 자신이 제창한 '새로운 자본주의'의 핵심인 '이익공유제'의 전도사 역할을 할 것임을 실제로 보여주었기 때문이다. 박 고문은 KSS해운 창립 50주년 기념식에서도 건강 문제라는 우려를 씻어내고 카랑카랑한 목소리로 '새로운 자본주의'에 대한 자신의 소회를 설명했다. 이것으로 창립 반세기를 맞은 창업주의 인사를 대신한 것이다. 그만큼 기념사보다 더 중요한 것이 그에게 있었다는 뜻일 것이다. 그의 눈은 여전히 기업인으로서 가능한 사회개혁으로 향하고 있었다.

'이익공유제'야말로 그가 회사 일에서 손을 놓은 이후 지난 25년 동안 꾸준히 가꾸고 다듬어 세상에 내어놓은 기업인으로서 그의 핵심가치이다. 박 고문은 이 일을 통해 세상을 바꿀 수 있다고 확신해 왔다. 그리고 그런 의지를 심장박동기를 단 채 행한 열정적인 강의로 사람들에게 각인시켰다. 이날 강연을 영상으로 지켜본 바른경제동인회 회원이나 그 자리에 함께한 가족을 가리지 않고 깊은 감동을 흘려보냈다. 아마도 그의 사후, 이날의 모습이 가장 강렬하게 남을 것이다.

박 고문이 이토록 이익공유제(임직원 배당제도)에 집착하는 이유는 무엇일까? 기업가로서 세상을 바꿀 수 있는 희망을 이 제도에서 확인한 때문으로 보인다. 특히 '양극화' 문제 등 신자유주의가 잉태한 자본주의에 대한 새로운 대안으로서 효능을 본 데 따른 것 같다. 이 제도에 대한 KSS해운의 경험이 그런 사실을 증명한다. 지난 2014년부터 본격적으로 실시해 온 이 제도의 뿌리가 '함께 사는 사회', '건강하고 행복한 자본주의'에 있다는 점을 확인했다.

이것이 지난 2021년 1월, KSS해운 창립 50주년 기념식에서 '새로운 자본주의'라는 제목의 강연으로 나타났다. KSS해운의 창업주와 최대주주로서 지난 반세기 기업사에 대한 회고 대신, 그가 창안한 이 제도를 통해 새로운 세상을 열고자 한 열망 때문인 듯하다. 유일한 박사의 정신을 이어받아 창업 초기부터 세상을 바꾸는 일에 언제나 관심을 잃지 않았던 박 고문이었다. 2020년 2월, 박 고문이 한국일보에 기고한 '새로운 자본주의의 길, 이익공유제'에 이런 마음이 잘 녹아있다.

새로운 자본주의 핵심, '이익공유제'

그의 기고문은 KSS해운 창업주 입장에서 '왜 임직원에게 이익을 배당하는 새로운 자본주의의 길을 실험했는지 설명하고자 한다'는 말로 시작하고 있다. 그의 주장은 여섯 가지로 나누어진다.

첫째, 오늘날 '주주자본주의'는 기업이 사람(노동)을 비용으로 보는 것이 특징이다. 하지만 자본만으로 기업 수익이 나는 것은 아니다. 사람이 없으면 수익은 나오지 않는다. 젊은 사람(노동)이 취직을 했다는 것은 그 기업에 자기 몸을 감가상각으로 투자한 것이며, 주주와 같은 대우를 받아야 마땅한 것이다.

여기에서 그가 노동을 '인생 투자'라는 독특한 개념으로 정리한 것이 드러난다. 바꾸어 말하면 '일생 투자'라고도 할 수 있을 것이다. 그러나 사람들은 반문한다. 급여로 되지 않느냐고. 그에 대한 대답이 두 번째에 정리되어 있다.

둘째, 흔히 '노동의 보상으로 임금을 주지 않느냐'고 하지만, 임금은 노동 재생산을 위한 최소한의 비용일 뿐이다. 반면 임직원에 대한 배당금은 매년 결산 후 순이익에 기초해 주는 이익잉여금이다. 즉, 임직원 배당금은 사장이 주는 '시혜적 임금'이 아니라 주주들이 주는 '감사의 보상금'인 셈이다. 국내 기업에서는 항상 자본이 위에 있고 노동을 제공하는 사람이 아래에 있어왔지만, 임직원들이 배당을 받으면 주주처럼 회사의 주인이 될 수 있어 자연스레 자율경영 체제가 자리 잡게 된다.

그 질문에 답한 박 고문은 이어 이익공유제의 성과에 대해 요약해 정리한다. 머릿속 논리가 아니다. 그가 KSS해운 경영을 통해 직접 체험하고 숫자로 계량화한 것이다.

셋째, 한국 사회의 오랜 골칫거리인 부패를 없애는 효과적인 수단이 될 수 있다. 3월에 이익배당을 하려면 이익금이 정확히 계산되어야 한다. 임직원배당제도를 실시하면 임직원이 회계투명성에 대한 감시인 역할을 하게 된다. 이는 부패 없는 사회를 이루는 원동력이 될 것이다.

넷째, '주주자본주의'는 자본시장을 '투자' 활성화보다 자본이 자본을 낳는 '투기장'으로 변질시킨 게 현실이다. 세계 각국은 글로벌 경제위기 극복을 위해 양적완화 정책을 써왔는데, 늘어난 돈을 대부분의 소수자가 차지해 빈부격차가 커지고 있다. 양극화를 완화하려면 돈이 일부나마 근로대중에게 흘러들어가도록 해야 한다. 이익공유제는 한국 사회의 빈부격차를 줄이는 방안이 될 것이다.

다섯째, 칼 마르크스는 "자본가는 노동자에게 먹고살 만큼만 임금을 주고, 노동자가 일한 만큼은 주지 않는다. 그 차액을 자본가가 전부 착취한다"고 했다. 마르크스가 말한 자본가의 착취분 일부를 노동자들에게 분배한다면 계급투쟁의 근거가 사라질 것이다. 이익배분으로 과격한 이념적 노동운동이 궤도를 수정한다면 더불어 사는 사회가 앞당겨지리라 믿는다.

마지막으로, 사람은 밥만 먹고 살 수 없다. 창의성이나 성취감이 없다면 기계나 마찬가지이다. 인격의 평등, 정의의 실현, 자유로운 분위기가 보장되어야 개인이 지닌 능력을 최대한 발휘할 수 있다. 정직하지 못한 사회는 부패가 만연하고 법에 의한 규율이 무너지기 마련이다. '자유 없는 정직'은 독재의 노예가 되며, '정직 없는 자유'는 부패할 뿐이다. '자유'와 '정직'이 동시에 확보되어야 사회가 발전하고 번영을 이룰 수 있다. 이 두 가지가 바로 이익공유제의 반석이다.

이런 설명 끝에 박 고문은 "이제 이익공유제로 새로운 자본주의의 문을 열자"고 글을 맺었다.

그가 제창한 새로운 자본주의. 그의 기고문을 그대로 인용한 것은 '임직원 배당제'라고도 할 수 있는 KSS해운의 이익공유제 실험이 '새로운 자본주의'로 이어지는 논리를 이보다 더 명쾌하게 설명할 길이 없기 때문이다. 주주자본주의에 대한 폐해와, 이에 따른 자본주의의 위기를 해소할 수 있는 '새로운 자본주의'의 길을 '이익공유제(임직원 배당제)'에서 찾은 것이 그의 기고문을 통해 명확히 이해된다. 그가 다른 기업에도 전수하고자 논리를 찾아가며 이 제도를 연구했다는 말이 거짓이 아님을 알 수 있다.

앞서 이탈리아 시에나대학 헬로크 교수의 논문에서 보았듯이, 이익공유제 실시로 업무과정에서 직원의 혁신적인 결과가 5~15%까지 증가함으로써 회사가 지속적인 성장을 이룩할 수 있다. 이 놀라운 혁신성의 증가는 KSS해운에게 매년 22%선의 영업이익률 증가를 가져오게 한 핵심 동력이다. 거기에다 세상이 어려워하는 부패 예방, 양극화 해소, 노동운동의 궤도 수정이 가능할 수 있다. 또 기업이 얻고자 하는 자율경영까지 직원의 주주 신분 격상으로 일거에 해결되는 길을 보여주었다. 그래서 그는 이 제도를 제대로 시행한다면 '나라'를 구할 수 있다고 단언한다.

그의 행적을 살펴보면, '새로운 자본주의'에 대한 구상은 오래전부터 '바른 자본주의'라는 이름으로 그의 뇌리에서 맴돌았던 것 같다. 그는 이 개념을 '천민자본주의'와 대비시키고, 자신이 걸어왔던 경영의 길이 이의 실천을 위한 노력이었음을 자평하고 있다. 1994년 9월, 박고문이 가나안농군학교 설립자인 김용기의 '일가상' 수상식에서 행한 그의 인사말을 통해 이런 점을 찾아볼 수 있다. 그는 상을 받을 자격이 없다면서, "작은 변명을 대신하여 드린다면 본인은 천민자본주의가 아니라 바른 자본주의를 고집스럽게 실천해 보려는 노력을 하고 있다는 사실 하나뿐"이라고 밝힌 대목이 그렇다.

---

* <직원이 주인인 회사> p.348

이보다 1년 앞선 1993년 3월, 박 고문은 사회개혁을 생각하며 '바른경제동인회'를 설립했다. 이 동인회의 이름에 주목해 보시기 바란다. 명칭에 '바른'이 들어있지 않는가. 이로 미루어볼 때, 그는 이미 오래전부터 '바른 자본주의'에 대한 관심이 컸던 것으로 짐작된다. 그 바른 자본주의가 이익공유제 실천을 통해 '새로운 자본주의'로 정착되었다. 새로운 자본주의는 자유와 정직이 기반이 된 '이익공유제'를 일컫는다. 그가 펼치는 사회개혁의 핵심이다.

주주자본주의에 대한 반성

박종규 고문이 고뇌한 현행 자본주의에 대한 성찰은 의식 있는 세계의 기업인들에 의해서도 지속적으로 제기되어 오고 있다. 최근에는 미국 실리콘밸리의 스타 혁신가인 마크 베니오프 세일즈포스닷컴 창업자 CEO가 앞장섰다. 그는 '자본주의의 종말'을 선언하고 나섰다. 그러면서 그는 "밀턴 프리드먼식 자본주의와 다른 새로운 자본주의가 떠오르고 있다"고 선언했다. 지난 2019년 10월, 미국 최대 정보기술(IT) 전문매체인 테크크런치 디스럽트(TechCrunch Disrupt)가 주최한 콘퍼런스에서 그는 이런 주장을 펼쳤다.*

베니오프는 이 콘퍼런스에서 "양극화와 기후변화, 총기규제 문제를 정부가 해결하는 데는 한계가 있다"며 기업이 나서야 한다고 촉구했다. 그는 이어 "돈만 아는 CEO 시대는 갔다"고 주장했다. 기업 CEO의 역할은 인간 존재와 환경 등 사회의 이해관계자(stakeholder)들에 대한 책임을 지는 것이라고 말했다. 그는 또 "세상을 바꾸는 가장 좋은

* '돈만 버는 CEO의 시대는 끝났다', MK뉴스 2019.10.7

플랫폼은 기업"이라면서, 실리콘밸리 다른 창업자들에게 불평등 해소에 동참해 달라고 호소했다. 그의 회사는 남녀 임금격차 줄이기, 사회공헌활동 등을 유별나게 실천해 오는 기업으로 잘 알려져 있다.

'클라우드 컴퓨팅' 개척자인 베니오프는 세계 3대 경제잡지인 포브스·포천·이코노미스트가 '세상에서 가장 혁신적인 기업가' 중 한 명으로 꼽아온 인물이다. 특히 1999년 "소프트웨어 시대는 끝났다"고 선언하면서 세일즈포스닷컴을 공동 창업했다. 비싼 기업용 소프트웨어를 사지 않고도 온라인에서 자유롭게 빌려 쓰는 서비스를 시장에 내놓으면서 실리콘밸리 성공신화를 일구었다. 그가 주장한 기업이 세상을 바꾸는 플랫폼이라는 것은 박종규 고문이 말한 "기업인이 개인적 사리를 추구하지 않고 사회에 긍정적 영향을 미치면 세상을 바꿀 수 있다"라는 말의 미국식 번역인 셈이다. 인간 존재와 환경 등 사회 이해관계자의 책임까지 질 수 있는 자본주의가 베니오프와 박 고문이 함께 말하는 '새로운 자본주의'이며, 그 중심에 '기업'과 '기업인'이 있는 것이다.

또 있다. 바로 마이크로소프트(MS)를 세계적인 기업으로 키워온 빌 게이츠(Bill Gates)다. 그는 지난 2008년 1월, 스위스 다보스 세계경제포럼(WEF) 기조연설에서 '창조적 자본주의'를 제창했다. 이것 역시 이름은 다르지만 세계의 불평등 해소와 질병 퇴치에 기업의 역할을 강조한 것이다. 그는 이날 "각국 정부 및 비영리단체들과 협력해 가난한 사람들을 도울 수 있는 '창조적 자본주의'를 해야 한다"고 역설했다. 기업(인)의 소극적인 사회적 책임에서 더 나아가 자본주의의 혜택을 받지 못하는 빈민들을 대상으로 적극적인 활동을 펴자고 하는 것이 '창조적 자본주의'의 핵심이다.*

'21세기 자본주의의 새로운 접근(A New Approach to Capitalism in 21th Century)'이란 주제로 진행된 이날 연설에서 게이츠 회장은 "기업들이 가난한 사람들을 위한 제품과 서비스를 만드는 데 중점을 둔 사업을 창출해야 한다"며 "이런 시스템은 수익을 올리면서도 시장의 힘으로부터 충분한 혜택을 받지 못하는 사람들의 삶을 개선시키는 두 가지 사명을 가져야 한다"고 강조했다.

그는 이어 "세상은 점점 더 좋아지고 있지만, 모든 사람들에게 빠르게 좋아지고 있지는 않다"며 "대부분의 혜택은 개선이 필요 없는 사람들에게 돌아가며, 하루 1달러 미만으로 생계를 유지하는 대부분의 사람들에게는 혜택이 별로 돌아가지 않고 있다"고 지적했다. 그는 또 "전통적인 자본주의에서는 사람들의 부가 늘어날수록 금융 인센티브도 함께 상승하고, 부가 줄어들면 금융 인센티브로 0으로 수축한다"며 "우리는 더 부유한 사람에게 도움이 되는 자본주의가 더 가난한 사람에게도 도움이 되는 방안을 찾아야 한다"고 주장했다.

그는 아프리카 커피농들이 잘사는 나라의 커피 소비자들에게 쉽게 접근할 수 있게 하는 프로그램 등 새 시장 창출을 통해 기업활동을 넓힐 수 있는 새 방안을 예시한 뒤, "이런 프로그램들은 세금을 늘리는 등의 조치가 아니라 이미 일부 지도자들이 실천하고 있는 '창조적 인식'을 필요로 하는 것"이라고 설명했다.

그는 이와 함께 아담 스미스의 <국부론> 서문을 인용한 뒤, "일부에서는 시장 기반의 사회적 변화(market-based social change)에 대

* 빌 게이츠, 빈민 돕는 '창조적 자본주의'를 외치다, ICT미디어 2008.1.25

해 반대할 수 있겠지만, 창조적 자본주의는 다른 사람의 부에서 이익을 창출한 뒤, 양쪽 다 더 행복해질 수 있는 방식으로 우리 내부의 부속에 우리의 이익을 묶어두는 것"이라고 설명했다. 자기 이익과 타인에 대한 관심이 결합된 '하이브리드 엔진'이 각자가 따로 존재하는 것보다 더 넓은 인간관계를 구성할 수 있다는 설명이다.

이런 창조적 자본주의를 제창한 게이츠 회장은 그로부터 2년 후인 2000년, 마이크로소프트를 떠나 부인과 함께 '빌 앤드 멜린다 게이츠 재단'을 설립하고 '교육'과 '건강'이란 목표로 아프리카 등 제3세계에서 다양한 활동을 폄으로써 자신의 주장을 실천해 오고 있다. 그나마 지금의 신자유주의가 세계의 거센 항의에도 견뎌오는 것은 빌 게이츠처럼 양식 있는 기업인들의 이런 실천이 다소 도움이 되고 있다.

문제는 이런 주주자본주의에 대한 궤도 수정 없이는 자본주의의 생명력이 지탱되기 어렵다는 위기의식이다. 지금처럼 양극화 문제를 자본주의가 해소하기는커녕 더욱 심화시킨다면, 세상으로부터 자본주의는 멀어지게 될 것이 확실하다. 기업(인)이 세상을 구하기 전에 오히려 세상이 기업(인)을 망가뜨리게 할지도 모른다.

박종규 고문이 우려했던 점도 바로 여기에 있다. 그래서 임직원 이익공유제 자본주의의 기치를 높이 든 것이다. 기업 경영의 투명성 확보와 기업이 거둔 성과를 임직원과 주주, 그리고 사회와 함께 나누는 길만이 제기되고 있는 문제를 해결할 수 있는 유일한 길이라는 신념 때문이다. 그런 이유로 세계의 의식 있는 기업인들이 자본주의를 새롭게 해보자는 몸부림을 친다고 볼 수 있다. 그 중에서 박종규 고문의 '이익공유제 자본주의'는 실제 회사 경영의 경험에서 추출된 것인 만큼 어느 새로운 자본주의보다 큰 힘을 지닌다. 이론을 넘어선 실체이기 때문이다. 그가 생명이 있는 날까지 이 제도의 확산에 힘을 다하겠다는 이유가 바로 여기에 있어 보인다.

박종규, 개척자의 독특한 발자취

김 진 현
전 바른경제동인회 회장
전 과학기술처 장관

박종규 회장은 대재벌이 아니다. 또 우리나라 기업 성공스토리의 일반적 유형처럼 제조업 바탕도 아니다. 또 우리나라 특유의 패거리, 특히 지역성 동아리-영남, 호남, 개성, 평안도, 함경도-의 외피를 쓰고 등장한 기업인도 아니다. 그러면서도 우리나라 경제발전과 기업경영 사상 독특한 기록과 업적을 남겼다. 특히 기업 거버넌스 측면에서도 획기적 실적을 올렸다.

한국에서의 기업인 평가는 대개 재벌 중심이다. 한국의 근대화 과정의 특수성과 같이 한국의 기업·기업인 근대화 과정도 특수하고 유별나다. 일본을 포함한 이른바 선진국의 발전유형을 보면 오랜 지역장인 기술기반 제조업이거나 금융상인의 근대화 적응 성공으로 이어지는 전통 계승이 있다. 또 근대의 새 영역(신대륙 발견, 외래 새 상품 도입…) 등장 또는 새 기술, 새 제품, 새 서비스 개척을 통한, 즉 근대 혁신을 통한 새 브르조아지의 등장이 그것이다. 같은 재벌이라도 일본의 미쓰이 스미토모와 미쓰비시 간의 차이, 그리고 오늘날 토요다, 소니, 손정의로 이어지는 차이가 그런 것이다. 이에 비하면 한국에서 근대 이전 상인의 근대화라 해봤자 호남의 삼양그룹이나 중부 박두병

가문인데, 서양-일본 전통 기업가문의 시간 길이와는 비교가 안 된다. 아주 짧다.

또, 근대 창업 기업이라 해도 서양의 혁신·창의 독자 개척 기업과 달리 이미 있는 것의 모방을 통한 근대기업이었다. 한국을 대표하는 삼성, 현대, LG, SK… 모두 그러하다. 어떤 의미에서는 아직까지도 세계적, 역사적, 문명사적 발명·창의 선도기술에 의한 기업은 없는 셈이다. 한마디로 오늘 미국의 GAFA, 워런버핏, 컴퓨터 인터넷, 일본의 소니나 손정의, 스위스의 네슬, 영국의 방적기와 로이드보험… 그런 역사적 랜드마크는 아직은 없다. 근대 기술자 출신 기업도 강원산업과 동원그룹 정도이다. 다만 K-p에 K-영화, BTS에서 보이는 연예부문에서 역사적·문명사적 창의의 기술과 기업이 나올 가능성은 있다.

한국 근대화의 특징, 근대화 과정의 총체적 전개의 산물인 재벌, 세계사적 비교는 어디와도 탄생, 과정, 결과가 매우 독특하고 특별한 문어발 재벌, 거룡 재벌의 신화에 묻혀 성공기업이라면 또는 기업의 성공이라면 으레 '한국재벌식 성공'으로 인식된다. 그리하여 작지만, 그러나 의미 있는 기업인들의 존재가 묻히거나 잊어버려지는 것이 안타깝다. 그 대표적인 사례가 박종규 KSS해운 회장이다.

우리나라 근대화 과정엔 박정희+정주영, 이병철 합작 근대산업화와는 다른 주체, 흐름의 기업들이 있었다. 전통 개성상인 출신이면서도 일응 근대 산업기업으로서의 변신에 성공한 이회림·이정림 그룹, 처음부터 미8군 건설공사로 출발, 해외건설의 선구자였던 삼환건설의 최종환 같은 분들은 한국 특유 재벌들의 정상(政商)적 형태가 아니라 끝까지 본래의 상인·기업인의 자세를 유지했다. 또 다른 부류는 유한양행 유일한, 한국유리 최태섭과 같이 기업경영을 넘는 보다 큰 사회적·공통체적 가치 밑에서 근대기업을 키우신 분들이다. 유일한 선생은 일종의 산업독립 같은 사명감, 최태섭 회장은 기독교적 사명감 같은 것이 깔려있었다. 신상(神商)이라 할만하다.

박종규 회장은 이들 1세 내지 준1세 근대기업인들보다 한 세대 아래 기업인이다. 이들 성공 1세 기업인들의 성공이 모두 상업·제조업이었다면 박회장은 해운이라는 서비스 업종이다. 또 2세대 기업인답게 서울대학교 정치학과 정규 입학·졸업생이다. 장사꾼이 아니라 월급쟁이 출신이다. 월급쟁이이면서도 평범한 월급쟁이가 아니라 노동조합 운동을 한 월급쟁이였다.

경제·경영학과 아닌 정치학과, 상인 출신이 아닌 근대기업 월급쟁이+노동조직자로서의 경력과 체험이 KSS라는 특수화물 해운회사를 창업하고, 또 그 규모의 기업인들로서는 상상도, 엄두도 못 낼 기업경영 거버넌스와 세정개혁 운동을 선창, 실제로 개혁에 성공하기도 하고, 이 나라 미래의 꿈을 깊게 만들었다. 영수증 출납 기계화를 통한 '영수증 주고받기' 운동의 창시자인 박 회장은 어느 국세청장, 어느 재무장관도 손 못 된 우리나라 세정의 최대 맹점이었던 소비거래 세원의 양성화에 결정적 공로자이다. 이런 한국 세정사상 현대적 혁신·혁명이 박종규 회장 같은 기업인의 창시와 주동으로 이뤄졌다는 것이 한국적 다이내미즘의 특징이다.

두 번째는 바른경제동인회의 발족과 이익공유제 경영체제 운동이다. 전국경제인연합회, 대한상공회의소, 중소기업연합회 등과 같은 기업단체와 달리 이 나라 경제·산업 거버넌스의 규범 목적 그 자체에 충실케 하는, 즉 '바른 경제'로 이끌기 위한 그런 기업인·지성인들의 플랫폼을 박 회장이 주동하여 만든 것이다. 전통적인 이유든, 한국적 특수 근대화 과정의 불가피한 과정 때문이었든 우리나라는 재벌이나 국가경제단체들 행태와 같이 명실(名實)이 다른 활동이 너무 많고 오래되어 마치 그런 것이 당연한 것처럼 되어 있다. 그런 한국적 상식에 새 돌을 던져 새 파문을 일으켜 보자는 것이 바른경제동인회의 목적이다.

바른경제동인회는 박 회장의 KSS해운 주식지분 기여로 설립 유지하고 있다. 외환위기, 세계금융위기, 21세기 양극화, 일대 격변 속에서도 '바른 경제'의 목소리, 이익공유제의 이상이 큰 빛을 내지 못하고 있는 것이 못내 안타깝고 아쉽다. 박 회장의 큰 뜻, 아름다운 뜻을 같이 손잡은 우리들이 충실히 받들지 못한 데 큰 죄책감을 느낀다.

세 번째는 그가 재산을, 특히 KSS해운을 자식들에 물려주지 않고, 종업원과 주주들의 기업, 사기업이 아닌 상법상의 본래 주식회사 기업에 충실한 소유구조를 만들었다는 것이다. 말로는, 형식으로는 비슷한 기업들, 심지어 재벌기업들도 그런 것이 있다. 그러나 사실상 법률적 트릭(주로 공익재단이란 이름으로)을 통해 기업지배를 하고 있다. 상법상의 기업은 국가기관이 아니라, 국유· 국영기업이 아니라 민간의 기관이다. 그러나 민(民)기관이라 해도 사(私)기관이 아니다. 상법과 주식거래법과 노동법과 환경규제를 받는 공(公)기관인 것이다. 넓은 의미에서 기업은 교회, 학교, 언론, NGO 등과 같이 이 사회의 중간 조정기구, 즉 관(官)과 사(私) 사이를 매꾸는 공(公)기구로 중간 조정기능을 맡고 있는 것이다.

박종규 회장과 같이 유일한, 최태섭 선생을 잇는 신상에다 혁신·창의로 국가행정, 사회관행의 근대화 혁신을 앞장서는 창조기업인이 주류가 될 때, 우리는 '대한민국의 완성', '대한민국 근대 발전의 제1단계 완성'이라 평가할 수 있다.

그 점에서 '박종규' 이름 석 자는 '작은 거인'이고 '큰 개척자'이다. 그 어느 대한민국의 큰 재벌보다 실천으로 모범을 보인 본래적 의미의 '근대기업인(Entrepreneur)'이다.

그의 생전에 그의 꿈이 완성되기 간절히 바란다.

DY그룹의 이익공유제, '공정성과배부제'

조 병 호
디와이 창업주

이제 일찍이 1990년대 초부터 선구적으로 이익공유제를 도입한 디와이의 사례를 살펴보겠다.

디와이는 1978년에 설립되어, 인천에 위치한 지주회사 디와이를 필두로 국내외 12개 생산법인에서 2,900여명의 인원으로 약 1조원의 매출을 기록하고 있는 전통적인 제조업체이다. 주력제품인 건설중장비용 유압실린더(디와이파워)와 자동차용 전장품(디와이오토)을 전 세계 탑티어 건설중장비 및 자동차업체들에 공급하고 있다. 또한 디와이 이노베이트에서는 크레인, 세차기, 콘크리트펌프카, 골프카트 등의 산업기계를 국내 및 세계 전역에 판매하고 있다.

디와이의 이익공유제인 '공정성과배부제' 역시 창업주(조병호 회장)의 특별한 경영철학과 정신에 바탕을 두고 있다. 창업주로서 기업이 지속가능하기 위해서는 이해관계자, 즉 사원, 주주, 채권단, 국가, 고객 및 협력업체의 공동발전을 추구해야 한다는 신념이 확고하다. 기업의 이해관계자가 모두 상생하는 길을 걸어야 하고, 그 중심에 '즐거운 사원'이 있어야 한다는 믿음은 창업주 철학의 정수로, 화합과 인간존중을 최고의 기업가치·덕목으로 여기고 있다.

디와이는 보편화된 소수 엘리트 중심의 일반적 기업경영 행태를 지양한다. 대신에 경영자와 근로자대표들이 함께 참여하는 노사협의 기구인 경영협의회를 중심축으로 매월 회사의 주요 경영이슈를 공유하고, 사안에 따라서는 직접 의사결정하기도 한다. 안건도 다양하다. 성과상여는 물론 임금, 사원복지, 근무환경, 경영예측 등 경영 전반에 걸쳐 폭 넓은 분야를 다루고 있다. 소위 '전원참여경영'이고 '집단의사결정'인 것이다. 결과적으로 사원 모두가 놀라울 만큼 회사에 대해 투철한 주인의식을 가지고 있다.

이런 경영철학의 실천적 배경으로 디와이의 이익공유제인 '공정성과배부제'가 만들어졌다. 경영협의회를 주관하는 HR담당 임원은 말한다.

"사원들과 소통하고 공감하는 데는 시간이 걸립니다. 사원들이 쉽게 이해할 수 있도록 여러 번 설명해야 하고, 그들의 목소리를 진심으로 귀 기울여 들어야 합니다. 의견이 달라 논쟁을 벌이는 때도 적지 않습니다. 경영자의 진솔함과 인내심이 필요한 순간입니다. 일단 신뢰를 쌓은 후에는 남들보다 더 빠른 속도를 냅니다. 이때야말로 정말 일하는 보람을 느끼는 순간이죠."

그 결과, 디와이는 사원들과의 일체감을 이끌어냈고, 주변의 노사환경이 어려웠던 시절에도 노사분규의 무풍지대, 노조가 없는 대기업으로서 타 회사의 부러움과 높은 평가를 받아왔다.

이익공유제는 1993년부터 시행해 왔다. 처음부터 영업이익이 아닌 순이익을 성과배부 기준으로 삼았다. 영업외손익도 기업의 실력이고 경영의 결과라는 생각에서다. 또한 전 사원이 기준을 쉽게 이해해야 한마음 한 뜻으로 움직일 수 있다고 생각했기에 간편한 순이익을 선택했다. 제도 도입의 역사가 길다보니 경영환경 변화에 맞춰 제도도 여러 차례 손을 봤다.

1993년부터 1999년까지는 임금 성격의 기본상여 600%에 더해 기본 추가상여 200%를 먼저 지급하고, 재원이 남을 경우 추가상여를 배부했다. 2000년부터는 영위하고 있던 3개 사업장의 산업 환경의 차이가 커서 동일한 잣대를 적용하기가 어렵다고 판단했다. 그래서 사업장별로 목표이익을 다르게 적용했다. 물론 경영자와 근로자대표들이 함께 참여하는 경영협의회를 통해 논의하고 결정했다. 제도가 점점 고도화된 건 2002년부터다. 순이익 기준의 성과지표(비중 80%)에 매출성장률(비중 20%)을 추가했다.

사업장을 분할하여 지주회사로 전환한 2015년부터 현재까지는 다소 복잡해진 제도를 단순화하여 순익률 3% 초과금액의 35%를 성과상여 재원 기준으로 채택했다. 대신 글로벌 사업 전개에 더욱 박차를 가하고자 국내사업장 별도순이익(비중 50%)에 연결순이익(비중 50%)을 더하는 방법을 활용했다. 자칫 나만(국내사업장) 잘하면 된다는 부작용을 유발할 수 있기에 제도적으로 보완한 것이다. 사원들은 너나할 것 없이 해외법인도 우리 회사라고 생각하고 협력한다. 이익공유제가 오랫동안 안정적으로 발전해 온 이유로 두 가지 중요한 원칙을 꼽을 수 있다. 첫째 경영성과를 완전 공개하여 투명성을 확보한다는 점, 둘째 계획 수립 시 함께 만든 기준으로 공정하게 성과상여를 배부한다는 점이다.

또한 회사는 멕시코에 진출하여 알게 된 한 가지 사실을 귀띔해 준다. 멕시코는 종업원 이익배당(PTU)제도를 법률로 정하고 있다. 회사에 헌신한 종업원에게 성과에 참여할 수 있도록 하는 일종의 종업원 주주제도이다. 매년 세전이익의 10%를 재원으로 사장과 임원진을 제외한 전 종업원에 배부한다. 재원 가운데 50%는 종업원 근무일수를 기준으로, 나머지 50%는 종업원 급여를 기준으로 나눈다. 이익공유제를 법률로 정해놓았다는 게 무척 인상적이다. KSS해운 박종규 고문의 '종업원 이익배당제도 법제화' 노력에 참고할만한 사례라 하겠다.

이익공유제를 운영함으로 인해 발생하는 에피소드도 적지 않다. 보통 매년 4~5월경 경영협의회를 통해서 임금조정을 진행한다. 전년도의 경영성과와 예상치를 먼저 공유하는데, 수치들이 좋지 않으면 근로자대표들이 먼저 동결안을 제시하기도 한다. 임금 결정을 위한 논의활동을 최소화하고, 본업에 주력하여 연말에 발생하는 성과를 높이자는 데 목적이 있다. 임금협상 과정에서 노조의 파업활동이 일상화된 우리나라에서는 좀처럼 찾아볼 수 없는 보기 드문 현상이다.

사원들은 '이익을 내서 성과상여금을 받자'며 항상 서로를 독려한다. 하지만, 성과가 노력에 미치지 못하거나 뜻하지 않게 회사에 위기가 발생할 때가 있다. 이때는 이익뿐만 아니라 손실도 모두의 책임이기 때문에 함께 노력하여 극복해야 한다고 이야기한다. 2009년 글로벌 금융위기 때 매출이 30% 이상 하락하며 매우 어려운 상황을 맞았다. 이때 사원들이 먼저 나서서 근무시간 단축, (급여)상여 반납, 복지제도 유예 등을 결정하며 위기를 극복한 자랑스러운 경험이 있다.

고민도 있다. 성과가 좋은 사업장과 그렇지 않은 사업장이 변화 없이 오래 지속되면 성과가 저조한 사업장에서는 상대적 박탈감을 느낄 수 있다. 결국 제도가 가져다주는 동기부여가 약해지기 때문에 이에 대한 보완을 고민하게 된다.

제도의 기준은 3년마다 경영협의회에서 논의하여 변화를 준다. 이때는 투명성 못지않게 공정성이 중요하다. 시간이 걸리더라도 과거 경영실적, 예상되는 미래 환경과 경영 예측 등을 여러 차례 계속 논의하면서 균형을 맞춰간다.

이익공유제가 한 기업의 견고한 기업문화로 자리 잡기까지는 생각보다 많은 노력과 시간이 걸리는 게 사실이다. 먼저 창업주의 바른 정신을 정확히 이해하고 제도에 제대로 반영해야 한다. 그리고 경영자가 사원들과 경영성과를 투명하게 공유하고, 사전에 협의한 기준으로 결과를 공정하게 나누는 게 중요하다. 제도가 일관되게 운영되는 가운데 시간이 흐르며 공동체에 신뢰가 쌓이면 이익공유제는 매우 큰 효과를 발휘한다. 디와이 사례는 이익공유제가 잘 정착되면 기업이 어떤 효과를 얻는지 극명하게 보여준다.

후기

"사장 퇴임 때까지 집 앞 꽃을 보지 못했다"

"내 평생 행복하게 살았다."

박종규 고문이 1998년 8월에 작성한 유언장 첫머리에 적은 말이다. 이어 그는 자신의 행복한 삶이 다른 사람들의 도움으로 가능했다고 밝혔다. 땅 밑에서 이리저리 땅을 헤집고 뿌리를 내린 중국의 모소 대나무 같은 그의 치열한 삶을 아는 우리로서는 선뜻 동의하기 어려운 말이다.

탈고를 앞두고 그가 걸어왔던 걸음을 반추해 보면, 그의 일생은 투쟁이라고 말해야 옳다. 사업체를 키우는 동안 죽음과 마주친 적이 몇 번인가. 위기가 오면 그보다 더 큰 오기로 넘고 이겼다. 한여름에 겨울옷을 입고 남의 나라 리스회사 한쪽 구석에 쪼그리고 앉아있기도 했다. 돈을 구하지 못하면 생명보험에 가입한 뒤 자살할 것을 생각했다. 동해조선 실패의 책임을 지고 직원들 앞에서 삭발로 사죄했다. 심지어는 도저히 뚫을 수 없는 벽을 마주하자 호텔 맨 위층 바에서 유리창 밖으로 몸을 내던지려고도 하며 문제들을 극복해 나왔다. 실로 투쟁과 투쟁을 이어붙인 삶이었다. 그런데도 그는 자신이 '행복한 사람'이라고 고백했다. 그것도 다른 곳도 아닌 유언장에서.

사실 그의 말은 틀렸다. 그도 자서전에서 "사장을 퇴임할 때까지는 집 앞에 핀 아름다운 꽃을 보지 못했다"고 고백했으니까. 당연히 그의 삶은 '치열' 그 자체이다.

그러나 다시 곰곰이 생각에 잠긴다. 온통 전투력이 배인 그의 몸에 대해서 한 말은 아니었다. 마음이었을 것이다. 그의 반듯한 마음. 그 마음에서 만들어진 반듯한 기업체와 세상.

"부의 창조만이 아니라, 사회에 부가가치를 남긴 것 같아 그게 행복해!"

그의 고백처럼, 그는 그것을 보면서 행복해 한 것 같다. 그런 행복한 마음 앞에서는 그가 겪은 위암과 방광암도, 뇌졸중 후유증으로 지금도 차고 있는 심장박동기도 문제되지 않았다. 그러니 다른 숱한 고비도 문제가 아니었을 것이다. 그에게는 그를 행복하게 하고, 그의 주변을 행복하게 만든 귀한 선물들이 있으니까. 바로 '투명경영'과 임직원 배당제인 '이익공유제'이다. 그는 이 두 가지를 창안한 기업가이자 가치설계자이다.

마음을 보니, 그의 반듯한 인품이 드디어 나타난다. 하마터면 그의 강인한 의지 앞에서 가릴 뻔한 것이다. 철저한 자기관리로 이룬 반듯한 기업체. 그것은 창업주의 반듯함이 없었다면 결코 이룰 수 없는 실체이다.

그의 일생을 관통했던 '수치'와 '체면'이라는 두 낱말. 그의 마음 깊은 곳에 꼭꼭 숨겨 두었던 이 두 가지의 덕목으로 그는 기업계와 세상에 귀한 유산을 남겼다. 창업하기도 전인 50년도 훌쩍 지난 옛 기억.

일본 도쿄 지하철에서 받았던 민족적 수모를 자양분으로 삼아 아무도 할 수 없는 투명경영을 이루어냈다. 또 회사가 망하게 되면 받게 될 수치심 때문에 남의 회사 임원에게 큰절을 하고, 나이 어린 일본인 기업가 2세를 무려 세 번씩이나 찾아가 읍소하기도 했다. 그런 일들로 연이어 기적이 일어났고, 운명조차 그에게 미소 지었다.

그러나 붓을 놓기 전에 의문 한 가지는 꼭 물어야 했다.

소유욕은 어떻게 버릴 수 있었을까? 그렇게 애 터지게 사업체를 일구어서 핏줄 아닌 남에게 선뜻 줄 수 있었던 마음은 어디에서 나왔을까? '누구나 할 수 없는 일'이라는 말은 이제 너무 진부하다. 그가 답을 주지 않음으로 일본 교세라 창업주 이나모리 가즈오에게서 답을 구해본다. 그는 교세라를 세계적 기업으로 성장시키고도 인생 황혼녘에 양복을 벗고 승복으로 갈아입는다. 승려가 된 것이다. 마쓰시다 고노스케 등과 함께 '살아있는 3대 경영의 신'으로 추앙받던 그였다. 모든 것 다 이루었지만, 그는 세상과 등졌다.

확인되지 않은 이야기가 있다. 박 고문이 제주 어느 교회에서 신자들이 아무렇게나 벗어놓은 신발을 정리하고 있는 것을 봤다는 사람이 있었다. 서귀포로 내려간 뒤 박 고문이 기독교에 귀의한 것은 사실이다. 그렇다면 이 증언도 상당 부분 사실일 수가 있을 것 같다. 만일 그가 그렇게 했다면 이나모리 회장이나 다를 바가 없을 것이다.

박 고문은 칩거해 있는 서귀포에서 '촌장'이란 너무나 초라한 벼슬을 얻어 이웃에 봉사하고 있다. '촌장'이란 작은 마을 일을 보는 명예직쯤 된다고 한다. 이 때문에 거기서 인기도 만만찮다는 이야기도 들린다. 그래서일까? 그의 모습에서 도인(道人)의 풍모를 느끼는 것은 나만이 아닐 듯하다.

'투명경영'과 '이익공유제'를 창안해 자신도 행복하고, 이웃도 행복하게 만든 도인, 박종규와의 만남은 여기에서 끝내고자 한다. 그래도 여전히 다른 의문 하나가 남는다.

언제쯤 그의 투쟁이 끝날까?

‘바른 경제’를 꿈꾼 한 기업인 이야기

모소 대나무처럼

지은이 / 최노석
펴낸이 / 조현석
펴낸곳 / 북인
디자인 / 편집회사 투레

1판 1쇄 2022년 3월 17일
1판 2쇄 2022년 4월 30일
출판등록번호 313-2004-000111

주소 / 서울 마포구 서교동 460-34, 501호
전화 / 02-323-7767
팩스 / 02-323-7845
ISBN 979-11-6512-050-4 03810

책값은 뒤표지에 있습니다.
저자와 협의 아래 인지를 생략합니다.